Mareike Albracht

DORNENTOD

AF236215

Das Buch

Ein unmögliches Verbrechen
Kommissarin Anne Kirsch ist sauer: Anstatt befördert zu werden, wird sie ihrem verhassten Kollegen Janitzki unterstellt. Gemeinsam sollen sie den Tod einer jungen Studentin untersuchen, die von ihrem Balkon gestürzt ist. War es Mord? Anne findet schnell heraus, dass die Studentin kurz vor ihrem Tod ihre Beziehung mit Rainer Dorn, einem Insassen der forensischen Psychiatrie, beendet hatte. Alles deutet auf Dorn als Täter hin. Doch wie kann das sein, sitzt er doch in der geschlossenen Abteilung ein? Auch die junge Lehrerin Pia Berger fühlt sich verfolgt und ist sich sicher: Es muss Rainer Dorn sein, mit dem sie vor Jahren eine Liebesbeziehung hatte. Anne Kirsch muss rasch handeln, denn schon bald stehen mehrere Menschenleben auf dem Spiel.

Von Mareike Albracht sind in der „Ein-Fall-für-Anne-Kirsch"-Reihe erschienen:

Katz und Mord
Dornentod
Erzähl mir vom Tod
Mordskälte

Die Autorin

Mareike Albracht wurde 1982 geboren. Sie lebt mit ihrer Familie im Sauerland, schreibt leidenschaftlich gern Kriminalromane, betreibt einen Buchblog und veranstaltet regional Krimi- und Dinnerabende. Sie ist Mitglied der Mörderischen Schwestern.

Mareike Albracht

DORNENTOD

Der zweite Fall für Anne Kirsch

Bibliografische Information der Deutschen Nationalbibliothek: Die Deutsche Nationalbibliothek verzeichnet diese Publikation in der Deutschen Nationalbibliografie; detaillierte bibliografische Daten sind im Internet über dnb.dnb.de abrufbar.

© 2022 Mareike Albracht, Marsberg
Verlag: BoD · Books on Demand GmbH, Überseering 33, 22297 Hamburg, bod@bod.de
Druck: Libri Plureos GmbH, Friedensallee 273, 22763 Hamburg
Covergestaltung: Traumstoff Buchdesign traumstoff.at

ISBN: 978-3-7543-6007-1

Kapitel 1

Pia summte die Melodie des Schneeflöckchenliedes vor sich hin, während sie mit Frau Gockel die Stühle hochstellte. Es war die Klavierversion von Edvard Griegs *Morgenstimmung*. Pia hatte sich für ihre Klasse dazu eine Tanzchoreographie ausgedacht, und eben hatten sie das letzte Mal mit den Kindern für den Weihnachtsmarkt geprobt. Dieses Jahr würden sie in Marsberg auftreten. Obwohl im Sauerland beinahe jedes Dorf einen Weihnachtsmarkt veranstaltet, hatten sie dieses Jahr in Westheim keinen eigenen.

»Die Aufführung wird wunderbar«, bemerkte Frau Gockel, »Sie haben ein Händchen dafür. Ich könnte mir vorstellen, so etwas dauerhaft anzubieten. Eine kleine Theater-AG, klassenübergreifend. Was halten Sie davon?«

Pia spürte ein warmes Kribbeln im Bauch. Ein Lob von der Direktorin, die wegen ihrer Strenge und ihrer silbergrauen Haare auch gerne »Eiserne Lady« genannt wurde, war keine Kleinigkeit.

»Das hört sich gut an«, erwiderte sie. »Ich habe schon einige Ideen.«

»Bestimmt haben Sie das.« Frau Gockel stellte den letzten der Stühle hoch. Ihr schwarzer Bleistiftrock, die klobigen Schuhe und die dunkle Strumpfhose ließen sie wie eine

Gouvernante aus dem 19. Jahrhundert erscheinen. Und nicht nur ihrer Kleidung nach kam sie aus einer anderen Zeit. Pia hatte Frau Gockel sich einige Male beklagen hören, dass die Disziplin bei den Kindern, aber auch beim Lehrkörper nachließ.

»Ein schönes Wochenende, Frau Berger. Ich sehe, dass Sie engagiert sind, und ich halte Sie für eine Bereicherung für diese Schule.« Die Direktorin reichte ihr die Hand und hielt sie fest. Der Blick ihrer eisblauen Augen war durchdringend. Pia kämpfte gegen den Impuls an, wegzusehen.

»Sie sollten versuchen, sich den Kollegen mehr zu öffnen.«

Pia spürte einen Kloß in ihrem Hals und wünschte sich, dass die Direktorin ihre Hand losließe. »Ich will versuchen, Ihren Rat zu beherzigen.«

»Sie sollten in den Pausen öfter ins Lehrerzimmer kommen. Natürlich nur, wenn Sie keine Pausenaufsicht haben. Sie sind jetzt seit einem halben Jahr hier und viele Kollegen kennen nicht mehr als Ihren Namen.«

Pia nickte nervös. Sie nutzte die Pausen oft, um auf die Fragen einzelner Schüler einzugehen oder um sich auf die nächste Stunde vorzubereiten. Und wenn sie ehrlich war, hatte sie das Lehrerzimmer gemieden, weil sie Smalltalk hasste und auch nicht gut darin war.

Frau Gockel ging, und Pia zog sich eine Mütze über die dünnen, flachsblonden Haare und streifte ihren Wintermantel über. Dann trat sie auf den Pausenhof hinaus. Heute war der Himmel grau und kein einziger Sonnenstrahl brach durch die dichte Wolkendecke. Reste des Herbstlaubes hingen nass von den Bäumen. Es war bereits winterlich kalt im Sauerland. Dessen ungeachtet tollten die Schulkinder draußen herum. Einige hatten Laub zu einem Haufen aufgeschichtet und eine andere Gruppe spielte Kettenfangen.

Pia winkte zwei Jungen aus ihrer Klasse zum Abschied zu. Sie liebte die Arbeit hier, vor allem mit den jüngeren Klassen. Kinder nahmen einen so, wie man vor ihnen stand, und das jeden Tag aufs Neue.

»Frau Berger!« rief eine Mädchenstimme hinter ihr.

Pia musste lächeln, als sie Kristin sah, die ihr etwas mit behandschuhten Händen entgegenstreckte. Ihre Nase war ein leuchtend roter Punkt in ihrem Gesicht.

Pia nahm den Stern aus Transparentpapier entgegen. Als sie ihn in die Höhe hielt, funkelte er in verschiedenen Farben, obwohl kein einziger Sonnenstrahl hindurchschien. Grün, Rot und Violett.

»Toll. Habt ihr den Stern im Kunstunterricht gebastelt?«

Das Mädchen nickte eifrig. »Ich schenke ihn dir.«

Pia bedankte sich gerührt. Mit der Bastelei in der Hand verließ sie den Pausenhof der Katholischen Grundschule Westheim und bog in eine Seitenstraße ein, in der sie ihren Polo geparkt hatte.

Die Straße war menschenleer. Pia schritt rasch voran. Ihr Blick schweifte über die Fenster der angrenzenden Häuser und glitt über die parkenden Autos. Leider war der Lehrerparkplatz heute Morgen überfüllt gewesen und sie hatte hierher ausweichen müssen.

Immer, wenn sie das Schulgelände verließ, hatte sie das Gefühl, aus einer Art Schutzzone herauszutreten. Sie dachte an den weißen Lieferwagen, der vor einigen Wochen mehrmals an der Schule vorübergefahren war. Er hatte die Pausenaufsicht derart beunruhigt, dass sie die Polizei informiert hatte. Später kam heraus, dass der Fahrer lediglich auf der Suche nach einer Adresse gewesen war, aber bei Pia hatte diese Begebenheit einen bleibenden Eindruck hinterlassen: Die Schule bedeutete Sicherheit.

Sie beschleunigte ihre Schritte. Dabei lauschte sie dem dumpfen Geräusch, das ihre Schuhe auf dem nassen Bürgersteig machten. Als sie ihren Wagen erreichte, sah sie sich prüfend nach allen Seiten um. Sie ging um den Polo herum, stellte fest, dass nichts unter dem Scheibenwischer klemmte oder in den Türgriffen steckte. Dann erst stieg sie ein und schaltete die Scheinwerfer an, obwohl es helllichter Tag war.

Während der Fahrt dachte sie daran, dass nächste Woche ihr erster Elternsprechtag stattfinden würde, und spürte ein nervöses Ziehen im Bauch. Die meisten Kinder bereiteten ihr keine Probleme, doch es gab drei in ihrer Klasse, die so gut wie nie ihre Hausaufgaben erledigten. Sie zeigten große Defizite beim Lesen. Wie sagte man so etwas den Eltern?

Pia dachte darüber nach, krank zu werden und schüttelte seufzend den Kopf. Den Elternsprechtag würde sie nachholen müssen.

Das schaffst du! Sie fasste das Lenkrad fester. *Du wolltest unbedingt Lehrerin werden. Du hast das Studium in Münster geschafft, du wirst auch das schaffen.*

Vorbei an kahlen Baumgruppen und dunklen Fichten, deren tropfnasse Äste schwermütig herabhingen, folgte sie der B7 in Richtung Marsberg. November im Sauerland. Der goldene Herbst war vorüber und das gesellschaftliche Leben in den Dörfern, das durch Straßenfeste, Arbeitseinsätze, Wandertage und Ausflüge bestimmt wurde, kam zum Erliegen. Wer die Möglichkeit dazu hatte, blieb im Haus und betrachtete das schmutzige Wetter von der Behaglichkeit der eigenen vier Wände aus. *Es ist als würde eine ganze Region Winterschlaf machen.*

Je näher sie ihrer Wohnung kam, desto stärker wurde ihre Unruhe. Bald grenzte sie an Angst.

Sie musste daran denken, wie ihr Bruder sie als Kind erschreckt hatte. Es war kurz vor Halloween gewesen. *Johannes, damals 13, wollte auf seine erste Übernachtungsparty gehen. Das Motto: Zombies und andere Monster. Jeder sollte in einem Kostüm erscheinen und Johannes hatte sich von seinem Taschengeld eine schaurige Maske gekauft, ein grinsendes Gesicht mit einem zerstörten Kiefer.*

Als er sie voller Stolz zu Hause präsentierte, war Pia zwischen Ekel und Faszination hin- und hergerissen.

»Huuuuuu«, machte er, »Ich bin das Monster von Beeeeringhausen.«

Die letzten Tage vor Halloween war Johannes aufgedreht und konnte es bis zur Party kaum erwarten.

In einer Nacht wurde Pia von einem Kratzen wach. Es klang, als würden Fingernägel über Holz schaben. Pia schlug die Augen auf. Ihr Zimmer war in Dunkelheit getaucht.

Das Kratzen war ganz nah. Lange Krallen, dachte Pia. Sie fuhren über Holz, hin und her. Das Geräusch kam von unten. Etwas lag unter ihrem Bett.

Ihr war, als erstarrte die Zeit. Sie konnte sich nicht bewegen, wagte nicht einmal zu atmen. Dann hörte sie ein schleifendes Geräusch und wusste, dass das Monster herauskam.

Mit weit aufgerissenen Augen blickte Pia geradeaus. Sie wollte die Hand zum Schalter ihrer Nachttischlampe ausstrecken. Gleichzeitig fürchtete sie sich davor, was sie sehen würde.

Etwas packte ihr Handgelenk. Im selben Moment ging das Licht an und sie starrte auf die Zombiefratze neben ihrem Bett. Der Anblick brannte sich in ihre Netzhaut ein. Von gellenden Schreien aufgescheucht, kamen ihre Eltern herbeigerannt.

Der Vater war außer sich und Johannes bekam von ihm die erste Ohrfeige seines Lebens. Die Mutter nahm Pia in die Arme, strich ihr über den Kopf und murmelte, es sei nur ihr dummer Bruder.

Es war das erste Mal, dass Pia diese lähmende Angst gespürt hatte. Eine Angst, die jeden rationalen Gedanken ausschaltet.

Ihre Wohnung lag in der Innenstadt von Marsberg über einem kleinen Nähladen. Pia hielt auf einem Parkplatz in der Nähe und stieg aus dem Wagen.

Kalte Luft schlug ihr entgegen. Es hatte wieder zu regnen begonnen. Schwere, mit Schnee vermischte Tropfen klatschten auf die Erde. Der Boden war bereits mit Pfützen bedeckt. Pia zog die Schultern hoch und lief mit gesenktem Kopf über den Parkplatz.

Sie bog in die Hauptstraße ein und eilte an der Volksbank vorbei. Obwohl es Freitagmittag war, wirkte die Innenstadt verlassen. Die Touristenströme, die im Winter ins Sauerland kamen, konzentrierten sich auf die Skigebiete Willingen und Winterberg. Bestimmt warteten die Gastronomen und Liftbetreiber dort schon sehnsüchtig auf den ersten Schnee.

Pia warf einen Blick in das leerstehende Geschäft, wo vor Monaten noch eine Bäckerei gewesen war. Jetzt sah sie nur nackte Fliesen und die verwaiste Theke. Im Schaufenster klebte ein Zettel mit blauen, hoffnungsvollen Buchstaben: »Zu vermieten«.

Ein junges Paar hastete Arm in Arm über die Straße. Pia kam an einer Trinkhalle vorüber, durch dessen dunkelgrüne Fenster man nicht ins Innere blicken konnte. Dann sah sie plötzlich Rainer.

Er stand in einer Seitenstraße schräg gegenüber ihrer Wohnung, hatte die Arme über der Brust verschränkt und rauchte eine Zigarette. Sein Gesicht war abgewandt und eine Mütze bedeckte seinen Kopf, doch Pia erkannte ihn an der Art, wie er dastand.

Eine Welle der Panik erfasste sie. Ihr Herz klopfte und sie beschleunigte ihre Schritte und tastete nach dem Schlüssel in ihrer Jackentasche.

Als sie die Haustür erreichte, ging ihr Atem kurz und schnell. Sie spürte einen Schmerz in der Brust und ein Gefühl von Enge, als wäre dort nicht genügend Platz.

Obwohl sie sich nicht umblickte, war ihr überdeutlich bewusst, dass Rainer sie von seinem Platz aus sehen konnte. Keine Sekunde lang glaubte sie, dass ihre Begegnung Zufall war. Nein, er beobachtete sie. Und er wollte, dass sie es bemerkte. Er wollte ihr zeigen, dass er zurück in ihrem Leben war. Dass sie sich nicht mehr vor ihm verstecken konnte.

Pias Finger zitterten, als sie versuchte, den Schlüssel ins Schloss zu stecken. Sie biss sich auf die Lippen und hoffte, dass der Schmerz sie beruhigen würde. Dann hörte sie Schritte hinter sich.

Endlich ließ sich der Schlüssel drehen. Pia öffnete die Haustür und stolperte hinein.

»Frau Berger? Ein Paket für Sie.«

Hinter ihr stand der Postbote. Sie konnte riechen, dass er Zwiebeln gegessen hatte. Seine blonden Bartstoppeln waren lang geworden und lockten sich bereits. Er hatte es sich zur Angewohnheit gemacht, die Post immer persönlich abzugeben, statt sie in den Briefkasten zu werfen. Pia nervte das, aber sie brachte es nicht fertig, ihm das zu sagen. Außerdem stand er immer ein wenig zu nah.

Sie hielt die Luft an, während sie auf dem Empfangsgerät unterschrieb. Ein Blick über seine Schulter zeigte ihr, dass Rainer verschwunden war.

Dann klemmte sie sich das Paket, das einige Bücher enthielt, die sie bestellt hatte, unter den Arm und stieg die Treppe zu ihrer Wohnung hinauf. Sie trat ein, schloss die Tür ab und lehnte sich mit dem Rücken dagegen.

Wieder hatte sie dieses seltsame Gefühl, das sie seit einigen Wochen verfolgte: Jemand war hier gewesen.

Pia ließ den Blick über den akkurat aufgeräumten Wohnbereich schweifen. Die Garderobenhaken waren leer, die Kissen auf ihrem blassgrünen Sofa paarweise angeordnet. Darüber hingen zwei Bilder der grönländischen Tundra mit weißen Gletschern im Hintergrund. Der kleine Läufer auf dem Boden lag parallel zur Wand. Die Schlafzimmertür stand einen Spalt breit offen.

Pia spürte, dass ihr Herz schneller schlug. Die Tür war geschlossen gewesen, dessen war sie sich sicher. Sie schloss immer alle Türen. Als sie sich der Tür näherte, fühlten sich ihre Füße wie Fremdkörper an. »Er ist nicht hier«, flüsterte sie fast unhörbar. »Er ist nicht hier.«

Pia streckte die Hand aus, umfasste die Klinke und ließ die Tür langsam aufschwingen.

Das Schlafzimmer war leer.

Mit angezogenen Knien saß Pia auf dem Sofa und starrte ihr Samsung Galaxy an. Ihr letzter Anruf lag schon eine lange Zeit zurück, trotzdem kannte sie die Nummer noch auswendig.

Es kostete Überwindung, aber sie wählte die Marsberger Vorwahl und dann die Rufnummer der Zentrale der Kliniken vom Landesverband Sauer- und Siegerland, kurz LSS. Sie bat darum, mit der Maßregelvollzugsklinik verbunden zu werden.

»Forensische Psychiatrie, Schwester Sonja«, meldete sich eine freundliche Stimme.

»Guten Tag, mein Name ist Pia Berger. Ich möchte Dr. Kortmann sprechen.« Sie zögerte. Obwohl es nahezu unmöglich war, rechnete sie damit, dass die Schwester sie erkennen würde, doch die Stimme blieb unverbindlich.

»Dr. Kortmann ist heute leider nicht im Haus. Worum geht es denn?«

»Ich muss ihn sprechen.« Pia zögerte. Warum hatte sie sich nicht besser vorbereitet?

»Sind Sie eine Patientin?«

Plötzlich sah Pia vor sich, wie die Schwester am Computer nach ihren Daten suchte. Warum hatte sie nur ihren richtigen Namen gesagt?

»Nein«, antwortete sie schnell und fuhr sich mit der Zunge über die Lippen. »Rainer Dorn war bei mir. Ich habe ihn gesehen. Welche Lockerungsstufe hat er? Hat er unbegleiteten Ausgang?«

Sie wusste, dass sie einen Fehler beging, konnte aber nicht mehr aufhören. Ihre Stimme klang schrill in ihren Ohren.

»Darüber darf ich Ihnen leider keine Auskunft geben«, sagte die Schwester kühl.

Dann wurde ihre Stimme freundlicher: »Ich sage Dr. Kortmann, dass Sie angerufen haben. Oder möchten Sie jetzt einen Termin bei ihm vereinbaren?«

»Nein«, flüsterte Pia.

»Ich bin sicher, der Doktor wird sich bei Ihnen melden.«

◆

»Weow weow«, hauchte JJ ins Mikrofon. Und als die ersten Takte von Jon Bon Jovis *It's My Life* erklangen, sprang er in die Höhe und wirbelte seine Luftgitarre herum. Er trug eine hautenge Hose, die nicht viel der Phantasie überließ, und seine schütteren blonden Haare glänzten im Scheinwerferlicht.

»Das ist für euch, Ladies!«, brüllte er in einer kurzen Textpause und warf dem Publikum eine Kusshand zu.

»Mein Gott, wie peinlich«, stöhnte Oberkommissarin Anne Kirsch und duckte sich hinter ihr Bierglas.

Ulrike Peters steckte zwei fleischige Finger in den Mund und ließ einen gellenden Pfiff ertönen. »JJ! Wow!« Dann warf sie Anne einen Seitenblick zu. »Ich finde es super.«

Anne lächelte gequält. Sie begriff, dass sie von Ulrike keine Hilfe erwarten konnte, und zog eine Grimasse in Thorsten Seidels Richtung, doch der unterhielt sich mit seinem Freund Holger über Fußball und schien gar nicht wahrzunehmen, was dort unten auf der Bühne geschah.

Konnte es noch schlimmer kommen? Janitzki in einer Karaokebar?

Anne nahm einen großen Schluck von ihrem Bier und beobachtete genervt die zuckende Gestalt ihres Kollegen. Sein Fuß wippte, während er mit seinem Zeigefinger einen Kreis beschrieb. Er zeigte auf die Frauen in der ersten Reihe. Diese hatten schon einige alkoholische Getränke konsumiert und ließen sich mit johlendem Gekreische auf seine Showeinlagen ein.

»JJ sorgt für Stimmung.« Ulrike bewegte die Schultern im Takt der Musik und hatte ihr rundes Gesicht zu einem glückseligen Lächeln verzogen.

Sie hatte sich gewünscht, ihren vierzigsten Geburtstag mit ihren Kollegen in einer Karaokebar zu feiern. Anne war der Meinung gewesen, alle Kneipen der Dortmunder Innenstadt zu kennen, aber heute Abend erlebte sie etwas, das sie sich in ihren kühnsten Albträumen nicht hätte vorstellen können. Janitzki sang sein drittes Lied. Er hatte seinen Auftritt mit Ulrikes Lieblingsband, Roxette, begonnen. Jetzt schien es, als wolle er gar nicht mehr aufhören.

Die Frauen der ersten Reihe bejubelten ihn wie einen Rockstar, und er suhlte sich in ihrer Aufmerksamkeit. Anne verabscheute sein selbstverliebtes Grinsen. Den sonnenbankgebräunten Teint. Sein halb aufgeknöpftes Hemd. Als er sich umdrehte und den Hintern kreisen ließ, musste sie den Blick abwenden. Ging es noch schlimmer?

»Jetzt mach nicht so ein Gesicht«, hielt Ulrike ihr vor. »Ich möchte heute Abend Spaß mit euch haben.«

»Eigentlich singt er gar nicht so schlecht«, bemerkte Holger grinsend. Das Fußballthema schien ausdiskutiert zu sein. Er winkte der Bedienung. »Gibt's hier auch was zu essen? Mein Kühlschrank ist leer.«

Und dein Kleiderschrank wohl auch, dachte Anne. Der rothaarige Kriminaltechniker trug dasselbe Hemd schon seit drei Tagen, aber das war nichts Ungewöhnliches für ihn. Er brauchte dringend eine Freundin. Und eine Bürste wäre auch nicht schlecht.

»Macht euch noch einen schönen Abend«, sagte Thorsten und erhob sich. »Danke für die Einladung, Ulrike.«

»Du willst schon gehen?«, rief sie enttäuscht, machte Anstalten aufzustehen, ließ es dann aber sein und breitete einfach die Arme aus. Thorsten musste sich zu ihr herunterbücken und bekam einen dicken Schmatzer auf die Wange.

»Das wollte ich schon immer mal tun, Herr Hauptkommissar.«

Thorsten Seidel wünschte ihr noch einmal alles Gute zum Geburtstag und richtete sich zu seiner beachtlichen Länge von 1,90 Meter auf. Er lächelte, doch Anne fand, dass er irgendwie bedrückt aussah. Dann verließ er die Karaokebar.

»Was ist los mit ihm?«, fragte sie Holger, doch der zuckte nur mit den Schultern.

»Vielleicht hat er seine Tage.«

»Sagenhaft!«, rief Ulrike begeistert, als sich Janitzki verbeugte. Sie hakte ihren warmen Arm bei Anne unter. »Singen wir beide etwas zusammen?«

»Großer Gott, nein!«, wollte Anne rufen, brachte aber nur ein »Gr…« heraus, da Ulrike mit erstaunlicher Beweglichkeit aufgesprungen war und sie in Richtung Bühne zerrte.

»Komm schon, alleine trau' ich mich nicht.« Sie verfügte über erstaunliche Kraft.

Anne fühlte sich mit einem Mal erschreckend nüchtern, und noch erschreckender war für sie die Tatsache, dass sie überhaupt nicht singen konnte.

Ihr Protest prallte an Ulrikes breitem Rücken ab wie an einer schallgedämpften Mauer. Die dicke Frau drehte sich zu Anne um und schrie über den Lärm hinweg: »Was singen wir? *Friends Will Be Friends*?«

Die ersten Takte des Songs erklangen. Anne blinzelte ins Scheinwerferlicht. Dort, hinter unzähligen Augenpaaren, saß Janitzki mit seiner blonden Föhnfrisur. Er hatte die Beine übereinandergeschlagen, nippte an seinem Cocktail und beobachtete amüsiert, wie sie sich bis auf die Knochen blamierte.

♦

Anne rieb sich langsam mit den Zeigefingern über die Schläfen. Sie stand im Büro von Kriminaldirektor Oberan im Dortmunder Polizeipräsidium und wünschte sich zurück in ihr Bett.

Heute Morgen war sie mit bohrenden Kopfschmerzen aufgewacht, die einfach nicht nachlassen wollten. Nach dem gemeinsamen Auftritt mit Ulrike hatte Anne das Gefühl gehabt, einen Schnaps nötig zu haben. Dann war alles zusammengekommen: Holgers unberührter Jägermeister, Ulrike, die dem Kollegen Janitzki in die Arme fiel und eine Runde Cocktails bestellte. Und dann noch eine. Und noch eine. Bei dem Gedanken daran überkam Anne ein Anflug von Übelkeit.

Es klopfte. Ulrike trat ein und Anne wurde von einem leuchtend roten Hosenanzug geblendet, der an ihrer massigen Gestalt wie ein überdimensionales Stoppschild aussah. Ulrike grüßte gut gelaunt, stellte sich neben Anne und knuffte sie in die Seite.

»War ein super Abend gestern.« Offenbar ging es ihr blendend.

Oberan warf einen Blick in die Runde. Er hatte an diesem Morgen ein Treffen aller Kollegen vom Dortmunder Kriminalkommissariat 11 einberufen, das für Todesermittlungen, Branddelikte und Vermisste zuständig war. Untypischerweise trug er heute Krawatte. Sein Hemd steckte in der Hose und spannte über seinem vorgewölbten Bauch.

»Wo ist Janitzki?«

»Er ist noch auf der Toilette«, erwiderte Thorsten Seidel ohne jede Wertung in der Stimme.

Wahrscheinlich bringt er seine Haare in Form, vermutete Anne böse. Kein Kollege verbrachte so viel Zeit auf der Toilette wie Janitzki. Als JJ endlich kam und an Anne vorbeischritt, roch sie die Wolke des Herrenduftes, der ihn umgab. Er hatte den Hemdkragen seines Lacoste-Shirts aufgestellt und seine Zähne blitzten, als er lächelte. Anne unterdrückte eine Welle der Abneigung.

»Dann sind wir jetzt vollzählig«, bemerkte Oberan.

Irritiert sah Anne in die Runde. Sie waren nicht vollzählig.

»Wo ist Olivia?«, fragte Ulrike.

Oberan nickte ernst und räusperte sich mehrmals. »Der Anlass, zu dem ich Sie heute hier einberufen habe, ist leider kein erfreulicher.«

Er bedeutete ihnen, sich zu setzen. Obwohl er gestern Abend nicht bei der Geburtstagsfeier gewesen war, sah er blass aus. »Hauptkommissarin Esterhazy ist heute nicht bei uns und wird vermutlich für längere Zeit ausfallen. Die Ärzte haben bei ihr Brustkrebs diagnostiziert.«

Ulrike atmete laut hörbar ein. Anne begegnete ihrem schockierten Blick.

»Das ist heutzutage gut behandelbar«, fuhr Oberan fort, und Anne hatte den Eindruck, als hätte er den Text vorher eingeübt. »Die Chancen, dass sie wieder gesund wird, stehen sehr gut. Ich habe gestern noch mit ihr gesprochen. Sie ist zuversichtlich, eine Kämpfernatur eben.«

Anne schluckte. Jetzt begriff sie, warum Olivia gestern nicht bei der Feier gewesen war. Plötzlich kam es ihr blöd vor, wie sie sich über Janitzkis Auftritt aufgeregt hatte. Eigentlich war das doch vollkommen unwichtig. Sie sah Thorsten an und erkannte, dass ihn die Nachricht nicht überrascht hatte. Deshalb war er gestern Abend so zurückhaltend gewesen. Vermutlich hatte er Ulrike die Feier nicht verderben wollen.

»Wie Sie wissen, befinden wir uns in Zeiten großer Personalknappheit«, fuhr Oberan fort. »Die neuen Stellen, die uns die Landesregierung versprochen hat, können nicht von heute auf morgen geschaffen werden. K12 wird uns unterstützen, so gut es geht. Einige Aufgaben von Frau Esterhazy müssen wir intern neu verteilen.«

Anne wurde hellhörig. Wenn Olivia krankgeschrieben war, blieb Thorsten als einziger Hauptkommissar übrig, und er hatte nächste Woche eine Schulung in Münster. Wenn in dieser Zeit ein Tötungsdelikt begangen wurde, musste ein anderer die Ermittlungen leiten. Jemand von K12 oder einer von ihnen. Mit plötzlicher Sicherheit wusste Anne, dass dies eine Chance war, wie sie womöglich niemals wiederkommen würde. Sie arbeitete schon einige Jahre bei K11 mit und würde sich zutrauen, eine Mordermittlung zu leiten. Hier in Dortmund hatten sie gute, motivierte Leute.

»Darum haben Herr Seidel und ich beschlossen, dass Oberkommissar Janitzki Frau Esterhazy vertreten wird, wenn es nötig ist«, unterbrach Oberan ihre Gedanken.

Anne schluckte mehrmals und versuchte, sich ihren Schock nicht anmerken zu lassen. *Janitzki?*

Sie bemerkte, dass Thorsten sie mit wachsamem Blick beobachtete. Wahrscheinlich befürchtete er, sie würde jetzt etwas Unüberlegtes tun. Soso, Herr Seidel und Oberan hatten das gemeinsam beschlossen. Ihr guter Freund Thorsten traute ihr die Leitung einer Mordermittlung nicht zu. Zorn wallte in ihr auf.

»Warum Janitzki?«, fragte sie betont ruhig. Sie selbst arbeitete schon länger bei K11 mit. Sie hatte mehr Vernehmungen durchgeführt, mehr Verhaftungen, mehr Verurteilungen.

JJ hatte die Beine übereinandergeschlagen und lächelte siegessicher. Mit seinen gebleichten Zähnen und der falschen Sonnenbräune war der Typ eine einzige Lachnummer, fand Anne. Und dieser Mensch wurde ihr vorgezogen.

»Ist diese Frage wirklich ernst gemeint?«

Janitzkis überheblicher Tonfall brachte sie vollends auf die Palme.

»Natürlich ist die Frage ernst gemeint!«, fauchte sie. »Warum du und nicht jemand mit mehr Erfahrung?«

»Wie du zum Beispiel?« Er machte eine Pause, um seinen Spott wirken zu lassen. »Ist das dein Ernst, nach der Nummer, die du dir letztes Jahr geleistet hast. In – wie hieß der Ort noch? – Bontkirchen?«

Anne atmete tief ein und holte zum verbalen Gegenschlag aus. JJ hatte bei diesem Fall selbst auch keine rühmliche Rolle gespielt. Anfangs hatte er Thorsten sogar behindert, hatte blindlings Dienstanweisungen befolgt, obwohl eine Kollegin, nämlich Anne selbst, in Lebensgefahr geraten war.

Gut, Anne hatte sich nicht an die Vorschriften gehalten. Womöglich war sie auch hitzköpfig und leichtsinnig gewesen. Aber immerhin hatte sie die Ermittlungen entscheidend vorangetrieben!

Sie spürte Thorstens Hand auf ihrem Arm und sah sein leichtes Kopfschütteln.

»Kriminaldirektor Oberan und ich haben das gemeinsam besprochen«, sagte er laut. »Es ist keine optimale Lösung und hoffentlich nicht für lange. Aber wir sehen momentan keine andere Möglichkeit.«

Janitzki erhob sich, zog seine Ärmel straff und reichte Oberan die Hand. »Ich bedanke mich für das Vertrauen, das Sie mir entgegenbringen. Ich werde Sie nicht enttäuschen.«

Anne war, als müsse sie sich gleich übergeben.

»Was habt ihr euch dabei gedacht?«, fauchte sie Thorsten an, als sie alleine waren. »Janitzki? Gott, ich kann verstehen, dass ich nicht Oberans erste Wahl bin, aber Janitzki?«

Thorsten blieb ruhig. Er wirkte amüsiert. Seine Gelassenheit machte sie noch wütender. Was bildete er sich ein? Dass er sie behandeln könnte wie ein störrisches Kind, nur weil er zehn Jahre älter war?

Sie ballte die Fäuste. »Ich hätte alles sagen sollen! Wie das in Bontkirchen abgelaufen ist. Dass JJ sich geweigert hat, dir zur helfen. Warum hast du mich nicht gelassen? Weiß Oberan überhaupt davon?«

Thorsten schloss die Bürotür und drehte sich zu ihr um. »Weißt du, dass der Leiter einer Mordkommission nicht einmal ein guter Polizist sein muss?«

Anne runzelte die Stirn. Wie meinte er das? War es eine Fangfrage?

Thorsten lehnte sich an die Kante seines Schreibtisches und brachte es auf erstaunliche Art und Weise fertig, von seinen 1,90 Meter auf sie herabzusehen, ohne auf sie herabzusehen. Einige silberne Strähnen mischten sich bereits unter seine kurzen Haare.

»Wie meinst du das?«, knurrte sie. »Natürlich muss er ein guter Polizist sein.«

»Nein«, widersprach er ruhig. »Er muss ein gutes Team haben. Das Team macht die eigentliche Arbeit. Was von einem Leiter erwartet wird, ist Ruhe und Besonnenheit, dass er die Vorschriften kennt und sich daran hält.«

Anne atmete tief durch. »Besonnenheit, hm?«, murrte sie. Allmählich wurde ihr klar, dass Thorsten verhindert hatte, dass sie sich vor Oberan und den versammelten Kollegen blamierte.

Ihre Wut verrauchte. »Aber Janitzki? Ist er der Richtige?«

»Er ist der Einzige«, bemerkte Thorsten gleichmütig. »Den anderen fehlt die nötige Erfahrung. Und du, Anne, hast ein untrügliches kriminalistisches Gespür. Du hast Phantasie und eine Hartnäckigkeit, die ich immer bewundert habe. Aber du bist keine Führungspersönlichkeit.«

Anne errötete. Thorsten allein konnte so eine Zurückweisung wie ein Kompliment klingen lassen. Sie stellte fest, dass sie ihm nicht böse sein konnte.

»Aber wie stellst du dir das vor? Janitzki als mein Chef? Das kann doch nicht gut gehen. Er nimmt mich nicht für voll, weil ich eine Frau bin. Wahrscheinlich werde ich für ihn kopieren und Kaffee kochen müssen!«

Thorsten lachte leise. »Ich glaube, du unterschätzt deinen Kollegen gewaltig. Er weiß, wie wertvoll deine Unterstützung für ihn ist. Und wenn es Probleme gibt, bin ich auch noch da.«

Anne brummte dunkel, dass sie seinen Optimismus nicht teilte. Aber an der Situation konnte sie nichts mehr ändern. Sie würde damit klarkommen müssen. Bestimmt würde es Probleme geben, da war sie sicher, und Thorsten würde nicht immer da sein, um ihr zu helfen. Morgen würde er zu einer mehrtägigen Fortbildungsveranstaltung an der Deutschen Hochschule der Polizei nach Münster fahren. Sie hoffte nur, dass nichts Schlimmes passierte, während er fort war.

♦

Pia hatte die Beine angezogen und die Arme um ihre Knie geschlungen. Das Mittagessen, ein wenig Obstsalat von gestern, stand auf dem Wohnzimmertisch, aber sie hatte kaum einen Bissen hinuntergebracht. Ihr Blick wanderte umher, über die Sofakissen, den Teppich, die geschlossenen Schubladen der Kommode. Obwohl sie schon Stunden zuvor festgestellt hatte, dass alles unverändert war, versuchte sie einen Beweis zu finden, der ihr ungutes Gefühl rechtfertigte. Sie war sicher, dass jemand hier gewesen war.

Das Schloss zur Wohnungstür war alt. Jemand, der sich damit auskannte, würde es mit entsprechendem Werkzeug öffnen können. Konnte Rainer so etwas tun? Sie wusste es nicht. Warum hatte er draußen gestanden und auf sie gewartet? Um ihr zu zeigen, dass er wieder da war? Dass er wusste, wo sie wohnte? Was wollte er von ihr?

Pia schlang die Arme um ihren Oberkörper und wiegte sich vor und zurück. Sie hatte Angst. Es war nicht dieselbe Angst wie vor dem Elternsprechtag. Diese saß tiefer. Eine luftabschneidende, würgende Angst, die sie an ihren Eingeweiden gepackt hielt, zusammen mit Erinnerungen, über die sie nicht nachdenken wollte.

Sie dachte an Dr. Kortmann und rief sich seine tiefe, beruhigende Stimme ins Gedächtnis.

Denk an deine Skills, Pia. Damit kriegst du deine Gedanken in den Griff. Langsam in den Bauch atmen. Den Verstand gebrauchen. Die Reaktion deines Körpers ist der Situation nicht angemessen. Stresshormone werden ausgeschüttet. Dein Puls geht in die Höhe und der Atem beschleunigt sich. Du musst gegensteuern. Zum Beispiel kannst du dir Bilder vorstellen, die Sicherheit vermitteln.

Pia dachte an ihren Bruder. Sie stellte sich vor, dass Johannes neben ihr auf dem Sofa saß. Es gelang ihr, sich zu beruhigen. Dann fasste sie einen Entschluss, sprang auf und öffnete ihren Kleiderschrank. Sie nahm zwei der Kante an Kante gefalteten T-Shirts heraus. Dazu zwei Hosen, zwei Paar Socken, einen BH, zwei Slips, und zwei der dünnen, einfarbigen Rollkragenpullis, die dort in einer Reihe hingen. Sie packte alles in eine Reisetasche und fuhr zu Johannes.

Leider war es Astrid, die ihr öffnete.

Sie trug einen Hausanzug aus rotem Samt, der sich um ihre Hüften schmiegte und einen tiefen Einblick in ihr faltenfreies Dekolleté gewährte.

»Du schon wieder«, sagte sie in einem Tonfall, der kaum noch höflich war. Sie sah an Pias schmaler, unauffälliger Gestalt hinunter zu ihrer Reisetasche. Dort verharrte ihr Blick missbilligend.

»Ist mein Bruder da?«, fragte Pia und versuchte in den Hausflur zu spähen, den Johannes' Freundin erfolgreich versperrte.

Astrid schien gerade geduscht zu haben, denn ihre Haare waren noch feucht und sie hatte einen frischen Duft aufgelegt. »Heute passt es uns leider nicht«, erwiderte sie mit einem Bedauern in der Stimme, das so unecht war wie ihr Lächeln. »Johannes ist beschäftigt. Soll ich ihm etwas ausrichten?«

»Wer ist es denn, Liebling?«, fragte eine tiefe Männerstimme im Hintergrund und Pia atmete erleichtert auf, als sie ihren Bruder sah.

»Ich bin es.«

»Pia! Schön, dich zu sehen. Komm herein.« Auch er bemerkte ihre Sporttasche, sagte aber nichts, sondern legte seinen Arm um ihre Schultern und ließ sie eintreten. Pia spürte Astrids böse Blicke wie Nadelstiche im Rücken. Nicht zum ersten Mal fragte sie sich, was ihr Bruder an dieser Frau fand.

»Kann ich kurz mit dir reden?«, bat sie, und Johannes führte sie ohne Umschweife in sein Arbeitszimmer und schloss die Tür hinter sich. Dann drehte er sich um.

»Erfolg macht attraktiv« war ein Spruch, den Pia schon oft gehört hatte, und auf Johannes traf er ohne Zweifel zu. Er war nicht im klassischen Sinne schön, sein Mund war zu breit und die Augen standen zu weit auseinander, doch er besaß eine Ausstrahlung, die auf Frauen anziehend wirkte. In seinem marineblauen Polohemd und der hellen Anzughose sah er aus, als sei er auf dem Weg zum Golfclub. Neben ihm kam Pia sich unscheinbar und farblos vor.

Vor fünfzehn Jahren hätte niemand dem verhaltensauffälligen Teenager zugetraut, ein erfolgreicher Geschäftsmann zu werden. Aber als Johannes nach seinem BWL-Studium und zwei Jahren als Trainee bei einer Softwareentwicklungsfirma nach Marsberg zurückgekehrt war und seine eigene Firma gegründet hatte, war von diesem Jungen nicht mehr viel übrig gewesen.

»Was ist passiert?«, fragte er jetzt.

»Ich habe Rainer gesehen«, sagte Pia und erzählte mit stockenden Worten, dass jemand in ihrer Wohnung gewesen war.

Johannes legte einen Arm um ihre Schultern und drückte sie an sich. Ihr Kopf lag auf seiner Brust und sie spürte die langsamen, kraftvollen Schläge seines Herzens. Ihr Hals schmerzte von einem Schluchzen, das dort festsaß.

»Du glaubst mir nicht.« Sie spürte sein Kopfschütteln.

»Natürlich glaube ich dir.«

Pia wusste nicht, ob er die Wahrheit sagte, aber es war nicht wichtig. Sie konnte sich immer auf sein schlechtes Gewissen verlassen.

»Möchtest du heute Nacht bei uns schlafen?«, fragte er.

Pia nickte gegen seine Brust. »Und Astrid?«

Er zuckte mit den Schultern. »Sie muss damit klarkommen. Du bist meine Schwester.«

Zum Abendessen gab es Schwertfisch. Pia, die weder Fisch noch Fleisch aß, hielt sich an die Beilagen. So oder so hatte sie keinen großen Appetit.

»Dein Kochkurs hat sich gelohnt«, kommentierte Johannes, an Astrid gewandt. »Das Essen ist superb. Das kann man im Restaurant nicht besser bekommen.«

Die Falten auf Astrids Stirn glätteten sich. »Nimm dir ruhig so viel du magst«, sagte sie zu Pia. »Ich habe heute etwas mehr gekocht. Eigentlich für morgen, aber was soll's.« Sie führte ein Glas Weißwein zum Mund. »Dein Bruder ist viel unterwegs. Ein Abend zu zweit ist für uns Luxus geworden.« Sie lächelte, doch in ihrem Blick lag ein stummer Vorwurf.

»Ihr dürft euch durch mich nicht stören lassen. Ich bleibe auf meinem Zimmer.«

»Ich bitte dich, Pia, so war das nicht gemeint. Wir freuen uns, dich hier zu haben.«

Johannes kaute nachdenklich. »Vielleicht hilft es, wenn wir in Pias Wohnung ein neues Schloss einbauen lassen. Mit Sicherheitskarte.«

Astrid lächelte. »Eine gute Idee, Liebster.«

Sobald Pia konnte, zog sie sich ins Gästezimmer zurück. Astrid brachte ihr frische Bettbezüge, die nach Lavendel und Citrus dufteten.

Erschöpft setzte Pia sich aufs Bett und schaltete ihr Smartphone ein. In der WhatsApp-Gruppe der Lehrer gab es keine neuen Nachrichten und auch sonst hatte keiner geschrieben. Sie zog das Bettzeug auf und kroch unter die Decke. Leider hatte sie vergessen, ein Buch mitzunehmen. Aus dem Nebenzimmer erklang rhythmisches Stöhnen. Draußen heulte der Wind und Schneeregen peitschte gegen das Fenster.

Kapitel 2

Freitag, 25. November

Ein schrilles Klingeln riss Anne aus dem Schlaf. Sie streckte die Hand aus, tastete nach ihrem Wecker und schlug mehrmals vergeblich auf den Snooze-Knopf, bevor sie begriff, dass der Lärm vom Festnetztelefon kam. Leise fluchend schälte sie sich aus dem Bett. Die Leuchtziffern des Weckers zeigten 5.45 Uhr.

Als sie die Nummer der Einsatzzentrale auf dem Display sah, wurde ihr klar, dass das, wovor sie sich gefürchtet hatte, soeben eingetreten war. Es gab einen neuen Fall.

Sie räusperte sich, doch ihre Stimme klang kratzig, als sie sich meldete.

Der Beamte aus der Einsatzzentrale informierte sie, dass im Stadtteil Dortmund Hörde eine junge Frau tot auf dem Bürgersteig gefunden worden war. Offenbar war sie vom Balkon eines Mehrfamilienhauses gestürzt.

»In Ordnung«, seufzte Anne, »Ich komme.«

Der Beamte war noch nicht fertig. »Der Kriminaldauerdienst ist vor Ort. Aber Herr Janitzki hat ein vergrößertes Team angefordert. Offenbar weist der Fall einige Besonderheiten auf. Ich habe es nicht ganz verstanden. Er sprach von Nadeln. Am besten, Sie sehen es sich selbst an.«

Nadeln?

Ein ungutes Gefühl machte sich in Anne breit.

Sie schlüpfte in Jeans und Pullover und zog ihren olivgrünen Parka über. Dann kaufte sie sich in der Bäckerei neben ihrer Wohnung eine Laugenbrezel, da die belegten Brötchen noch nicht fertig waren. Sie stieg in die Straßenbahn und fuhr zu der Adresse, die der Beamte ihr genannt hatte.

Die Straße war durch einen quergestellten Streifenwagen blockiert. Ein Schutzpolizist in Uniform winkte sie durch. Anne ging zwischen den Reihen geparkter Autos hindurch. Mehrfamilienhäuser. Eine ganz normale Wohngegend in Dortmund.

Von Weitem sah sie ein weißes Zelt, das auf dem Bürgersteig aufgestellt worden war, um den Leichnam vor neugierigen Blicken zu schützen. Weißgekleidete Gestalten der Spurensicherung suchten Gehweg und Straße ab. Anne sah die Kollegen vom Kriminaldauerdienst eines der Nachbarhäuser betreten. Der Erste Angriff und so viele Einsatzkräfte? Dies war kein einfacher Sturz vom Balkon. Was war passiert?

Sie erkannte Janitzki an seinem braungebrannten Gesicht. Auch er trug einen Ganzkörperoverall und stand in einem Hauseingang, wo er mit Grote, dem Leiter der Spurensicherung, sprach. Anne ging nicht direkt zu ihnen, sondern steuerte auf das Zelt zu. Zuerst wollte sie die Tote sehen.

Im Inneren hockte Dr. Lange. Offenbar fuhr Janitzki die ganz großen Geschütze auf. Er hatte sogar den Leiter der Rechtsmedizin rufen lassen. Anne überspielte ihre Überraschung mit einem freundlichen Gruß und wunderte sich darüber, dass der spindeldürre Gerichtsmediziner nur mit ernster Miene nickte. Normalerweise hätte er sich bei ihr mit sarkastischen Bemerkungen darüber beschwert, so früh gerufen worden zu sein.

Anne schob den Gedanken beiseite und konzentrierte sich auf die tote junge Frau, die auf dem Rücken lag und nur mit einem Slip bekleidet war. Ihre abgeknickten Gliedmaßen waren schlank und von einem milchigen Weiß. Bei dem

Anblick begann Anne zu frieren. Eine Hand lag in der Lache aus geronnenem Blut.

Anne merkte, wie ihre Kehle trocken wurde. Sie konnte den Blick nicht mehr abwenden. Der Körper der Frau war mit Nadeln gespickt, die wie groteske Stacheln wirkten. Sie steckten in den Oberschenkeln, den Armen, im Bauch. Einige waren nur oberflächlich in die Haut eingedrungen, andere so tief, dass sie fast nicht mehr zu sehen waren. Manche waren abgeknickt.

»Das sind Nähnadeln«, sagte Dr. Lange, »keine Maschinennadeln. Die haben einen dickeren Kolben, an der einen Seite meist flachgeschliffen. Solche benutzt meine Frau.«

Anne nickte. Sie schloss die Augen und öffnete sie wieder. Sie zwang sich, alles aufzunehmen, jede Einzelheit. »Wie lange ist sie schon tot?«

»Wenige Stunden. Rigor Mortis setzt gerade erst ein. Die Starre verzögert sich natürlich bei diesen winterlichen Temperaturen. «

»Ein Jogger hat sie gefunden.« Janitzki stand plötzlich neben ihr. Anne hatte nicht bemerkt, dass er hereingekommen war.

Sie warf ihm einen Seitenblick zu und suchte nach Anzeichen des Triumphes, den er fühlen musste. Gleich bei seiner ersten Einsatzleitung so ein Fall! Wenn die Presse von den Nadeln erfuhr, würde sie sich darauf stürzen. Solch grausige Details interessierten die Menschen. Anne sah bereits die Schlagzeilen vor sich: *Der Nadelmörder von Dortmund.*

Wenn Janitzki sich nicht allzu dumm anstellte, könnte er von der Aufmerksamkeit profitieren. Möglicherweise würde er selbst Details zur Presse durchsickern lassen. Wäre er zu solch einer Schweinerei fähig?

»Was denkst du?«, fragte er Anne.

Einen Moment lang fühlte sie sich ertappt. Dann begriff sie, dass er einfach ihre Meinung zu dem Fall hören wollte.

»Ich weiß es nicht. So etwas habe ich noch nie gesehen. Vielleicht ist sie gefoltert worden. Allerdings sehe ich keine

Fesselungsspuren. Ich könnte mir vorstellen, dass sie sich losgerissen hat, fliehen wollte, und dabei vom Balkon gestürzt ist.«

»Darüber habe ich auch nachgedacht.«

»Vielleicht stand sie unter Alkohol- oder Drogeneinfluss, während es passiert ist.«

Anne begleitete Janitzki in das Haus, vor dem die junge Frau lag. Im Treppenhaus trafen sie Grote, der die Spurensicherungsarbeiten koordinierte. Ein Teil der Treppe war mit Trittplatten ausgelegt.

»Drittes Obergeschoss«, sagte er.

Als sie in die Wohnung kamen, fiel Anne zuerst auf, wie kalt es dort war. Dann sah sie den Grund dafür: Die Balkontür stand offen. Das lose Ende einer halb abgerissenen Gardine bewegte sich im Luftzug hin und her. Sie sah aus wie ein weißer Brautschleier.

Ein Kriminaltechniker machte Fotos. Er hatte zahlreiche Schilder mit Nummern aufgestellt. Die 29 stand neben einer zerbrochenen Vase auf dem Boden. Wasser war ausgelaufen und bildete eine Pfütze auf dem hellen Laminat. Daneben lagen rosafarbene Nelken verstreut. Eine plattgetretene Blüte war Nummer 30.

Anne sah sich selbst in dem großen Spiegel neben der Garderobe. Eine Gestalt im Einwegoverall. Weiß, wie ein Gespenst. *Immer dasselbe. Zuerst ist es eine ganz normale Wohnung. Dann wird sie zu einem Ort der Gewalt und am Ende wandeln die Geister hindurch.*

Ihr Blick glitt über Kerzen und den Wohnungsschlüssel, der in einer Tonschale lag.

»Ist die Tür aufgebrochen worden?«, fragte sie niemand bestimmten.

Janitzki verneinte und sie dachte, dass sein braungebranntes Gesicht in Verbindung mit dem weißen Overall noch unnatürlicher aussah.

Er passt nicht zu uns bleichen Gespenstern. Anne folgte ihm durch eine kleine Wohnküche und sah, dass auf der

Spüle eine leere Sektflasche stand. Das passende Glas dazu lag in Scherben auf dem Boden. Daneben stand ein Schild mit der Nummer 39. *Nur ein Glas.*

»Sehen Sie mal hier.« Eine Kriminaltechnikerin reichte Janitzki eine Damengeldbörse aus schwarzem Leder.

Er fischte den Ausweis heraus und hielt ihn Anne hin.

»Corinna Raabe. Das ist das Opfer.«

Anne blickte auf das biometrische Foto, dessen Gesicht unzweifelhaft zur toten Frau gehörte, und las die Daten dazu. Corinna war siebenundzwanzig gewesen, vier Jahre jünger als sie selbst. Eine plötzliche Versagensangst durchflutete sie. Janitzki und sie, das konnte nicht funktionieren. Anne vertraute ihm nicht. Nein, sie brauchte jemand anderen an ihrer Seite.

»Wo ist Holger?«, fragte sie die Frau.

»Der hat Urlaub. Er wollte einen Rekord aufstellen. Irgendetwas mit Star Trek.«

Anne hatte das Gefühl, als stünde sie auf einem Floß, das unkontrolliert zu schaukeln begann. Der Kapitän und seine Crew hatten sich mit Rettungsbooten davongemacht. Sie stand ganz alleine da.

Als Anne das Schlafzimmer betrat, fiel ihr Blick sofort auf das zerwühlte Bett. Einige Kleidungsstücke lagen auf dem Teppich. Auf dem Nachttisch stand eine Stereoanlage, an der ein kleines Lämpchen blinkte. Anne öffnete mit der behandschuhten Hand den CD-Spieler und stellte fest, dass Kuschelrock Vol. 13 darin lag. Ein Kriminaltechniker packte das Federbett zusammen und verstaute es in einer großen Tüte. Auf dem Bettlaken darunter wurden kleine, rötliche Flecken sichtbar. War das Blut? Anne beugte sich vor. Janitzki warf einen prüfenden Blick durchs Zimmer.

»Hier muss es passiert sein. Vielleicht Sexspielchen.«

Allein die Vorstellung bereitete Anne Übelkeit.

»Sexspiele mit Nadeln? Wie krank muss man sein, um auf so etwas zu kommen?«, fragte sie voll Abscheu.

»Ich habe keine Ahnung, Anne«, erwiderte er kühl. »Ich verabscheue Gewalt beim Sex. Aber ich versuche zu verstehen, was hier passiert ist. BDSM ist doch jetzt in. Aber in dieser Szene kenne ich mich nicht aus.«

Anne begriff, dass er auf *Fifty Shades of Grey* anspielte.

»Ich habe weder diesen Film gesehen noch das Buch gelesen«, antwortete sie schroff. »Ich halte nichts von Frauen, die sich unterordnen.«

Er nickte. »Ja, ich weiß. Das bereitet dir Probleme.«

Anne rüttelte wütend am Kleiderschrank. Die Tür klemmte. »Könnt ihr mir mal helfen?«

Der Kriminaltechniker untersuchte die Tür. »Das Scharnier wird durch etwas blockiert.«

Er ging zu seinem Koffer, nahm einen flachen Schraubenzieher heraus und stocherte im Türspalt herum. Als er die Tür schließlich aufzog, stürzte ihm ein Großteil seines Inhalts entgegen. Eine kleine Holzkiste landete mit einem Knall auf seinem Kopf. »Au! Verflucht.«

Anne bückte sich und sammelte auf, was auf den Boden gefallen war: Originalverpackte Rasierapparate und -klingen, Duschgel, Haarspangen, Zahnbürsten, T-Shirts und Pullover, an denen noch Preisschilder und Sicherheitsetiketten befestigt waren.

Janitzki pfiff leise vor sich hin. »Was haben wir hier? Eine Kleptomanin?«

Er griff in den Schrank und fand mehrere Parfümflakons.

»Diese hier waren mit Sicherheit teuer. Wir müssen herausfinden, ob sie gestohlen worden sind. Und woher. Vielleicht war das mit den Nadeln eine Strafaktion, die aus dem Ruder gelaufen ist.«

Der Gedanken war nicht mal dumm, stellte Anne zähneknirschend fest.

♦

Hin und wieder, vor allem, wenn er mit Jens unterwegs war, musste Anton Hellmann an den Fall vor etwas über einem Jahr denken, als er das erste Mal Gelegenheit gehabt hatte, bei einer Mordermittlung dabei zu sein. Die Zeit, in der er eng mit Hauptkommissar Thorsten Seidel aus Dortmund zusammengearbeitet hatte, war wie eine Offenbarung für ihn gewesen. Das war es, wofür er Polizist geworden war, warum er sich auf der Polizeischule für den Bereich Kriminalistik entschieden hatte. Nicht diese frustrierende Arbeit in Brilon im Sauerland.

Seit Jahren versuchte die Kriminalpolizei die Zahl der Wohnungseinbrüche zu senken und die Aufklärungsquote zu erhöhen, doch Hellmann fühlte sich manchmal, als würde er gegen Windmühlen kämpfen. Sie hatten weder das nötige Personal noch die Mittel, um eine konsequente Spurensicherungsarbeit zu gewährleisten. Immerhin war vor Kurzem eine Arbeitsgemeinschaft gegründet worden, die sich auf bandenmäßige Einbrüche spezialisiert hatte. Hellmann und Jens gehörten nicht zur AG, leisteten aber Zuarbeit und kümmerten sich um die anderen Fälle, die nicht ins Raster passten.

Deshalb waren sie heute nach Heddinghausen, einem Ortsteil von Marsberg, geschickt worden. Ein Dirk Finkel hatte einen Einbruch in seiner Wohnung angezeigt.

»Ekliges Wetter«, bemerkte Jens. Er musste langsam fahren, da die Straßen mit nassem Schneematsch bedeckt waren. »Wenn es schon schneit, warum nicht richtig?«

Hellmann nickte mürrisch. Als der Wetterdienst den ersten Schnee im Sauerland gemeldet hatte, war er auf den Dachboden gestiegen, um seine Skiausrüstung herunterzuholen. Er hatte Hose und Jacke zum Lüften aufgehängt und das Wachs, das er zum Einlagern benutzt hatte, von den Brettern gebürstet.

Aber es war noch zu warm. Selbst in Willingen.

Der Schnee, der bereits nass und schwer vom Himmel fiel, begann am Boden zu tauen und bildete dort einen widerlichen braunen Schmierfilm. Jens hielt vor einem Zweifamilienhaus. Sie stiegen aus dem Zivilwagen und gingen zur Haustür, die nicht überdacht war. Nasse Brocken klatschten auf Hellmanns Jacke und auf seine Wollmütze.

Er atmete auf, als sie endlich den trockenen Hausflur betraten. Sie stiegen in den ersten Stock empor und Hellmann registrierte, dass die Treppenstufen sauber waren und die Wohnungstür keine verdächtigen Kratzer aufwies.

Dirk Finkel war ein junger Mann, etwa in Hellmanns Alter. »Gut, dass Sie kommen! Ich habe alles gelassen, wie es war, um keine Spuren zu zerstören. Die Schweine haben den Fernseher und mein neues Tablet mitgenommen.« Dann verzog er den Mund zu einem selbstironischen Lächeln. Für einen Mann hatte er auffällig große Lippen.

»Das Tablet wollte ich eh umtauschen. Ich hoffe, die Versicherung zahlt den Schaden. Aber kommen Sie erstmal rein.«

Er führte sie ins Wohnzimmer und Hellmann sah sich aufmerksam um.

Eine klassische Junggesellenwohnung, dachte er. In schwarz und weiß gehalten, ohne Bilder an den Wänden und ohne überflüssige Dekoartikel. Die Wand gegenüber einem Ledersofa war leer, aber Hellmann konnte die Befestigungshaken erkennen, an denen der Flachbildfernseher angebracht gewesen war.

Einige Schubladen lagen ausgekippt auf dem Boden, sonst schienen die Einrichtungsgegenstände unberührt. Anscheinend hatten die Einbrecher sich hier nicht lange aufgehalten.

Hellmann ging zum Fenster, das offenstand, und betrachtete den Rahmen. »Hier ist deutlich zu sehen, dass das Fenster aufgestemmt worden ist«, sagte er und fotografierte die Kratzer an der Zarge. »Ich denke, das mit der Versicherung wird kein Problem sein.«

Finkel lachte erleichtert. »Ein Glück. Dann ist alles halb

so wild.« Er sah auf seine schwarze Herrenuhr. »Wie lange brauchen Sie denn? Ich habe gleich noch einen Termin.«

»Den sagen Sie besser ab«, erwiderte Hellmann und warf einen prüfenden Blick durch das Fenster. Es war unschwer zu erkennen, wie der oder die Täter hochgeklettert waren: Direkt an der Hauswand stand ein Carport. Dahinter befand sich der Garten des Nachbarn.

»Wann ist der Einbruch passiert?«

»Heute Morgen. Gegen 14 Uhr kam ich von der Arbeit. Ich bin Lehrer an einer Grundschule und habe heute meinen freien Nachmittag.«

Jens ging hinaus, um die Nachbarn zu befragen. Vielleicht hatten sie Glück und jemand hatte die Tat beobachtet oder ein verdächtiges Fahrzeug gesehen. Hellmann öffnete seinen Spurensicherungskoffer und begann den Bereich um das Fenster herum abzukleben.

»Viele denken ja, wir Lehrer hätten jeden Nachmittag frei«, sagte Finkel und trat näher. »Was tun Sie da?«

»Hiermit kann ich DNA und Faserspuren sichern. Ich schaue natürlich auch nach Fingerabdrücken, aber die sind eher selten, weil mittlerweile fast alle Einbrecher Handschuhe tragen.«

Hellmann legte die Kleberolle in den Koffer zurück und griff nach einem Langhaarpinsel, als sein Blick auf einige Fotos fiel, die zusammen mit dem übrigen Inhalt der Schubladen auf dem Boden lagen. Das oberste zeigte das Gesicht einer Frau im Profil. Sie hatte den Blick abgewandt. Man sah ein schmales Ohrläppchen, die Kieferlinie, einen kleinen Leberfleck und eine Strähne blassblonden Haares. Hellmann wusste, dass er sie kannte, konnte sie aber nicht einordnen.

»Wer ist das?«, fragte er und beugte sich interessiert vor, doch Finkel war mit zwei schnellen Schritten bei ihm und klaubte die Fotos zusammen.

»Partybilder!« Der Lehrer lächelte verlegen und verstaute sie in einem Schrank. »Auf diesen Studentenpartys sind peinliche Sachen passiert. Kennen Sie das? Haben Sie auch studiert?«

»Sie dürfen hier nichts verändern, bis ich fertig bin«, ermahnte Hellmann ihn, fügte aber dann verständnisvoll hinzu: »Ich war nicht an der Uni, aber an der Polizeischule wurde auch viel gefeiert.«

Als Jens nach einer Dreiviertelstunde zurückkam, hatte er nichts Neues zu berichten. Keiner der Nachbarn hatte etwas Auffälliges gesehen.

»Sie sollten eine mechanische Sicherung anbringen«, riet Hellmann Finkel. Er war endlich fertig und packte seine Sachen zusammen. »Gerade an dem Fenster über dem Carport. Das reicht oft schon, um Einbrecher abzuschrecken. Viele geben auf, wenn sich ein Fenster nicht sofort öffnen lässt.«

»Danke für den Tipp. Ich glaube, ich muss wirklich dringend etwas ändern. Vielleicht lassen sie das nächste Mal mehr mitgehen. Nicht auszudenken, wenn sie meine Fallout Collector's Box mitgenommen hätten.«

Hellmann reichte Finkel zum Abschied die Hand.

»Viele schaffen sich auch einen Hund an.«

Der Lehrer verzog die vollen Lippen zu einem abfälligen Lächeln. »Ich hasse Hunde.«

Nach Dienstschluss legte Hellmann seine Waffe, eine P99, in eines der Schließfächer der Polizeidienststelle Brilon. Dabei sah er Steffi Schröder aus den Augenwinkeln. Sie hatte vor wenigen Monaten ihre Prüfung zur Kommissarin bestanden und absolvierte ihren ersten Einsatz im Wach- und Wechseldienst in Heimatnähe.
Lässig streifte sie ihre Uniformjacke über und band ihre Haare zu einem Pferdeschwanz.

Hellmann tat, als würde er sie nicht bemerken, spürte aber ihren Blick im Rücken. Sorgfältig verschloss er sein Fach. *Wie kindisch*, dachte er dann, drehte sich zu ihr um, aber sie war fort.

Jens schüttelte missbilligend den Kopf. »Redet ihr immer noch nicht miteinander?«

»Doch«, flunkerte Hellmann. »Es ist nichts vorgefallen. Wir haben beide nur festgestellt, dass wir nicht zueinanderpassen.« Sie hatten sich ein paarmal privat getroffen. Hellmann hatte erwähnt, dass er noch bei seinen Eltern wohnte. Ein Fehler, wie er kurz darauf zu spüren bekam. Steffis spöttischer Kommentar schmerzte noch immer. *Vermutlich hält sie mich jetzt für ein Muttersöhnchen.*

»Wie hat sie ausgesehen?«, fragte er Jens beim Hinausgehen. »Hat sie mich beobachtet?«

»Du bist ein Vollidiot, Anton.«

»Sagt der, der ständig neue Freundinnen hat«, entgegnete Hellmann bissig.

»Touché«, knurrte Jens und boxte ihm zum Abschied gegen die Schulter.

◆

Anne Kirsch betrat zum zweiten Mal das Haus in Dortmund Hörde und drückte die Klingel im Erdgeschoss. Bisher war die Befragung der Nachbarn ergebnislos verlaufen, aber sie konnte sich nicht vorstellen, dass niemand etwas gesehen oder gehört hatte. Sie schellte zum zweiten Mal, wartete und wollte sich schon damit abfinden, dass niemand zu Hause war, als sie ein Geräusch hörte. Die Tür öffnete sich wenige Zentimeter weit und eine kleine, weißhaarige Alte spähte durch den Spalt. »Ja?«, fragte sie mit brüchiger Stimme.

Anne warf einen Blick auf das Klingelschild. »Frau Eberbach«, sagte sie laut und deutlich. »Ich bin Anne Kirsch von der Kriminalpolizei Dortmund. Ich muss Ihnen ein paar Fragen stellen.«

»Guten Morgen.« Frau Eberbach schob mit zitternden Fingern die Türkette zurück und ließ Anne eintreten. Ihre Wohnung war gepflegt und mit alten Möbeln eingerichtet.

Eine Duftkerze auf dem Wohnzimmertisch verströmte einen intensiven Vanilleduft.

»Haben Sie heute Nacht etwas gehört oder gesehen?«, fragte Anne.

Frau Eberbach trippelte mit kleinen Schritten vorwärts. Sie bewegte sich auf eine Kommode zu, öffnete die Schublade und zog ein Hörgerät heraus. Anne wartete, bis sie es eingesetzt hatte, dann wiederholte sie ihre Frage.

»Ich habe ferngesehen. Inspektor Barnaby. Jeanette Raabe kann das bezeugen. Sie hat sich beschwert, weil es zu laut war.« Frau Eberbach machte ein bekümmertes Gesicht und Anne fragte, ob sie wisse, was heute Nacht hier geschehen sei.

»Natürlich. Jeanette hat es mir gesagt. Sie hilft mir morgens im Haushalt. Das arme Mädchen war ihre Nichte, wissen Sie. Studentin an der Universität. Wirtschaftswissenschaften. Ein ordentliches Mädchen, nicht wie die anderen in dem Alter, die es mit jedem treiben. Jeanette hat gesagt, ich solle hier in der Wohnung bleiben, bis Sie kommen und mir Fragen stellen. Deshalb habe ich in der Küche gewartet. Ich höre nämlich die Türklingel nicht mehr, aber dort habe ich ein Lichtsignal.«

Anne dankte der Alten dafür, dass sie gewartet hatte, hegte aber die Befürchtung, dass diese Zeugin ihr nicht weiterhelfen würde. »Was haben Sie von Corinnas Alltag mitbekommen? Hatte sie oft Besuch? Mit wem hat sie sich getroffen?«

»Eine Freundin kam hin und wieder«, erzählte Frau Eberbach. »Aber kein Männerbesuch. Nein! Corinna war anständig. Sie ist auch nicht viel ausgegangen.«

Sie beugte sich zu Anne hinüber und senkte verschwörerisch die Stimme: »Wissen Sie, die Tante hat schon dafür gesorgt, dass sie ihr Studium nicht vernachlässigt.«

Als Anne die Treppe im Flur emporstieg, erhaschte sie einen Blick auf Jeanette Raabe, die in ihrer Wohnungstür stand und sich von Janitzki verabschiedete. Sie war eine korpulente Frau, mit schweren, billigen Ohrringen. Ihre

Wimperntusche war verschmiert. Janitzki versicherte Frau Raabe, dass er äußerst behutsam vorgehen würde, wenn er mit ihrem Bruder und seiner Frau sprach. Corinna war ihr einziges Kind gewesen.

Die Wohnung der Eltern lag im östlichen Stadtteil Dortmunds weit vom Zentrum entfernt. Janitzki bot an, Anne mitzunehmen. Es war das erste Mal, dass sie in seinen weißen Mini Metropolitan stieg.

Der Wagen passt zu ihm wie die Faust aufs Auge, dachte sie. *Genau wie die hellen Ledersitze und die Sportgurte.* Als JJ den Motor startete, trällerte Helene Fischer los. Schnell wechselte er von CD auf Radio.

»Du hörst Schlager?«, fragte Anne verwundert.

»Nur Helene.« Er grinste peinlich berührt und fuhr los.

Sie betraten ein mehrgeschossiges Mietshaus mit schmutziger Fassade, die mit Graffitis beschmiert war.

»Home«, stand in bunten, fröhlichen Buchstaben auf der Fußmatte. Schweren Herzens klopfte Anne an die Tür.

Herr Raabe führte sie in die Küche. Er war ein großer Mann, ging aber gebeugt. Sein Anzug war zerknittert. In der Wohnung herrschte Stille, die nur vom leisen Ticken der Wanduhr durchbrochen wurde.

»Meine Frau, Christa«, stellte er Corinnas Mutter vor, die teilnahmslos am Tisch saß. »Nehmen Sie Platz.« Er deutete auf eine Eckbank mit geblümten Polstern. Mit einem Mal schrillte das Telefon. Raabe zuckte zusammen. Er nahm den Hörer ab, als koste es ihn unendlich viel Kraft.

»Nein«, sagte er mit müder Stimme. »Ich kann den Schaden hier nicht aufnehmen. Bitte wenden Sie sich an die zentrale Nummer. Oder versuchen Sie es über die Internetseite.«

Anne sah sich in der kleinen Küche um. Sie war sauber, aber alle Möbel trugen Gebrauchsspuren. Tisch und Stühle waren abgewetzt. Das Blumenmuster der Polster setzte sich in den Gardinen fort, die selbstgenäht zu sein schienen.

Janitzki übernahm das Gespräch. »Sie wissen bereits Bescheid?«

Raabe nickte. »Meine Schwester hat mich angerufen. Ich war gerade bei einem Kunden. Zwei große Verträge. Ich arbeite auf Provisionsbasis. Deshalb habe ich sie noch abgeschlossen, sonst hätten wir die Miete nicht zahlen können. Obwohl ich wusste …« Seine Stimme brach.

Janitzki wartete einen Moment, um ihm Gelegenheit zu geben, die Fassung wiederzuerlangen. Dann fragte er behutsam, ob Raabe sich in der Lage sähe, ihnen ein paar Fragen zu beantworten.

Der große Mann warf einen Blick auf seine Frau, die nicht zu erkennen gab, ob sie die Worte überhaupt wahrgenommen hatte. »Fragen Sie.«

»Was war Ihre Tochter für ein Mensch?«

Raabe überlegte einen Moment lang. Dann stand er auf und nahm eine eingerahmte Fotografie von der Anrichte.

»Sie war etwas ganz Besonderes.« Er gab Janitzki das Foto. JJ betrachtete es eingehend und reichte es an Anne weiter.

»Cori war ehrgeizig und fleißig. Sie war immer gut in der Schule und ebenso im Studium. Sie hätte alles erreichen können.«

Anne sah sich das Bild des jungen Mädchens an, das zwischen ihren Eltern am Strand stand. Sie trug ein buntes Wickelkleid und hatte die Arme um Vater und Mutter gelegt. Sie lachte in die Kamera. Alle drei sahen blass aus.

»Das Foto stammt von einer unserer wenigen Urlaubsreisen«, erklärte Raabe und in seinem Gesicht erschien ein Ausdruck von Zärtlichkeit. »Mallorca.«

Seine Frau Christa sprach zum ersten Mal: »Wir wollten mit Cori auf die Kanaren. Wenn sie ihr Studium geschafft hat. Wir sparen seit Jahren dafür.« Für einen kurzen Moment füllte Leben ihre Augen, doch es verschwand rasch wieder und ihr Körper sackte in sich zusammen.

»Noch drei Semester, dann hätte sie den Master gehabt«, sagte Raabe voller Stolz.

Die Art, wie er dies sagte, ließ Anne vermuten, dass weder er noch seine Frau einen vergleichbaren Abschluss hatten.

»Jeanette erzählte mir, Cori sei vom Balkon gestürzt«, begann Raabe. »Hat sie … Ich meine, wurde sie … oder …«

»Wir wissen es selbst noch nicht«, erwiderte Janitzki. »Ob sie gestoßen wurde oder selbst gesprungen ist, oder ob es vielleicht einen tragischen Unglücksfall gab. Glauben Sie, dass Ihre Tochter sich das Leben genommen hat?«

»Nein!« Die Mutter erwachte wieder aus ihrer Starre. »Nein, das ist ausgeschlossen.«

Janitzki nickte beruhigend. »Gut.«

»Er hat sie umgebracht!«, rief Raabe plötzlich und sein Gesicht verzerrte sich. »Dieser Wahnsinnige!« Er spuckte das Wort aus.

Anne war bei seinem Ausbruch zusammengezuckt. Jetzt beobachtete sie wachsam, wie Raabe aufstand und einen Laptop holte. Er stellte ihn auf den Tisch. Der Startbildschirm einer Versicherungsgesellschaft flackerte auf. Raabe klickte ihn weg und loggte sich unter Corinnas Namen in ein E-Mail-Konto ein.

Janitzki beugte sich interessiert vor. »Sie haben das Passwort zum E-Mail-Account Ihrer Tochter?«

»Wir vertrauen einander«, erklärte Raabe beiläufig. »Natürlich habe ich die E-Mails nie gelesen. Erst jetzt.« Er atmete schwer aus. »Und das war mein Fehler.«

Der Posteingang war voll von E-Mail-Konversationen, die fast alle an dieselbe Adresse gingen: an jemanden, der sich Harry Haller nannte.

»Dieser Typ«, Raabe sprach das Wort aus, als wäre es eine Beleidigung, »war ihr Brieffreund. Oder wie auch immer man das heutzutage nennt. Ich wusste, dass sie für jemanden schwärmte, aber ich habe nicht geahnt, dass es so extrem war. Sie müssen jeden Tag gechattet haben.«

»Wir haben in ihrer Wohnung nichts gefunden«, sagte Anne. »Weder Smartphone noch Computer.«

»Sie hatte ein Smartphone von LG.« Raabe ballte seine

großen Hände zu Fäusten. »Wenn es weg ist, muss er es geklaut haben.«

Janitzki notierte sich in seinem ledergebundenen Notizbuch die genauen Angaben zu dem verschwundenen Gerät. »Hatte sie noch einen Laptop? Computer?«

Raabe schüttelte den Kopf. »Wenn sie einen brauchte, hat sie den Rechner in der Uni benutzt. Oder meinen.«

»Der Vollständigkeit halber, Herr Raabe, Sie sind Versicherungsvertreter. Was macht Ihre Frau beruflich?«

»Sie ist Schneiderin. Sie arbeitet in der Änderungsschneiderei Feldmann.«

◆

»Wer bist du?« schrieb Pia an die Tafel. Sie gab Sachunterricht in der ersten Klasse der Grundschule Westheim.

»Ein Polizist!«, schlug ein Junge vor.

»Ein Ninja!«

»Eine Pipischlange!« Die Klasse johlte.

Pia musste grinsen, schrieb die letzten beiden Wörter jedoch nicht mit auf. »Eigentlich wollte ich Berufe finden. Von einer Pipischlange habe ich aber noch nie etwas gehört.«

Die letzte Nacht hatte sie wieder in ihrer Wohnung in Marsberg verbracht, doch sie hatte ziemlich schlecht geschlafen. Mehrmals war sie aufgeschreckt, hatte mit rasendem Puls im Bett gesessen, überzeugt, dass jemand im Zimmer war. In den wenigen Stunden Schlaf war sie vor irgendetwas davongelaufen.

Plötzlich klopfte es heftig an der Tür. Frau Gockel blickte ins Klassenzimmer. »Wissen Sie, wo Kristin steckt?«

»Nein.« Das Mädchen ging in die 3a, die sie in den ersten beiden Stunden unterrichtet hatte. »Wieso? Ist sie nicht in ihrer Klasse?«

»Wir wollten uns nach der dritten Stunde auf dem Schulhof treffen, um mit dem Bus zum Schwimmbad zu fahren. Die ganze Klasse ist da, nur Kristin fehlt. Jetzt wartet der Bus.«

Frau Gockel schüttelte gestresst den Kopf. »Machen Sie weiter.« Die Tür schloss sich wieder.

Pia ließ die Kreide sinken. Sie dachte an das kleine Mädchen mit den zwei geflochtenen Zöpfen, das ihr heute stolz erklärt hatte, sie würde sich trauen, vom Einmeterbrett ins Wasser zu springen. »Mit dem Kopf voran!«

Sie legte das Stück Kreide in das Fach unter der Tafel und drehte sich zu ihrer Klasse um. »Kann ich euch für einen Moment alleinlassen?« Eigentlich war das keine Frage, die man einer ersten Klasse stellte. Trotzdem ließ sie Jonas, den Ältesten, nach vorne kommen, und schärfte ihm ein, dass er jetzt der Lehrer war und die Verantwortung hatte. Dann verließ sie das Klassenzimmer.

Es war nicht mehr als eine Ahnung, die Pia in den leerstehenden Raum im Erdgeschoss gehen ließ, in dem Schränke mit Unterrichtsmaterial und eine Liege untergebracht waren. Wenn ein Schüler krank war oder sich verletzt hatte, wurde das Zimmer für Erste Hilfe genutzt. Auf den ersten Blick schien es leer zu sein, doch mit Verstecken kannte Pia sich aus. Sie sah zuerst unter der Liege nach, dann öffnete sie einen Spind, in dem Springseile und bunte Bänder hingen. Dort stand Kristin. Ihre Augen waren vor Schreck geweitet und sie hielt sich eine Hand vor den Mund.

»Ich bin es«, sagte Pia beruhigend.

Das Mädchen ließ die Hand sinken.

»Frau Gockel sucht dich überall.« Pia lächelte leicht, aber nicht zu sehr. Sie wollte ihrer Schülerin nicht das Gefühl geben, ausgelacht zu werden.

»Sie rennt herum wie eine aufgescheuchte Henne. Oder wie eine Glucke, die ihr Küken verloren hat.«

Kristin musste lachen.

»Wollen wir uns setzen?«, schlug Pia vor. »Ich würde auch zu dir in den Schrank kommen, aber er sieht zu eng für uns beide aus.«

Kristin lachte wieder. Sie kam heraus und die beiden setzten sich zusammen auf die Liege.

»Früher habe ich mich auch immer versteckt«, erzählte Pia. »Bei der musikalischen Früherziehung gab es einen Jungen, der mich geärgert hat. Wir sind immer dienstags nach dem Mittagessen dorthin gefahren. Dann habe ich mich im Kleiderschrank versteckt oder unter dem Bett von meinem Bruder.«

Kristin nickte ernst. »Hinter der Tür gucken sie als Erstes nach. Haben sie dich gefunden?«

»Meistens«, gab Pia zu. »Unsere Wohnung war nicht sehr groß. Was ist mit dir? Ich dachte, du schwimmst gerne.«

»Schon.« Das kleine Mädchen schluckte und kämpfte mit den Tränen. »Aber ich habe meinen Badeanzug vergessen. Und Frau Gockel schimpft immer so laut.«

Pia unterdrückte ein Lächeln. »Das ist doch nicht schlimm. Weißt du, eigentlich ist es gut, dass wir hier sind. In diesem Schrank sind doch die Fundsachen, die niemand abgeholt hat. Da ist bestimmt auch ein Badeanzug dabei.«

Sie schob einen Stuhl zum Schrank, stieg hinauf, öffnete die obere Klappe und wühlte in Mützen, Schals, Shirts und Handschuhen. Dann zog sie einen hellgrünen Badeanzug heraus.

Als sie mit Kristin auf den Pausenhof kam, waren die anderen Kinder schon in den Bus eingestiegen.

»Endlich!«, rief Frau Gockel und marschierte ihnen entgegen wie ein Feldwebel. Bevor sie das Mädchen mit Vorwürfen überhäufen konnte, erklärte Pia, dass die WC-Tür geklemmt hatte und Kristin eingeschlossen gewesen war.

Frau Gockel schüttelte verblüfft den Kopf. »Aber ... ich war doch ... Nicht so wichtig. Jetzt bist du da. Dann schnell in den Bus mit dir!«

Pia verschränkte fröstelnd die Arme und winkte dem abfahrenden Bus hinterher. Hätte sie sich mit acht Jahren getraut, zu Frau Gockel zu gehen und zuzugeben, dass sie ihren Badeanzug vergessen hatte?

Sie kehrte in ihre Klasse zurück, die schon bis weit ins Treppenhaus zu hören war. Als sie die Tür öffnete, verstummte das Kindergeschrei und Pia stellte erleichtert fest, dass Klassenraum und Kinder unversehrt waren.

»Jetzt aber schnell auf eure Plätze«, schimpfte sie gutmütig. »Danke fürs Aufpassen, Jonas. Ein Wunder, dass noch niemand gekommen ist, um nachzusehen, ob hier jemand gelyncht wird.«

Als Pia nach dem Unterricht nach Hause fuhr, überkam sie eine nagende Unruhe. Sie dachte daran, dass sie nun schon seit Tagen nicht mehr mit ihrer Mutter telefoniert hatte. Vielleicht war Erna gekommen und wartete bereits vor der Haustür auf sie.

Was ist los? Warum meldest du dich nicht? Ich habe mir Sorgen gemacht. Wir hatten doch ausgemacht, dass du regelmäßig anrufst. Ist es dir lieber, wenn ich anrufe?

Pia drehte das Radio lauter und versuchte, sich ausschließlich auf den Verkehr zu konzentrieren. Sie parkte ihr Auto und ging die regennasse Hauptstraße entlang. Der Himmel war grau und düster und verbreitete Novemberstimmung. Doch selbst wenn die Sonne geschienen hätte, schirmten die Berge, in deren Tal Niedermarsberg lag, den Ort für die meiste Zeit des Tages vor den Sonnenstrahlen ab. Die sogenannte dunkle Jahreszeit hatte hier eine ganz eigene Qualität. Umso mehr freute Pia sich jedes Jahr auf den Advent. Auf die Kerzen, die vielen geschmückten Häuser und auf den großen Tannenbaum, der auf dem Platz vor der Sparkasse stand. Er würde morgen, wenn der Weihnachtsmarkt begann, zum ersten Mal in vollem Glanz erstrahlen. Pia sah, dass an den Straßenlaternen schon die kleinen Lämpchen der Weihnachtsbeleuchtung angebracht waren. In der Zeitung hatte sie gelesen, dass diese jetzt per Smartphone-App gesteuert wurde.

Pia ging am Schaufenster des Nähladens vorbei. Frau Gerlach saß am Verkaufstresen. Sie hatte Strickzeug auf ihrem Schoß liegen und beugte sich kurzsichtig über eine Zeitschrift. Anscheinend hatte sie heute wenig Kundschaft.

Zu ihren Füßen lag Ben, der schwarz-weiße Border Collie. Er erkannte Pias Schritte und wedelte halbherzig mit dem Schwanz. Sie winkte ihm zu und betrat den weißgetünchten Flur. Während sie die Treppe hinaufstieg, dachte sie, wie glücklich sie war, diese Wohnung gefunden zu haben. Ute Gerlach hatte keine Familie im Ort und behandelte Pia wie eine Enkelin. Ihre eigene Tochter war zweiundvierzig, Single, Journalistin, lebte in Köln und war beruflich viel unterwegs.

»Eigene Enkelkinder werde ich wohl niemals haben«, hatte Frau Gerlach Pia seufzend erzählt. »Der Zug ist abgefahren.«

Pia war sich bewusst, dass sie sich mit den Gedanken an Frau Gerlach nur selbst ablenken wollte. In ihrer Brust war wieder der Knoten, den sie so gut kannte. *Ist er wieder da gewesen?* Sie fühlte, wie ihre Beine weich wurden. Gleichzeitig war sie zornig darüber, dass sie hier nicht einfach in Ruhe leben konnte. Sie war wütend auf Rainer und auf ihre Erinnerungen, aber ebenso wütend auf sich selbst, dass sie nicht einfach vergessen konnte und neu anfangen, so wie andere Menschen auch.

Wie schön musste es sein, ein normales Leben zu führen, einen Job zu haben, eine Wohnung, ein Auto, eine Familie. Das alles erschien ihr erstrebenswert, aber gleichzeitig unerreichbar weit weg.

Es kam ihr vor, als hätte sie Gewichte an den Füßen. Jeder Schritt war schwerer als der vorherige. Der Riemen der Tasche, in der sie ihre Bücher und Unterrichtsmaterialien hatte, schnitt in ihre Schulter ein.

Als sie den Schlüssel im Schloss der Wohnungstür drehte, öffnete diese sich mit einem Klicken. Pia erstarrte, als die Tür langsam aufglitt. Sie war nicht abgeschlossen gewesen.

Hatte sie vergessen abzuschließen, als sie heute Morgen völlig übermüdet die Wohnung verlassen hatte? Ein Ding der Unmöglichkeit, denn sie schloss die Tür immer ab. Auch jetzt drehte sie hinter sich den Schlüssel um. Dann begriff sie, dass ein Eindringling in ihrer Wohnung sein könnte und sie gerade ihren eigenen Fluchtweg versperrt hatte. Sie drehte den Schlüssel rasch wieder zurück.

Regungslos blieb sie stehen und sah sich um. Sie rechnete damit, dass sich jeden Moment eine Tür öffnen und Rainer vor ihr stehen würde.

Sie erinnerte sich daran, wie er vor vielen Jahren aus der Küche gestürzt war, in der Hand das Messer, an dessen Klinge Tomatensaft herabrann und auf seine Finger und den Ärmel tropfte.

»Wo bist du so lange gewesen?«, fuhr er sie an. »Du hattest den Termin um vier. Ich habe gewartet. Ich habe mir Sorgen gemacht!«

»Es ist ein Notfall dazwischengekommen. Wir alle mussten warten.« Ihre Stimme klang brüchig und zum ersten Mal hatte sie Angst vor ihm.

»Ich dachte, dir wäre etwas passiert!«, rief er. Das Messer in seiner Hand zitterte, als er versuchte, langsamer zu atmen.

Ich war doch nur beim Arzt, dachte Pia verzweifelt. Und danach noch in der Apotheke, um die Eisentabletten zu holen. Ich war doch nicht länger als drei Stunden weg.

»Ruf mich das nächste Mal einfach an, ja? Ich muss wissen, wo du bist.«

Pia versprach es. Sie hatte gehofft, dass er danach wieder er selbst werden würde. Dass es das letzte Mal gewesen wäre. Aber eigentlich hatte sie schon länger geahnt, dass ihre Beziehung kein gutes Ende nehmen konnte.

Pia schüttelte die Erinnerung ab, ging in die Küche und öffnete die Schublade mit den Messern. Sie nahm eins heraus und hielt es in der Faust, während sie die anderen Zimmer durchsuchte. Es war niemand in der Wohnung.

Nach einem Fencheltee und einer halben Packung Schokoladenkekse fühlte sie sich stark genug, ihre Mutter anzurufen.

»Geht es dir gut?«, war das erste, was Erna sagte. »Du hast dich so lange nicht gemeldet. Was ist los?«

Pia entschied sich für eine kleine Notlüge. »Ich habe Stress wegen der Aufführung für den Weihnachtsmarkt. Deshalb habe ich nicht daran gedacht.«

»Ich verstehe nicht, wieso du dir das antust.« Ihre Mutter schnitt Gemüse. Pia hörte das hackende Geräusch des Messers auf dem Schneidebrett.

»Ich könnte dich unterstützen. Dein Vater ist die ganze Woche auf Montage und ich bin heute Abend allein. Möchtest du zum Essen kommen?«

Die Vorstellung, jetzt nach Beringhausen zu fahren und den ganzen Abend von ihrer Mutter mit Fragen gelöchert zu werden, weckte in Pia wenig Begeisterung. Sie lehnte dankend ab. »Ich muss mich etwas ausruhen.«

Das Geräusch im Hintergrund verstummte.

»Mein kleines Mädchen«, seufzte Erna, und Pia stellte sich vor, wie sie das Kinderfoto musterte, das in ihrer Küche an der Wand hing.

»Ich habe Zweifel, dass dieser Beruf dir guttut«, meinte Erna. »Die Kinder werden heutzutage immer unruhiger. Und dieser Stress. Vielleicht solltest du Stunden reduzieren. Du weißt, dass du dir finanziell keine Sorgen zu machen brauchst. Wir unterstützen dich.«

»Schon gut«, sagte Pia müde. Sie hatte jetzt keine Kraft, mit Erna zu diskutieren.

Es kam einem Wunder gleich, dass ihre Mutter sie überhaupt hatte allein nach Münster gehen lassen. Erna war immer überaus vorsichtig mit ihr gewesen. Pia hatte nie mit den anderen Kindern in der Spielstraße Fangen spielen dürfen. Später, als sie schon zur Schule ging, begleitete ihre Mutter sie immer dorthin, während alle anderen Kinder alleine gingen. Damals hatte es die alte Grundschule in Beringhausen noch gegeben.

Zu Johannes war Erna anders gewesen. Er hatte ein Baumhaus im Garten gehabt. Es hatte eine Leiter hinauf gegeben, die Pia verboten worden war. Die Mutter hatte gesagt, sie sei zu klein dafür.

Wenn Pia unten im Garten spielte, rief Johannes, sie sei ein feindlicher Pirat, und beschoss sie von oben mit kleinen Ästen und Blättern. Pia stellte sich vor, dass er in seinem Baumhaus alles wie in einem richtigen Piratenschiff eingerichtet hatte, mit Kombüse, Schatzkiste und einer Hängematte. Einmal, mit fünf Jahren, war sie mitten in der Nacht aufgewacht. Im Haus war es dunkel gewesen und alle schienen zu schlafen. Pia zog ihre Pantoffel an, nahm ihre Taschenlampe aus der Schreibtischschublade und schlich in den Garten. Es musste Sommer gewesen sein, denn obwohl sie nur ihren Schlafanzug trug, fror sie nicht sehr. Der Lichtkegel der Taschenlampe hüpfte über das Gras und wanderte die Leiter hinauf zum dunklen Eingang des Baumhauses. Pia spürte ein Kribbeln in ihren Handflächen. Sie nahm die Taschenlampe in den Mund und stieg die regennasse Leiter hinauf. Ein kalter Windzug fuhr unter ihren Schlafanzug, doch Pia merkte es kaum.

Fast oben angekommen, rutschte ihr Fuß auf einer glitschigen Sprosse weg. Sie verlor das Gleichgewicht und stürzte zwei Meter in die Tiefe. Der Aufprall im nassen Gras presste alle Luft aus ihrer Lunge. Ein Schmerz explodierte im linken Ellenbogen, der unter ihrem Körper lag.

Der Nachbar hörte ihre Schreie zuerst. Er kam angerannt und trug sie ins Haus.

Zwei Tage später ließ ihre Mutter das Baumhaus abreißen. Darin waren keine Schatzkiste und auch keine Hängematte. Nur ein bisschen Lego und ein kaputter Stuhl.

Kapitel 3

Am späten Nachmittag wählte Pia die Telefonnummer ihres Bruders.

Er meldete sich beim zweiten Klingeln. »Was ist, Liebes?«

»Hast du das mit dem Schloss ernst gemeint?«

Er verstand nicht sofort, worauf sie hinaus wollte. Im Hintergrund konnte sie hören, wie ein Mixer eingeschaltet wurde. »Astrid, muss das jetzt sein? Ich verstehe kein Wort!«

Pia hörte eine Tür zuschlagen und die Geräusche des Mixers verklangen zu einem leisen Summen.

»Du hast doch am Mittwoch vorgeschlagen, dass du mein Türschloss austauschen könntest. Meinst du, es ginge schon heute Abend? Ich fühle mich hier nicht mehr sicher. Die Wohnungstür war offen. Ich schließe sie immer ab, das weißt du. Ich schließe immer zweimal ab.« Sie hörte die kurze Pause, bevor er antwortete.

»Aber klar. Gib mir zwei Stunden, dann bin ich bei dir.«

Pia schlang sich eine Decke um ihre Schultern, aß ein wenig Möhrensuppe und blätterte in dem Notizbuch, in dem sie Aufzeichnungen über ihre Schüler führte. Sie musste langsam anfangen, sich Gedanken zu dem Elternsprechtag zu machen. Am besten wäre es, über jedes Kind zuerst etwas Positives zu sagen. Dann würden die Eltern auch die Kritikpunkte besser aufnehmen. Vielleicht würde es ihr helfen, sich Stichpunkte zu machen.

Pia begann zu schreiben, aber ihre Gedanken kreisten immer noch um dieselben Fragen. War es tatsächlich Rainer gewesen, der in ihre Wohnung eingedrungen war? Eigentlich konnte das nicht sein. Er war eingesperrt. Aber das stimmte doch nicht, oder? Sie hatte ihn gesehen.

Sie merkte, dass diese Grübelei unproduktiv war. Möglicherweise zerstörerisch. Sie dachte an ihre Skills, versuchte es mit Zahlen und Bildern, doch sie konnte sich nicht konzentrieren. Immer wieder kehrten ihre Gedanken zu Rainer zurück. *Warum erinnere ich mich nur an das Schlimme? Das Traurige und Schreckliche, und nicht an das Schöne, das ich erlebt habe?*

Pia erinnerte sich daran, wie sie Rainer das erste Mal begegnet war. *Sie war fünfzehn Jahre alt gewesen, als sie wegen Schulangst und chronischen Bauchschmerzen in der Station 22A der Kinder- und Jugendpsychiatrischen Abteilung der LSS Kliniken aufgenommen wurde. Sie teilte sich das Zimmer mit Simone, die zwei Jahre älter war als sie selbst, und wegen einer Essstörung behandelt wurde.*

Nach der ersten Nacht gingen sie gemeinsam zur Morgenrunde. Simone stellte Pia den anderen Mädchen vor. Eine von ihnen hatte blaugefärbte Haare und nannte sich Luna. Sie gab Pia die Hand und riet ihr, sich möglichst schnell für die Reittherapie anzumelden. Es wären nur noch wenige Plätze frei.

In dem Moment betrat ein dunkelhaariger Junge den Raum. In seiner Lippe und einer Augenbraue glänzten Piercings. Er warf einen trotzigen Blick in die Runde und ließ sich mit verschränkten Armen auf einen der Stühle fallen.

Simone und Luna tauschten einen bedeutungsvollen Blick.

»Wer ist das?«, fragte Pia.

»Rainer«, erklärte Simone. »Er dürfte heute eigentlich nicht hier sein. Hat Medis geklaut.«

Theresa, die Stationsschwester mit dem langen, geflochtenen Zopf, war zu dem Jungen gegangen. Als sie seinen Arm berührte, riss er ihn weg.

»Ihr könnt mich nicht einsperren!«, fauchte er. »Ich bin frei-willig hier. Und wenn es mir passt, verschwinde ich wieder.«

Schwester Theresa antwortete ihm mit ruhiger Stimme. Pia bemerkte, dass ein anderer Pfleger die beiden beobachtete. Er machte sich bereit, rasch einzugreifen.

»Wir haben doch darüber gesprochen, wie wichtig es ist, sich an Regeln zu halten«, erinnerte Theresa den Jungen sanft aber nachdrücklich. Sie begegnete seinem wilden Blick ohne Angst, und Pia glaubte fast, die explosive Stimmung mit den Händen greifen zu können.

Sie merkte, dass Simone neben ihr den Atem anhielt.

Rainers Augen waren dunkel, fast schwarz.

»Scheiße«, flüsterte Luna und grinste übers ganze Gesicht.

»Wollen wir zusammen hinausgehen?«, schlug Theresa mit leichter Stimme vor. »Ich habe heute gar keine Lust auf die Morgenrunde.«

Tatsächlich erhob er sich, brummte, er hätte eigentlich auch keinen Bock heute, und verschwand mit der Schwester hinaus.

Simone atmete laut hörbar aus. »Das letzte Mal hat er mit Stühlen um sich geworfen.«

Eine Woche später hatte Pia sich in der Station eingelebt. Vormittags besuchte sie die Schule der Kliniken. Der Unter-richt wurde in jahrgangsübergreifenden Gruppen erteilt. Jeder konnte sich eigene Kurse wählen. Die Lehrerin sagte zu Pia, dass sie lernen würde, keine Angst mehr vor der Schule zu haben. Und dass nicht nur ihr Kopf das lernen musste, sondern auch ihr Herz und ihr Bauch.

Zusätzlich gab es noch viele unterschiedliche Therapiean-gebote. Pia war Lunas Rat gefolgt und hatte sich für Reit- und Kunsttherapie eingetragen.

In der Kunsttherapie traf sie wieder auf Rainer Dorn.

Es war Pias erste Stunde und sie sollte ein Bild malen. Die Aufgabenstellung lautete: Ein Traum aus ihrer Kindheit.

Pia hatte ein Pferd auf einer Wiese gemalt. Sie fand, dass es ziemlich lebensecht aussah, und überlegte, noch etwas in den Hintergrund zu malen, einen Baum und ein Baumhaus *vielleicht, doch plötzlich klatschte ein dickes Mädchen ihren farbbeschmierten Finger auf Pias Bild.*

»Jetzt hat das Pferd einen Pimmel!«, rief sie und kicherte.

»Greta!«, schimpfte die Therapeutin. »Jetzt reicht es mir aber. Wenn du dich nicht an die Regeln halten kannst, musst du unseren Kurs verlassen.«

»Ich scheiß' auf euern Kurs!«, schrie Greta, und Pia sah, dass sie ihr eigenes Bild zerrissen hatte. »Ihr könnt mich alle mal!« Ihr Geschrei verstärkte sich, als die Therapeutin sie am Arm packte, um sie nach draußen zu bringen. Lautstark drohte sie damit, sich die Pulsadern aufzuschneiden.

Pia zerknüllte das Blatt in der Hand.

»Nächstes Mal setzt du dich neben mich«, sagte eine dunkle Stimme. »Ich beschmiere nur meine eigenen Bilder.«

Das waren die ersten Worte gewesen, die Rainer an sie gerichtet hatte. Er war siebzehn, ein dunkelhaariger Junge mit zornigen Augen. Manchmal erlebte Pia mit, wie er den Zorn herausließ. Er konnte laut schreien und Dinge gegen die Wand werfen. Aber seltsamerweise machte ihr dieses Verhalten keine Angst. Ihr Bruder benahm sich oft ähnlich, und Rainer richtete diese Aggressionen nie gegen sie. Im Gegenteil, wenn Pia in der Nähe war, versuchte er, sich zu beherrschen. Schwester Theresa bemerkte einmal, dass sie einen guten Einfluss auf ihn hatte.

Er konnte sanft sein, wenn er wollte. Pia fühlte sich bald unwiderstehlich angezogen. Sie spürte, dass hinter Rainers dunklen Augen ein Geheimnis lauerte, verborgen wie ein Schiffswrack auf dem Grund des Meeres.

♦

Wir alle haben Geheimnisse vor unseren Eltern, dachte Anne. Sie selbst sprach mit ihrer Mutter grundsätzlich nicht über ihre Beziehung zu Heiko. Roswitha neigte dazu, ständig Ratschläge zu erteilen. Natürlich meinte sie es gut. Sie wünschte sich für ihre Tochter eine intakte Beziehung und Heirat.

Ob sie sich auch Enkelkinder wünschte, wusste Anne nicht. Zumindest konnte sie sich nicht vorstellen, dass Roswitha sich jemals Oma rufen lassen würde.

Immer, wenn sie über Heiko sprachen, hatte Anne das Gefühl, sich dafür rechtfertigen zu müssen, dass sie eine Fernbeziehung führten, und dass Anne wenig Zeit für ihn hatte. Und obwohl sie schon ein Jahr lang zusammen waren, hatte Anne noch keine Gelegenheit gefunden, ihn mit Roswitha bekannt zu machen. Also mied sie das Thema ganz.

Auch Corinna hatte offensichtlich Geheimnisse vor ihren Eltern gehabt. Die geklauten Gegenstände in ihrem Kleiderschrank sprachen eine deutliche Sprache. Janitzki und Anne hatten sie gegenüber den Eltern noch nicht erwähnt, aber möglicherweise würden sie das später noch tun müssen. Wenn der Schmerz über den Verlust ihrer Tochter nicht mehr so frisch war.

Dann war da diese seltsame Beziehung zu Harry Haller, von deren Intensität die Eltern scheinbar nichts gewusst hatten. Vermutlich hatten Harry und Corinna sich heimlich getroffen. Vielleicht auch in der Nacht, in der sie zu Tode gekommen war. Janitzki hatte Anne aufgetragen, die E-Mail-Konversationen zu lesen. Auch wenn es bedeutete, dass sie in dieser Nacht wenig Schlaf bekommen würde, war Anne zufrieden damit. Die wenigen Informationen des Vaters hatten sie neugierig gemacht. JJ würde zu Isabell fahren, einer Mitstudentin und Freundin von Corinna.

Mit einem Lahmacun in der Hand joggte Anne die Stufen zu ihrer Wohnung empor und genoss das Ziehen in den Beinmuskeln. Sie war schon seit Tagen nicht mehr gelaufen und spürte den Drang, sich auszupowern. Seit einem halben Jahr wohnte sie in der kleinen Wohnung im vierten Stock und liebte den Blick über den Westpark.

Anne legte die türkische Pizza auf den Tisch, fuhr ihren Laptop hoch und rief Heiko an. In Erwartung, seine Stimme zu hören, wurde ihre Kehle eng und ihr Herz schlug schneller. Als er sich meldete, wurde ihr ganz warm.

»Ich freue mich schon auf dich«, sagte er. »Wann kommst du?«

»Leider klappt es dieses Wochenende nicht. Ich hab' Dienst.«

Er seufzte. »Du hast nie Zeit, Anne. Irgendwie habe ich mir unsere Beziehung anders vorgestellt.«

Anne lehnte ihre Stirn gegen eine Handfläche und schloss die Augen. Sie hatte es sich auch anders vorgestellt, allerdings sah sie keinen Ausweg. Wenn er nicht mit ihrem Beruf klarkam, konnte eine Beziehung zwischen ihnen nicht funktionieren.

»Ich wäre so gerne gekommen, aber es geht nicht. Wir haben einen Mordfall. Thorsten Seidel ist nicht da, und ich habe sowieso schon das Gefühl, dass ich es nicht ohne ihn schaffe. Stell dir vor, die haben mir diesen Lackaffen Janitzki vor die Nase gesetzt.«

»Den blonden Schönling?«

»Genau«, stöhnte Anne.

»Dann bist du das ganze Wochenende mit ihm zusammen«, schlussfolgerte Heiko. Seine Laune schien vollends im Keller zu sein.

Anne meinte nicht richtig zu hören. »Bist du jetzt eifersüchtig? Du weißt doch, dass ich ihn nicht leiden kann.«

Heiko schnaubte. »Was nicht ist, kann ja noch werden. Vor allem, wenn ihr stundenlang zusammen über einem Fall sitzt.«

Sie hätte beinahe angefangen laut zu lachen. »Ich glaube jetzt nicht, dass du auf Janitzki eifersüchtig bist. Ausgerechnet auf Janitzki!«

Und nicht auf Thorsten, fügte sie in Gedanken hinzu. »Das ist absolut lächerlich.«

»Dann komme ich eben zu dir.«

»Das bringt doch nichts. Ich muss arbeiten und habe eh keine Zeit für dich.«

»Sicher.« Er klang gekränkt.

»Dann wärst du allein in meiner Wohnung. Und was ist

mit Stella und Minka? Du weißt doch, dass Haustiere hier verboten sind.«

»Gut, dann sehen wir uns eben, wenn du das nächste Mal frei hast.«

Anne beendete das Gespräch mit einem schlechten Gefühl. Ihr Herzklopfen hatte einem schmerzhaften Ziehen Platz gemacht. Warum waren Beziehungen eigentlich immer so schwierig?

Sie hatte Heiko Neuer bei ihrem letzten Fall im Sauerland kennengelernt. Er war ein junger Lehrer, witzig, intelligent, tierlieb, ein Traumtyp eben. Leider wohnte er im etwa 100 Kilometer entfernten Bontkirchen, einem Ortsteil von Brilon, und aufgrund ihrer katastrophalen Arbeitszeiten konnten sie sich nur alle drei Wochen sehen, wenn überhaupt.

Anne nahm den Lahmacun vom Tisch, zupfte die Alufolie ab und biss in die heiße Pizzarolle, die mit Fleisch, Käse und Salat gefüllt war. Ihre Stimmung besserte sich wieder.

Sie setzte sich an ihren Laptop und tippte mit dem freien Zeigefinger Corinnas E-Mail-Login-Daten ein. Das Mädchen hatte diesem Harry Haller unzählige E-Mails geschrieben. Anne beschloss, am Anfang zu beginnen, auch wenn es mühselig war. Sie war niemand, der Arbeit nur halb erledigte.

Mail vom 21.03.2010:

Liebe Cori!

Als ich dein Foto auf Netlove sah, wusste ich sofort, dass du diejenige bist, die ich kennenlernen möchte. Und keine andere. Mein Name ist Harry, ich bin 24 Jahre alt und liebe Musik und Malerei. Ich würde mich freuen, von dir zu hören.

Anne klickte auf Corinnas Antwort.

Das Mädchen schrieb zögerlich. Sie fragte, warum Harry kein Foto von sich eingestellt hatte, und forderte ihn auf, mehr von sich zu erzählen.

Er erwiderte, dass er ein wenig schüchtern sei und nicht sehr fotogen, beschrieb aber sein Aussehen und bald unterhielten sie sich über Musik, über Schule, über die Gegend um Marsberg, wo Harry lebte und die Corinna ebenfalls kannte.

Anne las Mail um Mail und der Ton wurde freundschaftlicher, intimer. Hin und wieder bedrängte Corinna Harry mit dem Wunsch nach einem Foto und schließlich schickte er ihr ein Bild. Es zeigte einen jungen Mann, der Gitarre spielte. Er hielt den Kopf gesenkt, und ein schwarzer Hut bedeckte den Großteil seines Gesichtes.

Spielst du Verstecken mit mir?, lautete Corinnas amüsierte Antwort.

Anne holte sich zum Nachtisch eine Tüte Erdnussflips, schaltete den Fernseher ein und machte es sich auf dem Sofa gemütlich. Der Laptop lag auf ihren Oberschenkeln, und im Hintergrund lief *V wie Vendetta. Diese Guy-Fawkes-Maske hat wirklich etwas Unheimliches*, dachte Anne und schaltete zu einer Kochsendung weiter.

Sie las Mail um Mail. Corinna und Harry unterhielten sich über Lena Meyer-Landrut, die WM in Südafrika, die Probleme am Gazastreifen und darüber, dass es in einem Eisbecher immer zu viel Sahne und zu wenig Eis und Schokostreusel gab.

Corinna erzählte, dass sie viel lernen musste und wenige Freunde in Dortmund hatte. Sie drängte darauf, Harry persönlich zu treffen. Er antwortete mehrmals ausweichend, sagte erst zu, verschob das Treffen dann aber wieder. Corinna begann ungeduldig zu werden.

Anne klickte die nächste E-Mail-Konversation an und stutzte. Jetzt war aus Harry Rainer geworden. Auch der Ton der Mails hatte sich geändert. Er schien vertrauter zu sein. Anne las weiter und endlich begriff sie: Die beiden hatten begonnen zu telefonieren.

Mail vom 06.08.2015, Corinna schrieb:

Irgendwie habe ich geahnt, dass du es warst. Nicht bewusst, aber ein Teil von mir hat dich wiedererkannt. Von der ersten Woche an habe ich eine Verbindung zwischen uns gespürt. Ich bin so froh, dass ich endlich die Wahrheit kenne.

Mail vom 07.08.2015, Rainer:

Ich kann dir gar nicht sagen, wie sehr ich alles bereue. Und doch, wenn es nicht passiert wäre, hätte ich dich vielleicht niemals kennengelernt. Ich weiß, dass ich Hilfe brauche. Deshalb bin ich hier. Da ist diese Leere in mir, die mich manchmal wahnsinnig macht. Ein Gefühl der Unwirklichkeit. Ich habe Angst, nicht mehr ich selbst zu sein. Manchmal tue ich Dinge, die mich danach erschrecken. Ich bin ein Zwitterwesen, halb Mensch, halb Igel. Du bist die einzige Frau, die es fertigbringt, mich zu lieben.

Anne sah mit brennenden Augen von ihrem Laptop hoch. Es war bereits kurz nach zwei. Sie hatte den ganzen Abend gelesen. *Halb Mensch halb Igel. Was für eine seltsame Formulierung.* Warum schrieb er nicht: *Halb Mensch, halb Monster, wie Dr. Jekyll und Mr. Hyde* oder *wie ein Werwolf?*

Anne hatte im letzten Herbst bei Heiko im Garten einen Igel gesehen. Ein niedliches kleines Geschöpf, das sich im Laub zusammengerollt hatte. Es tat keinem etwas zuleide, und seine Stacheln hatte das Tier ausschließlich zur Verteidigung gegen Füchse oder Waschbären.

Dann musste sie an die Nadeln denken, und eine Welle von Übelkeit überkam sie. *Mein Gott!* War das die Antwort? Sollten die Nadeln Stacheln darstellen? Die Stacheln eines Igels?

Anne klickte die nächste Mail an und las weiter. Je mehr sie las, desto stärker wurde das drängende Gefühl, dass dieser Rainer etwas mit dem Tod von Corinna zu tun haben musste.

◆

Pia wog ihren neuen Schlüssel in der Hand, betrachtete das Lochmuster im Bart und genoss das solide Gewicht. *Sicherheit und Freiheit gehören ganz elementar zusammen,* dachte sie. *Ohne das Gefühl von Sicherheit wird man selbst zum Sklaven seiner Ängste.*

Johannes legte seinen Schraubenzieher in den Werkzeugkasten zurück. »Probier ihn aus. Das Schloss knackt niemand so leicht.« In seiner löchrigen Arbeitsjeans sah er anders aus als sonst. Mehr wie der aufsässige Jugendliche, der er einmal gewesen war. Pia steckte den Schlüssel ins Schloss und drehte ihn herum. Es klickte vertrauenerweckend. Die Tür schwang auf.

»Ich muss leider direkt wieder los«, sagte Johannes entschuldigend. »Astrid möchte heute ins Kino.«

Pia drehte sich zu ihrem Bruder um. »Danke.« *Ich kann mich auf ihn verlassen. Solange er da ist, kann mir nichts passieren.* Plötzlich bekam sie Lust, etwas zu essen. Etwas Scharfes. Ein Gemüsecurry und danach einen Latte Macchiato aus ihrem Kaffeevollautomaten, den sie letztes Jahr von ihrer Familie zum Geburtstag bekommen hatte.

Pia nahm ihre Handtasche, schloss die Wohnungstür ab und ging zu dem kleinen Supermarkt, der nur fünf Minuten Fußweg entfernt lag. Sie ging immer dort einkaufen, denn sie hasste große Läden mit vielen Menschen. Außerdem mochte sie es, wenn sie sich in einem Geschäft auskannte und die Waren nicht lange zu suchen brauchte.

Der Inhaber, Herr Bresinger, saß an der Kasse und nickte Pia freundlich zu. »Schlechtes Wetter, nicht wahr, Frau Berger?«

Pia antwortete höflich und beachtete ihn dann nicht weiter. Sie legte zwei Paprika und fünf Tomaten in ihren Einkaufskorb. Als sie sich nach dem Reis bückte, hörte sie Frau Bresinger hereinkommen.

»Was hast du wieder angestellt, du Tölpel?«, schimpfte

die Inhaberin. »Die frischen Joghurts stehen vorne. Ich hab dir doch schon so oft gesagt, du musst sie umwälzen! Sonst bleiben wir auf der abgelaufenen Ware sitzen.«

Bresinger murmelte eine Entschuldigung und schlurfte zur Kühltheke. Als er an Pia vorbeikam, versuchte sie ein Lächeln und zuckte mit den Schultern. Dann beeilte sie sich, zur Kasse zu gehen. Es war nicht das erste Mal, dass sie miterlebte, wie Frau Bresinger ihren Mann zur Schnecke machte.

»Er vergisst es jedes Mal«, beschwerte sich Frau Bresinger, während sie Pias Einkäufe einscannte. »Wenn ich nicht wäre, würde hier ganz schnell das Chaos ausbrechen. Das geht doch so nicht. Die frische Ware muss hinten stehen. Aber manchmal denke ich, er ist einfach nur dumm.«

Pia schluckte und betrachtete ihre Schuhspitzen. Sie hörte Herrn Bresinger an der Kühltheke hantieren, und auch er musste jedes Wort mithören, das seine Frau über ihn sagte. Pia bezahlte und packte ihre Sachen in eine Einkaufstasche. Aufatmend verließ sie den Laden und ging hinaus in die Novemberkälte.

Es war bereits dunkel. Der Wind pfiff ihr entgegen. Pia schlug ihren Kragen hoch und presste die Arme an den Körper, um ihm möglichst wenig Angriffsfläche zu bieten. Obwohl es Freitagabend war, schien die Hauptstraße von Marsberg menschenleer zu sein. Aus einem plötzlichen Impuls heraus drehte Pia sich noch einmal um und sah dort, wo Bresingers Lager war, ein Gesicht am Fenster. Jemand beobachtete sie. Mit schnellen Schritten eilte sie zu ihrer Wohnung zurück.

Als Pia die Haustür öffnete, stürzte ihr ein schwarzweißer Schatten entgegen, der sie schwanzwedelnd begrüßte und sich vor lauter Aufregung immer wieder um die eigene Achse drehte. Zwischendurch sprang er an Pia hoch.

»Aus, Ben!«, befahl Frau Gerlach mit viel zu gutmütiger Stimme. »Oh, du Wahnsinniger. Halt ein, sonst rennst du sie noch über den Haufen.«

Pia lachte und streichelte den Border Collie ausgiebig. »Ach, lassen Sie ihn. Schön, dass es wenigstens einen jungen Mann gibt, der sich freut, mich zu sehen.«

»Das kommt noch. Sie werden schon sehen. Lassen Sie sich Zeit. Die guten Männer findet man nicht an jeder Straßenecke. Josef und ich, wir haben uns beim Bowlen kennengelernt. Habe ich Ihnen die Geschichte schon erzählt?«

»Wie ihm die Kugel auf den Fuß gefallen ist? Ja, wirklich witzig.«

Frau Gerlach holte ein dickes Schlüsselbund aus der Manteltasche und schloss ihren Laden ab. »Jetzt wollen wir uns mal in die Kälte wagen, nicht wahr, Ben?«

In ihrer Erinnerung stürzte Pia kopfüber ins kalte Wasser. Sie glitt mit geschlossenen Augen unter der Oberfläche dahin und genoss für einen Augenblick die Schwerelosigkeit. Dann kam sie wieder nach oben und atmete die warme, chlorgetränkte Schwimmbadluft ein.

Sie war wieder fünfzehn.

Neben ihr schwamm Simone. »Was läuft da eigentlich zwischen dir und Rainer?«

»Nichts. Wir sind nur Freunde. Ich finde ihn nett.«

»Nett!«, Simone schnaubte zwischen zwei Zügen. »Er ist nicht nett. Weißt du, dass er mich hasst?«

Was? Pia hatte das nicht gewusst. Simones scharfer Tonfall überraschte sie. »Wieso sollte er dich hassen?«

»Er konnte mich vom ersten Tag an nicht leiden. Am Anfang hat er mich beschimpft, jetzt ignoriert er mich nur noch. Einmal hat er mich geschlagen.«

Pia konnte nicht glauben, was sie hörte. »Er hat dich geschlagen?«

»Ja. Ich hatte ihm den Arm um die Schulter gelegt. Wollte ihm zeigen, dass ich nett sein kann. Hab' ihn gefragt, ob wir nicht nochmal ganz von vorne anfangen sollten. Da hat er sich losgerissen und mir mit der Faust ins Gesicht geschlagen. Er hat gebrüllt, ich solle ihn nicht anfassen.«

Pia schwamm schweigend weiter und konzentrierte sich auf ihre Bewegungen. Was Simone gesagt hatte, beunruhigte sie. Es passte nicht zu dem Bild, das sie von Rainer hatte. Von ihr hatte er sich anfassen lassen. Simone legte ein strammes Tempo vor.

Schwester Birgit trat ans Becken. »Übertreib es nicht wieder«, sagte sie zu Simone.

»Klar.«

»Noch fünf Minuten, dann machst du Pause!«

Simone gab einen leisen genervten Laut von sich. »Manchmal ist das hier wie im Kindergarten«, sagte sie zu Pia. »Die fette Kuh hat mir gar nichts zu sagen!« Trotzdem kletterte sie nach fünf Minuten aus dem Becken, wickelte sich in ihr Handtuch und nahm auf einer der Bänke Platz. Pia setzte sich neben sie. Ihr war von der Anstrengung ein wenig schwindlig.

»Du machst immer weiter«, sagte Simone und lehnte den Kopf an die Wand hinter ihr, die Augen geschlossen. »Und irgendwann fühlst du gar nichts mehr. Das ist einfach nur geil.«

Pia erwachte und war sofort in Alarmbereitschaft. Irgendetwas hatte sie geweckt. Sie richtete sich im Bett auf und lauschte mit klopfendem Herzen in die Stille hinein. Im Schlafzimmer war es dunkel. Die Lichter der Hauptstraße drangen bleiern durch die zugezogenen Vorhänge. Die Möbel im Zimmer hatten sich zu schwarzen Schatten zusammengeballt.

Pia hielt den Atem an. Hinter der halbgeöffneten Zimmertür lag die Nachtschwärze der Wohnung. Dahinter befand sich die Tür zum Hausflur. Obwohl die Luft warm und trocken war, fror Pia plötzlich. Sie atmete flach und lauschte. Dann hörte sie ein Geräusch. Ein metallisches Kratzen, das aus der Richtung der Wohnungstür kam.

Die Ruhe, die sie erfüllte, lag direkt an der Grenze zur Panik. Kindheitserinnerungen von einem Monster unter ihrem Bett wurden lebendig. Doch dieses Mal stand das Monster vor ihrer Wohnungstür.

Pia fühlte sich wie gelähmt und spürte den Drang, sich tot zu stellen. Sie dachte an Opossums. Diese Tiere fauchten einen Feind mit weitaufgerissenem Rachen an, um ihre Zähne zu zeigen. Wenn diese Drohung nicht ausreichte, fielen sie wie tot um. Ihr Atem setzte aus und aus ihren Mäulern strömte abstoßender Verwesungsgeruch.

Pia hatte diese faszinierenden Tiere mit ihrer Klasse im Sachunterricht besprochen. Was hätte sie in diesem Moment darum gegeben, ein Opossum zu sein. Jetzt hörte sie ein Schaben, als würde jemand mit einem Schraubenzieher über Metall fahren. Sie war ein Mensch. Ein Mensch mit einem Telefon.

Pia schlug leise die Decke zurück und stellte ihre nackten Füße auf den Boden. Ihre Beine zitterten. Trotzdem stand sie auf und tappte in den Wohnungsflur. Die Leuchtanzeige des Receivers verriet ihr, dass es zwei Uhr nachts war. Die roten Ziffern schienen in der Dunkelheit zu glühen.

Pia ging zur Kommode an der Wand, auf der ihr Samsung Galaxy lag. Sie löste das Ladekabel und schaltete den Bildschirm ein, der kaltes blaues Licht verströmte.

Die Wohnungstür war vier Meter von ihr entfernt. Klinke und Rahmen glänzten in mattem Grau. Im Schloss steckte ihr neuer Schlüssel. Pias Finger waren steif vor Angst und Aufregung und es gelang ihr kaum, die richtigen Tasten zu treffen. Es war das erste Mal, dass sie die 110 wählte. Einmal vertippte sie sich. Verdammt, sie fühlte sich, als hätte sie noch nie im Leben ein Smartphone bedient.

Dann stieß plötzlich etwas mit Wucht gegen die Wohnungstür, und das Telefon glitt aus ihren Händen. Ihr Herz hämmerte, als sie sich danach bückte und gleichzeitig die Wohnungstür anstarrte. Sie erinnerte sich an einen Film, den sie einmal gesehen hatte. Sie wusste den Titel nicht. Aber dort wurde eine Wohnungstür mit einer Axt zertrümmert.

Ben fing an zu bellen. Pias Finger schlossen sich um das Samsung. Sie hob es mit zitternden Händen hoch und sah, dass sie die 1106 gewählt hatte. Dann hörte sie schnelle

Schritte im Flur und eilte mit weichen Knien zum Fenster. Ihre Beine fühlten sich an, als wären überhaupt keine Knochen darin. Pia stützte sich auf die Fensterbank. Ben bellte erregt weiter.

Sie atmete ein und aus, ein und aus. Die Haustür schlug zu, und eine dunkle Gestalt huschte über die Straße.

Kapitel 4

Hellmann gab Gas, während der große Mann neben ihm den Polizeifunk einstellte. Er bretterte so schnell über einen Bahnübergang, dass sie kurz abhoben, und sah, wie das Fluchtfahrzeug nach links auf die Bundesstraße einbog.

»Schalten Sie das Blaulicht ein!«, rief er und fuhr mit quietschenden Reifen um die Kurve. Die Polizeisirene gellte über ihnen. Hellmann ging kurz vom Gas, um sicherzugehen, dass der Durchgangsverkehr sie vorbeiließ, dann raste er in Richtung Brilon.

»Wir kriegen ihn! Hinter der nächsten Ortschaft gibt es eine Straßensperre.« Er tauschte einen Blick mit seinem Beifahrer. Es war Thorsten Seidel, Hauptkommissar bei der Kripo Dortmund, der anerkennend nickte.

»Sie sind ein guter Fahrer«, sagte er. In diesem Moment gab es einen ohrenbetäubenden Knall.

Hellmann fuhr im Bett hoch. Sein Herz hämmerte, und er fühlte feuchten Schweiß unter den Armen. Im dämmrigen Zimmer sah er seine Mutter vor sich stehen, die einen großen Wäschekorb trug.

»Entschuldige«, sagte sie. »Der Luftzug …« Sie öffnete die Zimmertür, und Licht fiel vom erleuchteten Flur ins Zimmer. Dann stellte sie den Wäschekorb in die Tür, damit sie nicht wieder zuschlug. »Es tut mir leid. Ich wollte dich nicht erschrecken. Die Tür ist einfach zugeknallt.« Sie ging zum Fenster, das auf Kippe stand, und verschloss es. Dann nahm sie ihren Korb wieder hoch. »Möchtest du noch schlafen?«

Hellmann unterdrückte eine patzige Antwort. »Nein, ich komme gleich runter.« Er atmete langsam aus und versuchte seinen rasenden Puls zu beruhigen.

»Entschuldige, aber ich wollte 60 Grad waschen und nachsehen, ob du noch blaue Unterhosen hast. Ich wasche ja nicht so oft dunkel.«

»Schon gut!«, knurrte er.

Endlich war sie fort, und Hellmann ließ sich zurück aufs Kissen sinken. Eine Katzenwäsche half dabei, seinen Adrenalinpegel langsam wieder herunterzufahren. Danach ging er ins Erdgeschoss, um mit seinen Eltern zu frühstücken.

»Was machst du an deinem freien Wochenende? Hast du etwas vor?«, fragte seine Mutter.

Hellmann warf einen hoffnungsvollen Blick aus dem Fenster, aber da war kein Schnee. Nur schmutzige Wiesen und grauer Himmel.

»Eigentlich hatte ich gehofft, ich könnte Ski fahren«, seufzte er.

Sein Vater ließ die Zeitung sinken. »Bald soll es kälter werden. Dann gibt es bestimmt den ersten Schnee.«

Zurück in seinem Zimmer drehte Hellmann die Musik auf und ließ sich aufs Bett fallen. Der Tag versprach öde zu werden.

Jens sagte öfter zu ihm, er solle sich eine eigene Wohnung suchen, doch Hellmann begriff nicht, inwieweit es ihm dann besser gehen sollte. Er hätte die Hausarbeit, um sich zu beschäftigen. Doch niemand wäre mehr da, der mit ihm redete und sich für ihn interessierte.

Er dachte an seinen Traum, an den Hauptkommissar aus Dortmund, mit dem er letztes Jahr hatte zusammenarbeiten dürfen. Thorsten Seidel hatte ihn für seine Arbeit gelobt und ihn ermuntert, sich für das Kriminalkommissariat Dortmund zu bewerben, wenn er die Möglichkeit dazu bekam. Eine Zeit lang hatte Hellmann täglich die Stellenausschreibungen in Intrapol beobachtet, aber seine Chefin, Frau Nolte-Bergmann, hatte ihm gesagt, dass er noch ein paar Jahre in Brilon bleiben musste, bevor er auf eine Stelle in Dortmund hoffen durfte. Damit hatte er sich jetzt abgefunden. Er würde hierbleiben und weiter kleine Einbruchsdelikte bearbeiten, bis vielleicht noch einmal ein Mord im Sauerland geschah und Thorsten Seidel wieder seine Hilfe brauchte. Es klopfte an der Tür, und er drehte die Musik leiser. »Was ist denn?«

»Du hast Besuch!«

Überrascht öffnete Hellmann die Tür. »Wer ist es? Jens?«

Seine Mutter schüttelte den Kopf. »Es ist ein junges Mädchen. Ich kenne sie nicht.«

Steffi! War sie es? Aber warum, was wollte sie von ihm? Hatte sie vor, sich mit ihm auszusprechen?

Er machte einen kleinen Abstecher ins Bad, benetzte die Finger mit Wasser und fuhr sich durch die braunen Haare. *Ich muss dringend zum Friseur!*

Als er die Treppe herunterkam, hatte er einen Knoten im Bauch. Doch zu seiner Überraschung war es nicht Steffi, die am Küchentisch saß.

Eine dünne Frau mit flachsblonden Haaren stand auf und gab ihm linkisch die Hand. Es war Pia. Einige Jahre waren sie in dieselbe Klasse gegangen, bis sie aus Krankheitsgründen eine Zeit lang fort gewesen war und schließlich das Schuljahr wiederholen musste. Und dann wurde Hellmann auch etwas anderes klar: Er hatte ihr Gesicht erst vor Kurzem gesehen, auf einem Foto in der Wohnung von Dirk Finkel.

»Ich lass' euch mal allein!«, verkündete seine Mutter und erklärte, dass sie noch einkaufen musste. Dabei versuchte sie nicht mal, ihr breites Grinsen zu verbergen.

»Möchtest du etwas trinken?«, fragte Hellmann.

Pia sah auf den Boden und äußerte vage, dass sie eigentlich nichts wollte.

Hellmann stellte die Kaffeemaschine an. »Ein Wasser?«

»Ja, ein Wasser.«

Als er ihr das Glas reichte, sah sie ihm nicht in die Augen.

»Wir haben uns lange nicht gesehen«, versuchte Anton ein Gespräch in Gang zu bringen und hoffte, dass sie lockerer wurde. »Wohnst du noch in Marsberg?«

Sie nickte und atmete leise. »Ich habe in Münster studiert. Jetzt wohne ich wieder hier. Ich bin Lehrerin an der Grundschule in Westheim.«

Offenbar hatte sie mit Finkel zusammen studiert.

»Cool!« Hellmann nickte anerkennend. »Ich bin bei der Kripo.«

»Ich weiß.«

Er hatte plötzlich das Gefühl, dass hier der eigentliche Grund für ihren Besuch verborgen lag. »Brauchst du Hilfe?«

Pia leckte sich die Lippen und schob eine Strähne ihrer blassblonden Haare hinters Ohr. Dann nickte sie. Mit einem lauten Zischen und Dampfen meldete sich die Kaffeemaschine. Gurgelnd tropften die letzten Reste heißen Wassers in den Filter. Hellmann stand auf und stellte Tassen und ein Kännchen Milch auf den Tisch.

»Zucker?«

»Nein, danke.«

»Also, was ist los?«

Pia öffnete den Reißverschluss ihres Rucksacks und zog einen großen braunen Umschlag heraus, den sie Anton reichte. »Jemand verfolgt mich. Er schleicht durch unser Haus. Heute Nacht war er an meiner Wohnungstür. Der Hund der Nachbarin hat ihn verscheucht.«

Hellmann öffnete den Umschlag und holte einen Packen Fotos heraus. Auf den meisten war Pia zu sehen. Einige waren aus großer Entfernung aufgenommen worden und ließen ihre Silhouette hinter einem Fenster erahnen. Andere zeigten ihr Gesicht in Großaufnahme. Pia beim Einsteigen in ihr Auto, Pia mit einem Hund an der Leine, Pia mit einer Einkaufstüte.

Ein Stalker, dachte Anton mit Abscheu. *Jemand, der auf ängstliche Frauen steht.* »Waren die Bilder in diesem Umschlag?«

Pia nickte. »Das letzte Bild ist in meinem Schlafzimmer aufgenommen worden.« Sie deutete auf eine Aufnahme von einem Nachttisch, auf dem eine zerlesene Ausgabe von *Die Tribute von Panem* lag. Sie ließ zu, dass Hellmann ihre Tasse halbvoll goss. Den Rest füllte sie mit Milch auf.

»Hast du eine Idee, wer dich verfolgt?«

Pia holte tief Luft. »Ich glaube, es ist mein Exfreund. Wir sind seit neun Jahren getrennt. Er hat mich einmal halb totgeprügelt. Am Mittwoch habe ich ihn vor unserem Haus gesehen. Ich bin mir sicher, dass er mich beobachtet hat.«

Hellmann registrierte, wie ihre Finger die Tasse umschlossen, sodass die Knöchel weiß hervortraten. Sie hatte Angst.

Er wusste, dass er den Fall abgeben musste. Für Stalking war die Schutzpolizei zuständig. Außerdem gab es eine Regel im Polizeidienst, die besagte, dass man die Fälle von Bekannten niemals selbst bearbeitete. An diese Regel hatte er sich immer gehalten.

»Es sind oft Expartner, die so etwas tun. Ich weiß nicht, ob wir von diesem Umschlag noch einen vernünftigen Fingerabdruck abnehmen können. Das nächste Mal öffnest du einen verdächtigen Brief nicht, sondern bringst ihn sofort zur Polizei.«

Pia sah ihn an, und ihre Wangen schienen etwas Farbe zu bekommen. »Also hilfst du mir?«

Hellmann antwortete ausweichend. »Bei Stalking werden alle Kollegen informiert. So etwas passiert normalerweise über einen längeren Zeitraum. Die Polizei wird die Umgebung deiner Wohnung im Auge behalten. Und wenn er wieder vor deiner Tür steht, rufst du sofort an.«

Sie nickte und hatte die Augen auf die Tischplatte gerichtet.

»Ich werde meinen Kollegen Frigger bitten, die Gefährderansprache zu machen«, sagte Hellmann. »Das ist ein sehr erfolgreiches Mittel. Die meisten Leute beeindruckt es, wenn ein Streifenwagen bei ihnen vorfährt und ein uniformierter Beamter Klartext redet.«

Pia biss sich auf die Unterlippe. »In diesem Fall gibt es ein Problem.«

»Wieso? Frigger hat viel Erfahrung mit Stalking.«

»Das ist es nicht. Es ist … Rainer kann es nicht gewesen sein. Er sitzt in einem psychiatrischen Gefängnis. Im forensischen Maßregelvollzug.«

◆

»Die IP-Adresse, von der die E-Mails verschickt wurden, stammt aus einer forensischen Maßregelvollzugsklinik in Marsberg. Das liegt im östlichen Sauerland«, berichtete Ulrike und sah in die Runde. »Ein Gefängnis für psychisch Kranke und Drogenabhängige. Gehört zu den Kliniken des Landesverbandes Sauer- und Siegerland.«

Ihr rundes Gesicht war heute auffällig stark geschminkt. Vielleicht glaubte sie, dass sie jetzt, mit vierzig, der Natur etwas nachhelfen musste. *Das passt ins Bild*, dachte Anne aufgeregt. Außerdem erklärte es, warum sich Corinna und Rainer nicht persönlich getroffen hatten. Sie wusste, dass es nicht ungewöhnlich war, dass Gefangene romantische Brieffreundschaften unterhielten. Nur von Insassen der Psychiatrie hatte sie das bisher noch nicht gehört.

»Ich muss nach Marsberg und diesen Rainer finden«, erklärte sie. »In seiner letzten E-Mail von Donnerstagmorgen schreibt er, dass es ihm schlecht gehe. Es hörte sich nach psychischen Problemen an.«

Anne dachte an Corinnas Antwort. Die E-Mail war Donnerstagmittag, ungefähr zwölf Stunden vor ihrem Tod, abgeschickt worden. Anne hatte sie erst heute Morgen gelesen.

Ihr Mund war trocken geworden. Sie hatte ihren halbaufgegessenen Joghurt beiseitegeschoben, war in Jacke und Schuhe geschlüpft und die Treppe hinuntergehastet, ohne einen Gedanken an ihre Schnürsenkel zu verschwenden. Ein Wunder, dass sie nicht gestürzt war.

»Daraufhin macht Corinna auf eine ziemlich brutale Art und Weise mit ihm Schluss. Ihre letzte E-Mail ist wirklich krass. Beleidigend. Entwürdigend.« Anne zog eine Grimasse. »Und das direkt nachdem er ihr gesteht, wie schlecht es ihm geht. Selbst ein normaler Mensch wäre daraufhin rasend vor Wut. Wenn Rainer tatsächlich ein Psychiatrieinsasse ist, möglicherweise mit mangelnder Impulskontrolle, würde es mich nicht wundern, wenn er sie vom Balkon gestoßen hätte.«

Im Besprechungsraum des Polizeipräsidiums Dortmund herrschte für einen Moment Stille.

»Die Nadeln deuten meiner Meinung nach eher auf einen kaltblütigen Täter hin«, warf Ulrike ein.

»Ich weiß nicht«, widersprach Anne. »Vielleicht hatte er sie gerade zur Hand. Corinna hat ja anscheinend alles mitgehen lassen. Mal angenommen, sie hätte die Nähnadeln von ihrer Mutter gestohlen. Vielleicht lagen sie einfach griffbereit, als der Täter sie quälen oder bestrafen wollte.«

Janitzki lehnte sich in seinem Drehstuhl zurück. »Ein Insasse einer psychiatrischen Anstalt? Das klingt ziemlich abstrus, Anne.«

»Möglicherweise auch jemand vom Personal«, erwiderte sie. »Vielleicht gibt es dort Freigänger. Ich würde gerne ins Sauerland fahren und das überprüfen.«

Janitzki lächelte spöttisch und zeigte die ebenmäßigen Reihen seiner Zähne. »Ich bin sicher, das können wir auch von hier aus überprüfen. Aber natürlich wird Heiko sich freuen, dich zu sehen.«

Anne saß mit roten Ohren auf ihrem Stuhl und lauschte Grotes Bericht über die Ergebnisse der Spurensicherung. Sie hatte Mühe, sich zu konzentrieren, denn innerlich kochte sie vor Wut. Hatte JJ ihr gerade wirklich unterstellt, sie würde dienstliche Ermittlungen vorschieben, um sich mit ihrem Freund zu treffen?

Grote redete mit sonorer Stimme. Seine Halbglatze glänzte im Licht der Deckenbeleuchtung. Jedes ausgefallene Haar hatte er einem Mordfall zu verdanken, pflegte er zu sagen. Jetzt blieben ihm nicht mehr genug Haare, um sich über Nichtigkeiten aufzuregen, deshalb behandelte er alles mit dem stoischen Gleichmut eines Zenon von Kition. Ob er unter Hauptkommissar Seidel, Esterhazy oder jemand anderem arbeitete, kümmerte ihn nicht. Auch ein Janitzki würde ihn nicht aus der Ruhe bringen können.

Er berichtete, dass am Tatort Fußabdrücke gefunden worden waren, die von einem Herrenschuh Größe 43 stammten. Anhand dieser Abdrücke ließe sich auf Abnutzungsspuren der Sohle schließen. Er hatte auch eine Anfrage an den Hersteller geschickt. »Interessant ist«, fuhr Grote fort, »dass wir in der Wohnung so gut wie keine Blutspuren gefunden haben. Lediglich im Bett, wo vermutlich die Nadeln gesetzt wurden. Dafür gibt es minimale Blutrückstände an den Fußabdrücken.«

Anne war sofort klar, was das bedeutete. »Der Täter ist nach der Tat nochmal in der Wohnung gewesen!«

»Offensichtlich«, bemerkte Janitzki. »Möglicherweise hat er Spuren beseitigt, oder nachträgliche Spuren gelegt. Ich nehme an, er hat das LG Smartphone entwendet. Ich habe eine Ortung in Auftrag gegeben.«

Er wandte sich an Grote. »Haben Sie Fingerabdrücke gefunden?«

»Wir haben einige Sets an Abdrücken und DNA-Spuren gesichert. Leider nichts, was man zu 100% einem möglichen Täter zuordnen könnte.«

»Schade«, bemerkte Janitzki und schlug lässig die Beine übereinander.

Wie zufrieden er aussieht. Das alles scheint ihm großes Vergnügen zu bereiten.

Anne sah, dass seine Chucks nicht zugebunden waren, sondern die Schnürsenkel nur locker in den Schuhen steckten. Er befand sich tief in der Midlife-Crisis.

Janitzki forderte Ulrike auf, die gefundenen Abdrücke mit den erkennungsdienstlichen Daten der Psychiatrieinsassen in Marsberg zu vergleichen.

»Ich frage mich, wie es sein kann, dass die Nachbarn nichts bemerkt haben«, murmelte Anne dunkel. »Gut, Frau Eberbach ist ziemlich taub. Aber die Tante muss etwas mitbekommen haben.«

»Jeanette Raabe hat ausgesagt, dass sie die Arbeit als Altenpflegerin sehr erschöpft und sie einen tiefen Schlaf hat.« Janitzki zuckte mit den Schultern. »Aber möglicherweise ist auch alles leise vonstattengegangen. Vielleicht ist Corinna betäubt worden. Ich habe auf jeden Fall eine Toxi angeordnet.«

Es klopfte, und eine Frau in hellblauem Kostüm und blonder Kurzhaarfrisur öffnete die Tür. Sie war im dezenten Nude-Look geschminkt und hatte eine lederne Aktenmappe bei sich. Bei ihrem Anblick hellte sich Janitzkis Gesicht auf. Er erhob sich mit einer geschmeidigen Bewegung, ging zur Tür und reichte ihr die Hand.

»Frau Liebich, wie schön, dass Sie meiner Einladung gefolgt sind. Wie Sie sehen, arbeiten wir schon mit Hochdruck an dem Fall.«

Die Frau, die Janitzki als Staatsanwältin vorstellte, warf einen flüchtigen Blick in die Runde. Er stellte die beteiligten Ermittler vor, dann erklärte er die Besprechung für beendet und lud Frau Liebich ein, mit in sein Büro zu kommen, wo er sie mit den Einzelheiten des Falls vertraut machen konnte.

Anne wandte den Blick ab, um sein schleimiges Lächeln nicht sehen zu müssen. *Ich habe kein Problem damit, unter ihm zu arbeiten*, schärfte sie sich ein. *Ich kann professionell sein. Es geht nur um den Fall. Alles andere ist unwichtig.*

Auf dem Flur drückte Grote ihr eine Liste in die Hand, auf der Produktnamen standen. »Das hier sind die Sachen aus dem Kleiderschrank. Wir haben noch keinen Hinweis auf konkrete Geschäfte, in denen das Mädchen geklaut hat, aber diese Cremes hier sind Eigenmarken einer Drogerie. Vielleicht fährst du mal die Filialen in der Nähe von Corinnas Wohnung ab und versuchst dort dein Glück.«

Anne befolgte seinen Rat und landete schon in der ersten Filiale einen Treffer. Dort zeigte sie der Verkäuferin, einer rothaarigen Frau mit einem Stachelpiercing in der Unterlippe, ein Foto von Corinna.

»Ja, die war hier«, sagte die Frau und bewegte mit der Zunge ihr Piercing hin und her. »Am Donnerstag. Hat Gummis geklaut. Am besten fragen Sie die Chefin.«

Sie rief die Filialleiterin über ihr Mikrofon aus und Minuten später saß Anne in einem kleinen Büro ohne Fenster. Die hagere Frau am anderen Ende des Tisches trug eine Uniform mit Namensschild, auf dem *Gräulich* stand. Während sie mit Anne sprach, wanderte ihr Blick immer wieder zu den Überwachungsmonitoren, die an der Wand hingen. Drei Kameraeinstellungen zeigten die Verkaufsräume in grobkörnigen Bildern.

»Ja, das ist das Mädchen«, bestätigte Frau Gräulich. »Sie war sofort geständig. Wir haben den Vater informiert und er hat uns versichert, dass es das erste Mal gewesen sei. Seine Tochter hätte sich lediglich geschämt, die Kondome zu bezahlen. Deshalb haben wir keine Anzeige erstattet.«

Sie runzelte plötzlich die Stirn und sah zu Anne hoch. Dann betrachtete sie das Foto genauer. »Wieso ermitteln Sie jetzt? Ist sie eine Wiederholungstäterin?«

»Sie ist tot.«

Die Filialleiterin legte das Foto hastig auf den Tisch.

»Das tut mir leid.«

»Erinnern Sie sich an sonst noch etwas? War das Mädchen allein oder war jemand bei ihr?«

»Mein Lebensgefährte hat eine Tochter im gleichen Alter.« Frau Gräulich schloss die Augen.

Anne wiederholte ihre Fragen.

»Nicht dass ich wüsste. Aber was heißt das schon? Das Mädchen ist mir erst aufgefallen, als sie etwas in ihre Jackentasche steckte. Ladendiebe sind ganz unterschiedliche Leute, wissen Sie. Man sieht es ihnen nicht an. Bei so jungen Tätern haben wir es meist mit Episodenkriminalität zu tun. Sie probieren es aus, werden erwischt und wir informieren die Eltern. Manchmal kommt auch die Polizei dazu. Das schreckt ab. Die meisten zumindest.«

Anne zeigte ihr die Liste mit den Cremes. »Stammen die aus Ihrem Laden?«

Die Frau las die Namen, und ihre Augen weiteten sich. »Natürlich. Das sind unsere Produkte.«

»Wurden sie hier geklaut, in Ihrer Filiale?«

Frau Gräulich starrte auf die Monitore. »Das ist gut möglich.«

◆

Anton Hellmann warf einen genervten Blick auf das Außenthermometer, das zwei Grad Plus anzeigte. Dann kratzte er den dünnen Reiffilm von der Windschutzscheibe seines Fiats. Der Kleinwagen war acht Jahre alt und immer noch sein erstes Auto. Hellmann hoffte, dass ihm diesen Winter mal jemand in den Kotflügel rutschte, damit er sich endlich ein neues zulegen konnte.

Er machte sich auf den Weg in Richtung Brilon. Wenn es keinen Schnee zum Skifahren gab, konnte er genauso gut auf die Wache fahren und persönlich mit Frigger sprechen. Er hatte versprochen, Pia zu helfen, auch wenn sich die Geschichte ziemlich verrückt anhörte. Verfolgt von einem Psychiatrieinsassen!

Hellmann betrat die Wache und begrüßte Elke Klöterjahn, die sich vorne in der Zentrale aufhielt. Die große Frau trug eine Uniformjacke, die ihre Schultern betonte. »Ich dachte, du hast dieses Wochenende frei?«, sagte sie.

Hellmann erklärte, dass er zu Frigger wollte, und sie deutete mit dem Daumen auf die Milchglastür hinter ihr. Er trat ein.

Frigger saß am Gemeinschaftstisch und kritzelte kleine Strichmännchen auf einen Block. Hinter ihm hing der Dienstplan, der die halbe Wand ausfüllte.

»Ja«, sagte er in den Telefonhörer. »Entsetzlich.« Seine Stimme klang neutral. Er lauschte und nickte. Hellmann blieb in der Tür stehen.

»Grauenvoll«, nickte Frigger. Er legte die Hand auf die Sprechmuschel. »Was gibt es?«

Hellmann winkte ab. »Ich hab' eine Anzeige wegen Stalking, aber ich kann warten.«

»Ach, Unsinn.« Frigger nahm die Hand von der Sprechmuschel. »Entschuldige Schatz, ich muss jetzt arbeiten. Wir sprechen später, ja? – Inneneinrichtungsnotstand«, erklärte er Hellmann. Dann forderte er ihn auf zu erzählen. Er notierte sich Pias Daten und hörte aufmerksam zu. Als Hellmann erwähnte, dass sich der mutmaßliche Stalker in der Psychiatrie befand, lachte Frigger.

»Das ist gut. Das hatten wir noch nicht.«

Er nahm die Anzeige im Computer auf und erstellte die Mitteilung für den Umlaufordner. Dann rief er in der forensischen Maßregelvollzugsklinik an und erkundigte sich nach dem Insassen Rainer Dorn, nach bestehenden Lockerungen und seinem Verhalten während der Haft.

»Er hat nur begleiteten Ausgang«, erklärte er Hellmann dann und notierte die Informationen gleichzeitig im Computer. »1 zu 1 Begleitung in der Stadt. Das bedeutet: ein Insasse, ein Pfleger. Ich denke, den können wir in jedem Fall ausschließen.« Er änderte den Vorgang in »Anzeige gegen Unbekannt«.

Dann öffnete Frigger den Umschlag und warf einen kurzen Blick auf die Fotos. »Kein Wunder, hübsches Mädel. Ein wenig dünn«, brummte er und packte den Umschlag in eine Tüte.

»Und?«, fragte Hellmann. »Wirst du den Umschlag erkennungsdienstlich behandeln?«

Frigger zog die Augenbrauen zusammen und schüttelte den Kopf. »Erstens bringt das vermutlich nix«, erklärte er mit überdeutlicher Betonung, als sei Hellmann schwer von Begriff. »Außerdem können wir nicht um jede Anzeige so ein Buhei machen. Das steht doch in keinem Verhältnis.«

Er klopfte mit der Handfläche auf den Umschlag.

»Wir behalten das im Auge«, versicherte er Hellmann. »Mehr können wir im Moment nicht machen.«

Statt die Polizeiwache zu verlassen, ging Hellmann in den ersten Stock, wo sich die Zimmer der Kriminalpolizei befanden. Er betrat das kleine Büro, das er sich mit Jens teilte. Im zentralen Verfahrensregister suchte er nach Rainer Dorn und holte sich auch die Ermittlungsakte dazu.

Mehrere Minuten lang betrachtete er das Foto des Mannes, der zum Zeitpunkt der Aufnahme 21 Jahre alt gewesen war. Rainer Dorn blickte mit abweisenden Augen in die Kamera. Dunkle Haarsträhnen fielen ihm in die Stirn. Trotz seiner Jugend hatten die Gesichtszüge bereits alle kindlichen Rundungen verloren. Hellmann hatte Schwierigkeiten, sich Pia und diesen Mann als Paar vorzustellen. Er blätterte durch die Berichte und Notizen.

Rainer Dorn war 2007 wegen Totschlags und gefährlicher Körperverletzung zu einer Haftstrafe und nach §63 StGB zur Sicherheitsverwahrung im forensischen Maßregelvollzug verurteilt worden. Hellmann warf nur einen kurzen Blick auf das Foto seines Opfers, eines anderen Mannes, der offensichtlich zu Tode geprügelt worden war. Im Obduktionsbericht war die Anzahl der Hämatome, Knochenbrüche, Quetschungen und Abschürfungen genau dokumentiert.

Danach folgte ein Bericht über ein zweites Opfer, das ebenfalls verprügelt worden, aber nicht zu Tode gekommen war: Pia Berger.

Hellmann betrachtete ihr Foto. Das linke Auge war zugeschwollen und die Haut violett verfärbt, die Lippe aufgeplatzt. Sie sah noch so jung aus. Er rechnete kurz nach und stellte fest, dass sie zu diesem Zeitpunkt achtzehn Jahre alt gewesen war.

Betroffen fragte er sich, warum er damals nichts davon mitbekommen hatte. In dem Moment, als Pia seine Jahrgangsstufe verlassen hatte, war sie auch aus seinem Blickfeld verschwunden. Hellmann schloss die Akte und dachte daran, wie sie heute Morgen an seinem Küchentisch gesessen hatte. Wie sie seinem Blick ausgewichen war. *Sie muss schreckliche Angst haben.* Er erinnerte sich, dass sie gesagt hatte, Rainer Dorn wäre bei ihrer Wohnung gewesen. Er hätte nachts versucht, ihre Tür zu öffnen. Wie konnte das sein, wenn er kein Freigänger war?

Als Hellmann den Computer herunterfuhr und das Licht in seinem Büro löschte, hatte er das Gefühl, Pia im Stich zu lassen. *Das ist Blödsinn*, sagte er sich. Er hatte den Fall an seine Kollegen weitergegeben. Die Anzeige befand sich im Umlaufordner, zu dem alle Zugang hatten. Die Schutzpolizei würde vorbereitet sein und konnte bei der nächsten bedrohlichen Situation ausrücken. Dann würden sie feststellen, ob Rainer Dorn wirklich der Stalker war.

Hellmann warf einen Blick in die Zentrale und das angrenzende Zimmer, doch Klöterjahn und Frigger waren offensichtlich mit dem Streifenwagen unterwegs. Er bemerkte, dass der Umschlag mit den Fotos von Pia noch auf dem Tisch lag. Kurzentschlossen nahm er ihn an sich und kehrte in die erste Etage zurück. Dieses Mal betrat er den Raum, wo die erkennungsdienstlichen Arbeiten gemacht wurden.

Er nahm einen Pinsel mit Rußpulver und stäubte das Papier des Umschlags damit ein. Eine Handvoll Abdrücke kamen zum Vorschein, und er verglich sie mit den Fingerabdrücken aus Rainer Dorns Akte. Es gab keine Übereinstimmungen.

Hellmann hatte getan, was er konnte. Er verließ die Polizeiwache und dachte, dass es bald Zeit zum Mittagessen war.

Ihm knurrte bereits der Magen. Er stieg in seinen Fiat und verzog das Gesicht, als er den Motor startete und die süßlichen Rhythmen von *Last Christmas* ertönten. Schnell wechselte er den Radiosender.

Auf der Straße in Richtung Altenbüren kroch ein überdimensionierter Traktor mit 40 Stundenkilometern dahin. Die Fahrbahn war breit und gut ausgebaut, trotzdem war der Gegenverkehr so dicht, dass Hellmann nicht überholen konnte. Ungeduldig blickte er immer wieder in den Rückspiegel auf die Schlange hinter ihm.

Er fuhr an den Mittelstreifen, um besser nach vorne sehen zu können. In diesem Moment rauschte ein LKW nur Zentimeter an seinem Seitenspiegel vorbei. Hellmann erschrak. Bei dem Gedanken daran, wie nahe er an einem Unfall vorbeigeschrammt war, wurde ihm eiskalt.

Endlich konnte er überholen. Er beschleunigte und scherte vor dem Traktor ein. Dann klingelte das Smartphone in seiner Tasche. Anton ignorierte das Klingeln, aber es hörte nicht auf. Er fluchte und starrte den Traktor im Rückspiegel an, der beständig hinter ihm zurückfiel. Wenn er jetzt rechts ranfuhr, war der Überholvorgang umsonst gewesen. Es klingelte weiter.

»Verdammt!« Hellmann fuhr an den Seitenstreifen. Im Display sah er eine Handynummer, die er nicht kannte.

»Hellmann?«

»Gott sei Dank!«, schluchzte eine Frauenstimme und holte tief Luft. »Entschuldige.«

Anton brauchte einen Moment, dann erkannte er die Anruferin. »Pia? Was ist passiert?«

»Ben. Jemand hat ihm einen vergifteten Köder hingelegt. Scherben. Oder Rasierklingen. Er lag direkt vor unserem Haus. Oh Gott, ich bin voller Blut!«

Hellmann nahm undeutlich wahr, wie der Traktor und die Autoschlange an ihm vorbeizogen.

»Wo bist du jetzt?«, fragte er schnell.

»Bei Dr. Falk in Marsberg. Der Hund wurde betäubt und

Frau Gerlach bringt ihn in eine Tierklinik. Er soll operiert werden. Was soll ich denn jetzt machen?«

Hellmann reagierte, ohne nachzudenken. »Bleib da. Ich komme.«

Als er auf den Parkplatz der Praxis von Dr. Falk einbog, sah er Pias zusammengesunkene Gestalt auf einer Parkbank sitzen. Sie hatte sich in einen dunklen Mantel gehüllt und auf dem Kopf trug sie eine Strickmütze, die selbstgemacht aussah. Ihre Nasenspitze war rot vor Kälte.

»Pia?«

Sie sah auf und schniefte. Ihre Wangen waren fleckig. »Danke, dass du gekommen bist.«

»Ich bringe dich nach Hause.«

Hellmann half ihr beim Aufstehen. Er fühlte, wie unsicher ihr Stand war, und nahm ihren Arm. »Kannst du gehen?«

Mechanisch setzte sie einen Fuß vor den anderen und ließ zu, dass er ihr ins Auto half. Auf der kurzen Fahrt zu ihrer Wohnung sagte sie nicht viel. Hellmann bemerkte das Blut auf ihrem Mantel. Er half ihr die Treppe zu ihrer Wohnung hoch. Die Tür war nicht verschlossen. Pia hatte sich wieder so weit gefasst, dass sie den blutverschmierten Mantel alleine ausziehen konnte.

Sie seufzte. »Entschuldige, dass ich dich angerufen habe. Ich hätte direkt die 110 wählen müssen, als es passiert ist. Aber ich war so überrumpelt und Frau Gerlach … Naja, und dann … Ich hatte den Zettel mit deiner Nummer in der Manteltasche. Entschuldige, ich bin …« Sie rieb sich mit den Händen übers Gesicht. »Verflucht, ich kann keinen klaren Gedanken fassen.«

»Schon gut«, murmelte Hellmann. »Möchtest du etwas trinken? Einen Tee?«

Er ging in die Küche und stellte fest, dass alles blitzsauber war. Es gab kaum Deko.

Als Pia einige Schlucke von ihrem Früchtetee getrunken hatte, konnte sie Hellmann erzählen, was passiert war.

Sie stand in der Küche, als sie durch das gekippte Fenster einen Schrei hörte. Pia erkannte Ute Gerlachs Stimme und stürzte hinunter. Ben, der Border Collie, lag winselnd am Boden. Er hatte Blut im Maul.

Frau Gerlach schrie Pia zu, sie müsse auf den Hund achtgeben. Sie selbst würde den Autoschlüssel holen. Dann war sie ins Haus gerannt. Pia kniete neben dem Hund nieder und sah, dass immer mehr Blut aus seinem Maul lief.

Zusammen führten sie Ben zum Auto und halfen ihm auf die Rückbank. Pia setzte sich zu ihm und versuchte ihn zu beruhigen. Frau Gerlach fuhr.

Dr. Falks Praxis war geschlossen, doch Frau Gerlach klingelte bei seiner Privatwohnung, und der junge Arzt kam in einer engen Hose und Sportjacke heraus. Er sah aus, als wolle er gerade joggen gehen.

Nachdem er Ben sah, lief er in die Praxis und kam mit einer Spritze wieder, die ein Betäubungsmittel enthielt, wie er Frau Gerlach erklärte. Ben müsse sofort in eine Klinik.

Frau Gerlach umklammerte das Lenkrad und nickte abgehackt.

»Können Sie fahren?«, fragte Dr. Falk zweifelnd und sah von Frau Gerlach zu Pia. Dann forderte er die ältere Frau auf, sich auf den Beifahrersitz zu setzen.

Ein engagierter Arzt, dachte Hellmann beeindruckt. »Wie sah dieser Köder aus? Hat Frau Gerlach etwas dazu gesagt?«

»Ein Stück Fleischwurst«, antwortete Pia und hielt sich die Hand vor den Mund. »Sie lag direkt vor unserer Haustür. Frau Gerlach wusste sofort, dass etwas damit nicht stimmte, doch es ging zu schnell. Sie hatte Ben befohlen, die Wurst auszuspucken. Doch er schlang alles hinunter.« Ihre Stimme kippte.

Hellmann setzte sich neben sie und strich ihr über den Arm. »In der Klinik werden sie ihm helfen. Bestimmt. Ihr habt genau das Richtige getan. Jetzt müssen wir abwarten.«

Sie schniefte und nickte.

»Wegen dem Stalker ist die Polizei informiert. Du solltest

dein Handy immer griffbereit haben. Sobald du merkst, dass er wieder da ist, wählst du den Notruf. Außerdem gibt es ein paar Dinge, auf die du achten solltest. Zum Beispiel persönliche Dinge nicht über den Hausmüll ...«

»Oh Gott«, stöhnte Pia plötzlich und schlug sich die Hand vor den Mund.

»Wie sind wir hereingekommen? Ich habe dir den Schlüssel nicht gegeben!«

»Die Tür war offen.«

Erst jetzt wurde ihm klar, dass er daran bisher keinen Gedanken verschwendet hatte. Als Polizist hätte ihm das nicht passieren dürfen.

Pia stöhnte, sprang auf und lief aus dem Zimmer.

Hellmann beobachtete, wie sie mit den Fingern über eine Kommode fuhr, dann auf die Knie fiel, um auf dem Boden darunter nachzusehen. Sie sprang wieder auf, stürzte in die Küche, starrte auf die leeren Arbeitsflächen und riss dann scheinbar wahllos ein paar Schränke auf. Sogar im Kühlschrank sah sie nach.

Hellmann begriff, dass sie ihren Schlüssel suchte, und wollte ihr helfen. Er sah in ihrer Manteltasche und im Schlafzimmer nach. Der Schlüssel war nicht aufzufinden.

Nach einer halben Stunde fruchtloser Suche ließ sich Pia erschöpft aufs Sofa fallen. Sie war kreidebleich, hielt ihren Oberkörper mit den Armen umklammert und wiegte sich hin und her.

»Er war hier«, flüsterte sie. »Er hat meinen Wohnungsschlüssel mitgenommen.«

Kapitel 5

Als Anne Kirsch den Leichnam des toten Mädchens betrachtete, der auf einem Stahltisch im gerichtsmedizinischen Institut in Dortmund lag, war ihr mit einem Mal furchtbar kalt. Sie wusste, dass Thorsten und viele andere glaubten, Obduktionen würden ihr nichts ausmachen, und ihr gefiel es, sie in diesem Glauben zu lassen. Manchmal machte sie Witze darüber oder beugte sich absichtlich vor, wenn der Torso geöffnet wurde. Es bereitete ihr Genugtuung, wenn sich ältere Kommissare beim Anblick einer verwesten Leiche angewidert abwandten oder sich gar übergeben mussten. Sie selbst zuckte dann nicht einmal mit der Wimper.

Deshalb hatte sie Janitzkis Aufforderung, an der Obduktion teilzunehmen, ohne zu zögern angenommen. Er selbst hatte anderes zu erledigen. Sie vermutete, dass er jetzt die Privilegien einforderte, die ihm seiner Meinung nach als Leiter der Mordkommission zustanden. Auch Hauptkommissarin Olivia Esterhazy war immer erst nach Beendigung der Obduktion erschienen, wenn überhaupt. Thorsten Seidel betrat keinen Sektionssaal, wenn es sich vermeiden ließ. Aber Anne wusste, dass es nicht Standesdünkel war, sondern dass er den Anblick schlichtweg nicht ertragen konnte. Deshalb vertrat Anne heute die Staatsanwaltschaft.

Dr. Langes Assistent hatte der Toten den Slip ausgezogen und die Nadeln entfernt. Anne konnte nur noch die winzigen, runden Einstichwunden sehen. Ein Kriminaltechniker beugte sich vor und machte Fotos. Dann entfernte er die Plastiktüten von den Händen der Toten. Er schabte behutsam mit einem Spatel unter den Fingernägeln, um eventuell vorhandenes DNA-Material des Täters zu sichern, und nahm von jeder Hand Fingerabdrücke.

Sie ist noch so jung, dachte Anne.

Der zarte, mädchenhafte Körper inmitten des sterilen Raumes mit den Abflüssen im Boden hatte etwas Obszönes. Mit einem Mal musste sie an eine Mail von Rainer denken.

Ich liege nackt in einer leeren Badewanne und starre an die Decke. In den Ecken hängen Spinnweben. Ich sehe dünne Weberknechte, die ihre Beine bewegen. In meinem Kopf höre ich Join Me In Death *und ich merke, wie mir die Wirklichkeit mehr und mehr entgleitet. Ich stelle fest, dass die Wanne nicht leer ist, wie ich zuerst dachte. Sie ist gefüllt mit Säure. Meine obere Hautschicht wirft Blasen und beginnt sich abzulösen. Warum spüre ich keinen Schmerz? Warum ist da nur diese schreckliche diffuse Leere in mir?*

Anne schauderte. Sie beobachtete, wie Dr. Lange sich das Diktiergerät um den spindeldürren Hals hängte und seine Plastikhandschuhe überzog. Sie nahm sich vor, Ulrike zu bitten, die offenen Fälle durchzusehen. Vielleicht fand sie etwas in Bezug auf Säure. Körper, die aufgelöst worden waren, Verätzungsopfer oder ähnliches.

»Mensch, Mensch, Mädel«, murmelte der Gerichtsmediziner und beugte sich über die Tote. »Was ist dir nur passiert, dass du jetzt bei mir landest?« Dann begann er, in sachlichem Tonfall über den äußeren Zustand der Leiche zu berichten.

Sein junger Assistenzarzt brachte einen Rollwagen mit Operationsbesteck. Die Rollen quietschten auf dem gefliesten Boden.

»Geht's auch etwas leiser, Stolze?«, fuhr ihn Dr. Lange an.

»Ich brauche die Leichenschau nicht aufzunehmen, wenn ich nur Ihr Gequietsche auf Band habe.«

Der junge Arzt murmelte eine Entschuldigung. Anne fiel auf, dass er sehr blass war. Immer wieder flackerte sein Blick zum Gesicht des toten Mädchens.

Dr. Lange beachtete ihn nicht weiter, sondern legte seine Hände um den Hinterkopf des Opfers und tastete vorsichtig Nacken, Hals und Kieferknochen ab. Er bewegte sanft Corinnas Kopf hin und her.

»Das Genick ist gebrochen.«

Dann betrachtete er Arme und Hände. »Sie wurde weder gefesselt noch mit großem Druck festgehalten. Ich sehe auch keine Abwehrverletzungen.«

»Dann muss sie betäubt gewesen sein«, unterbrach ihn Anne. »Wie hätte der Täter ihr sonst die Nadeln beibringen können? Oder wurden sie ihr erst nach dem Tod zugefügt? Vielleicht wurde die Leiche vom Balkon geworfen, um eine andere Tötungsart zu vertuschen.«

Dr. Lange seufzte genervt. »Immer langsam mit den jungen Pferden, Frau Kirsch. Erst die Untersuchungen, dann die Schlussfolgerungen.«

Aber er nahm eine Lupe und beugte sich über die winzigen Einstichlöcher.

»Die Nadeln wurden auf jeden Fall vor Eintritt des Todes gesetzt«, murmelte er. »Hier sind minimale Einblutungen zu sehen.«

»Also ein Betäubungsmittel«, folgerte Anne. »Wir haben am Tatort ein kaputtes Sektglas und eine dazugehörige Flasche gefunden. Bis wann haben Sie den Mageninhalt untersucht?«

»Sie wissen, dass solch eine vollständige Analyse mehrere Tage dauert, wenn nicht länger. Aber Sie sollten sich nicht zu früh auf eine Theorie festlegen, sonst übersehen Sie noch etwas. Wird den jungen Leuten auf der Polizeischule gar nichts mehr beigebracht?«

»Ich habe meine eigenen Methoden«, erwiderte sie.

»Ts, ts, ts.« Dr. Lange betrachtete eine Wunde am Hinterkopf des Opfers und befahl seinem Assistenten, die Haare zu entfernen.

»Ich maße mir gar nicht an, Ihre Methoden begreifen zu wollen, Frau Kirsch. Aber verraten Sie mir mal, was es mit den neuen Zuständigkeiten auf sich hat? Frau Esterhazy krankgeschrieben? Und nun leitet unser Gesamtkunstwerk die Ermittlungen?«

Wider Willen musste Anne grinsen und für einen Moment löste sich das kalte Unbehagen in ihrer Brust. Sie schätzte Dr. Langes trockenen Humor.

»Ich glaube, das Gesamtkunstwerk hat Gefallen an der Staatsanwältin gefunden. Sie ist attraktiv, das muss ich zugeben.«

»Sie sind doch nicht etwa eifersüchtig, Frau Kirsch.«

Mit scharfem Blick beobachtete Dr. Lange die nervösen Bewegungen des Assistenzarztes. »Ehrlich, Stolze, vielleicht sollten Sie sich selbst regelmäßiger rasieren. Dann bleiben Sie in Übung.«

Die Finger des jungen Arztes zitterten leicht, trotzdem gelang es ihm, die Haare vom Kopf der Toten zu entfernen, ohne der Haut neue Verletzungen zuzufügen.

Am Hinterkopf, wo jetzt eine klaffende Wunde zu sehen war, hatte er die Haare, die teilweise mit Blut verklebt gewesen waren, nur sehr kurz geschnitten. Der Kriminaltechniker machte Fotos. Dann untersuchte Dr. Lange die Wunde und diktierte einige Fachausdrücke in sein Aufnahmegerät. Er erklärte Anne, dass die Schädelfraktur auf jeden Fall von einem Sturz herrühren musste, da sich die Verletzung unterhalb der Hutkrempenlinie befand.

»Sie muss bewusstlos gewesen sein«, überlegte Anne laut. »Der Täter sticht unzählige Nadeln in sie hinein, weil er möchte, dass sie von dem Schmerz erwacht. Möglicherweise hat er sie vorher unter Drogen gesetzt. Oder sie sollte nicht erwachen, und die Nadeln sind lediglich eine Art Zeichen. Vielleicht möchte er uns damit etwas sagen. Etwas über den

Grund, aus dem Corinna sterben musste.« Sie bemerkte, dass Stolze sie anstarrte.

»Ich unterbreche Ihre Spekulationen nur ungern, Frau Kirsch«, bemerkte Dr. Lange, »aber bei dieser Theorie übersehen Sie etwas Grundlegendes.«

Anne stutzte. Sicher, der Tathergang war ungewöhnlich, aber die Fakten sprachen eine eindeutige Sprache. »Was meinen Sie?«

»Wissen Sie es, Stolze?«

Der junge Arzt zuckte zusammen und biss sich auf die blutleeren Lippen.

»Machen Sie mal Ihre Augen auf. Wenn Sie selbst forensischer Mediziner werden wollen, darf Ihnen so etwas nicht entgehen.«

Stolzes Blick flackerte über die Leiche, und er sah aus, als hätte er seinen Berufswunsch schon lange an den Nagel gehängt und nur noch nicht den Mut aufgebracht, es Dr. Lange zu sagen.

Anne hatte Mitleid mit ihm. »In Gottes Namen, nun sagen Sie es uns doch!«

Dr. Lange schnaubte, zuckte mit den Achseln und deutete auf die kleinen Einstichstellen. »Fällt Ihnen denn gar nichts auf, Frau Kirsch?«

Anne musterte die kleinen Wunden. »Sie sind am Bauch, an den Oberschenkeln und an den Armen zu finden.«

»Absolut«, nickte Dr. Lange. »Keine schwer erreichbaren Körperteile, keine stark schmerzempfindlichen Stellen, keine Einstiche im Gesicht. Das alles sind starke Indizien dafür, dass sie sich die Nadelstiche selbst zugefügt hat.«

Anne hatte kaum eine Erinnerung an die Fahrt vom gerichtsmedizinischen Institut zum Polizeipräsidium. Sie glaubte eine rote Ampel überfahren zu haben. Vermutlich war es reines Glück gewesen, dass sie keinen Auffahrunfall gebaut oder einen Fahrradfahrer von seiner Spur rasiert hatte. Die Worte von Dr. Lange kreisten immer wieder durch ihren Kopf. Corinna sollte sich die Nadeln selbst ins Fleisch gestochen haben? Und sich dann womöglich vom Balkon gestürzt? Das ergab doch keinen Sinn.

»Und die Fußabdrücke?«, hatte sie gerufen. »Was ist damit? Jemand ist in der Wohnung gewesen. Dafür gibt es Beweise.«

Der Gerichtsmediziner zuckte ungerührt mit den Schultern. »Die Befunde zu interpretieren ist Ihre Sache. Ich kann nur Tatsachen feststellen und Tatsache ist, dass der Sturz vom Balkon todesursächlich war, und die Nadelstiche vermutlich eigenhändig erfolgt sind. Es gibt keine Spuren für einen Kampf.«

»Und was ist das hier?« Anne deutete auf einen kleinen bläulichen Fleck am Oberarm, den Dr. Lange in einem Nebensatz als unspezifisches Hämatom bezeichnet hatte. »Hier hat sie doch jemand am Arm gepackt.«

»Oder sie hat sich gestoßen.« Dr. Lange seufzte, dann fuhr er den jungen Arzt an, er solle endlich die Instrumente wegräumen.

»Meine liebe Frau Kirsch. Ich verstehe, dass Ihnen der Fall nahegeht. Aber ich kann Ihnen nicht mehr als meine Untersuchungsergebnisse mitteilen, und die sind natürlich noch vorläufig. Die toxikologischen Untersuchungen werden uns sagen, ob das Mädchen womöglich unter Betäubungsmittel- oder Alkoholeinfluss stand. Im Vollrausch sind schon ganz andere Dinge passiert. Aber der erste Anschein deutet auf Selbstverletzung und einen Unfall hin. Es tut mir leid, wenn Sie sich etwas anderes erhofft haben.«

Anne konnte es immer noch nicht fassen, als sie die Stufen zu ihrem Büro hinaufjoggte. Jemand grüßte im Vorbeigehen, doch sie achtete nicht darauf. Sie sah den von Nadeln zerstochenen Körper des Mädchens vor sich. *Selbstverletzung. Ein Unfall.*

Eigentlich müsste sie jetzt zu Janitzki gehen und ihm die vorläufigen Ergebnisse mitteilen. Bei dem Gedanken daran wurde ihr ganz flau im Magen.

Als sie an seinem Büro vorbeikam, merkte sie, dass dort

kein Licht brannte, wie hinter den anderen Türen. Trotz der Mittagszeit war es ein düsterer Tag.

Anne überlegte nicht lange und drückte die Klinke zu seiner Bürotür herunter. Sie war nicht abgeschlossen. Ein rascher Blick in den Flur verriet Anne, dass sie unbeobachtet war, und sie schlüpfte hinein.

Janitzkis schwarze Aktentasche stand unter dem Schreibtisch, und der Computer war im Standby-Modus. Es war kurz nach eins. Vielleicht befand JJ sich in der Kantine, oder er führte die junge Staatsanwältin zum Essen aus.

Anne blätterte rasch durch die Papiere auf seinem Schreibtisch. Irgendetwas musste hier sein, ein Hinweis, dem sie nachgehen konnte. Etwas, das einen Mordverdacht erhärten konnte.

Sie fand eine Notiz über das Gespräch mit den Eltern und über die Vernehmung von Isabell, Corinnas Freundin. Erste Berichte über Tatortuntersuchungen und eine handgeschriebene Notiz von JJ, die ihr verriet, dass nächste Woche Tangonacht war.

Anne überflog den Bericht über die Vernehmung von Isabell. Die Freundin beschrieb Corinna als gewissenhaft und fleißig. Sie hatte Janitzki einige Namen von Studenten und Dozenten gegeben, mit denen die Tote sonst noch Kontakt gehabt hatte. Außerdem stand in ihrer Aussage, dass Corinna ihr Studium der Wirtschaftswissenschaften habe abbrechen wollen.

Anne stutzte. Die Worte von Herrn Raabe kamen ihr in den Sinn. Die Eltern hatten eine Reise auf die Kanaren geplant, wenn Corinna ihren Masterabschluss in der Tasche hatte. Warum hatte Janitzki das in der Besprechung nicht erwähnt? Hatte er die Information absichtlich zurückgehalten, um einen Wissensvorsprung vor Anne zu haben? Hatte er Sorge, dass sie sich bei den Ermittlungen profilierte? Wie konnte er nur so selbstsüchtig sein und die Lösung des Falls gefährden? Anne knirschte mit den Zähnen. Sie war sprachlos vor Wut.

In diesem Moment öffnete sich die Tür von Janitzkis Büro. Anne fuhr herum und stand Auge in Auge mit Ulrike, die einen Stapel Papiere in der Hand hielt und überrascht aussah.

»Was tust du hier?«

Anne hatte einen Geistesblitz. »Ich wollte Janitzki etwas zeigen«, sagte sie mit Unschuldsmiene und wedelte mit Isabells Aussage, »aber er ist leider nicht da.«

»JJ ist mit Frau Liebich zum Gerichtsmedizinischen Institut gefahren. Sie wollten die Ergebnisse persönlich mit Dr. Lange durchsprechen.«

»Gut«, sagte Anne gedehnt. Janitzkis Mini war ihr nicht aufgefallen, aber vermutlich wäre ihr auch ein LKW nicht aufgefallen, der einen Elefanten auf der Ladefläche transportierte. »Dann versuche ich es gleich nochmal.«

Auf dem Weg zu ihrem Auto rief sie Isabells Handynummer an, die unten auf dem Vernehmungsprotokoll stand.

»Hallo, hier ist Anne Kirsch von der Kripo Dortmund. Ich habe noch ein paar Fragen an Sie. Können wir uns treffen?«

»Bin grad in der Uni«, erklärte Isabell. »Ich habe um zwei Uhr Vorlesung.«

»Bis dahin sind wir fertig«, versprach Anne.

Isabell hatte ihr geraten, auf dem großen Parkplatz in der Emil-Figge-Straße zu parken und direkt auf das erste große Gebäude zuzugehen. Als Anne über das weitläufige Unigelände schritt, dachte sie daran, dass ihre Mutter sie damals auch gedrängt hatte, hier zu studieren. Die Fachrichtung war Roswitha völlig gleichgültig gewesen. Sie hatte darauf spekuliert, dass Anne an der Uni einen Mann kennenlernen würde, der später einmal das Familieneinkommen sicherte. Natürlich war Roswitha niemals dumm genug gewesen, das laut auszusprechen. Trotzdem hatte Anne ihre Absichten durchschaut.

Eine Gruppe Studentinnen kam ihr entgegen, schenkte Anne aber wenig Aufmerksamkeit. Sie ging weiter, vorbei an einer jungen Mutter, die sich gerade über einen Kinderwagen beugte.

»Frau Kirsch?«, hörte sie eine fragende Stimme hinter sich. Anne drehte sich überrascht um.

»Sie sind Isabell?«

Die junge Mutter nickte und reichte ihr die Hand. »Ich muss Timo noch in der Kita abgeben. Begleiten Sie mich ein Stück?«

»Gern.« Anne beeilte sich, um mit Isabell mitzuhalten, die zügig über den Campus lief. Der kleine Junge im Kinderwagen beäugte sie interessiert und lutschte an einem Stück Zwieback. Anne konnte das Alter von Kindern schlecht einschätzen. Es musste irgendetwas zwischen eins und vier sein. Vermutlich näher an eins als an vier.

Ja, dachte sie, als er den Mund öffnete und sie sah, dass ihm noch die Eckzähne fehlten, *definitiv näher an eins.*

»Hier an der Uni gibt es eine Kita?«

»Genau. Das ist sehr praktisch, leider bin ich spät dran. Zum Glück ist die Entfernung zu den Kulturwissenschaften nicht so groß. Und Timo geht gern dorthin, nicht wahr, Timo?«

Der Junge lutschte an seinem Zwieback und ließ sich zu keiner Aussage bewegen.

Anne wechselte das Thema. Sie war wegen Corinna gekommen.

»Wir haben eine Zeitlang zusammengewohnt«, erzählte Isabell. »Aber das ist nicht lange gutgegangen. Sie fühlte sich ständig ungerecht behandelt. Ob es der Putzplan war, die WG-Kasse oder WG-Partys. Wenn ich bei den Prüfungen besser war als sie, ist sie ausgerastet. Dann zog sie aus, und der Umgang mit ihr wurde wieder einfacher. Sie konnte nett und witzig sein, wenn sie nicht gerade ihre Depriphasen hatte.«

»Depriphasen?«

»Liebeskummer«, nickte Isabell und schnaubte einmal, als ob sie so etwas für überflüssig hielt. »Ständig hatte sie

Liebeskummer. Wegen diesem Typen, mit dem sie unentwegt gechattet und telefoniert hat. Einmal haben wir zwei Stunden alleine beim Italiener gesessen, und sie hat draußen vor der Tür gestanden und telefoniert.« Isabell schüttelte den Kopf. »Total seltsam. Wir haben dann ohne sie gegessen.«

Dann seufzte sie. »Das mit ihrem Selbstmord tut mir leid. Aber ich bin auch ein bisschen wütend. Wie konnte sie das tun? Und noch dazu wegen 'nem Kerl? Warum hat sie sich mir nicht anvertraut?«

»Hat Corinna vorher schon mal über Selbstmord gesprochen?«, fragte Anne.

Isabell klaubte ein Feuchttuch aus der Tasche, wischte Timo über den Mund und drückte ihm eine Trinkflasche in die Hand.

»Das nicht. Aber sie hatte mal 'ne Affäre mit 'nem verheirateten Mann. Und als der sie abserviert hat, hat sie aufgehört zu essen. Das ging eine ganze Woche. Wir haben es erst gecheckt, als sie plötzlich umgekippt ist.«

Sie näherten sich der Kita, einem flachen, in hellen Farben gehaltenem Gebäude, zu dem ein kleiner Spielplatz gehörte.

»Und der neue Freund?«, fragte Anne.

Timo hatte begonnen, die Trinkflasche zu schütteln, und amüsierte sich über die Tropfen, die auf sein Gesicht spritzten. Isabell nahm sie ihm aus der Hand.

»Zuerst dachte ich, sie hätte endlich jemand Vernünftigen gefunden«, erzählte sie. »Unverheiratet, gebildet, nicht viel älter als sie selbst. Er war Künstler, hat gemalt und Musik gemacht. Aber dann kam mir die Sache komisch vor. Sie hat ihn uns nie vorgestellt. Soweit ich weiß, haben sie sich auch nie in Dortmund getroffen. Einmal ist er richtig abgedreht. Cori war total fertig.«

»Abgedreht?«

Sie hatten die Kita erreicht, und Isabell hob Timo, der auf einen Stern an der Tür zeigte und aufgeregt etwas Unverständliches brabbelte, aus dem Wagen. »Ich bringe ihn eben rein. Wollen Sie draußen warten?«

Anne hätte Isabell am liebsten zurückgehalten, um sofort eine Antwort zu bekommen, doch sie beherrschte sich und ging vor der Kita auf und ab. Sie sah auf ihr Handy, das stumm geschaltet war: ein Anruf von Ulrike und einer von Janitzki. Im Gegensatz zu den meisten anderen hatte sie wirklich noch ein altes Handy, mit einem Minivertrag, mit dem sie nur telefonieren und SMS schreiben konnte. Funktionen wie WhatsApp und Internetzugang interessierten sie nicht, und manchmal passte es ihr ganz gut, nicht ständig erreichbar zu sein.

Sie steckte ihr Handy wieder weg. Janitzki würde nicht erfreut sein, wenn er erfuhr, dass sie ohne sein Wissen nochmal zu Isabell gefahren war. Endlich kam die Studentin wieder heraus. Sie hatte den Kinderwagen in der Kita gelassen und warf sich mit einer schwungvollen Bewegung die Tasche über die Schulter.

»Ich muss jetzt dort hin«, sagte sie und deutete auf einen großen Gebäudekomplex, der in der Nähe lag.

Anne nickte. »Was meinten Sie mit abgedreht?«, nahm sie das Gespräch wieder auf.

»Das war vor ein paar Monaten«, erzählte Isabell. »Corinna rief mich eines Abends an. Sie war richtig aufgelöst und sagte, dass sie sofort zu Rainer fahren müsse. Sie wusste nicht, ob sie es am nächsten Tag zur Uni schaffen würde. Dabei war eine wichtige Klausur angesetzt. Aber sie hatte Angst, er würde sich umbringen.«

Anne nickte. Auch in seinen E-Mails hatte Rainer hin und wieder Suizidgedanken geäußert. »Weißt du, wo die beiden sich getroffen haben?«

Isabell schüttelte den Kopf. »Ich glaube, sie ist zu ihm gefahren.«

»Fällt Ihnen sonst noch etwas ein, was die Beziehung der beiden betrifft?«

»Er hat ihr jede Menge Zeug geschickt. Interessiert Sie das?«

»Zeug?«

»Er hat CDs für sie aufgenommen und Bilder gemalt. Er konnte geil malen, das stimmt schon. Aber manche Bilder waren echt ... strange.« Isabell verzog das Gesicht.

Anne dachte an Corinnas Wohnung und fragte sich, warum sie nichts davon gefunden hatten.

»Die Sachen liegen bei mir«, erklärte Isabell. »So etwas konnte sie nicht zu Hause lassen. Sie wurde doch total überwacht. Schon als wir noch zusammengewohnt hatten, waren ständig die Eltern da.«

Anne merkte, dass ihr Puls sich erhöhte. »Ich muss mir die Sachen ansehen. Haben Sie meinem Kollegen davon erzählt?«

Isabell grinste. »Dem gutaussehenden Blonden? Nee, der hat sich mehr für Familie und Uni und so interessiert. Von mir aus können Sie sich die Sachen ansehen. Am besten Sie nehmen sie mit, ich weiß eh nicht, was ich damit anstellen soll. Ich bin gegen fünf Uhr wieder zu Hause. Warten Sie, ich schreibe Ihnen die Adresse auf.«

Anne joggte über das Campusgelände zu ihrem Auto.

Es wunderte sie nicht, dass Isabell an die Selbstmordtheorie glaubte, denn offenbar passte es in das Bild, das sie sich von Corinna gemacht hatte. Doch sie wusste auch nichts von den Nadeln.

Anne dachte an die unzähligen E-Mails von Corinna. Es war fast so, als hätte sie ihre Tagebuchaufzeichnungen gelesen. Sie hatte das Mädchen ein Stück weit kennengelernt. Corinna war oft einsam gewesen, hatte Angst vor Klausuren und Hausarbeiten gehabt. Aber sie war keine Selbstmordkandidatin.

Rainer hingegen sah Anne nicht so klar. Er schlug Corinna gegenüber einen liebeswürdigen Ton an, doch er schrieb auch Dinge, die Anne regelrecht schockierten.

In einer Mail beschrieb er einen Film, der von einem magersüchtigen Mädchen handelte, das sich fast zu Tode hungerte. Die harte Ausdrucksweise, mit der Rainer das Mädchen verurteilte, bestürzte Anne.

Solche Frauen verbreiten Gift. Mit ihren falschen Schönheits-
idealen vergiften sie die Frauen und Mädchen um sich herum
und ebenso die Gesellschaft. Ich hasse sie. Von mir aus brau-
chen sie gar nichts mehr zu essen, dann wäre das Problem
gelöst. Dich hingegen finde ich atemberaubend schön. Aber
noch schöner als deinen Körper finde ich deine Fähigkeit,
mich zu verstehen.

Corinna hatten seine Worte gefallen. Rainer war offensichtlich gebildet, kannte Werke aus Literatur- und Kunstge-
schichte. Er zitierte aus Büchern, von denen Anne nur die
Titel bekannt vorkamen. Er verglich sich mit einem Menschen, der sich plötzlich in ein Ungeziefer verwandelt, und
mit einem Steppenwolf. Anne assoziierte mit den Begriffen
gelbe Reclam-Hefte und vollgekritzelte Schultische, aber
mehr fiel ihr dazu nicht ein.

Ihr Handy klingelte und riss sie aus ihren Gedanken. Es
war Janitzki.

»Anne, wo zum Teufel bist du?«

»Ich musste noch etwas überprüfen«, antwortete sie
leichthin. »Bin unterwegs. Was gibt es denn?«

»Es gibt ei-...« Seine Stimme wurde von einem Höllen-
lärm verschluckt.

»Entschuldigung, aber ich verstehe kein Wort. Was ist los
bei dir?«

Er sagte etwas, das nicht bei ihr ankam. »... sofort
kommen ...«, hörte sie.

»Was?«

Ein Presslufthammer dröhnte im Hintergrund. Der Lärm
verschluckte alles.

»... Leute wegschicken!«, brüllte Janitzki.

Der Lärm wurde ein wenig leiser und schien sich zu entfernen. JJs Stimme klang jetzt deutlicher.

»Du musst sofort kommen, Anne. Wir haben einen neuen
Todesfall.«

Anne lief es kalt den Rücken herunter. Hatte der Täter wieder gemordet? Gab es noch einen mit Nadeln gespickten Leichnam? War es wieder eine junge Frau?

»Wo?«, rief sie in die Leitung. »Wohin soll ich kommen? Ich kann dich kaum verstehen.«

Janitzki nannte ihr die Adresse. Anne sprang in ihr Auto und fuhr los.

♦

Hellmann hielt auf dem Parkplatz vor dem Kilianstollen in Marsberg. Hinter einem vergitterten Tor konnte er den Eingang zum Besucherbergwerk sehen. Er selbst war als Kind mit der Schule in dem alten Kupferbergwerk gewesen, in dem regelmäßig Führungen stattfanden. Die dunklen und geheimnisvollen Stollen hatten ihn beeindruckt. Es gab alte Loren zu sehen, die noch auf den ursprünglichen Schienen standen, und Figuren von Kumpels, die sich mit ihren Werkzeugen in den Stein gruben. Damals hatte Hellmann gar nicht wahrgenommen, dass sich auf der anderen Straßenseite das weitläufige Gelände eines psychiatrischen Gefängnisses erstreckte. Die Maßregelvollzugsklinik war ein Teil des LSS, eines großen Verbundes, der in Marsberg auch Einrichtungen für Kinder- und Jugendpsychiatrie, Erwachsenenpsychiatrie, ein Pflegezentrum und einen Wohnverbund für Menschen mit Behinderungen unterhielt.

Die forensische Klinik war ein gigantischer Gebäudekomplex aus rotem Klinker, dessen hohe Mauern und zahlreiche gut sichtbare Außenkameras den Gefängnischarakter kaum zu verbergen suchten. Am Haupteingang war ein Metallvorbau angebracht, der als Pförtnerhäuschen fungierte.

Hellmann war im Begriff, seinen Aufgabenbereich zu überschreiten. Er verstand nicht genau, warum er das tat. Vielleicht war es Pias Gesicht, als sie verzweifelt auf ihrem Sofa saß, oder der Gedanke daran, dass es jemanden gab, der ihr absichtlich Angst einjagte. Einen Mann, der offensichtlich nicht davor zurückschreckte, unschuldigen Lebewesen Schaden zuzufügen.

Hellmann hatte Pia angewiesen, heute Abend nicht in ihrer Wohnung zu schlafen. Die Tatsachenlage war zu dünn, um Polizeischutz für sie zu beantragen. Aber ihm war wohler, wenn er sie in Sicherheit wusste. Pia hatte ihm versprochen, bei ihrem Bruder zu übernachten, der im Wohngebiet *Am Meisenberg* lebte.

Hellmann näherte sich dem Metallvorbau, in dem eine dezent geschminkte Frau saß. Ihre langen dunkelroten Haare hatte sie zu einem Pferdeschwanz gebunden, der seitlich über ihre Schulter herabhing. Sie trug die Uniform des Pflegepersonals. Hinter ihr war eine Wand von Monitoren angebracht, auf denen in Schwarz-Weiß die Bilder der Überwachungskameras zu sehen waren.

Die Frau, die offenbar Krankenschwester und Pförtnerin zugleich war, öffnete eine Klappe in dem Panzerglas, das sie von Hellmann trennte. Er bemerkte, dass ihre langen Fingernägel grellgrün lackiert waren. »Sind Sie der neue Bufdi?«, fragte sie lächelnd.

»Hellmann, Kriminalpolizei«, erwiderte er und zeigte seinen Ausweis. »Ich muss mit Rainer Dorn sprechen.«

Jetzt sah sie weniger freundlich aus. »Haben Sie einen Termin ausgemacht?«

Hellmann verneinte.

»Sie können hier nicht einfach so herein.«

»Dann möchte ich den behandelnden Arzt sprechen.«

Sie schürzte unwillig die Lippen, schloss die Luke vor seiner Nase, griff aber tatsächlich zum Telefon. Hellmann konnte nicht hören, was sie sagte, aber sie sprach mehrere Minuten lang.

Dann erhob sie sich, verließ das Pförtnerhäuschen und sperrte die Außentür auf. Hellmann betrat eine Art Schleuse. Vor ihm stand ein Metalldetektor, wie er auch auf Flughäfen zu finden war. Auf der rechten Seite waren Schließfächer angebracht.

»Ausweis und Handy müssen Sie hier abgeben«, sagte die Frau. »Das ist Vorschrift.«

Hellmann legte beides in eine Metallschale, und die Frau trug seinen Namen in eine Liste ein. Dann schien ihr etwas einzufallen. Ihr Blick streifte seine Zivilkleidung. »Tragen Sie eine Dienstwaffe?«

Er verneinte und öffnete seine Jacke, um ihr sein Hemd zu zeigen. Die Pförtnerin nickte zufrieden und öffnete die zweite Tür der Schleuse.

Hellmann betrat die Eingangshalle, wo ihn der Arzt erwartete. Er trug eine Brille mit kleinen, runden Gläsern und einen weißen Kittel mit Namensschild, das ihn als *Dr. Kortmann, Psychiater,* auswies. Seine Stirnglatze und die mittellangen Haare erinnerten ihn an Albert Einstein. Hellmann schätzte ihn auf über fünfzig, doch sein Händedruck war kraftvoll.

»Schauen Sie sich um. Die Ausstellung in der Eingangshalle ist immer sehenswert. Sie wechselt mehrmals im Jahr. Momentan gibt es wirklich interessante Werke zu sehen. Die Künstler sind allesamt Patienten einer anderen Einrichtung.« Der Doktor machte eine Handbewegung, die den ganzen Raum einschloss.

An den Wänden der weitläufigen Halle hingen Gemälde. Dazwischen standen verschiedene Plastiken: ein Kopf in einem Käfig, modellierte Körper, die seltsam verformt waren. Ein menschenähnliches Gebilde aus Gips, das der Künstler mit groben Stricken gefesselt hatte.

»Dieses Werk hier finde ich äußerst beeindruckend. Ein Patient hat Häuser gebaut, die verschiedene Stationen seines Lebens darstellen sollen.« Dr. Kortmann deutete auf vier Modelle aus dünnen Holzplatten, die hintereinander auf einem Tisch aufgebaut waren. »Das erste sieht aus wie ein gewöhnliches Reihenhaus und nur, wenn man es anhebt, sieht man die Wirklichkeit darunter.«

Er klappte das Haus nach oben und gab den Blick auf ein schwarzes Kellergewölbe frei. Der Künstler hatte eine dunkle Masse dort verteilt, die wie Öl oder Blut aussah und damit chaotische Muster gemalt. Das zweite Haus war nicht mehr als eine verbrannte Ruine. Durch die Ritzen in den Wänden kroch eine schwarze Masse hervor.

»Der Zusammenbruch«, erklärte Dr. Kortmann. »Die Hausfassade stürzt ein. Die psychische Krankheit bricht hervor.«

Er deutete auf das dritte Haus, das offensichtlich ein Krankenhaus darstellte. »Die Therapie.«

Dann trat er zum vierten Haus und umfasste es behutsam mit den Händen. Dieses Modell besaß keine Ähnlichkeit mehr mit dem Reihenhaus vom Anfang, sondern schien alle Regeln der Realität zu durchbrechen. Auf dem Dach war ein Garten angelegt. Ein Baum wuchs in dem Haus. Seine Wurzeln reichten in den Keller, und er war in die Zimmerdecke integriert. Seine grünen Äste ragten durch die Fenster und stützten einen Balkon. Darauf befand sich ein Teich, in dem bunte Fische schwammen.

»Der Neuanfang«, flüsterte Dr. Kortmann. »Bunt und großartig, phantasiereich und furchtbar zerbrechlich.«

Hellmann war beeindruckt, hatte aber jetzt keine Geduld, sich auf die Kunstwerke einzulassen.

»Ich möchte mit Rainer Dorn sprechen«, erinnerte er Dr. Kortmann.

Der Psychiater löste seine Hände von dem Phantasiehaus. Er sah enttäuscht aus. »Kommen Sie bitte mit mir.«

Hellmann folgte ihm in die obere Etage der forensischen Klinik. Die Flure waren in hellen Farben gehalten und an den Wänden hingen Poster, aber keine gerahmten Bilder.

Dr. Kortmann führte ihn in ein Zimmer, das von einem großen Schreibtisch bestimmt wurde. Hellmann sah sich um, konnte aber das berühmte Sofa, das er im Büro eines Psychiaters erwartet hatte, nirgends entdecken. An den Wänden hingen gerahmte Zertifikate und Diplome. Die Deutsche Gesellschaft für Psychiatrie und Psychotherapie, Psychosomatik und Nervenheilkunde, kurz DGPPN, hatte Dr. Kortmann 2012 mit dem Zertifikat für *Forensische Psychiatrie* und bereits im Jahr 2001 für *Kinder- und Jugendpsychiatrische Begutachtung* ausgezeichnet. Hellmann untersuchte die Bilderrahmen und stellte fest, dass sie aus dünnem Holz und einer durchsichtigen Folie bestanden. Auch hier kein Glas.

Dr. Kortmann setzte sich in seinen Schreibtischstuhl, klaubte alle Papiere, die auf dem Tisch lagen, zusammen und schob sie unsortiert in eine Schublade. Dann verschränkte er die Arme. »Rainer Dorn ist momentan nicht vernehmungsfähig. Sie müssen mit mir vorliebnehmen.«

Hellmann setzte sich ohne Aufforderung. »Was ist denn mit ihm?«

Dr. Kortmann schüttelte bedauernd den Kopf. »Sie wissen, dass ich dazu keine Angaben machen darf.«

Er meinte Hellmann darüber aufklären zu müssen, dass Patientenrechte nicht endeten, nur weil jemand zum Aufenthalt in einer forensischen Klinik verurteilt worden war.

»Die Gesellschaft hat sich verändert«, dozierte der Psychiater. »Die Erfüllung des Einzelnen ist in den Vordergrund gerückt und gleichzeitig werden hohe Anforderungen an das eigene Ich gestellt. Anforderungen, denen viele nicht mehr genügen können. Woher kommen die vielen Depressiven? Die vielen Suchtkranken?«

»Die Gesellschaft interessiert mich momentan weniger«, unterbrach ihn Hellmann gereizt. »Es geht mir um Ihren Patienten Rainer Dorn. Eine Zeugin hat ausgesagt, dass er ihr aufgelauert hat und sie verfolgt.«

Dr. Kortmann ließ sich nicht aus der Ruhe bringen. »Sie reden von Frau Berger, nicht wahr?«

»Sehr richtig.« Es überraschte Hellmann, dass er sogleich den richtigen Namen nannte.

»Ich habe sie heute Morgen zurückgerufen und zu ihren Vorwürfen Stellung genommen. Ihnen kann ich nur dasselbe sagen: Rainer Dorn kann das Gebäude nicht alleine verlassen. Er wird auf allen Ausgängen von einem persönlichen Pfleger begleitet. Die Zeiten, wann er die Forensik verlässt und wann er zurückkehrt, werden genau dokumentiert.«

Hellmann ärgerte sich darüber, dass Pia ihm nichts von dem Telefonat erzählt hatte. »Also hat er tatsächlich Ausgang.«

»Wir befinden uns hier nicht bei *Einer flog übers Kuckucksnest*, Herr Hellmann«, erwiderte Dr. Kortmann scharf. »Die Patienten sind menschliche Wesen mit Persönlichkeitsrechten. Lockerungen sind ein wichtiger Bestandteil der Therapie und nötig, um den Kontakt zur Außenwelt nicht abreißen zu lassen. Wir sind verpflichtet, Haftbedingungen zu lockern, sobald der Zustand des Patienten es zulässt. Natürlich nur nach eingehender prognostischer Beurteilung seines Gefährdungspotenzials.«

»Dann lassen Sie mich jetzt mit Rainer Dorn reden. Ich möchte gerne hören, was er zu den Vorwürfen zu sagen hat.«

»Ich sagte Ihnen bereits, dass er nicht vernehmungsfähig ist.«

Hellmann verspürte das Bedürfnis, aufzuspringen und den Arzt anzubrüllen. Allerdings befürchtete er, mit irgendwelchen Psychokommentaren traktiert zu werden, wenn er seinem Zorn freien Lauf ließ. Also setzte er ein betont kaltblütiges Lächeln auf. »Steht er unter Medikamenteneinfluss, oder wieso?«

Der Doktor ließ sich nicht darauf ein. »Wussten Sie, dass Pia Berger eine Patientin von mir war?«, fragte er stattdessen.

Seine Worte erwischten Hellmann unvorbereitet. Wieder etwas, was sie ihm verschwiegen hatte. Was mochte noch kommen? Er überspielte seine Verunsicherung, indem er nachdrücklich forderte, auf der Stelle die Aufzeichnungen über Rainer Dorns Ausgänge sehen zu dürfen.

Dr. Kortmann warf ihm einen langen Blick zu. Dann gab er nach, verließ das Zimmer und kam kurze Zeit darauf mit einem Ordner zurück. Er legte ihn auf den Tisch und blätterte durch Seiten mit handschriftlich geführten Tabellen.

»Hier werden für jeden Ausgang die Uhrzeiten eingetragen«, erklärte er. »Hinter jedem Eintrag wird das Namens-kürzel des Pflegers notiert. Um welche Tage geht es genau? Heute? Gestern?«

»Die ganze Woche.«

Aus den Aufzeichnungen ging hervor, dass Rainer Dorn Mittwoch, Donnerstag, Freitag und Samstagvormittag jeweils für zwei Stunden das Gelände verlassen hatte. Daneben stand jeweils das Kürzel Hu.

»Rainer ist Künstler«, erklärte der Psychiater. »Er muss oft in die Stadt, um Materialen für seine Bilder zu kaufen. Er verdient damit sein Geld. Jeder Patient kann hier einer Arbeit nachgehen, sofern das möglich ist. Therapie durch Beschäftigung.«

»Wer ist Hu?«

»Einer unserer Pfleger, Sebastian Huber.«

»Und ist es nicht ungewöhnlich, dass ihn immer derselbe Pfleger begleitet hat?«

»Ganz im Gegenteil, Herr Hellmann. Jeder der Patienten hat unter den Pflegern eine besondere Vertrauensperson, und es ist üblich, dass sie ihren Patienten nach draußen begleitet. Sie dürfen nicht vergessen, dass viele schon sehr lange hier sind und Probleme haben, sich in der Welt außerhalb der Kliniken zurechtzufinden. Nicht selten wird die Umwelt als chaotisch und bedrohlich wahrgenommen. Die Vertrauenspersonen schaffen Struktur und Sicherheit.«

»Ich würde gerne mit Sebastian Huber sprechen.«

Jetzt zeigte der Psychiater seinen Unwillen offen. »Das geht leider nicht. Herr Huber hat momentan keinen Dienst. Ich bedaure, wenn ich Ihnen nicht weiterhelfen konnte.« Sein Ton legte nahe, dass dieses Bedauern keineswegs echt war. Hellmann wurde klar, dass er heute nicht mehr in Erfahrung bringen würde. Er konnte den Arzt nicht zwingen, ihn zu Rainer Dorn vorzulassen. Immerhin war er nicht offiziell hier, und er wusste, dass es unklug wäre, Dr. Kortmann zu provozieren. Eine Beschwerde von seiner Seite könnte disziplinarrechtliche Folgen haben.

»Danke für Ihre Zeit.« Er wandte sich zur Tür.

»Wissen Sie«, sagte der Psychiater, »wenn man massive körperliche und seelische Gewalt erlebt hat, hinterlässt das Spuren. Selbst bei einem weniger gefestigten Menschen als Frau Berger, die bereits in ihrer frühen Jugend mit Ängsten zu kämpfen hatte, was Sie mit Sicherheit bereits wissen. So kann es leicht vorkommen, dass alltägliche Situationen als Bedrohung empfunden werden, und dass man vielleicht sogar Dinge wahrnimmt, die nicht real sind.«

Sein Tonfall, plötzlich wieder freundlich und eine Spur zu vertraulich, bereitete Hellmann Unbehagen. Er hatte das drängende Gefühl, dass der Psychiater etwas Entscheidendes vor ihm verbarg.

»Wollen Sie damit andeuten, dass Pia Berger sich alles nur eingebildet hat?«, fragte er scharf.

Dr. Kortmann machte eine vage Kopfbewegung, die nicht wirklich ein Kopfschütteln war. »Über den psychischen Zustand von Frau Berger möchte ich mir keine Meinung erlauben. Sie ist schon etliche Jahre nicht mehr bei mir gewesen. Alles, was ich will, ist, Ihnen nahezulegen, dass eine subjektive Empfindung nicht immer der objektiven Wirklichkeit entsprechen muss.«

Hellmann verließ das Zimmer. Einem Impuls folgend wandte er sich nicht zum Ausgang, woher er gekommen war, sondern ging mit schnellen Schritten in die andere Richtung.

»Hey!«, hörte er Dr. Kortmann hinter sich rufen. Die Zimmertür knallte zu. Schnelle Schritte folgten ihm.

»Herr Hellmann, Sie gehen in die falsche Richtung!«

Man hört immer, dass Psychiater Gedanken lesen können, dachte Hellmann amüsiert. *Anscheinend ist das ein Irrtum.* Er begann zu laufen, rannte an Patientenzimmern vorbei und erreichte eine offenstehende Tür, durch die er schnell eintrat. Er befand sich im Esszimmer, einem gemütlich eingerichteten Raum, der mehr an Herberge als an Gefängnis erinnerte. Nur die Gitter an den Fenstern störten diesen

Eindruck. Ein älterer Mann saß am Tisch und legte Patiencen. Ihm gegenüber lehnte ein Pfleger an der Wand und trug etwas in einen Vordruck ein, der auf einem Klemmbrett heftete.

Durch eine geöffnete Tür erklang eine weibliche Stimme: »Der Computer ist vollkommen ruiniert. Vielleicht kann man die Festplatte noch retten. Immerhin haben die Patienten all ihre Daten ...« Sie verstummte, als Hellmann durch die Tür trat.

»Wer sind Sie?«

»Ich bin von der Polizei.«

Die Schwester winkte ab. »Wer hat Sie denn gerufen? Ich glaube nicht, dass wir Anzeige erstatten werden. Das zahlt doch alles die Versicherung. Außerdem verdient Rainer genug Geld ...«

Sie brach mit geweiteten Augen ab, und Hellmann spürte, dass Dr. Kortmann hinter ihm stand. Doch es war zu spät. Er hatte gesehen, was er vermutlich nicht hatte sehen sollen: Der Gemeinschaftsraum, der über Fernseher, PC und eine große Sofalandschaft verfügte, bot ein Bild der Verwüstung. Scherben und Plastikteile übersäten den Boden. Der PC-Monitor war umgestoßen worden und im Fernsehbildschirm klaffte ein Loch.

»Hat Rainer Dorn das getan? Ist er deshalb nicht vernehmungsfähig?«

»Was hier passiert ist, hat absolut nichts mit Pia Berger zu tun!«, zischte Dr. Kortmann. »Ich muss Sie jetzt auffordern, auf der Stelle mein Haus zu verlassen!«

Hellmann nickte der erschrocken dreinblickenden Krankenschwester dankend zu, dann leistete er den Worten des Psychiaters Folge.

Kapitel 6

Nachdem Anton Hellmann gegangen war, hatte Pia das Gefühl, es nicht länger alleine in ihrer Wohnung aushalten zu können. Während sie frische Wäsche in ihre Sporttasche packte, musste sie an den armen Hund denken. Ben, der sich immer wie wild vor Freude um die eigene Achse drehte, wenn er Pia sah. Der mit fliegenden Ohren rannte, und seine Nase gegen Pias Hand stupste. Ben konnte spüren, wenn sie Zeit für eine Streicheleinheit hatte. Dann warf er sich zur ihren Füßen auf die Erde und wälzte sich hin und her, bis sie jede Stelle seines Bauches gekrault hatte.

Sie hatte ihren Schlüssel nicht wiedergefunden, obwohl sie überall gesucht hatte, unter den Schränken, auf dem Boden, sogar im Eisfach und auf der Toilette. Ihr war klar geworden, dass Rainer den Hund vergiftet hatte, und während Pia mit ihrer Nachbarin in kopfloser Panik zum Tierarzt gefahren war, hatte Rainer ihre Wohnung betreten und den Schlüssel geklaut.

Solch kalte Berechnung machte sie sprachlos. Sie hätte nie gedacht, dass er zu so etwas fähig war. *Du hast ihn lange nicht mehr gesehen. Er hat sich bestimmt verändert.*

Plötzlich kam ihr in den Sinn, wie er einmal auf dem Boden gekniet und ihre Beine umschlungen hatte.

»Verlass mich nicht«, flüsterte er. »Du darfst mich niemals verlassen.«

Die Eindringlichkeit in seiner Stimme war beängstigend.

»Ich verlasse dich nicht«, beteuerte sie und versuchte, ihrer Stimme eine Leichtigkeit zu geben, die sie nicht fühlte.

»Niemals«, wiederholte er.

Sie hatte ihm ihr Wort gegeben.

»Sonst sterbe ich.«

Pia durchfuhr eine eisige Kälte und sie schüttelte die Erinnerung ab. Er hatte sie angelogen. Er war nicht gestorben. Jemand anderes war tot, und Ben lag mit schweren Verletzungen in der Tierklinik.

Sie hörte, wie die Haustür aufgeschlossen wurde. Frau Gerlach musste zurückgekommen sein. Pia eilte in den Flur und die Treppe hinunter. Sie musste unbedingt wissen, wie es Ben ging.

»Frau Gerlach?«, rief sie.

Doch unten vor der Tür ihrer Nachbarin stand eine fremde Frau. Sie trug einen schicken Hosenanzug und Turnschuhe. Ihre kurzen Haare waren glatt gekämmt und glänzten honigfarben. Sie hielt eine Reisetasche und ein Paar Pumps in der Hand.

»Ja?« Die Fremde wartete und wurde ungeduldig, als Pia sie nur anstarrte.

»Was ist? Wer sind Sie?«

»Die Nachbarin«, brachte Pia hervor.

»Meine Mutter ist nicht zu Hause.« Sie verschwand in der Wohnung und ließ die Tür hinter sich zufallen.

Pia wurde klar, dass dies Michaela gewesen sein musste. Schweren Herzens drehte sie sich um und kehrte in ihre Wohnung zurück.

Sie packte ihre Reisetasche und holte den Zweitschlüssel aus der Schreibtischschublade. Obwohl sie das Gefühl hatte, dass es keinen Sinn ergab, schloss sie ihre Wohnungstür ab und machte sich auf den Weg zu ihrem Bruder.

♦

Anne erkannte Janitzkis Mini. Er parkte in einem nördlichen Stadtteil von Dortmund an der Kreuzung Bornstraße/Mallinckrodtstraße vor dem sogenannten »Schüchtermann-Carree«, einer Reihe alter Jugendstilhäuser. Die Fassaden waren vor einigen Jahren hübsch renoviert worden, wurden inzwischen allerdings wieder von Graffitischmierereien geziert. Diese Wohnungen gehörten zu den schöneren Ecken der von Arbeitslosigkeit, Armut und Migration geprägten Nordstadt.

Die Polizei hatte den rechten Bürgersteig und die danebenliegende Fahrbahn abgesperrt, und der Verkehr schlängelte sich einspurig daran vorbei. Hier und da schoss jemand ein Handyfoto, aber sonst gab es keine Schaulustigen. In diesem Stadtviertel war eine Polizeiabsperrung nichts Ungewöhnliches. Auf dem Bürgersteig sah Anne das weiße Zelt, das den Toten vor neugierigen Blicken schützte. Bei dem Anblick bestätigte sich ihre schreckliche Ahnung: Der Täter hatte ein zweites Opfer gefordert.

Nicht weit entfernt sah Anne die Baustelle, die jetzt verlassen war. Eine Rüttelplatte und ein Minibagger standen am Straßenrand. Sie ließ ihren Blick über die mehrgeschossigen Wohnhäuser und die kleinen Balkone wandern. Ein Sturz aus den oberen Stockwerken war mit Sicherheit tödlich. Sie schluckte schwer und lief auf Janitzki und Frau Liebich zu, die hinter der Absperrung standen. Beide trugen Zivilkleidung und schienen in ein intensives Gespräch vertieft.

Dann bemerkte sie, wie zwei uniformierte Polizisten einen jungen Mann abführten und ihn unsanft in einen Streifenwagen bugsierten. Anne fing seinen wilden Blick auf. Sein T-Shirt mit einem Basketball-Logo war blutverschmiert.

Janitzki winkte ungehalten. »Anne! Wo bist du gewesen? Ich versuche dich seit einer Stunde zu erreichen.«

»Ich bin noch einer Sache nachgegangen.«

»Möglich, dass Thorsten dir deine Extrawürste durchgehen lässt«, schnauzte Janitzki, »Aber solange du zu meinem Team gehörst, möchte ich wissen, wo du bist. Und noch wichtiger, dich immer erreichen können.«

Eine blonde Haarsträhne hatte sich selbstständig gemacht und hing ihm in die Stirn. Er fegte sie mit einer genervten Handbewegung beiseite.

»Sie sollten auf Ihren Chef hören«, bemerkte Frau Liebich. »In einem Team haben Alleingänge nichts zu suchen.«

Offenbar hatte Janitzki ihr schon von Annes Arbeitsweise erzählt. Der Schleimer glaubte wohl, er würde besser dastehen, wenn er andere schlechtmachte. Anne kochte innerlich. Und es war allein der Gedanke an das Opfer, das drüben unter dem weißen Zelt lag, der sie von einer bissigen Bemerkung abhielt.

»Willst du mir jetzt sagen, was passiert ist?«, fragte sie so ruhig wie möglich. »Ist noch jemand vom Balkon gestürzt?«

Janitzki sah erstaunt aus. »Vom Balkon? Aber nein, wo denkst du hin? Es gab eine Messerstecherei. Offenbar waren mehrere Personen beteiligt, und wir haben widersprüchliche Aussagen. Leider auch einen Todesfall. Einen jungen Dortmunder. Zwei Männer sind flüchtig.«

»Eine Messerstecherei?« Anne wurde klar, dass dieser Fall nicht das Geringste mit Corinna zu tun hatte. »Kann das nicht K12 übernehmen? Wir sind doch jetzt mit anderen Ermittlungen beschäftigt.«

Janitzki schüttelte den Kopf. »Das hat keine Priorität mehr. Dr. Lange ist der Meinung, dass wir es mit Selbstmord und Selbstverletzung zu tun haben. Bis die Toxis da sind und wir Gewissheit haben, wird der Fall auf Eis gelegt.«

Anne hatte geahnt, dass er so reagieren würde. Trotzdem trafen seine Worte sie. »Das kann nicht dein Ernst sein!«

»Tut mir leid, Anne. Hat Dr. Lange es dir nicht gesagt? Ich dachte, du bist bei der Obduktion dabei gewesen.«

»Es ist eine Hypothese, mehr nicht«, beharrte sie. »Er konnte Fremdverschulden auch nicht ausschließen!«

»Frau Kirsch«, mischte sich Frau Liebich ein. »Ich habe den Eindruck, Sie nehmen diesen Fall persönlich. Was absolut verständlich ist. Corinna war eine junge Frau, und ihr Tod hat uns alle betroffen gemacht. Aber wir müssen uns an die Faktenlage halten. Und an die Feststellungen unseres Gerichtsmediziners. Natürlich schließen wir die Ermittlungsakte erst, wenn wir wissen, wie es zum Sturz des Mädchens kam und wer dabei war. Aber momentan haben wir dringendere Fälle und wenig Personal.«

»Und was ist mit Rainer Dorn? Ich wollte heute nach Marsberg fahren, um ihn zu befragen.«

Janitzki winkte ab. »Ulrike hat eben dort angerufen und mit dem betreuenden Psychiater gesprochen. Rainer Dorn nimmt starke Medikamente und ist nicht vernehmungsfähig. Außerdem hat Dr. Kortmann versichert, dass er kein Freigänger ist und keine gelockerten Haftbedingungen hat. Sie sehen also, Frau Kirsch: Es ist ganz und gar unmöglich, dass er bis nach Dortmund gefahren ist und irgendetwas mit dem Unfall zu tun hatte.«

Der Gedanke, die Ermittlungen einfach ruhen zu lassen, bereitete Anne beinahe körperliche Übelkeit. Spuren, die sie jetzt nicht weiterverfolgten, würden später vielleicht für immer verloren sein. Ja, sie nahm den Fall persönlich. Der Tod war persönlich, oder nicht? Ihr Job war nun mal nicht wie jeder andere. Wenn sie einen Beruf hätte haben wollen, bei dem sie nach Feierabend den Kopf ausschalten und sich zu ihrem Ehemann aufs Sofa setzen konnte, wäre sie zur Bank oder zu einer Versicherung gegangen. Das hätte ihrer Mutter bestimmt gefallen.

War das der wahre Grund dafür, dass Thorsten ihr die Ermittlungen nicht anvertraut hatte? War sie zu emotional? Hatte sie nicht den nötigen Abstand? Wurden ihr Verstand und Urteilsvermögen durch zu starke Gefühle getrübt?

»Sie wissen, dass ein sicheres Leben in der Nordstadt eines unserer Strategieziele ist«, redete Frau Liebich weiter. Bei ihrem Tonfall kam Anne sich wie ein trotziges Kind vor.

»Ihr Chef, Herr Janitzki, beweist einen erstaunlichen Weitblick. Es ist wichtig, dass wir jetzt geschlossen auftreten und Stärke demonstrieren. Gerade hier in der Nordstadt. Die Menschen haben Angst vor einer rechtsfreien Zone, und wir müssen zeigen, dass wir Recht durchsetzen. Und zwar im ganzen Stadtgebiet.«

Janitzki beauftragte Anne, die Zeugenbefragungen der Schutzpolizei zu koordinieren. »Wir treffen uns um 17 Uhr zur Lagebesprechung im Präsidium.«

Anne presste störrisch die Kiefer aufeinander. Dann wandte sie sich ab, um ihren Auftrag auszuführen.

◆

Es war erst 17 Uhr, trotzdem begann es schon dunkel zu werden. Pia legte ihre Reisetasche in den Kofferraum, und kurze Zeit später stand sie vor Johannes' Tür. Nach dreimaligem Klingeln öffnete Astrid und versperrte die Türöffnung. Sie trug wieder ihren samtenen Hausanzug, dazu dicke Plüschpantoffeln. Ihre Gesichtshaut glänzte, als hätte sie Creme aufgetragen.

»Er ist nicht da«, sagte sie kurz angebunden.

Pia versuchte über ihre Schulter in die Wohnung zu sehen. »Wann kommt er zurück?«

»Kann spät werden. Wenn du entschuldigst, ich muss mir jetzt die Nägel machen.«

Pia überlegte, dass es Astrid keine Umstände machen konnte, sie ins Gästezimmer zu lassen. Sie machte den Mund auf, um zu versprechen, dass sie nicht stören würde.

»Warum kreuzt du hier ständig auf?«, fauchte Astrid, bevor sie etwas sagen konnte. »Warum gehst du nicht zu euren Eltern? Oder noch besser: Mach endlich eine Therapie!« Dann schlug sie Pia die Tür vor der Nase zu.

Niedergeschlagen kehrte Pia zu ihrem Polo zurück und stellte fest, dass Johannes' Wagen nicht vor der Tür stand. Warum hatte sie nicht eher darauf geachtet? Dann wäre ihr diese Demütigung erspart geblieben. Nicht zum ersten Mal fragte sie sich, warum Astrid sie so sehr hasste. Wenn Bruder und Schwester eine enge Beziehung hatten, war das doch nichts Ungewöhnliches.

Als Astrid und Johannes vor fünf Jahren angefangen hatten, sich regelmäßig zu treffen, hatte Pia den Verdacht gehabt, dass Astrid es nur auf das Geld und den Erfolg ihres Bruders abgesehen hatte. Die neue Freundin liebte es, auf Partys und Empfänge zu gehen, mochte teures Essen, Schmuck und Designerkleidung. Aber Pia hatte ihre Bedenken nie laut ausgesprochen.

Sie versuchte, ihren Bruder anzurufen, doch sein Mobiltelefon war ausgeschaltet. *Vielleicht ist er bei einem Geschäftsessen*, dachte sie. Dann fiel ihr ein, dass er erwähnt hatte, er würde mit Kollegen den Weihnachtsmarkt besuchen. Welcher Tag war das gewesen? Sie wusste es nicht mehr. Vielleicht heute Abend. Der Weihnachtsmarkt würde gleich mit dem Lichterfest eröffnet werden. Sie stieg ins Auto und startete den Motor.

Zu ihren Eltern zu fahren war keine Option. Erna würde ausflippen, wenn Pia ihr die Wahrheit erzählte, und ihre Tochter im alten Kinderzimmer einsperren. Vielleicht würde sie auch einen Psychiater anrufen. Das hatte sie schon mal getan.

Pia biss sich auf die Unterlippe und fuhr mit quietschenden Reifen um die Kurve. Sie war nicht krank, und sie brauchte keinen Seelenklempner. Sie hatte eine eigene Wohnung und einen wunderbaren Job, und das würde sie sich nicht kaputtmachen lassen.

In der Innenstadt von Marsberg strahlte die Adventsbeleuchtung. Unzählige kleine Lichter hingen wie Perlenketten von den Straßenlaternen. Pia konnte den großen Weihnachtsbaum vor der Sparkasse bis weithin sehen. Oben im Wald über Marsberg thronte der Bilsteinturm, das Wahrzeichen der Stadt. Er war mit roten Tüchern geschmückt worden, sodass er wie eine riesige Kerze aussah. Zur Eröffnung des Weihnachtsmarktes würden die Jugendfußballer mit Fackeln zu dem Aussichtsturm laufen, um symbolisch die Kerze anzuzünden, die dann bis Weihnachten leuchten würde. Diese Kerze war für Pia mal ein Symbol der Hoffnung gewesen. Sie stand für einen Neuanfang. Für ein neues Leben ohne die Schatten der Vergangenheit.

Sie parkte in der Nähe ihrer Wohnung. Heute Abend würden viele Menschen auf den Straßen unterwegs sein.

Mit einem Mal fiel ihr ein, dass ihre Klasse morgen Nachmittag den Schneeflöckchentanz vorführen würde. Der Gedanke erschien ihr völlig absurd. Normalerweise wäre sie jetzt vor Nervosität kirre. Doch durch die ganze Aufregung um Rainer und Ben hatte sie die Aufführung völlig vergessen.

Pia mischte sich unter die Menschen und beschloss, eine Runde über den Weihnachtsmarkt zu schlendern. Vielleicht hatte sie Glück und würde ihren Bruder treffen.

Das Lichterfest hatte noch nicht begonnen, trotzdem war der Kirchplatz schon voller Menschen. Mit Tannengrün und Kerzen geschmückte Holzbuden reihten sich aneinander. Pia lief über den Platz, betrachtete Kränze, geschnitzte Holzfiguren und Strickwaren, die dort angeboten wurden.

Von einer Seite stieg ihr der süße Duft frisch gebackener Waffeln in die Nase. Dann wurde er überlagert von dem Geruch von Pommes und Bratwürstchen. Pia knurrte der Magen, und erst jetzt wurde ihr klar, dass sie heute kaum etwas gegessen hatte.

Sie kaufte an einer Bude Reibekuchen mit Apfelmus und stellte sich in eine Ecke. Jeder Bissen wärmte von innen. Sie genoss es, wie der würzige Geschmack der Reibekuchen und die Süße des Apfelmuses miteinander harmonierten. In der Bude neben ihr lief eine CD mit Weihnachtsmusik.

»Guten Appetit, Frau Berger!«

Pia drehte sich zur Seite und sah in ein Gesicht mit blonden Bartstoppeln. Der Postbote stand neben ihr und bewegte kauend die Kiefer. In der Hand hielt er ein Brötchen mit Bratwurst, und einige Krümel klebten an seinem Kinn.

»Hallo«, sagte sie. Es war ihr peinlich, dass sie seinen Namen nicht kannte.

»Hab' Sie gleich erkannt«, verriet er und biss herzhaft von seinem Brötchen ab.

Sie nickte und versuchte freundlich auszusehen. Er stand für ihren Geschmack zu nah. Unauffällig wich sie zur Seite, um ihren Abstand zu vergrößern.

»Hab' heute leider nichts für Sie«, witzelte er. »Möchten Sie einen Glühwein trinken?«

Pia lehnte dankend ab, murmelte eine Entschuldigung und ging rasch weiter. Sie sah viele Menschen, Gesichter, die sie kannte und doch nicht kannte. So war das in Marsberg, man begegnete immer den gleichen Leuten.

In einer Bude sah sie die Bresingers diskutieren. Pia konnte die Worte nicht hören, doch ihre Gesten sprachen eine eindeutige Sprache. Frau Bresinger stand kerzengerade vor ihrem Mann und fuchtelte mit einer Flasche Likör in der Hand, wobei sie sich mit den Fingern an die Stirn tippte. Ihr Gesicht war zu einer wütenden Grimasse verzerrt.

Herr Bresinger stand regungslos und ließ die Schimpftirade über sich ergehen. Über die Köpfe der Menschen hinweg begegnete Pia seinem Blick, und sie fragte sich, warum er sich nicht wehrte.

Sie kam an einem Stehtisch vorbei, an dem ein Kollege von ihr stand. Dirk Finkel gab vor einer interessierten Zuhörerschaft heitere Geschichten zum Besten, die immer wieder mit schallendem Gelächter belohnt wurden. Pia ging schnell weiter. Sie kannte Dirk von ihrem gemeinsamen Studium in Münster und hatte sich nicht gefreut, dass er an derselben Schule angenommen worden war. Johannes konnte sie nirgendwo entdecken.

Dafür sah sie einen verkleideten Weihnachtsmann, der Nikolaustüten an Kinder verteilte. Als er ihren Blick spürte, blickte er auf, und Pia schrak zurück. Er hatte dunkle, fast schwarze Augen und ein künstlicher weißer Bart bedeckte sein halbes Gesicht. Ihr Puls jagte in die Höhe, und sie drehte sich um und lief davon.

Erst als sie am anderen Ende des Weihnachtsmarktes

angelangt war, hielt sie keuchend inne und lugte an einer der Hütten vorbei. Der Weihnachtsmann war ihr nicht nachgegangen. Sie sah, wie er sich bückte, um einem Mädchen eine Tüte aus seinem Sack zu geben.

Pia presste die Zähne zusammen. *Du wirst langsam wahnsinnig!*

Sie dachte an ihre Skills und bemühte sich, langsam ein- und auszuatmen.

Schließlich blieb sie vor einem Karussell stehen und beobachtete die Kinder, die sich in den Krakenarmen des bunten Fahrgeschäftes drehten. Aus den Lautsprechern plärrte in schrillen Tönen *Jingle Bells*.

Ein kleiner Junge beugte sich aus seinem Wagen, weil er einen Handschuh verloren hatte, und wurde von seiner Mutter durch laute Rufe ermahnt, sitzenzubleiben. Pia betrachtete die roten Nasenspitzen und die kleinen Hände der Kinder und fühlte einen ziehenden Schmerz im Unterleib. Sie drückte eine Hand gegen ihren Bauch und versuchte eine Welle der Übelkeit zurückzudrängen.

»Alles in Ordnung?«, fragte eine Frau besorgt.

Pia blickte in ein herzförmiges Gesicht und mit blauem Lidschatten betonte Augen. Sie nickte rasch. Die Frau schlug vor, ihr einen Kakao mitzubringen, wenn sie einen Moment auf ihren Sohn aufpasste. Pia nahm das Angebot dankbar an und bekam einen Stapel bunter Karussellchips in die Hand gedrückt.

Als das Fahrgeschäft seine Runde beendet hatte, zog Pia dem kleinen Jungen seinen Handschuh wieder an und holte aus ihrem Mantel ein Taschentuch, um seine Nase zu putzen. Dann drückte sie ihm noch einen Chip in die Hand. Er schien nichts Ungewöhnliches daran zu finden, dass sich eine fremde Frau um ihn kümmerte, und erzählte ihr, dass er ein Roboter auf einem fliegenden Raumschiff sei.

Pia trat zurück, als das Karussell sich aufs Neue zu drehen begann, und dachte darüber nach, dass sie als Kind nie mit einem Karussell gefahren war. Zumindest konnte sie sich nicht daran erinnern. Mit zehn oder elf Jahren war sie mit ihrem Vater hin und wieder auf der Kirmes oder auf dem Weihnachtsmarkt gewesen. Er hatte Johannes und ihr Geld gegeben und sich zu seinen Freunden ans Bierzelt gestellt. Sobald er fort gewesen war, hatte Johannes Pias Geld genommen.

Die Frau mit dem blauen Lidschatten kam zurück und drückte Pia einen heißen Kakao in die Hand. Die Tasse war wunderbar warm.

»Danke fürs Aufpassen.« Die Frau deutete auf die fahrenden Kinder. »Welches ist Ihres?«

Pia hatte diese Frage gefürchtet, doch zum Glück wurde sie einer Antwort enthoben, weil eine kleine Gestalt von der Seite auf sie zugestürmt kam.

»Frau Berger! Da bist du ja«, rief Kristin mit heller Stimme. Das kleine Mädchen, dessen Gesicht kaum sichtbar zwischen Schal und Mütze hervorlugte, grinste breit.

»Wo sind deine Eltern?«, fragte Pia.

Kristin deutete auf das Bierzelt.

Pia nahm ihre kleine, behandschuhte Hand. »Möchtest du Karussell fahren?«

◆

Anne fuhr durch die Lindemannstraße und versuchte im dämmrigen Licht der Straßenlaternen die Hausnummern zu erkennen. Es war bereits 21 Uhr, und sie hatte schon vor vier Stunden bei Isabell sein wollen.

Dieser verdammte Janitzki hatte darauf bestanden, dass sie die Berichte zu Ende schrieb, wenn sie morgen ihren freien Tag haben wollte.

Im Fall der Messerstecherei hatten sie einen Tatverdächtigen festgenommen. Ein anderer war noch flüchtig. Bei dem vierundzwanzigjährigen Dortmunder war ein Blutalkohol von 1,7 Promille gemessen worden. Er saß jetzt in der Ausnüchterungszelle und würde sich bei der ersten Vernehmung auch zu den drei Smartphones äußern müssen, die er bei sich getragen hatte.

Anne knallte ihre Autotür zu. Eine Frau, die gerade die Straße entlangkam, beobachtete sie mit gerunzelter Stirn.

Ich muss runterkommen, dachte Anne. *Wenn es um den Fall geht, darf mein Zorn auf Janitzki mich nicht beeinflussen.*

Isabell trug ein Nickishirt mit zwei flauschigen Troddeln. Sie schien Anne die Verspätung nicht übelzunehmen.

»Kommen Sie rein. Die Sachen stehen im Wohnzimmer.«

Anne betrat die Wohnung und blieb einen Moment vor einer riesigen Fotocollage stehen, die an der Wand hing. Auf einem Bild erkannte sie Corinna, die von hinten die Arme um Isabell geschlungen hatte und in die Kamera lachte. Die Freude in ihren Augen traf Anne bis ins Mark. Sie wandte den Blick ab.

In der Küche saß ein Mann mit blauem Irokesenschnitt und blätterte in einem Modemagazin. Er winkte Anne freundlich zu.

»Ihr Freund?«, fragte sie, als Isabell die Wohnzimmertür hinter sich schloss.

»Gott bewahre. Nein, wir wohnen nur zusammen.«

Sie schob einen Vorhang zur Seite, hinter dem sich Kartons stapelten. Daneben standen einige kleine Leinwände.

»Hier ist das Zeug.«

Zu Hause öffnete Anne zuerst die Kartons und fand einen Stapel CDs darin. Sie legte eine in ihre Stereoanlage ein und begann, die übrigen Sachen durchzusehen.

Gitarrenklänge ertönten. Das Stück begann leise mit gezupften Tonfolgen, dann wurde es rhythmischer. Nach jedem Akkord schlug der Spieler mit der flachen Hand auf die Saiten. Die eingängige Melodie gefiel Anne. Sie begann mitzusummen und wippte im Takt mit dem Kopf.

In einem anderen Karton fand sie Bücher und Gedichtbände. Sie blätterte einige flüchtig durch, fand aber keine verborgenen Zettel oder Fotos darin.

Dann nahm sie sich die Leinwände vor. Das erste Bild zeigte einen bläulich schimmernden Käfer, der so stark vergrößert war, als würde man ihn unter einer Lupe betrachten. Das Tier besaß riesige Fühler und überlang wirkende Beine. Es saß auf einer Hand, die nicht viel größer war als der Insektenkörper.

Anne betrachtete das Bild mit wachsendem Ekel. Gleichzeitig begriff sie, dass dieses Gefühl hauptsächlich durch die verschobenen Größenverhältnisse ausgelöst wurde. Es war die Vorstellung, ein riesiges Insekt auf der Hand sitzen zu haben. Sie schüttelte sich und legte die Leinwand beiseite.

Auf dem zweiten Gemälde war eine Frau abgebildet, die mit zwei großen Plastiktüten in der Hand eine Straße entlangging.

Sie sieht müde aus, dachte Anne. Im Hintergrund schienen Autos, Häuser und Straßen zu einer undefinierbaren Masse zusammenzuwachsen. Sie bemerkte das kleine Kürzel am Rand, das sie beim Käferbild übersehen hatte: *RD*. Rainer Dorn hatte diese Bilder gemalt.

Kein Wunder, dass Corinna beeindruckt gewesen war. Die Kunstwerke lösten Gefühle aus. Auch Anne selbst konnte sich nur schwer entziehen.

Die Gitarrenklänge wurden leiser und transportierten eine ganz eigenartige Traurigkeit. Anne betrachtete das nächste Bild, und ihr Mund wurde trocken. Sie fühlte sich, als hätte ihr jemand einen Kübel Eiswasser über den Kopf gegossen.

Behutsam legte sie die Leinwand auf den Boden und holte ihre Kamera, um Fotos zu machen.

◆

Gegen 22 Uhr kehrte Pia nach Hause zurück. Sie hatte Johannes nicht gefunden und auch nicht auf seinem iPhone erreicht. Hellmanns Ermahnung kam ihr in den Sinn. »Du solltest auf keinen Fall hierbleiben. Hast du Freunde oder Familie, bei denen du einige Zeit wohnen kannst? Wir wissen nicht, ob es tatsächlich Rainer ist, der dich verfolgt, doch wir wissen, dass derjenige gewalttätig ist und Grenzen überschreitet.«

Normale Menschen würden jetzt ein Hotelzimmer nehmen, dachte Pia. Aber so jemand war sie nicht. In einem Hotel hatte sie sich nie wohlgefühlt. Irgendwo hinzugehen, wo sie sich nicht auskannte, und mit wildfremden Menschen auf einem Flur zu wohnen, behagte ihr nicht. Leute wie Johannes oder Michaela verkehrten in Hotels.

Pia starrte auf die Stufen, die zu ihrer Wohnung führten, und lauschte. Oben war nichts zu hören, was nicht hieß, dass niemand da war. Womöglich wartete Rainer bereits auf sie.

Einen Moment lang rang sie mit sich, doch sie konnte nicht hinaufgehen. Stattdessen schulterte sie ihre Sporttasche und stieg die Treppe zum Keller hinab.

Je tiefer sie kam, desto kühler wurde es. Pia durchquerte den Gemeinschaftsraum, in dem Gartengeräte lagerten und Waschmaschinen und Trockner standen. Frau Gerlachs Waschmaschine lief und befand sich bereits im Schleudergang.

Sie nahm ein paar Decken aus einem Regal und zog einen Wollmantel von der Wäscheleine. Außerdem fand sie zwei Bettlaken, einen Pullover und sogar eine Isomatte.

Mit ihrer Wäsche und der Matte ging sie hinüber in den Heizungskeller, wo die Waschmaschine nicht ganz so laut schleuderte, und bereitete sich hinter der Gastherme ein Nachtlager auf dem Boden, der glücklicherweise halbwegs sauber war. Dann ging sie zur Tür, um das Licht zu löschen. Es wurde stockfinster.

Sie tastete sich an der Wand entlang, und als sie das leise Summen der Gastherme neben sich hörte, ging sie auf die Knie und krabbelte zu ihrem Nachtlager. Sie zog sich den Pullover über den Kopf und wickelte sich in die Decken ein. Ihre Nasenspitze war kalt und fühlte sich feucht an, wenn sie atmete, doch der Rest ihres Körpers war angenehm warm. Sie fragte sich, wann sie sich zum letzten Mal versteckt hatte. Es war lange her. Einmal auf Corinnas Kindergeburtstag.

Die anderen Kinder spielten wilde Spiele, Fangen und Kämpfen, und Pia fühlte sich unwohl. Bei einem Versteck-spiel kroch sie in eine Kommode, die im Schlafzimmer von Corinnas Eltern stand. Alle anderen Kinder wurden gefun-den, nur Pia nicht. Dann suchten sie gemeinsam nach ihr. Pia sollte »Piep« rufen, doch das tat sie nicht. Sie wartete in ihrer Kommode, bis die Kinder das Interesse verloren.

Erst zum Abendessen tauchte sie wieder auf. Über den Gesichtsausdruck der Eltern, als sie plötzlich am Tisch saß, amüsierte sie sich noch Jahre später. Pia lächelte bei der Erin-nerung daran.

♦

Anne starrte auf die Nadel, die in ihrem Arm steckte.

Es war eine Nähnadel. Aus der Nähe betrachtet sah sie erstaunlich lang und dick aus. Ein heller Stachel, der im Licht der Deckenlampe glänzte. Am freien Ende befand sich die kleine Öse, durch die der Faden geführt werden konnte. Ein scharfer Schmerz konzentrierte sich dort, wo die Nadel ihre Haut durchstoßen hatte, und ein dumpfes Gefühl breitete sich im ganzen Arm aus. Ihre Fingerspitzen kribbelten.

Sie konnte sich nicht bewegen. Ihre Hände und Füße waren nicht gefesselt, trotzdem waren sie wie festgefroren. Sie fühlten sich taub an, als gehörten sie nicht zu ihrem Körper. Ein Teil von Anne wusste, dass sie träumte, trotzdem mil-derte diese Erkenntnis nicht das Entsetzen, das sie empfand.

Der Mann stand vor ihr. Er trug eine weiße Guy-Fawkes-Maske, ein grinsendes Gesicht mit einem durch schwarze Striche angedeuteten Schnurr- und Kinnbart. Er war nicht besonders groß, hatte keinen kräftigen Körperbau. Wenn Anne sich bewegen könnte, würde sie ihn ohne große Mühe überwältigen. Sie kämpfte verbissen gegen die Starre, die ihre Glieder gefangen hielt, schaffte es jedoch nicht einmal, ihre Hand zu heben.

Der Mann hielt eine weitere Nadel zwischen den Fingerspitzen. »Keine Angst«, sagte er, und seine Stimme klang dumpf hinter der Maske. »Es tut nicht sehr weh.«

Anne spannte alle Muskeln ihres Körpers an und versuchte verzweifelt, die Lähmung in ihren Gliedern zu überwinden. Auch wenn sie Arme und Beine nicht bewegen konnte, würde es ihr vielleicht gelingen, vom Bett zu rollen. Sie warf sich hin und her und legte ihre ganze Kraft in die Bewegung.

Der Mann setzte sich neben sie und drückte ihre Schulter herunter. Langsam näherte sich die Nadel ihrem Gesicht.

»Nein!«, schrie Anne, bäumte sich auf und wollte nach seiner Hand beißen, aber ihre Bewegungen waren so langsam, als wäre ihr Körper in zähem Brei eingeschlossen.

Die Nadelspitze berührte ihre Wange, und sie fühlte zuerst die Kühle des Metalls und dann den punktuellen Schmerz. Noch einmal nahm sie alle Kraft zusammen und warf sich zur Seite.

Endlich gelang es ihr, den Arm hochzureißen und nach dem Mann zu schlagen. Sie merkte, dass sich ihr Körper herumdrehte. Der Aufprall war wie ein Schock.

Sie erwachte von dem plötzlichen Schmerz und fand sich, halb in ihre Decke eingewickelt, neben dem Bett auf dem Boden wieder. Ihre Schulter und Hüfte schmerzten. Sie hatte so lebhaft geträumt, dass sie tatsächlich aus dem Bett gestürzt war.

Stöhnend rappelte sie sich auf und griff nach dem Wecker. Die grünen Leuchtziffern zeigten 3.20 Uhr an. Anne fluchte leise. Adrenalin pumpte durch ihre Adern und an Schlaf war nicht mehr zu denken. Eher hätte sie einen Fünftausendmeterlauf absolvieren können.

Es war kalt in der Wohnung. Anne nahm ihre Bettdecke und schlang sie sich um den Körper. Hellwach und gleichzeitig gerädert tappte sie in die Küche. Rainers Bild lehnte an der Wand, wo sie es abgestellt hatte, doch sie vermied es, einen Blick darauf zu werfen.

Nicht jetzt. Anne stelle die Kaffeemaschine an und ließ sich auf einen Stuhl sinken. Wann hatte sie das letzte Mal von einem Fall geträumt? Es musste Jahre her sein. Was war nur los mit ihr? Drehte sie komplett durch? Hatte Frau Liebich recht, und sie ließ die Sache zu nah an sich heran?

Das Bild aus ihrem Traum stand ihr vor Augen. Der Kerl mit der Guy-Fawkes-Maske. Wie um alles in der Welt kam sie auf so etwas? Der Kontrast zwischen Weiß und Schwarz. Womöglich hatte Rainers Gemälde diese Assoziation geweckt.

Anne zog sich die Decke enger um die Schultern. Sie rieb mit der Hand über ihren Arm, dort, wo im Traum die Nadel gesteckt hatte.

Verdammt, Thorsten, warum bist du nicht da, wenn ich dich brauche?

Sie betrachtete ihr altes Handy, das sie auf dem Küchentisch liegengelassen hatte. Nein, sie würde ihm keine SMS schreiben. Er wollte das Wochenende mit seiner Familie in Münster verbringen. Sie würde ihm das nicht verderben.

Anne löffelte einen Joghurt und goss den fertigen Kaffee in einen Becher. Schon der erste Schluck sandte beruhigende Impulse durch ihre Nervenbahnen. Der Strudel ihrer Gedanken legte sich. Dieses ganze Selbstmitleid war eigentlich nicht ihre Art.

Seit Stefan sich letztes Jahr von ihr getrennt hatte, war sie gut alleine zurechtgekommen. Es war Gewöhnungssache. Und die Wochenendbeziehung mit Heiko hatte nicht nur Nachteile. Sie behielt jede Menge Freiheit. Sicher genoss sie es, wenn sie ein paar Tage frei hatte und zu ihm ins Sauerland fahren konnte. Doch hier in Dortmund schätzte sie ihre Unabhängigkeit.

Ja, sie würde klarkommen. Sie brauchte weder Thorsten noch diese Pfeife Janitzki.

Zur Not würde sie den Fall allein lösen.

Anne drehte entschlossen den Kopf und starrte das Bild an, als wollte sie es mit ihren Augen durchbohren. Sie packte die Angst in ihren Eingeweiden bei der Kehle und drückte zu. Die Erinnerung an ihren Traum verblasste neben unbedingter Entschlossenheit. Sie betrachtete trotzig das milchige Weiß der nackten Haut. Das schmutzige Rot. Das Schwarz.

Sie würde sich nicht länger von Janitzki herumkommandieren lassen. Sie würde handeln.

Kapitel 7

Pia erwachte von dem Druck in ihrer Blase. Um sie herum war es finster, aber das leise Summen und der Geruch von feuchter Wäsche verrieten ihr sofort, wo sie war. Sie spürte die Kälte auf ihrem Gesicht, doch ihr Körper, der in einem Kokon aus Wäsche und Wolldecken steckte, war mollig warm. Instinktiv wusste Pia, dass es noch Nacht war. Sie tastete nach ihrem Smartphone, das neben dem improvisierten Kopfkissen lag, und drückte den Knopf an der Seite: 4:43 Uhr. Ihr Akku war fast leer.

Sie schloss die Augen wieder und redete sich ein, dass sie einfach weiterschlafen würde, doch der Druck war zu penetrant. Was sollte sie tun? Sollte sie sich im Dunkeln in ihre Wohnung schleichen? Was, wenn er dort auf sie wartete?

Vielleicht saß er vor dem Fernseher, dann würde sie ihn bemerken, wenn sie hereinkam. Aber möglicherweise lauerte er wie ein Raubtier im Stillen. Oder er war eingeschlafen und würde beim leisesten Geräusch erwachen. Pias Hals wurde eng, aber sie konnte nicht mehr länger warten.

Kälte umfing sie mit eisiger Umarmung, als sie sich aus ihrem Kokon schälte. Schnell zog sie den Wollmantel an, den sie als Decke benutzt hatte, und suchte mit dem schwach leuchtenden Display ihres Telefons ihre Schuhe.

Die Taschenlampenfunktion wollte sie nicht einschalten. Pia bewegte sich vorwärts, fuhr mit den Fingerspitzen über den rauen Putz der Wand und suchte nach dem Lichtschalter. Etwas Kaltes streifte ihr Gesicht. Pia erstarrte und duckte sich dann an dem leblosen Etwas vorbei, das von der Decke hing.

Sie ging mit vorsichtigen Schritten weiter und hob den rechten Arm schützend über ihren Kopf. Endlich erreichte sie den Lichtschalter und mit einem Mal wurde es gleißend hell. Mit pochendem Herzen stand sie inmitten der aufgehängten Wäschestücke. Dann öffnete sie die Kellertür und stieg möglichst leise die Treppe hinauf.

Das Licht aus dem Keller leuchtete in den dunklen Hausflur, konnte aber nicht bis in die Ecken dringen, die sich noch mehr zu verfinstern schienen.

Pias Herz klopfte unangenehm schnell. Sie würde versuchen, die Tür des Nähladens zu öffnen, die manchmal unverschlossen blieb. Ansonsten musste sie sich einen Putzeimer suchen.

Während sie auf die Ladentür zuging, hetzten ihre Blicke hin und her. Hinter der Kellertür, die sie weit offengelassen hatte, schien eine schwarze Gestalt zu stehen.

Sie drückte die Klinke herunter. Die Tür ließ sich öffnen. So schnell sie konnte schlüpfte Pia hinein. Sie begann bereits Gespenster zu sehen, sagte sie sich. Dann erst realisierte sie, dass aus dem Büro ein schwacher Lichtschein in den Gang fiel. Hatte Frau Gerlach vergessen, das Licht zu löschen? Oder war ihr etwas passiert? Hatte sie im Büro einen Schlaganfall erlitten?

Pia schluckte. Sie wiederholte mehrmals in Gedanken, dass niemand wissen konnte, dass sie hier war. Ihr Mund war trocken. Mit leisen Schritten näherte sie sich der Tür zum Büro, die mit einem leisen Quietschen aufschwang.

Michaela saß im Morgenmantel ihrer Mutter am Schreibtisch und starrte Pia mit geröteten Augen an. Ihre honigfarbenen Haare standen wirr vom Kopf ab, und die ungeschminkten Augen wirkten kleiner als zuvor. Sie stand auf und klappte mit Nachdruck ihren Laptop zu.

»Was tust du hier?«, fuhr sie Pia an.

Reflexartig wollte Pia sich entschuldigen und verschwinden, aber der Druck in ihrer Blase hatte sich verstärkt, und die Anspannung der letzten Tage kochte in ihr hoch. Sollte sie jetzt wegen dieser blöden Kuh in ihre Wohnung hochgehen, in der womöglich ein irrer Exfreund auf sie lauerte?

»Ich hab' im Keller geschlafen«, fauchte sie, »und ich muss mal aufs Klo!«

Dann huschte sie in das kleine WC und schloss die Tür mit einem lauten Knall. Als der Druck in ihren Eingeweiden nachließ, und ihr Adrenalinpegel zu sinken begann, wurde ihr bewusst, was sie gesagt hatte.

Ihr ganzes Leben lang war sie höflich und unauffällig gewesen, und jetzt das! Sie hatte einer völlig fremden Frau, die sie nicht einmal mochte, erzählt, dass sie im Keller geschlafen hatte. Ihr wurde schrecklich unwohl.

Hilfesuchend sah sie sich in dem kleinen WC um, doch es gab kein Fenster, durch das sie entwischen konnte. Nur eine Lüftung, die definitiv zu klein für sie war. Pia dachte darüber nach, auf dem Klo auszuharren, bis Michaela verschwunden war.

Sie wusch sich die Hände und betrachtete ihr Gesicht im Spiegel. Ihre flachsblonden Haare waren nicht weniger zerzaust als Michaelas, und Schatten hatten sich rund um ihre Augen in die Haut gegraben. *Kellerkind*, dachte sie abschätzig.

Obwohl es sie große Überwindung kostete, öffnete sie die WC-Tür. Sie wollte möglichst schnell hinaushuschen und Michaela nie mehr wiedersehen, doch die andere Frau stand im Gang und versperrte ihr den Weg.

Dann lächelte sie. »Trinken wir einen Tee?«

Im Büro befand sich ein Wasserkocher, mit dem Michaela zwei Früchtetees zubereitete. Sie ähnelte ihrer Mutter, bemerkte Pia plötzlich. Wenn sie nicht geschminkt war, wirkten ihre Gesichtszüge weicher, und wenn sie lächelte, bildeten sich kleine Fältchen um ihre Augen.

Michaela stellte noch ein Schälchen für die Teebeutel auf den Tisch und nahm schräg gegenüber von Pia Platz.

»Es tut mir leid, wenn ich eben grob war«, sagte sie. »Ich schlafe in letzter Zeit schlecht. Und dann auch noch die Geschichte mit dem Hund, die hat mich ganz schön aus der Bahn geworfen. Ich fange an zu grübeln und bevor ich stundenlang schlaflos im Bett liege, arbeite ich lieber.«

»Das Gedankenkarussell. Das kenne ich gut.« Einen Moment lang war Pia kurz davor, der anderen Frau von ihren Skills zu erzählen. »Wie geht es Ben?«

Michaela schüttelte müde den Kopf. »Sie haben gestern drei Rasierklingen aus seinem Magen geholt. Er hat Glück gehabt, dass er sich beim Fressen nicht selbst die Kehle aufgeschlitzt hat. Hast du wirklich im Keller geschlafen?«

Pia nickte. »Ich fühle mich auch aus der Bahn geworfen.«

Micheala lachte plötzlich, aber weder mitleidig noch spöttisch. »Weißt du, als Kind habe ich das auch mal gemacht. Nicht direkt im Keller, aber unten im Hausflur. Ich wollte dem Osterhasen auflauern. Nur, meine Mutter hat mich irgendwann gefunden und zurück ins Bett getragen.«

Sie sieht anders aus, wenn sie lacht, dachte Pia und merkte, wie sich ihre eigenen Gesichtszüge entspannten.

»Wenn ich nicht schlafen kann, schreibe ich das, was mich beschäftigt, auf«, erzählte sie. »Dann nehme ich mir am nächsten Tag eine bestimmte Zeit vor, in der ich über das Problem nachdenke. Manchmal konzentriere ich mich auch auf etwas anderes, um die Gedanken in andere Bahnen zu lenken. Zahlenfolgen oder ein inneres Bild.«

»Was für ein Bild?«, fragte Michaela.

»Ich stelle mir vor, dass ich auf ein Pferd steige. Ich reite durch das Tal, in dem ich aufgewachsen bin. Auf einem Berg, umgeben von Laubbäumen und Sträuchern, liegt eine Lichtung, die ich immer im Vorbeifahren gesehen habe, wenn wir mit dem Bus zur Schule gefahren sind. Dorthin reite ich. Bisher war ich nur in Gedanken da.«

Pia stockte und fragte sich, warum sie dieser fremden Frau das alles erzählte. Noch nicht einmal ihr Bruder wusste davon. Michaela nahm Pias Hand und strich über ihre Finger. »Das klingt wunderbar. Ich wünschte, ich hätte auch so einen Ort.«

»Vielleicht ist es eine blöde Frage«, sagte Pia nach einer Weile. »Aber kannst du mich in meine Wohnung begleiten?«

Sie sagte nur, dass sie glaubte, ihr Schlüssel sei geklaut worden. Michaela schien nicht ungewöhnlich zu finden, dass sie deshalb Angst hatte.

»Hast du etwas zu essen im Haus? Wir könnten bei dir frühstücken, dann wecken wir meine Mutter nicht auf.«

Pia nickte glücklich. Jetzt war sie froh, dass sie Freitagabend noch einkaufen gewesen war. »Ich habe aber keine Wurst im Haus«, sagte sie entschuldigend.

»Das macht nichts.« Michaela schloss leise die Tür zu Frau Gerlachs Wohnung auf und kam mit einer Packung Salami und zwei Gläsern Marmelade wieder. »Hast du schon das Himbeergelee von meiner Mutter probiert? Ich nehme mir immer welches mit, wenn ich zu Besuch bin.«

Michaela begleitete sie die Treppe zu ihrer Wohnung hinauf, und Pia steckte den Schlüssel ins Schloss. Obwohl sie nicht alleine war, spürte sie ein Ziehen in der Magengrube und blickte sich nervös um, doch nichts deutete darauf hin, dass jemand hier gewesen war.

»Ich mache Kaffee«, verkündete Michaela und schritt in die Küche, als wäre sie hier zu Hause.

Pia deckte den Tisch. Dabei huschte ihr Blick immer wieder zu Michaela, und sie fragte sich, ob Ute Gerlach früher ebenso ausgesehen hatte.

»Beobachtest du mich?«, fragte Michaela lächelnd.

Eigentlich lächelt sie oft, dachte Pia und konnte nicht verhindern, dass sie rot wurde. »Ich hatte lange keinen Besuch mehr zum Frühstück.« Sie schnitt Gurken und Paprika klein und stellte beides auf den Tisch.

Michaela setzte sich. »Vielleicht hast du deinen Schlüssel bei der ganzen Aufregung gestern im Auto verloren oder beim Tierarzt vergessen.«

Pia glaubte nicht daran, aber sie musste zugeben, dass die Möglichkeit bestand.

»Ich suche heute noch einmal. Sonst muss ich morgen das Schloss auswechseln lassen.«

»Das würde ich auch tun. Bevor du in den Keller umziehen musst.« Michaela grinste und biss einmal herzhaft von ihrem Brot ab.

Pia lehnte sich zurück. In Gegenwart anderer zu entspannen war ihr immer schwergefallen. Sie fragte sich, warum es bei Michaela anders war. Lag es nur an der Ähnlichkeit mit Frau Gerlach oder war es die sonderbare Situation, in der sie sich heute Nacht kennengelernt hatten?

»Normalerweise nehme ich mir wenig Zeit fürs Frühstück«, erklärte Michaela. »Ich bin viel unterwegs, habe letzte Woche eine Reportage an der deutsch-österreichischen Grenze gemacht und bin einen Tag eher zurückgefahren, als meine Mutter mich angerufen hat. Davor war ich in Berlin. Habe mir angewöhnt, aus dem Koffer zu leben. Manchmal wache ich in einem Hotelzimmer auf und weiß nicht, in welcher Stadt ich bin.«

Pia konnte sich nicht vorstellen, wie man so leben konnte. Für sie war bereits ein Shoppingausflug nach Paderborn mit Stress verbunden. »Dann hast du vermutlich keinen Freund, oder?«

»Männer interessieren mich eh nicht«, verriet Michaela augenzwinkernd. »Aber es stimmt. Freundschaften kommen definitiv zu kurz.«

Pia trank viel mehr Kaffee als sonst und hatte das Gefühl, sie sei jemand anderes. Der Knoten in ihrem Inneren, der sonst immer da war, schrumpfte zu einer winzig kleinen Erbse zusammen.

Sie ertappte sich dabei, wie sie einfach redete, ohne vorher darüber nachzudenken. Es war ein seltsames, fast beängstigendes Gefühl. Ihr war ein wenig schwindlig, als hätte sie Drogen genommen.

Wenn Johannes mich jetzt sehen könnte.

Als sie aufstand, um ins Bad zu gehen, fiel ihr ein, dass heute die Aufführung auf dem Weihnachtsmarkt war. Vielleicht würden Michaela und ihre Mutter ebenfalls kommen. Wenn es Ben gut ging.

Pia öffnete die Tür zum Bad und wunderte sich darüber, dass sie nicht geschlossen gewesen war. Dann fiel ihr Blick auf den Spiegel, und ihr Atem stockte. Panik durchflutete sie mit einer Intensität, die sie taumeln ließ. Auf dem Boden stand ihre Schachtel, in der sie persönliche Dinge aufbewahrte. Jemand hatte sie geöffnet und durchsucht. Briefe, Fotos und Zettel lagen im Bad verstreut. Ihr Rosenkranz, ein Erbstück ihrer Großmutter, war zerrissen, und Perlen kullerten über die Fliesen.

Pias erster Gedanke war, dass Michaela nicht sehen durfte, was hier passiert war. Sie zog die Tür hinter sich zu und drehte den Schlüssel um. Dann sank sie auf die Knie und klaubte die Perlen auf.

Einige Augenblicke saß sie schwer atmend auf den Fliesen. Als sie glaubte, ihre Beine würden sie wieder tragen, zog sie sich am Waschbecken hoch. Quer über ihren Spiegel hatte jemand mit Lippenstift das Wort »Hure« geschrieben.

Pia erinnerte sich daran, dass Erna ihn von einer Reise mitgebracht hatte. Sie hatte ihn niemals benutzt.

Mit zitternden Fingern griff Pia nach einem Waschlappen und verschmierte die Farbe. Jemand hatte mit viel Druck geschrieben. Der Waschlappen war sofort vollkommen rot. Angewidert schleuderte Pia ihn in den Wäschekorb und nahm einen neuen. Dann reinigte sie auch das Waschbecken und wusch sich minutenlang die Hände. Anschließend benetzte sie ihr Gesicht mit Wasser.

Ihre Gedanken wurden klarer. *Ich kann Michaela das*

nicht erzählen. Es würde alles kaputtmachen, bevor es über-
haupt angefangen hat.

Ihr Blick fiel auf einen kleinen zerknüllten Zettel auf dem Boden. Er lag in der Ecke, sodass sie ihn bisher übersehen hatte. Sie bückte sich danach und strich ihn glatt. Es war ein Ultraschallbild, das einen Fötus in der zehnten Woche zeigte. Pia fühlte einen Stich im Unterleib. Sie hatte das Gefühl, keine Luft mehr zu bekommen.

♦

Anton Hellmann saß bei seinen Eltern am Frühstückstisch und beobachtete, wie sein Vater das Frühstücksei mit einer geübten Handbewegung köpfte. Die Mutter stand auf, um Salz zu holen. Dann setzte sie sich wieder und scannte den Tisch, ob ihre Männer auch alles hatten, was sie brauchten. Sie selbst hatte noch nicht einmal ihr Brötchen aufgeschnitten. Draußen vor dem Fenster balgten sich zahlreiche Vögel um die größten Sonnenblumenkerne. Selbst sie hatte Mutter schon gefüttert.

Hellmann wurde klar, dass er nun schon beinahe siebenundzwanzig Jahre jeden Sonntagmorgen hier saß, und seine Mutter ihm den Teller mit Aufschnitt reichte.

»Du warst gestern lange unterwegs«, bemerkte sie, während er sich eine Scheibe Schinkenwurst herunternahm. »Warst du mit dem Mädchen aus, das gestern hier war? Wie heißt sie eigentlich?«

Sein Vater senkte interessiert die Zeitung. »Jemand Neues? Oder diese Steffi?«

»Nein!«, wehrte Hellmann rasch ab. Er redete mit seinen Eltern nicht über die Arbeit, und die Sache mit Pia war sowieso zu kompliziert. Sein Smartphone klingelte, und er stand auf und nahm es von der Anrichte. Auf dem Display sah er Pias Nummer. Rasch verließ er die Küche und schloss die Tür hinter sich.

»Anton?« Pias Stimme klang belegt. »Rainer war heute

Nacht in meiner Wohnung. Ich weiß es. Er hat meine Sachen durchwühlt und etwas an den Badezimmerspiegel geschrieben.«

Hellmann lauschte ihrer Erzählung mit wachsender Besorgnis. »Wieso warst du in der Wohnung? Ich dachte, du übernachtest bei deinem Bruder? Wo bist du jetzt?«

Er hörte sie atmen.

»Ich habe nicht dort geschlafen, aber ich wollte ein paar Sachen holen. Gleich begleite ich Frau Gerlach und ihre Tochter in die Tierklink. Wir wollen nach Ben sehen.«

»Gut. Du sollst die Wohnung nicht mehr allein betreten«, ermahnte er sie. »Ich komme gleich und untersuche das Badezimmer. Vielleicht haben wir Glück, und ich finde Fingerabdrücke oder sonstige Spuren.«

Pia zögerte einen Moment mit der Antwort. »Ich habe es weggewischt.«

Hellmann fluchte in Gedanken. »Warum denn das?«, fuhr er sie an.

»Ich hab' nicht nachgedacht. Ich bin völlig fertig.«

Er hörte, dass sie kurz davor war, in Tränen auszubrechen, und bereute seine scharfen Worte. Es war zu spät für Vorwürfe. »Schon gut. Ich möchte trotzdem in die Wohnung. Vielleicht finde ich doch etwas. Wann wollt ihr fahren? Dann komme ich vorher vorbei, um den Schlüssel zu holen.«

Als er zurück in die Küche kam, blickte seine Mutter ihn erwartungsvoll an.

»Ich muss los.« Er klappte seine Brötchenhälften zusammen und verließ die Küche mit dem drängenden Gefühl, dass sich irgendetwas ändern musste.

Sämtliche Utensilien, die man brauchte, um einen Tatort zu dokumentieren und Spuren festzuhalten, wurden in speziell zusammengestellten Spurensicherungskoffern in der Polizeiwache Brilon aufbewahrt. Aber Hellmann hatte diverse Schulungen zur Spurensicherungsarbeit besucht und sich

Fingerabdruckband, einige Klarsichtbehälter, Pinsel und Rußpulver von dort mitgenommen. Diese Dinge packte er jetzt in einen Rucksack, den er auf den Beifahrersitz seines Fiats stellte, wo auch der braune Briefumschlag lag, den Pia ihm gegeben hatte. Für eine vollständige Tatortuntersuchung war sein Equipment nicht ausreichend, aber falls es noch einen Finger- oder Fußabdruck in Pias Bad gab, würde er ihn damit festhalten können.

Seine ehemalige Klassenkameradin wartete draußen vor ihrer Wohnung. Sie trug einen Mantel, Schal und Mütze und sah verfroren aus. Einige hellblonde Haarsträhnen lugten hervor und flatterten im Wind. Hellmann parkte am Straßenrand, nahm seine Tasche und zog die Schultern hoch, um der eisigen Luft möglichst wenig Angriffsfläche zu bieten.

»Ich hätte den Schlüssel auch woanders abholen können«, sagte er kopfschüttelnd. »Du musst nicht hier draußen in der Kälte stehen.«

Pia deutete zu einem schwarzen SUV, der zwei Meter entfernt am Straßenrand stand. Am Lenkrad saß eine adrette Frau. »Wir fahren jetzt zu Ben.« Dann blickte sie zu ihm auf, und ihr blasses Gesicht schien in ihrem Schal zu versinken. »Ich möchte nicht, dass sie es wissen.«

»Du musst es ihnen aber sagen«, erwiderte Hellmann ernst. »Es ist wichtig, dass alle gewarnt sind. Schließlich bist du nicht die Einzige, die in Gefahr ist. Denk an den Hund.«

Pia sah unglücklich drein. Ihre Stimme war ganz leise, als sie antwortete: »Ich hatte gehofft, du könntest einfach dafür sorgen, dass Rainer in eine andere Einrichtung kommt. Oder strenger bewacht wird.«

Hellmann schnaubte angesichts ihrer Naivität. »Erst einmal müssen wir feststellen, ob er es überhaupt gewesen ist. Und das ist ziemlich schwierig, wenn du die Beweise vernichtest.« Die letzten Worte klangen schärfer, als er beabsichtigt hatte.

»Ich bin an Rainer dran«, versicherte er ihr. »Ich war in der Psychiatrie und habe herausgefunden, welcher Pfleger ihn bei seinen Ausgängen begleitet. Den werde ich überprüfen. Es geht nur alles nicht von jetzt auf gleich.«

Pia nickte schnell und presste die Lippen zusammen. »Ich verstehe.« Sie schluckte und seufzte dann. »Es tut mir leid, dass ich es weggewischt habe. Es war eine Kurzschlussreaktion. Ich wollte nur noch, dass es verschwindet.«

Sie sah so unglücklich aus, dass er sie kurz an sich drückte. »Es wird alles gut, das verspreche ich dir. Bleib ein paar Tage bei deinem Bruder. Bald wissen wir hoffentlich mehr.«

»Das mache ich.«

Er ließ sie los, und Pia atmete tief ein. »Danke, Anton.« Sie drückte ihm ihren Wohnungsschlüssel in die Hand.

»Die Haustür ist offen. Du musst nur, wenn du gehst, den Riegel im Türschloss hochschieben. Dann schließt sie automatisch.«

Sie lächelte noch einmal und lief dann zu dem schwarzen SUV. Hellmann bemerkte, dass die Fahrerin ihn mit steinernem Gesichtsausdruck beobachtete.

Er betrat Pias Wohnung und ließ seinen Blick in alle Richtungen schweifen. Wieder hatte er den Eindruck, dass alles ein wenig zu ordentlich war. Nirgendwo lag eine Zeitschrift oder sonst etwas herum. Keine benutzte Jeans hing über dem Stuhl im Schlafzimmer. Nichts stand auf dem Esstisch. Kein feuchtes Trockentuch hing in der Küche.

Hellmann konzentrierte sich auf seine Aufgabe.

Okay, dachte er, *was hast du angefasst?* Er öffnete seine Tasche, holte Pinsel und Puder heraus und bestrich die Türklinke von beiden Seiten. Ein einziger, brauchbarer Abdruck kam zum Vorschein. Hellmann zog ihn mit Klebeband ab, auch wenn er vermutlich von Pia stammte.

Als er die Tür zum Bad öffnete, sank seine Hoffnung, hier noch etwas Brauchbares zu finden. Pia hatte gründlich sauber gemacht.

Nachdem er Pias Wohnung verlassen hatte, fuhr Hellmann zu Sebastian Hubers Adresse in Borntosten, dem kleinsten Ortsteil von Marsberg.

Der Pfleger lebte in einem Zweifamilienhaus mit gepflegtem Garten, der mit Mulch und Tannenzweigen winterfest gemacht worden war. Hellmann schellte zweimal.

Huber reagierte nicht, dafür öffnete sich über ihm ein Fenster, und eine Seniorin reckte ihren Kopf heraus.

»Da musse öfta klingeln, woll?«, rief sie und winkte mit einem federbesetzten Staubwedel.

»Danke«, antwortete Hellmann mit erhobener Stimme und drückte mit Nachdruck auf die Klingel.

Endlich ging im Flur das Licht an, und ein Mann öffnete die Tür. Er war nur mit Boxershorts bekleidet und Anton musste sich zwingen, nicht neidisch auf die definierten Bauchmuskeln zu starren. Die Haare des Mannes klebten nass an seinem Kopf, und über seinen breiten Schultern hing ein Handtuch.

»Issa gezz da?«, rief die Alte von oben.

»Schönen Dank, Hilde!«, brüllte der Mann zurück.

»Kümmere dich um deinen eigenen Kram!« Er richtete seinen unfreundlichen Blick auf Hellmann. »Was ist?«

»Hellmann von der Kripo Brilon. Ich habe ein paar Fragen an Sie, Herr Huber. Kann ich einen Moment reinkommen?«

»Kripo?«, wiederholte der Mann verblüfft.

»Wenn Se ihm sein Moped kaufen wollen, tun Se sich die TÜV-Berichte zeigen lassen!«, rief die Seniorin.

»Bölk hier nicht rum! Kümmere dich um deinen eigenen Kram!« Sebastian Huber seufzte ärgerlich. Offenbar kam Hellmann ungelegen.

»Na schön.«

Er führte ihn in die Küche, die von einem riesigen, doppeltürigen Kühlschrank beherrscht wurde. Herd- und Arbeitsplatten waren sauber und sahen aus, als würden sie selten benutzt.

»Ich habe aber nicht lange Zeit, muss gleich zur Arbeit.« Er bot Hellmann einen Stuhl an und verließ das Zimmer. Als er wiederkam, trug er ein T-Shirt und eine zerfetzte Jeans von G-Star Raw.

»Ist das Ihre Arbeitskleidung?«, fragte Hellmann.

»Was denken Sie?« Huber öffnete den Kühlschrank, nahm eine Packung Sojavanillemilch heraus und füllte einen halben Liter in einen Messbecher.

»Wie lange sind Sie schon Krankenpfleger beim LSS?«

»Acht Jahre. Zwei auf der forensischen.« Huber setzte den Messbecher an den Mund und ließ sich die Milch in den Rachen laufen.

Hellmann beobachtete fasziniert, wie der Messbecher leerer und leerer wurde, ohne dass der Mann zu schlucken schien. »Haben Sie Rainer Dorn gestern Morgen nach draußen begleitet?«

Huber setzte den Messbecher ab, der nur noch einen Rest Milch enthielt und stieß lautlos auf. »Warum wollen Sie das wissen?«

»Beantworten Sie bitte die Frage.«

Der Pfleger trank den letzten Rest und stellte den Messbecher in die Spüle. »Ja. Rainer geht meistens mit mir.«

»Und wohin gehen Sie dann?«

»Einkaufen. Frische Luft schnappen.«

»Was kauft er ein?«

Huber zuckte irritiert mit den Schultern.

»Farben. Pinsel. Manchmal Süßigkeiten. Er steht auf Nussschokolade. Dürfen Sie das eigentlich fragen? Ich meine, gibt es nicht sowas wie Privatsphäre? Selbst im Knast?«

»Nicht, wenn es um ein Verbrechen geht«, antwortete Hellmann. Er setzte einen kühlen Blick auf. »Wo waren Sie gestern mit Rainer Dorn?«

Der Pfleger verschränkte die muskulösen Arme. »Gestern waren wir nicht draußen.«

»Und Mittwoch? Wie erklären Sie sich, dass er alleine in der Stadt gesehen wurde?«

Huber starrte ihn an, doch Hellmann glaubte eine leichte Unsicherheit in seinem Blick zu sehen. »Das kann nicht sein.«

»Wo waren Sie?«

Der Pfleger stöhnte.

»Kerr, Mittwoch. Keine Ahnung. Ich glaube, wir sind nur eine Runde spazieren gegangen.«

»Hat Sie jemand gesehen?«

»Keine Ahnung.« Huber zuckte mit den Schultern und grinste plötzlich. »Aber wen interessiert's? Ich brauche kein Alibi. Hab' schließlich kein Verbrechen begangen. Was wollen Sie überhaupt von Rainer? Der ist friedlich wie ein Lamm. Tut keiner Fliege was. So, und ich muss jetzt los.«

Hellmann hatte keine andere Wahl, als zu gehen. Er stieg in seinen Wagen und beschloss, Huber zu folgen. Nicht direkt, das wäre zu auffällig gewesen. Er wartete fünf Minuten in seinem Wagen und fuhr dann zur forensischen Maßregelvollzugsklinik nach Marsberg.

Als er auf den Parkplatz einbog, sah er Huber, der aus einem tiefergelegten Golf IV stieg und auf das Pförtnerhäuschen zuging. Der Pfleger winkte einmal, dann wurde ihm die Tür geöffnet und er betrat das psychiatrische Gefängnis.

Hellmann suchte sich eine Parklücke, von der aus er den Eingang beobachten konnte, und blieb am Steuer sitzen. Er wartete zehn Minuten, ohne dass etwas geschah, und fragte sich, ob er nicht seine Zeit verschwendete. Dann sah er jemanden über den Parkplatz gehen. Hatte er Halluzinationen? Oder war das tatsächlich –

»Anne Kirsch!«, rief er und schlängelte sich zwischen den Autos hindurch. Sie drehte sich um. Derselbe dunkle Kurzhaarschnitt, die schmale Gestalt, die spitze Nase, olivgrüner Parka, Turnschuhe. Es gab keinen Zweifel.

»Hellmann!« Sie war ebenfalls überrascht, ihn zu sehen. »Das Sauerland scheint noch kleiner zu sein, als ich dachte. Was tun Sie hier?«

Er dachte, dass es vermutlich nicht das Klügste war, seine privaten Ermittlungen einzugestehen. Irgendwie war er in die Sache hineingerutscht.

Dann fiel ihm ein, dass Anne Kirsch bei ihrem letzten gemeinsamen Fall im Sauerland auch auf eigene Faust ermittelt hatte. Und noch dazu gegen die direkte Anweisung ihres

Vorgesetzten. Sie würde verstehen, warum er es tat. Immerhin war auch sie jemand, der sich nicht immer an Regeln hielt. »Ich ermittle auf eigene Faust«, gab er deshalb zu.

»Sind Sie irre?«

Ihre Reaktion ärgerte Hellmann. Wieso beanspruchte sie Sonderrechte? War sie etwas Besseres, nur weil sie bei der Kriminalpolizei Dortmund arbeitete?

»Es geht um eine Freundin, die Probleme hat. *Ich* tue nichts Unerlaubtes. Sie fühlt sich von einem Insassen verfolgt, und ich möchte nur überprüfen, ob er wirklich keinen Ausgang hat.«

Anne sah plötzlich interessiert aus. »Weißt du«, verfiel sie in eine vertraulichere Anrede, »das ist komisch, denn ich bin aus demselben Grund hier. Wie heißt dein Insasse?«

◆

»Wer war denn das?«, fragte Michaela beiläufig.

Pia legte den Gurt an. Anton Hellmann schien zuversichtlich zu sein, dass er doch noch eine Spur von Rainer finden würde. Sie hoffte, dass er recht behielt, und hasste sich selbst dafür, dass sie so dumm gewesen war. Und ein Feigling. Was hatte sie sich nur dabei gedacht, alles wegzuwischen? Hatte sie wirklich geglaubt, sie könnte den Stalker vor Michaela geheim halten? Nach dem, was mit Ben passiert war?

Pia leckte sich über die Lippen und nahm all ihren Mut zusammen. »Er ist ein ehemaliger Klassenkamerad von mir. Ich habe ihn um Hilfe gebeten. Er ist bei der Polizei.«

Sie begann zu reden und Michaela unterbrach sie nicht. Pia erzählte alles, bis auf die Verbindungen zur Psychiatrie. Das erschien ihr zu krass, und sie wollte ihre im Entstehen begriffene Freundschaft mit Michaela nicht im Keim ersticken.

»Männer«, knurrte Michaela. »Glaubst du, dass er etwas mit dem Giftköder zu tun hat?«

»Ja, vielleicht.«

Ute Gerlach, die auf der Rückbank saß, hatte sich vorgebeugt. Pia sah ihre geröteten Augen im Rückspiegel. »Warum hast du mir nichts davon erzählt?«

Pia hörte den Vorwurf, der in ihrer Stimme mitschwang. *Vielleicht wäre es dann nicht passiert.*

»Ich hätte nie gedacht, dass er so etwas tun würde«, antwortete sie, und es war die Wahrheit. Sie hätte Rainer ein so heimtückisches Verhalten niemals zugetraut. Zwar hatte sie erlebt, wie er gewalttätig wurde, jedoch waren das immer Affekthandlungen gewesen.

Aber das war, bevor sie ihn verletzt hatte. Und er sie.

»Wie konntest du dich nur in so jemanden verlieben?«, hatte ihre Mutter oft gesagt. Pia dachte, dass sie den Abgrund, über dem sie beide getanzt hatten, früher hätte erkennen müssen. Viel früher. Als er zum ersten Mal ausgetickt war. Pia war damals fünfzehn gewesen.

Niemand in den Kliniken für Kinder- und Jugendpsychiatrie reagierte erfreut, als bekannt wurde, dass sie und Rainer ein Paar waren. Schwester Theresa machte ein sorgenvolles Gesicht und sagte zu Pia, sie solle auf sich achtgeben.

Einen Tag später ließ Dr. Kortmann sie zu sich rufen. Pia war verwundert, weil sie an diesem Tag keine Sitzung bei ihm hatte.

Er bat sie, Platz zu nehmen, und putzte bedächtig seine Brille. Auf seiner beginnenden Stirnglatze waren tiefe Falten zu sehen.

»Ich habe gehört, dass du dich mit Rainer angefreundet hast. Dass ihr mehr als nur Freunde seid.«

»Ja.« Pia fragte sich, ob sie damit gegen ein ungeschriebenes Hausgesetz verstoßen hatten.

»Rainer ist nicht dazu in der Lage, stabile Beziehungen einzugehen.« Dr. Kortmann setzte seine Brille auf und faltete die Finger ineinander.

»Ich darf dir das gar nicht erzählen. Aber du bist schließlich auch meine Patientin und ich habe die Fürsorgepflicht.

Deshalb kann ich das nicht zulassen.« Er unterbrach sich. »Entschuldige, das war unglücklich formuliert. Aber es ist, wie es ist. Diese Beziehung wird euch beide kaputtmachen. Sie ist nicht gut für dich und ebenso wenig für Rainer. Er muss zuerst zu einem stabilen Ich finden, bevor ein Wir möglich ist. Verstehst du?«

Pia verstand nicht. Sie war wie vor den Kopf geschlagen.

»Patienten wie er neigen dazu, sich in chaotische Beziehungen zu stürzen. Aber sie können weder Nähe noch Distanz ertragen. Und du willst doch in dein altes Leben zurück, oder nicht? Du möchtest Abitur machen. In ein paar Wochen bist du hier wieder raus.«

Er seufzte. »Ich habe Rainer dasselbe gesagt.«

In diesem Moment ertönte ein gellender Schrei. Dr. Kortmann sprang auf und seine Brille landete mit einem Knall auf dem Schreibtisch. Mehrere Stimmen riefen durcheinander und jemand stieß immer wieder kurze heisere Schreie aus, die Pia durch Mark und Bein gingen. »Nein! Nein! Nein!«

Dr. Kortmann stürzte auf den Flur und sie rannte hinterher. Er verschwand in Rainers Zimmer. Simone kam ihr entgegen, das Gesicht vor Entsetzen verzerrt.

»Lass mich durch«, keuchte Pia, doch jemand hielt sie fest.

Eine Stimme rief nach einem Arzt. Pia riss sich los und taumelte vorwärts.

Die Tür zu Rainers Zimmer stand sperrangelweit auf. Notenblätter lagen auf dem Boden verstreut. Zwei Pfleger versuchten Rainer, der Unverständliches schrie und sich wieder und wieder mit Anlauf gegen die Wand warf, bei den Armen zu packen. Blut lief ihm übers Gesicht.

Dr. Kortmann hielt Schwester Theresa bei den Schultern, die mit kreideweißem Gesicht auf dem Boden hockte und beide Hände gegen ihren Bauch presste. Später erfuhr Pia, dass Rainer ihr den Sicherheitsschlüssel entrissen und sie damit wie mit einem Schlagring geboxt hatte.

»Fixieren!«, brüllte Dr. Kortmann.

Ein weiterer Pfleger packte Rainers Beine, der wie ein

Rasender um sich trat. Eine Schwester kam mit einem fahr-
baren Bett, an dem Fixiergurte angebracht waren. Zu dritt
zwangen sie Rainer hinauf und schnallten zuerst Schultern
und Arme fest, dann Fußgelenke und Oberschenkel.

»Spritzt ihm 4,5 mg Diazepam«, befahl Dr. Kortmann
keuchend. Er half Theresa beim Aufstehen. Auf den Psy-
chiater gestützt ging sie mit schleppenden Schritten zur
Krankenstation.

Pia starrte auf die Spritze, die in Rainers bis zum Zerreißen
gespannten Oberarm eindrang. Er bäumte sich in den Gurten
auf. Dann wich die Anspannung aus seinem Körper. Sein Kopf
fiel zur Seite und er sah Pia an.

In diesem Augenblick wusste sie, dass er durchgedreht war,
weil er es nicht ertragen konnte, von ihr getrennt zu werden.
Und dumm, wie sie mit fünfzehn gewesen war, hatte sie es für
Liebe gehalten.

Michaela bretterte mit 150 Stundenkilometern über die
Autobahn. Sie fuhr fast durchweg auf der linken Spur. Lärm-
schutzwände und verstärkte Leitplanken rasten an ihnen
vorbei. Pia hätte eigentlich Angst haben müssen, aber das
Gefühl blieb aus.

Wenn wir jetzt gegen eine Leitplanke krachen, ist es wenigs-
tens vorbei. Dann werde ich Rainer endlich los sein. Ich werde
nie wieder Angst haben müssen.

Als sie auf den Parkplatz der Tierklinik einbogen und
Michaela den Wagen stoppte, erwachte Pia wie aus einer
Trance. Ein Tierpfleger mit einem Rosentattoo am Hals
führte sie in einen Raum, in dem drei große Zwinger
standen. Zwei von ihnen waren leer. Im dritten befanden
sich zwei Futternäpfe und ein Hundekorb, der mit einer
Decke ausgelegt war.

Ben hatte sie schon an ihren Schritten erkannt. Er stand
am Gitter und winselte und bellte aufgeregt. Als der Tierpfleger den Zwinger aufschloss, stürzte Ben auf Ute Gerlach
zu. Sein Schwanz peitschte aufgeregt hin und her.

»Er hat überhaupt keinen Verband«, wunderte sich Michaela.

»Die Klingen konnten endoskopisch entfernt werden«, erklärte der Pfleger und strich dem Border Collie über den Kopf. »Ja, du Guter. Frau Dr. Örtel wird Ihnen gleich mehr dazu sagen. Aber ich denke, Sie können ihn heute mit nach Hause nehmen.«

Auf der Rückfahrt saß Pia wieder vorne bei Michaela, Frau Gerlach teilte sich mit Ben die Rückbank. Im Rückspiegel beobachtete Pia, wie der Kopf des Hundes auf Frau Gerlachs Knien lag. Sie hatte die Hände in seinem Fell vergraben und saß mit geschlossenen Augen da.

Pias Smartphone klingelte.

»Hallo, Johannes.«

»Hey Kleines, ich würde dich gerne zum Essen einladen. Hast du Zeit?«

Bei seinem Tonfall wurde Pia warm ums Herz, doch sie erinnerte sich daran, dass sie zum Weihnachtsmarkt musste. Ihre Klasse hatte in zwei Stunden ihren Auftritt.

Johannes war sofort begeistert. »Deinen Schneeflockentanz? Dann kommen wir dorthin. Ich würde ihn mir gern ansehen.«

Mit einem seltsamen Gefühl legte Pia auf. Sie hatte ihren Bruder selten so aufgedreht erlebt.

»Wer ist Johannes?«, fragte Michaela.

»Mein Bruder«, erklärte Pia.

Frau Gerlachs Tochter lächelte zufrieden.

Kapitel 8

Als Hellmann zum zweiten Mal das Pförtnerhäuschen der forensischen Maßregelvollzugsklinik passierte, achtete er genau auf die Bildschirme der Überwachungskameras. Fünf zeigten das Außengelände rings um die Psychiatrie, die anderen den Innenhof und die Flure im Gebäude. Patientenzimmer und Gemeinschaftsräume wurden nicht überwacht.

Dass er Anne hier getroffen hatte, war ein Glücksfall gewesen. Ohne sie hätte er bestimmt nicht gewagt, schon wieder Einlass in die Psychiatrie zu fordern.

Die Tatsache, dass sie ebenfalls zu Rainer Dorn wollte, erhärtete seinen Verdacht. In Dortmund war ein Mädchen gestorben, das offenbar mit Rainer in Kontakt gestanden hatte. Das konnte kein Zufall sein.

Hellmann drängte es, dem Mann gegenüberzutreten, und ihn mit den Vorwürfen zu konfrontieren. Seine Gedanken rotierten. Eigentlich war es ein Ding der Unmöglichkeit, dass ein Psychiatrieinsasse in Dortmund an einem Todesfall beteiligt sein und in Marsberg ein Mädchen stalken konnte. Trotzdem, es waren zu viele Zufälle. *Wo Rauch ist, ist auch Feuer.*

Heute saß wieder dieselbe Frau mit den hellgrünen Fingernägeln im Pförtnerhäuschen. Sie hielt den Kopf gesenkt und schien in ein Kreuzworträtsel vertieft zu sein. Hellmann las ihren Namen von einem Schildchen ab, das an

140

ihrer Schwesternuniform befestigt war: »Guten Tag, Frau Kedziora.«

Sie sah auf und schien überrascht, ihn so schnell wiederzusehen.

»Das ist meine Dortmunder Kollegin Anne Kirsch. Wir müssten noch einmal mit Dr. Kortmann sprechen.«

Als Frau Kedziora auf die Tasten ihres Telefons tippte, blitzte der kleine Diamant auf, den sie am Finger trug. Der Form nach schien es ein Ehering zu sein. Hellmann sah auf den Überwachungsmonitoren, dass sich eine Person über den Gehweg näherte. Es war ein Mann mit breiten Schultern und einer karierten Winterjacke. Er trug eine dunkle Mütze auf dem Kopf und hatte den Blick vor sich auf den Boden gerichtet. Obwohl die Kamera ihn von vorne filmte, konnte man sein Gesicht nicht erkennen.

Frau Kedziora legte den Hörer auf und beugte sich mit einem amüsierten Lächeln zu Hellmann vor. »Dr. Kortmann ist nicht zu sprechen.« Sie wackelte spöttisch mit ihrem Zeigefinger. »Sie waren ein böser Junge. Der Doktor ist sehr ungehalten.«

Anne verlor die Geduld. Sie zückte ihren Dienstausweis und presste ihn mit der flachen Hand nur wenige Zentimeter von Frau Kedzioras Gesicht entfernt gegen die Scheibe.

»Ich ermittle in einem Mordfall. Sie öffnen jetzt bitte sofort die Tür.«

Die Krankenschwester musterte den Ausweis mit ausdrucksloser Miene. Sie griff erneut zum Telefon. Ihre grünen Fingernägel klackerten auf der Tischplatte. Dann nickte sie langsam. Der Türöffner surrte. Als Hellmann eintrat, spürte er ihren Blick im Rücken.

»Hat sie gerade mit dir geflirtet?« Annes spöttischer Tonfall versetzte ihm einen Stich.

»Ist es so unwahrscheinlich, dass eine Frau mich attraktiv findet?«, fragte er beleidigt.

Sie sah überrascht aus, dann lachte sie und wuschelte ihm durch die Haare, so wie man es bei einem kleinen Jungen tut.

»So habe ich das nicht gemeint.«

Dr. Kortmann stand in der Eingangshalle neben der gefesselten Gipsfigur, die Hände in den Hosentaschen vergraben. Sein Blick war abweisend und er hielt sich nicht mit einer Begrüßung auf. »Sie allein hätte ich nicht noch einmal empfangen«, sagte er schroff zu Hellmann. Dann kam er näher und reichte Anne Kirsch die Hand. »Ein Mordfall, sagen Sie? Was ist passiert?«

»Ein Mädchen aus Dortmund ist gestorben. Sie stand mit Rainer Dorn in Kontakt.«

Der Psychiater wurde bleich. »Corinna ist tot?«

Anne hob die Augenbrauen. »Sie wussten also von der E-Mail-Bekanntschaft?«

Dr. Kortmann antwortete nicht. Sein Blick irrte umher. Er strich sich übers Gesicht.

Er ist geschockt, dachte Hellmann. Hielt er es für möglich, dass sein Patient einen Mord begangen hatte? Oder war es allein die Betroffenheit darüber, dass ein Mädchen gestorben war? Anne wiederholte ihre Frage.

Dr. Kortmann blinzelte. »Ja. Ich wusste, dass Rainer mit einer jungen Frau in Kontakt stand. Aber ich habe die E-Mails nicht gelesen. Als es anfing, habe ich nur überprüft, ob das Mädchen volljährig ist.«

»Wie haben Sie das überprüft?«

»Ich habe Rainer gebeten, mir ihren Facebook-Account zu zeigen. Dort waren Fotos eingestellt und die Anmerkung, dass sie studiert. Das hat mir gereicht. Wir sind nicht verpflichtet, die E-Mails und Briefe zu überprüfen. Es war nur eine Vorsichtsmaßnahme.«

»Hat Rainer Dorn Ihnen das alles freiwillig gezeigt?«

Dr. Kortmann schien sich wieder gefangen zu haben. Seine Stimme war fest, als er antwortete: »Natürlich. Ich bin sein Therapeut. Wir haben ein Vertrauensverhältnis.«

»Mein Kollege, Herr Hellmann, hat mir erzählt, dass Rainer gestern Morgen ausgerastet ist und im Aufenthaltsraum Gegenstände und Möbel zerstört hat.«

Der Psychiater nickte unwillig. »Es war seine erste Krise seit Langem.«

»Was war der Auslöser?«

»Hören Sie, Frau Kirsch, ich habe Ihnen wirklich alles gesagt, was ich kann. Sie wissen, dass ich zu persönlichen Fragen über meine Patienten keine Auskünfte erteilen darf.«

Er sah auf die Uhr und wollte etwas sagen, aber Anne kam ihm zuvor.

»In Corinnas letzter Mail am Donnerstag hat sie auf ziemlich brutale Art und Weise mit Rainer Schluss gemacht. Ich vermute, das war der Auslöser für seine Krise. Er hat alles kurz und klein geschlagen. Dann ist er mit dem Zug nach Dortmund gefahren, um Corinna zur Rede zu stellen. Es kam zu einem Streit, in dessen Folge er sie vom Balkon ihrer Wohnung gestoßen hat.«

»Das ist doch lächerlich!« Dr. Kortmanns Gesicht war vor Zorn gerötet, aber Hellmann glaubte auch noch etwas anderes in seinen Augen zu erkennen. Furcht?

»Oder«, fuhr Anne fort, »vielleicht kann Rainer sich besser beherrschen. Er ist erst nach Dortmund gefahren, um sich für die Abfuhr zu rächen, und danach hat er den Computer kurz und klein geschlagen. Möglicherweise hat er erst hier realisiert, was er getan hat.«

»Was Sie da von sich geben, ist grober Unfug!«, fauchte der Psychiater entrüstet. »Können Sie diese wilden Theorien auch nur im Entferntesten beweisen? Haben Sie Rainers Fingerabdrücke in der Wohnung gefunden?«

»Bevor wir Beweise führen, möchte ich wenigstens einmal mit ihm sprechen«, erwiderte Anne kühl.

Dr. Kortmann starrte sie an. »Nach seinem Ausraster habe ich ihm ein starkes Beruhigungsmittel gegeben. Danach war er mit Sicherheit nicht mehr in der Lage, sein Zimmer zu verlassen. Und erst recht nicht in dem Zustand, alleine nach Dortmund zu fahren.«

»Was haben Sie ihm gegeben?«, hakte Hellmann nach. »Tabletten oder eine Spritze?«

»Ich habe ihm fünf Milligramm Haloperidol und Lora-zepam gespritzt«, erwiderte Dr. Kortmann ein wenig zu schnell und hielt seinem Blick herausfordernd stand. Hell-mann war sich beinahe sicher, dass er log.

»Wir müssen mit ihm sprechen.« Annes Stimme ließ keinen Widerspruch mehr zu. »Jetzt.«

Sie folgten Dr. Kortmann eine Treppe hoch in die erste Etage, passierten eine Sicherheitstür und betraten einen weißgetünchten Flur. Eine junge Schwester kam ihnen ent-gegen und sah Hellmann und Anne mit unverhohlener Neugier an. Sie war klein, schien aber kräftige Hände und Schultern zu haben.

»Herr Christ klagt über Augenschmerzen und Sehstörun-gen«, sagte sie zu dem Psychiater. »Ich würde gerne mit ihm zum Augenarzt fahren.«

»In Ordnung, aber nur mit Fußfessel«, erwiderte er.

Sie machten vor einer Tür Halt.

»Einige unsere Patienten sind akut flucht- oder suizid-gefährdet«, erklärte Dr. Kortmann ungefragt. »Bei Rainer Dorn sind solche Schutzmaßnahmen allerdings unnötig. Er hat noch nie einen Fluchtversuch unternommen.«

Er klopfte an die Tür und trat ein, als keine Antwort kam.

Sie betraten ein Klinikzimmer, das nahezu ohne Deko-ration oder persönliche Gegenstände auskam. Auf einem am Boden festgeschraubten Tisch lag ein Skizzenblock und eine Handvoll Bleistifte. In der Zimmerecke lehnte eine Gitarre. Ein Schrank und ein Bett vervollständigten die spärliche Einrichtung. Auf letzterem lag vollständig beklei-det Rainer Dorn.

Seine dunklen Haare waren lang und ungekämmt. Er reagierte nicht auf ihr Eintreten, sondern starrte an die Zimmerdecke. Seine Pupillen waren riesig, wie schwarze Löcher, und ein dünner Flaum Bartstoppeln bedeckte sein scharfgeschnittenes Gesicht. Er trug ein verwaschenes Sweatshirt und eine Jogginghose.

Sie beide waren im selben Alter, registrierte Hellmann. Rainer Dorn sah weder wie ein gewalttätiger Stalker noch wie ein Mörder aus, der sein Opfer mit Nadeln foltert, bevor er es vom Balkon stößt. Er war einfach ein junger Mann, der auf seinem Bett lag.

Dr. Kortmann trat zu ihm. »Wie geht es dir, Rainer?«

Als der Mann keine Reaktion zeigte, fügte er hinzu: »Die beiden sind von der Polizei. Sie möchten dir ein paar Fragen stellen.«

Rainer drehte den Kopf und sein Blick schweifte durch den Raum. Er glitt über Hellmann und Anne und fiel wieder herab, als wäre dort nichts, was ihn festhielt.

Anne ging vor dem Bett in die Hocke und fixierte ihn mit ihren Augen. »Herr Dorn, was können Sie uns über Corinna Raabe sagen?«

Rainer bewegte die Lider, als versuche er einen Schleier fortzublinzeln, der über seinen Augen lag.

Anne beugte sich über ihn und wiederholte ihre Frage mit erhobener Stimme.

»Cori«, sagte sie, »oder Ihre Prinzessin. So haben Sie das Mädchen doch genannt.«

Er blinzelte, aber dieses Mal hatte Hellmann das Gefühl, dass er Anne ansah. Sein Gesichtsausdruck war unverändert leer, doch irgendetwas im intensiven Blick dieser Augen bereitete Hellmann Unbehagen.

»Wir haben Corinna Raabe am Freitagmorgen tot aufgefunden«, redete Anne weiter. »Haben Sie das Mädchen vom Balkon gestürzt?« Sie machte eine Pause, aber die erhoffte Reaktion blieb aus.

»Haben Sie ihr vorher die Nadeln ins Fleisch gestochen?«

Bevor irgendjemand reagieren konnte, schnellte Rainer Dorn in die Höhe und packte Annes Hals. Ein Laut wie ein Krächzen drang aus seiner Kehle, und Hellmann sah in einer einzigen Schrecksekunde überdeutlich das Bild der vor Kraftanstrengung weißen Knöchel und die Fingernägel, die sich wie Krallen in Annes Haut gruben.

Er hörte Dr. Kortmann schreien. Sah, wie Anne Dorns Hände von außen umklammerte und vergeblich versuchte, den schraubstockgleichen Griff zu lösen.

Er schrie selbst etwas und griff nach Dorns Arm. Versuchte, die Hände auseinanderzubiegen. Erst, als er den kleinen Finger zu packen bekam und nach hinten bog, löste sich der Griff.

Anne klappte neben dem Bett zusammen.

Hellmann nahm wahr, dass zwei Pfleger ins Zimmer stürzten und Dorn festhielten, der um sich schlug und kehlige Laute ausstieß.

Dr. Kortmann half ihm, Anne, die langsam wieder zu sich kam, hochzuheben. Hellmann legte sich ihren Arm um die Schulter. Gemeinsam schafften sie Anne aus dem Zimmer und ließen sie vorsichtig auf eine Liege im Nebenraum sinken. Der Psychiater atmete schwer.

»Nehmen Sie es mir nicht übel, Frau Kirsch, aber das war absolut unnötig!«

Sein Gesicht war vor Zorn verzerrt, als er sich abwandte und das Zimmer verließ, um nach Rainer Dorn zu sehen. Die Schreie hatten aufgehört.

Wenig später kehrte Dr. Kortmann zurück. »Bringen Sie den Angehörigen die Nachricht vom Tod eines geliebten Menschen immer so schonend bei?«

Anne atmete langsam und heftig. »Verdammt«, keuchte sie und rieb sich den Hals.

♦

Neben der Weihnachtsmarktbühne befand sich eine Hütte, in der Pommes und Bratwürste verkauft wurden. Die Kinder reckten ihre Hälse und verfolgten die Bewegungen der Frau, die Frittierkörbe in heißem Fett schwenkte, mit hungrigen Blicken. Der Geruch war wirklich einladend und auch Pias Magen knurrte. Doch es dauerte nicht mehr lange, bis ihre Klasse an der Reihe war, und sie wollte nicht riskieren, dass die Kinder ihre weißen Schneeflöckchenkostüme mit Ketchup vollschmierten.

»Nach unserem Auftritt«, verkündete sie deshalb mit Bestimmtheit. »Dann dürft ihr alle etwas essen.«

Auf der Bühne, die mit Sternen aus Goldpapier geschmückt war, spielte eine Blaskapelle *Kling, Glöckchen, klingelingeling*. Davor drängten sich die Zuschauer. Pias Klasse war nicht die einzige, die gleich ihren Auftritt hatte. Mädchen in Ballettkostümen schwirrten wie bunte Hummeln zwischen den Buden umher. Wegen der Kälte waren sie mit mehreren Schichten Kleidung ausgestopft. Pia behielt ihre Schneeflöckchen im Auge. Gleichzeitig suchte sie unter den Zuschauern nach Michaela, Frau Gerlach und ihrem Bruder.

Jetzt müsste es schneien. Dann würden die geschmückten Holzbuden noch gemütlicher aussehen. Doch der Himmel blieb grau und trocken. Ihr Kollege Dirk Finkel kam mit einem Glühwein in der Hand auf sie zu. Seine vollen Lippen glänzten vor Feuchtigkeit.

»Süß, deine Kleinen«, sagte er. »Schneeflocken, mal was anderes. Wir machen *Jingle Bells*, wie jedes Jahr. Gott, ich hasse dieses Lied!« Er nahm einen großen Schluck von dem Glühwein, der definitiv nicht sein erster war. Pia bemerkte, dass einige Kinder seiner Klasse in Hörweite standen, und schämte sich für ihn.

»Ich finde *Jingle Bells* schön«, betonte sie. »Es ist mein Lieblingsweihnachtslied.«

»Weihnachten!« Er spuckte auf den Boden. Dann leerte er seine Tasse in einem Zug. »Möchtest du auch Glühwein?«

Pia lehnte dankend ab. Zu Beginn ihres Studiums hatte sie Dirk noch für seine witzige und schlagfertige Art bewundert, bis er eine junge Dozentin fertiggemacht hatte, die in ihrem ersten Jahr an der Uni lehrte. Da hatte Pia begriffen, dass seine Witze meistens auf Kosten anderer gingen. Sie hatte begonnen, ihn in Gedanken *Schlauchbootlippe* zu nennen. Doch natürlich hatte sie es nie laut ausgesprochen.

Endlich war ihre Klasse an der Reihe, und Pia war erleichtert über die Gelegenheit, Dirks Gesellschaft zu entfliehen.

Sie half den Kindern, einen Kreis zu bilden, und setzte sich hinter das Keyboard, das in einer Ecke auf der Bühne stand. Mit einem Mal war die Aufregung da, die sie bisher kaum gespürt hatte. Ihre Hände begannen zu zittern und sie hatte das Gefühl, keine einzige Note mehr spielen zu können. Dann bemerkte sie, dass Kristins Kopfschmuck sich gefährlich neigte und im Begriff war, herunterzufallen. Sie sprang auf und rückte ihn wieder gerade.

Das Mädchen flüsterte Pia zu, dass sie heute Morgen einen Wackelzahn verloren hatte.

Pia setzte sich wieder ans Keyboard, dachte an den Wackelzahn und atmete einmal tief durch. Ihre Finger hörten auf zu zittern. Sie spielte Edvard Griegs *Morgenstimmung*. Die Kinder begannen, in kleinen Schritten im Kreis zu gehen. Ute Gerlach hatte die Kostüme entworfen und an den Ärmeln Fäden mit Wattebäuschchen befestigt. Als die Kinder ihre Arme ausstreckten und sich sternförmig im Kreis drehten, sah es aus, als tanzten winzige Schneeflöckchen um sie herum.

Pia blickte kein einziges Mal ins Publikum. Auch nicht, als der Tanz beendet war und sie sich verneigten. Kristins kleine Hand lag in der ihren und hielt sie fest.

Nach dem Auftritt liefen die Kinder zur Pommesbude, und Pia zog sich aus dem größten Gedränge zurück. Sie bemerkte Johannes und seine Freundin, die an einem der Stehtische standen. Astrid trug einen langen Kamelhaarmantel und eine Fellmütze und nippte an einem heißen Kakao.

Johannes nahm Pia kurz in den Arm. »Wirklich ein schöner Tanz. Das hast du gut gemacht.«

Er deutete auf seinen Glühwein. »Möchtest du auch einen?«

»Ich muss gleich erst etwas essen«, sagte Pia. »Sonst steigt mir der Alkohol sofort in den Kopf.«

»Du wolltest doch etwas erzählen«, erinnerte Astrid Johannes. Ihre Wangen und ihr Hals waren gerötet. Pia hatte den Eindruck, als sei Astrids Brust größer geworden. Oder hatte sie etwas machen lassen? Zuzutrauen wäre es ihr.

Johannes nickte und beugte sich zu seiner Schwester herunter. »Weißt du, ich wollte es dir viel früher sagen, aber irgendwie hat der Zeitpunkt nie gepasst.«

Pia schluckte. *Ich muss dir auch etwas erzählen. Dass Ben fast gestorben wäre und dass wieder jemand in meiner Wohnung war.* Doch sie hatte Hemmungen, in Astrids Gegenwart davon anzufangen.

»Was denn?«, fragte sie also.

Wird er Astrid heiraten? Sie fühlte, wie Beklemmung ihr die Kehle zuschnürte. Doch es war schlimmer als das.

»Wir bekommen ein Baby«, sagte Johannes und sah Astrid mit einem warmen Lächeln an.

Der Satz traf Pia wie ein Schlag vor die Brust. Sie begriff jetzt, warum Astrid so rosig und hochzufrieden aussah. Noch vor einigen Jahren hatten Johannes und sie Kinder komplett ausgeschlossen. Das hatte sich offenbar geändert.

»Wie schön«, brachte Pia hervor und dachte, dass sie jetzt doch einen Schluck Glühwein gebrauchen konnte.

»Wir haben uns zusammen dafür entschieden«, erklärte Johannes. »Astrid ist ihr Beruf als Mediengestalterin nach wie vor wichtig, aber etwas hat in unserem Leben gefehlt. Hier gibt es gute Betreuungsmöglichkeiten. Und außerdem hat das Baby eine ganz wunderbare Tante.«

Pia sah, wie Astrids Lächeln gefror. Sie selbst merkte, dass sich ihre Gesichtszüge verkrampften. Blut rauschte in ihren Ohren. »Ich freue mich total für euch.« Sie musste weg.

»Tut mir leid. Ich muss ganz dringend auf die Toilette«, brachte sie hervor. »Aber dann müsst ihr mir alles genau erzählen. Wie aufregend, dass ich Tante werde!«

Sie rannte in Richtung Toilettenwagen, doch die Schlange davor ließ sie weitergehen, weg vom Weihnachtsmarkt, zwischen die Häuser. Sie verschwand in einer Passage. Übelkeit wallte in ihr hoch und sie wankte zu einem Mülleimer, der an einer Straßenlaterne hing. Dort übergab sie sich zitternd, doch es kam nur weißer Schaum und ein wenig Galle.

Pia stand an den Laternenmast gestützt und atmete einige Male langsam ein und aus. Schließlich fand sie die Kraft, sich umzusehen. Hatte jemand ihr Missgeschick beobachtet?

Einige Spaziergänger liefen die Hauptstraße entlang, hatten ihr aber glücklicherweise den Rücken zugekehrt. Sonst war die Straße verlassen. Alle befanden sich auf dem Weihnachtsmarkt.

Erleichtert ging sie weiter. Sie wollte möglichst viel Abstand zwischen sich und den verräterischen Mülleimer bringen. Sie merkte, dass sie die Hand auf ihren Bauch gelegt hatte. Sie hatte es immer noch nicht überwunden. Dabei war es schon neun Jahre her.

Pia war erst achtzehn gewesen, aber sie erinnerte sich noch genau an das Gefühl, plötzlich von etwas Lebendigem erfüllt zu sein. Ein Geheimnis, das sie noch nicht spüren konnte, von dem sie aber wusste, dass es da war.

Sie hatte ihre Periode, die sonst immer regelmäßig war, zehn Tage lang nicht bekommen und war mit dem Bus nach Meschede gefahren, um sich einen Schwangerschaftstest zu kaufen. Sie erinnerte sich an das beschämende Gefühl an der Kasse, an ihren roten Kopf. Immer wieder hatte sie sich gesagt, dass niemand sie kannte und es gar nichts Ungewöhnliches war, dass eine Schülerin einen Schwangerschaftstest kaufte. Schließlich könnte er auch für ihre große Schwester sein. Oder als ein witziges Geschenk für eine Freundin gedacht sein, die ihren Junggesellinnenabschied feierte. Eine ältere Freundin. War das so ungewöhnlich?

Pia erinnerte sich an die lange Busfahrt zurück. An etwas, das in ihrem Inneren brannte wie Feuer. Sie schloss sich im Badezimmer ein und machte den Test. Als dann tatsächlich zwei Balken auf dem Teststreifen zu sehen waren, wurde sie mit einem Mal ganz ruhig.

Sie ging auf ihr Zimmer. Unten hörte sie den Singsang ihrer Mutter, die als Laienpredigerin tätig war und sich auf eine Andacht vorbereitete.

Pia ließ sich aufs Bett sinken und legte eine Hand auf ihren Bauch, der noch ganz flach war, und lauschte in sich hinein. Sie konnte ihren Herzschlag fühlen. Wie mochte es sein, wenn dort noch ein Herzchen schlüge?

Pia hatte jetzt ein Geheimnis. Sie konnte es nicht mit ihren Eltern teilen. Und Johannes, mit dem sie sonst über alles redete, hatte vor einem halben Jahr sein Studium in Heidelberg begonnen und war nur noch selten zu Hause.

♦

Anne klappte die Sonnenblende herunter und betrachtete leise fluchend ihren Hals. Sie könnte sich selbst für ihre Unbesonnenheit ohrfeigen. Verdammt, sie hatte doch gewusst, dass Rainer gefährlich war.

»Tut es weh?« Hellmann saß am Steuer seines Wagens und warf ihr einen teilnahmsvollen Blick zu, für den sie dankbar war.

»Geht schon.« Ärgerlich über sich selbst klappte sie mit einer schwungvollen Bewegung den Spiegel hoch. »Ein Satz mit X, war wohl nix«, resümierte sie.

»Du hast ihn ziemlich aus der Fassung gebracht. Die Aggressivität könnte eine Reaktion auf die Nachricht vom Tod seiner Freundin gewesen sein.«

Anne seufzte. »Ja, das wäre möglich. Oder er hat erst jetzt realisiert, was er ihr angetan hat, und ist deshalb ausgetickt. Vielleicht war es auch Wut über meine Provokation.«

Sie rieb sich mit der Hand über die Stirn. »Ich weiß, ich habe es verbockt. Du brauchst nichts zu sagen. Ich hätte vorsichtiger vorgehen sollen.«

Hellmann hatte den Anstand, das nicht zu kommentieren. »Wo ist eigentlich Herr Seidel?«, fragte er.

Anne schloss gestresst die Augen. »Er ist bei diesem Fall

nicht dabei. Das ist ja das Schlimme. Ich bin auf mich allein gestellt.«

Sie warf ihm einen Seitenblick zu und korrigierte: »Wir. Wir sind auf uns gestellt.«

Dann erzählte sie ihm von JJ, und er begriff sofort: »Oh nein!« Auch er hatte schon einmal mit Janitzki zusammengearbeitet.

»Leider doch.« Anne atmete langsam aus. »Hör mal, egal, ob du jetzt offiziell ermittelst oder nicht. Da wir denselben Verdächtigen haben, halte ich es für das Klügste, wenn wir zusammenarbeiten.«

Hellmann stimmte zu.

»Erzähl mir mehr von deiner Freundin Pia. Was genau wirft sie Rainer Dorn vor?«

Er begann zu reden und Anne lauschte mit großem Interesse.

»Pia hat Dorn wirklich gesehen? Unbeaufsichtigt, meine ich?« Sie hatte Mühe, ihre Erregung zu zügeln. Diese Aussage war das erste handfeste Indiz, das Annes Verdacht bestätigte. Wenn sie glaubwürdig war, konnte Anne damit zu Janitzki gehen und eine Durchsuchung beantragen, Verstärkung anfordern. Mit zwei oder drei Beamten könnten sie das ganze Umfeld der Kliniken durchkämmen und die Anwohner befragen. Sie könnte die Geschäfte aufsuchen, in denen Rainer Dorn angeblich mit seinem Betreuer einkaufen ging. Dann könnte sie sein Alibi knacken.

»Ich muss unbedingt mit dieser Pia reden«, beschloss Anne. »Was ist mit den Fotos? Du hast gesagt, sie hätte dir Fotos gegeben?«

»Ja.« Hellmann öffnete das Handschuhfach und reichte ihr einen braunen Umschlag. Anne zog die Aufnahmen heraus und betrachtete sie nacheinander. Pia wirkte auf sie wie ein schüchterner Typ Frau. Auf den Fotos hatte sie eine defensive Körperhaltung und angespannte Gesichtszüge.

»Eigentlich ganz hübsch, dein Mädel«, befand Anne. »Ein bisschen blass um die Nase.«

Sie sichtete die Fotos einmal schnell und betrachtete dann noch mal jedes einzelne genauer. Plötzlich sog sie aufgeregt die Luft ein. »Da!«

»Was ist?«

Anne wedelte mit einem Foto, das Pia beim Einsteigen in ihr Auto zeigte.

»Da, im Hintergrund. Erkennst du es?«

Sie reichte Hellmann das Foto herüber, der es konzentriert betrachtete.

»Siehst du das Auto, das hinter Pias schwarzem Polo geparkt ist?«

Hellmann stieß einen leisen Pfiff aus. »Die Autotür ist nicht richtig geschlossen.«

»Ganz genau. Womöglich ist sie geöffnet worden und selbstständig wieder zugefallen. Das bedeutet, der Fahrer ist vermutlich in der Nähe gewesen«, folgerte Anne. »Vielleicht hat er beobachtet, wer das Foto von deiner Pia gemacht hat. Man kann sogar das Kennzeichen des Wagens erkennen.«

Triumphierend zückte sie ihr Handy und rief die Durchwahl von Ulrike an. Ihre Vertretung, ein Herr Griswald, meldete sich mit nasaler Stimme. Offenbar hatte er eine Erkältung, aber er konnte Anne sofort weiterhelfen. Das Kennzeichen gehörte einem gewissen Bertold Jäger, der in Westheim wohnte.

Anne und Hellmann fuhren zu der Adresse in Westheim und klingelten. Ein Mann mit Vollbart und einem freundlichen Gesicht öffnete die Tür und ein intensiver Geruch von gebratenem Speck und Zwiebeln schlug ihnen entgegen. Annes Mund wurde wässrig.

»Hier is' watt«, hörte sie eine Kinderstimme aus der Küche. »Dröge und nat. Gott segne datt.«

Der Mann sah abwechselnd von Anne zu Hellmann. »Tach. Wat gibt's? Sind Se welche vonne Brauerei?«

»Leider nein«, Anne holte ihren Dienstausweis hervor. »Wir sind welche von der Polizei.«

»Kerr«, seufzte der Mann. »Schade. Wir sind schon lang am Warten dranne. Wemman 'ne volle Kiste Pils im Keller hat, kricht man von denen noch eine dazu. Aber nur von denen datt Pils«, fügte er mit einem schelmischen Grinsen hinzu. Er nahm Annes Ausweis und betrachtete ihn neugierig. »Tach, Frau Kirsche. Wat wolln Se denn?«

»Wir haben ein paar Fragen zu dieser Frau.« Sie zeigte Berthold das Foto.

»Ah, datt Fräulein Berger. Kommse rein. Habta Schmacht? Es gibt Schlodderkappes.«

Anne hatte Mühe, seinen Sauerländer Dialekt zu verstehen, aber sie begriff, dass er sie zum Essen einlud. Ihr lag ein höfliches *Nein, danke* auf den Lippen, doch sie sah, dass Bertold bereits zwei Stühle an den Tisch gerückt hatte. Seine Frau und zwei Mädchen saßen schon beim Essen.

»Dich kenn' ich«, sagte Berthold zu Hellmann. »Biste auch beia Polizei?«

»Ja, in Brilon.« Hellmann begegnete Annes Blick und zuckte grinsend die Achseln. »Ein bisschen Hunger hab' ich schon. Und meine Kollegin, Frau Kirsch, hat Schlodderkappes bestimmt noch nicht probiert.«

»Datt ist 'ne Sauerländer Spezialität. Weißkohl und Kartoffeln. Wird eigentlich mit Blutwurst gemacht, aber die Lütten ham's lieber mit Mettwurst.«

Bertold füllte ihnen eine großzügige Portion auf die Teller. Eins der Mädchen, dessen Nase mit Sommersprossen übersät war, schob sich eine Kartoffel in den Mund und streckte Anne die Zunge heraus. Ihre Mutter ermahnte sie gutmütig. Anne betrachtete ihren dampfenden Teller und entschied, dass sie heute nicht im Dienst war. Das Schlodderkappes roch ausgezeichnet.

Während sie aßen, erkundigte sich Anton bei dem sommersprossigen Mädchen, ob es schon einen Wunschzettel für Weihnachten gemacht hätte. Prompt erfuhr er alles, was es über Elfen, Einhörner, Eisköniginnen und lustige Schneemänner zu wissen und zu kaufen gab.

Erst nach dem Essen kamen sie wieder auf das Foto zu sprechen.

»Die Frau Berger ist Greta seine Lehrerin, woll«, erklärte Bertold.

Das andere Mädchen schüttelte nachdrücklich den Kopf. »Killefitt. Gezz nich mehr. Gezz hamma doch 'nen anderen.«

»Ja, da sachste watt. Naja, is' ja auch schnuppe. Wat ham Se denn midder Frau Berger?«

Hellmann reichte ihm nochmal das Foto. »Haben Sie gesehen, wer dieses Foto gemacht hat? Im Hintergrund ist Ihr Wagen zu sehen.«

Bertold warf nur einen kurzen Blick darauf. »Ja siggi! Datt Foto habbich gemacht. Die Frau Berger wollte datt so. Aber hättse dir ja eins geben können, auf dem se'n bisschen freundlicher guckt. Iss doch'n hübsches Mädel, die Frau Berger. Wennse ma' öfter lächeln würde.«

Als sich die Haustür der Jägers hinter ihnen schloss, begann Anne leise zu fluchen. »Verdammt, das war's mit unserer Zeugin!«

Sie lief die Treppen hinunter und stampfte bei jedem Schritt auf. »Da hat sie die Fotos selbst machen lassen und dir erzählt, dass sie verfolgt wird. Ich fasse es nicht!«

Sie warf Hellmann, der hinter ihr ging, einen vorwurfsvollen Blick zu. »Warum tut sie so etwas?«

Er sah unglücklich aus und hatte den Kopf gesenkt. Sein schräg geschnittener Pony hing ihm ins Gesicht.

»Ich weiß es nicht.«

Sie setzte sich in sein Auto. Er öffnete das Handschuhfach und nahm die anderen Fotos aus dem Umschlag. »Dann hat sie die anderen vermutlich auch selbst machen lassen.«

Anne ballte die Fäuste. »Warum inszeniert sie das? Will sie Aufmerksamkeit? Sich wichtigmachen? Wie gut kennst du diese Pia eigentlich?«

Hellmann blickte mit hartem Gesichtsausdruck geradeaus. »Nicht gut. Wir waren mal zusammen in einer Klasse, aber nicht lange, weil sie ein Jahr wiederholen musste. Viele

Jahre hatten wir keinen Kontakt, bis sie dann plötzlich bei mir aufgetaucht ist.«

»Okay.« Anne überlegte, ob sie die Spur überhaupt weiterverfolgen sollte.

»Dr. Kortmann hat angedeutet, dass sie mal in psychiatrischer Behandlung war«, fügte Hellmann kleinlaut hinzu.

Anne schnaubte böse. »Na, bravo.«

Hellmann fuhr los und Anne bat ihn, sie zu ihrem Auto zu bringen, das noch an der Maßregelvollzugsklinik stand.

»Weißt du was«, sagte sie nach einer Weile. »Ich habe keinen Bock mehr. So langsam habe ich das Gefühl, wir vertrödeln hier unsere Zeit. Ich fahre jetzt zu meinem Freund nach Bontkirchen. Du kannst mich auf dem Handy erreichen.«

Sie notierte ihre Nummer auf einem Stück Papier und reichte es Hellmann. Er nahm es und nickte unglücklich. »Ich werde Pia zur Rede stellen.«

Kapitel 9

Anne folgte der B7 in Richtung Brilon. Dichte Wälder und kleine Ortschaften lösten einander ab. Die Straße wurde zu einer Allee, führte einen Berg hinauf, fiel dann steil ab und begann langsam wieder anzusteigen. Anne musste sich zweimal die Nase zum Druckausgleich zuhalten, weil ihre Ohren schmerzten. Sie fragte sich, wie die Leute hier mit diesem ständigen Hoch und Runter klarkamen.

Rechts von ihr erhob sich ein Steinbruch und oben auf dem Berg aus Geröll schien ein Mann zu stehen, der eine Leiter erklomm. Eine Blechfigur, die sich groß und dunkel vom gräulichen Himmel abhob.

Anne bog in eine Landstraße ein und folgte den Serpentinen vorbei an kahlen Wäldern und schmutzigen Wiesen. Sie hatte gedacht, dass hier im Winter immer Schnee lag, aber offenbar erreichte der Klimawandel langsam auch das Sauerland.

Auf einmal hatte sie den Eindruck, falsch gefahren zu sein. Zwar hatte sie Heiko schon einige Male in Bontkirchen besucht, war aber von der anderen Seite gekommen. Gab es hier wirklich so viele kleine Ortschaften?

Sie atmete auf, als ihr ein Straßenschild verriet, dass Bontkirchen nur noch fünf Kilometer entfernt war.

Heikos grüner Volvo stand vor seinem Haus. Anne nahm ihre Tasche vom Beifahrersitz. Im Fußraum stand Rainers

Bild. Aus einem Impuls heraus entfernte sie das Tuch von der Leinwand und betrachtete sie noch einmal. Nichts hatte sich an der beunruhigenden Wirkung geändert.

Das Gemälde zeigte ein Mädchen, das halbnackt auf einem fast schwarzen, erdigen Untergrund lag. Ihre Augen waren starr aufgerissen und schienen durch den Betrachter hindurch ins Leere zu starren. Bräunliches und rotes Blut verschmierte ihr zerrissenes Nachthemd. Aus nackter Haut ragten Nadeln hervor.

Die erste Prinzessin war der Titel des Bildes.

Anne las die Worte mehrmals laut, bekam aber keine Assoziation dazu. Dann presste sie die Kiefer so fest zusammen, dass es schmerzte. *Verdammt, Rainer. Ich weiß, dass du etwas mit Corinnas Tod zu tun hast. Doch wie um alles in der Welt soll ich dir das nachweisen?*

Anne spürte ein Ziehen in der Magengegend, als sie den Klingelknopf drückte. Wie würde Heiko regieren, wenn sie so plötzlich hier auftauchte? Würde er sich freuen?

Natürlich musste er sich freuen, andernfalls war er ein kompletter Idiot. Aber vielleicht hat er sich auch etwas vorgenommen, bei dem sie störte. Einen Herrenabend vielleicht. Schließlich war sie es gewesen, die ihm für dieses Wochenende abgesagt hatte.

Die Tür öffnete sich und Heiko stand vor ihr. Er hatte sich heute Morgen nicht rasiert. Der Flaum ließ ihn älter aussehen, aber stand ihm nicht schlecht.

Er begrüßte sie überrascht. »Ich dachte, du musst arbeiten.«

Das graue Sweatshirt betonte seine kräftigen Schultern. *Er sieht wirklich gut aus.*

Anne versuchte unbefangen zu lächeln. »Es hat sich doch anders ergeben.«

»Wie schön.« Er schlang plötzlich seine Arme um sie, hob sie hoch und gab ihr einen Kuss. Anne protestierte lachend.

Heiko ließ sie los, damit sie ihren Mantel aufhängen konnte. Die verhüllte Leinwand und ihre Tasche stellte sie unter der Garderobe ab und streichelte ausgiebig die Hündin Stella, die ungeduldig mit dem Schwanz wedelte.

»Es trifft sich sehr gut, dass du kommst«, bemerkte Heiko. »Meine Mutter ist da. Endlich könnt ihr euch kennenlernen.«

Seine Mutter. Ein plötzlicher Fluchtinstinkt überkam Anne. Also hatte ihre Beziehung jetzt den kritischen Punkt erreicht, wo man die Eltern des Partners kennenlernen musste. Bei ihrer eigenen Mutter machte sie sich keine Sorgen. In dieser Hinsicht war Roswitha pflegeleicht. Sie freute sich über jeden Mann, der einen halbwegs anständigen Eindruck machte und mit Annes seltsamen Arbeitszeiten und ihrem eigensinnigen Temperament klarkam.

Bei den Müttern der Männer sah das anders aus. Irgendwann kamen sie immer zu der Frage, ob Anne nicht daran dachte, ihren Beruf aufzugeben oder zumindest die Arbeitszeiten deutlich zu reduzieren. Denn eine ernsthafte Beziehung und vielleicht später eine Familie wären mit Annes Arbeit nicht zu vereinbaren. Das war die eine Frage, nach deren Beantwortung das Verhältnis meistens schwierig wurde.

»Oh«, sagte sie deshalb gedehnt. »Darauf bin ich gar nicht vorbereitet. Ich habe nicht das Richtige angezogen.« Sie sah an sich herunter. Ihre Jeans war unten ziemlich ausgefranst, stellte sie nach einem kritischen Blick fest.

Heiko lachte. »Blödsinn, du siehst fabelhaft aus! Meine Mutter freut sich schon darauf, dich kennenzulernen.«

Noch, dachte Anne düster.

Heiko schob sie ins Esszimmer und sie wappnete sich innerlich. Am Tisch saß eine schlanke Frau mit dunkel gefärbten Haaren, die mit einem Löffel in ihrem Kaffee rührte. Vor ihr stand ein Stück Apfelkuchen.

Als sie Anne sah, erhob sie sich, umarmte sie und drückte ihr ein Küsschen auf die Wange, als wäre sie bereits ihre Schwiegertochter. »Annette, wie schön, dich endlich kennenzulernen!«

Anne spürte ihr Lächeln entgleisen, aber zum Glück konnte die Frau ihr Gesicht nicht sehen. »Anne.«

»Aber natürlich.« Heikos Mutter trat einen Schritt zurück und lächelte. »Ich sage meinem Jungen immer, er soll mir aufschreiben, mit wem er grad zusammen ist, sonst verliere ich den Überblick.«

In diesem Moment kam Heiko mit einer Tasse und einem Stück Kuchen für Anne aus der Küche. »Na, habt ihr euch schon beschnuppert?«

Seine Mutter schenkte ihm ein inniges Lächeln. »Ich bin mir sicher, wir beide werden beste Freundinnen.«

Sie will mich jetzt schon loswerden, dachte Anne. *Und dabei hat sie mir noch nicht mal die kritische Frage gestellt.*

»Ich glaube, sie mag dich.«

Anne bezweifelte es, verstand aber auch, dass sie von Söhnen in Bezug auf ihre Mütter keine objektive Meinung erwarten durfte. *Zum Glück ist sie früh gegangen.*

Heiko hatte sich auf dem Sofa ausgestreckt und Anne lag mit dem Kopf in der Kuhle unterhalb seines Schlüsselbeins. Es gefiel ihr, dass er kein Aftershave benutzte. Er roch immer wie er selbst, und sie empfand es als Ehrlichkeit. Außerdem mochte sie seinen Geruch sehr. Diese Ehrlichkeit erkannte sie auch in der Art, wie er sich bewegte, wie er mit ihr und mit anderen Leuten sprach. Er spielte keine Rollen, sondern war immer er selbst.

Die Hündin Stella hatte sich neben ihnen auf dem Boden niedergelassen. Heiko gehörte noch eine schwarze Katze, Minka, die er letztes Jahr aufgenommen hatte, nachdem ihr Frauchen verstorben war. Aber sie verbrachte die meiste Zeit des Tages draußen und kehrte erst mit Einbruch der Dunkelheit zurück. Mittlerweile hatten sich Hund und Katze aneinander gewöhnt, und Anne schreckte nur noch selten aus dem Schlaf, weil sich ein fauchendes Etwas mit einem Hechtsprung in ihr Bett rettete.

»Du bist so still heute«, meinte Heiko. »Was ist los?«

»Es ist dieser Fall.« Normalerweise redete Anne nicht über ihre Arbeit. Aber sonst hatte sie immer ein funktionierendes Team gehabt, und auch Thorsten Seidel fehlte ihr. Mit seiner korrekten und sachlichen Art, die ihr manchmal auf die Nerven ging, konnte er die Dinge gut mit Abstand betrachten. Etwas, das sie nicht so gut konnte. Auch jetzt nicht. Sie hatte das Gefühl, zu nah dran zu sein.

»Ein Mädchen ist gestorben und ich bin mir fast sicher, dass ich weiß, wer die Schuld daran trägt. Aber ich komme nicht an ihn ran. Ich habe ein Bild gefunden.« Mit stockenden Worten beschrieb sie es und erzählte Heiko auch, wie genau sie Corinna Raabe gefunden hatten.

Er drückte betroffen ihre Hand. »Das ist schlimm.«

»Ja.«

»Zeigst du es mir?«

Anne löste sich von ihm und holte das Bild.

Heiko setzte sich auf und starrte es eine Zeit lang schweigend an. Sein Gesichtsausdruck verhärtete sich, und Anne hatte das drängende Gefühl, einen Fehler begangen zu haben. Sie belastete ihn mit Dingen, die er eigentlich nicht wissen wollte. Was musste er jetzt von ihr und ihrer Arbeit halten?

Sie warf das Tuch rasch wieder über die Leinwand und streichelte seinen Handrücken. »Nicht so wichtig. Es wird sich schon klären.«

Heiko sah sie mit einem merkwürdigen Blick an. Jetzt hatte er eine neue Seite an ihr entdeckt. Eine Seite, die ihn abstoßen musste. Wie hatte sie nur so dumm sein können? Verflucht, sie hatte wirklich ein Talent, ihre eigenen Beziehungen zu sabotieren!

»Das ist schrecklich. Wie kannst du dich nur jeden Tag mit so etwas beschäftigen?«, fragte er fassungslos.

»Solche Fälle habe ich zum Glück nicht oft.« Sie rückte näher heran, ließ ihre Hand über seinen Nacken gleiten und wollte, dass er sich zu ihr umdrehte und endlich den Blick von der verhüllten Leinwand löste.

Heiko schien ihre Berührung kaum wahrzunehmen. Er

strich sich nachdenklich über die Mundwinkel. »Jetzt verstehe ich, warum der Fall dich so beschäftigt.«

Er stand entschlossen auf, griff nach der Leinwand und hob das Tuch an. »Hier steht *Die erste Prinzessin*. Weißt du schon, was das bedeutet?«

»Leider nein.«

Anne betrachtete seine gerunzelte Stirn, den suchenden Blick, der über die Leinwand glitt und dann ins Nichts starrte, als würde er dort an der Strukturtapete etwas sehen. Vielleicht waren sie sich doch nicht so unähnlich, dachte sie.

»Der Titel erinnert mich an ein Märchen«, sagte Heiko dann. »Genau wie die Farben: Schwarz, Weiß und Rot.«

»Ja, *Schneewittchen*. Aber was hat das mit Nadeln zu tun?«

»Einiges.« Erregt setzte sich Heiko zu ihr auf die Sofakante.

»Erinnerst du dich nicht? Eine Königin stach sich mit einer Nadel in den Finger. Als sie sah, wie das Blut in den Schnee tropfte, wünschte sie sich ein Kind. So weiß wie Schnee, so schwarz wie Ebenholz …«

»So rot wie Blut, schon klar«, vervollständigte Anne. »Aber Schneewittchen ist nicht an Nadeln gestorben, sondern an einem vergifteten Apfel. Und was soll *Die erste Prinzessin* heißen? Bei Schneewittchen gab es nur eine Prinzessin.«

Heiko zuckte mit den Schultern. »Wir Lehrer wissen von Berufs wegen eigentlich alles, aber bei Märchen muss ich passen. Ich unterrichte nur Bio und Erdkunde und in den unteren Klassen ein wenig Mathematik. Aber ich könnte eine Kollegin fragen.«

Als er abrupt aufstand, fuhr auch Stella alarmiert hoch und bellte ein paar Mal aufgeregt.

»Hey, du Gute. Alles in Ordnung.« Heiko kraulte ihr beruhigend den Kopf. »Ich wüsste jemanden, der uns bestimmt weiterhelfen kann. Maren Kleinschnittger. Sie hat Deutsch und Geschichte studiert.«

Er warf Anne einen unternehmungslustigen Blick zu. »Warum fahren wir nicht gleich hin?«

◆

Pia wusste nicht, woher sie die Kraft dazu nahm, aber irgendwie schaffte sie es, zu Johannes und Astrid an den Glühweinstand zurückzukehren.

»Ist alles in Ordnung?«, fragte ihr Bruder besorgt. »Bist du krank?«

Sie schüttelte den Kopf. Jetzt war nicht der richtige Zeitpunkt, um ihm von ihren Problemen zu erzählen. Nicht hier und nicht vor Astrid.

Natürlich würde sie bei Johannes wohnen können. Er hielt immer zu ihr, selbst, wenn er deswegen Stress mit seiner Freundin bekam.

Sie konnte sich auf das schlechte Gewissen verlassen, das ihre Eltern in seinem Kopf programmiert hatten. *Du bist schuld, dass deine Schwester Probleme hat.*

Trotzdem hatte sie Angst, es auszunutzen. Vielleicht würde es irgendwann umschlagen, wenn sie Johannes zu sehr in Anspruch nahm. In Ablehnung, oder noch schlimmer: Gleichgültigkeit. Selbst Schuldgefühle hielten nicht ewig. Wer wüsste das besser als sie selbst?

Doch das war nicht der Hauptgrund, weshalb sie schwieg. Nein, es lag an Astrid. An der Schwangerschaft.

Pia hatte sich an einer Hütte eine Schale Pommes geholt, die wie heiße Pappe schmeckten. Während sie ein paar davon hinunterwürgte, stellte sie die üblichen Fragen: »Wie geht es dir, Astrid? Wann ist der Geburtstermin? Wo werdet ihr das Kinderzimmer einrichten?« In Gedanken aber war ein Teil von ihr weit weg.

Als sie das Gefühl hatte, genug gegessen zu haben, bestellte sie zwei Glühwein und einen Kinderpunsch für Astrid. Jetzt konnte sie Alkohol trinken, ohne dass ihr Kreislauf zusammenbrach. Sie stießen auf das kommende Baby an. Die Tasse wärmte Pias Hände und der süße Wein beruhigte ihre Nerven.

Sie musste daran denken, wie sie Rainer von ihrer Schwangerschaft erzählt hatte. Zu dieser Zeit führten sie eine Wochenendbeziehung, da Pia noch zu Hause wohnte und Rainer in Warburg zur Schule ging.

Es war ein heißer Junitag und sie wollten zum Diemelsee, denn das Sauerland war nicht nur bekannt für seine Berge, sondern auch für seine Seen. Der Diemelsee gehörte zu den kleineren Gewässern. Er war durch eine Talsperre entstanden, durch die die Oberweserschifffahrt reguliert wurde. Es gab mehrere Badestrände, doch Pia und Rainer fühlten sich dort nicht wohl. Deshalb fuhren sie zu einer Bucht, die hinter der Staumauer und in der Nähe der hessischen Grenze lag.

Diese Bucht war ein Geheimtipp und die Einheimischen waren dort meist unter sich. An diesem Tag war außer ihnen noch ein anderes Pärchen da, das in einiger Entfernung auf der anderen Seite der Bucht saß.

Rainer hatte seine Kleidung bis auf die Badehose abgelegt, und Pia konnte die zahlreichen Schnittnarben an seinen Unterarmen sehen, sowie ein paar an Beinen und Bauch. Die Narben zählten auch zu den Gründen, weshalb sie nicht am Badestrand saßen. Eigentlich ritzte Rainer sich schon lange nicht mehr, doch Pia entdeckte einen erst kürzlich verheilten Schnitt.

»Was ist passiert?«, fragte sie, achtete aber darauf, ihn nicht ungefragt zu berühren.

Er schüttelte den Kopf. »Ich war zu Hause. Das war ein Fehler. Dr. Kortmann hat recht, ich bin noch nicht so weit.«

Pia wusste von seinen Problemen mit seiner Mutter. Der Vater hatte die Familie früh verlassen. Rainer hatte ihn nie kennengelernt.

»Komm, wir gehen schwimmen.«

Hand in Hand stiegen sie in den See. Die Wassertemperatur betrug 18 Grad und fühlte sich auf Pias von der Sonne aufgeheiztem Körper eisig kalt an. Sie ging bis zu den Knien hinein, dann zögerte sie.

Rainer lächelte herausfordernd. »Langsam geht nicht, das weißt du doch.«

Er zählte bis drei, dann stürzten sie sich gemeinsam hinein. Die erste Kälte war ein Schock, aber nach ein paar kräftigen Schwimmzügen wurde es angenehmer. Sie schwammen nebeneinander auf den See hinaus.

Rainer legte sich auf den Rücken und ließ sich treiben. Er schloss die Augen, um sie vor der grellen Sonne zu schützen. Pia trat im Wasser. Sie fühlte sich lebendig.

Nach dem Schwimmen legten sie sich auf ihre Handtücher und ließen ihre nassen Körper von der Sonne trocknen. Endlich fand Pia den Mut, Rainer alles zu erzählen. Seine dunklen Augen weiteten sich und er sah sie unverwandt an.

»Ein Baby? Wir kriegen ein Baby?«

Langsam streckte sie die Hand nach ihm aus. Er griff ihre Finger und drückte sie an sein Gesicht. Dann zog er sie an sich.

»Das ist ein großes Glück«, flüsterte er. »Meine Chance, alles besser zu machen. Stell dir vor, ein Kind das geliebt und angenommen wird.«

Schon damals hatte sie das Drängen in seiner Stimme beunruhigt. Pia schüttelte die Erinnerung ab und zwang sich ins Jetzt zurück. Sie richtete den Blick auf die solide Gegenwart ihres Bruders, der immer für sie da gewesen war. Johannes sah Astrid an. In seinen Augen spiegelten sich die Lichter der Weihnachtsmarktbuden.

»Wenn es ein Junge wird, bekommt er ein Baumhaus«, versprach er.

Pia hatte das Gefühl, nicht eine Minute länger bleiben zu können. »Ich gehe nach Hause«, sagte sie. »Es geht mir nicht so gut, vielleicht bekomme ich eine Erkältung.«

Erinnerungen und Gedankenfetzen rotierten in ihrem Kopf. Sie musste allein sein, brauchte Zeit, um alles zu sortieren und sich an den Gedanken zu gewöhnen, dass Astrid bald ein Baby haben würde. Ihr fiel auf, dass sie ihrem Bruder nicht erzählt hatte, was passiert war. Aber vielleicht war es besser so. Wie dämlich von ihr, sich nur einen Tag, nachdem sie ein neues Schloss bekommen hatte, den Schlüssel klauen zu lassen. Johannes brauchte das nicht zu erfahren. Sie würde morgen selbst einen Handwerker beauftragen, ihr Schloss auszuwechseln.

Als sie an einem Getränkestand vorbeikam, drehte sich jemand zu ihr um.

»Pia«, rief Schlauchbootlippe, »wohin so eilig?« Er tat einen schwankenden Schritt auf sie zu. »Komm, wir trinken noch 'nen Glühwein! Bald ist Weihnachten und wir ham uns alle lieb.«

Pia lehnte höflich ab und sagte Dirk Finkel, dass sie nach Hause wolle. Er packte ihren Arm und versuchte, sie an sich zu ziehen. »Komm schon, Glühwein oder Bier, ist mir scheißegal!«

Sein süßlich stinkender Atem umhüllte ihr Gesicht und plötzlich wallte Wut in ihr auf. Wut auf sich selbst, auf Schlauchbootlippe, auf Astrid, auf Rainer und auf ihren Bruder.

»Ich sagte nein«, zischte sie und riss sich los.

Er hob in einer komisch übertriebenen Bewegung die Hände. »Oh, Madame ziert sich. Hält sich wohl für was Besseres, weil sie der Rektorin in den Arsch gekrochen ist.«

Er knallte seine leere Tasse auf die Theke und kam auf Pia zu. »Erst nehmen sie mir die Sportklassen weg, nur weil sich ein paar Gören über mich beschwert haben. Und jetzt auch noch die Theater-AG! Aber ich sag' dir was, Pia, ich lass' mich von dir nicht ausbooten. Nicht von dir!«

Erst jetzt realisierte sie, wie betrunken er war. Auch die umstehenden Leute hatten ihre Unterhaltung mitgehört und warfen ihnen neugierige Blicke zu.

»Lass mich in Ruhe!« Sie drehte sich um und ging mit schnellen Schritten davon.

»Weißt du, dass wir in der Uni Wetten darüber abgeschlossen haben, wer die spröde Pia flachlegt?«, brüllte er hinter ihr her.

Sie hörte noch, wie jemand Dirk ermahnte, er solle jetzt Ruhe geben, aber sie drehte sich nicht mehr um.

♦

Heiko startete seinen Volvo und fuhr nach Hoppecke, in den Nachbarort von Bontkirchen.

»Eigentlich verstehen sich die Einwohner unserer beiden Dörfer nicht besonders«, erklärte er, »wie das bei Nachbarn üblich ist. Aber bei Maren ist es anders. Sie ist eine gute Kollegin von mir und eine großartige Wissenschaftlerin.«

Er klingelte an der Tür eines Einfamilienhauses. Eine Frau mit buschigen Augenbrauen und schweren Ohrringen aus Gold öffnete ihnen und lächelte breit. Heiko stellte sie als Dr. Maren Kleinschnittger vor.

Anne reichte ihr die Hand. »Frau Dr. Kleinschnittger.«

»Nenn mich Maren. Das gefällt mir besser. Ich hab' zwar diesen Doktortitel, aber ich kann dir nix verschreiben, und bei einem gebrochenen Bein bin ich auch keine große Hilfe. Übrigens kann ich kein Blut sehen.«

Anne fand sie auf Anhieb sympathisch.

Maren bemerkte die verhüllte Leinwand, die Heiko trug. »Was habt ihr denn da mitgebracht?«

»Ich brauche Hilfe bei der Ermittlung in einem Todesfall«, erklärte Anne. »Heiko meint, du könntest mir etwas zu diesem Bild sagen. Ich glaube, dass möglicherweise eine Verbindung zu meinem Fall besteht.«

»Zeig her.«

Maren trug die Leinwand in ihr Arbeitszimmer, stellte sie auf den Schreibtisch und knipste die Leselampe an.

»Krass!«, rief sie aus. »Das ist von Rainer Dorn.«

»Du kennst ihn?«, fragte Anne überrascht.

»Sicher.« Maren warf Heiko einen Seitenblick zu. »Du etwa nicht? Von dem finden doch regelmäßig Ausstellungen in Volksbank und Sparkasse und in der Galerie in Marsberg statt.«

Heiko zuckte mit den Schultern. »Ich interessiere mich nicht so für Kunst. Aber ja, kann sein, dass ich das mal in der Zeitung gelesen habe. Auf Anhieb weiß ich nicht, wie er aussieht.«

»Das kannst du auch nicht«, erwiderte Maren. »Er lässt sich nie dort blicken und auch nicht fotografieren.«

Anne ärgerte sich, dass sie bisher noch nicht auf den Gedanken gekommen war, im Internet oder in Zeitungen nach Dorn zu recherchieren. Dabei lag es auf der Hand. Seine Bilder waren gut genug, um ihn zumindest hier in der Umgebung bekannt zu machen. Sie nahm sich vor, das Versäumnis so schnell wie möglich nachzuholen.

»Was kannst du mir über ihn erzählen?«, fragte sie Maren.

Die Lehrerin hatte sich wieder dem Bild zugewandt und betrachtete es eindringlich.

»Ich war mal bei einer Ausstellung zum Thema Grenzübergänge. Allerdings gab es dort kein einziges Werk von Rainer Dorn zu sehen, obwohl die Presse es vorher groß angekündigt hatte. Es hieß, er hätte eine Skulptur geschaffen und sie einen Tag vor Ausstellungsbeginn zerstört.« Maren ging ein paar Schritte zurück, um das Bild aus größerer Entfernung zu sehen.

»Wir dachten an Märchen«, sagte Anne. »Und Heiko meinte, du …«

»Eine gute Assoziation«, kommentierte Maren.

Sie wandte den Blick nicht von dem Bild ab und legte schließlich beide Handkanten neben die Augen, um alles andere auszublenden.

»Ich stimme absolut zu. Es gibt einige Motive, die zum Thema Märchen passen. Einmal natürlich der Titel. Dann die Situation im Bild, die wie eine Art Bestrafung aussieht. Oder wie das erste Scheitern. Wisst ihr, was ich meine?«

Anne schüttelte den Kopf.

»Na also«, Maren wedelte mit den Händen, um ihre Erklärung zu untermalen, »im Märchen kommt es oft vor, dass etwas im ersten Anlauf misslingt. Zum Beispiel Dornröschen sticht sich in den Finger und fällt dann in einen todesähnlichen Schlaf. Rotkäppchen wird gefressen, ebenso wie die sieben Geißlein. Am Anfang steht oft der Tod, beziehungsweise der scheinbare Tod. Am Ende folgt die Erlösung.«

Sie dachte nach. »Was ist das für ein Mordfall, in dem du ermittelst?«

Anne zögerte. »Ich darf leider zu den Einzelheiten nichts sagen. Das Bild haben wir beim Opfer gefunden. Ich hatte das Gefühl, dass es womöglich eine Drohung oder eine Warnung gewesen ist.«

»Gut möglich.« Maren hielt die Luft an und ließ sie dann langsam entweichen.

»Die Nadeln stechen einem sofort ins Auge, wenn du mir das kleine Wortspiel verzeihst. Dieses Motiv wird im Märchen häufig benutzt. Denk an die Dornenhecke. Die Spindel. In der Traumdeutung steht die Nadel übrigens auch für ein Phallussymbol, was ich sehr interessant finde, auch in Bezug auf deinen Fall. Ein Deutungsansatz könnte die Bestrafung der Frau durch den Mann sein. Bestrafung durch Penetration, Vergewaltigung. Es könnte allerdings auch etwas völlig anderes sein. Manchmal steht die Nadel auch für Einsicht oder gar Heilung. Denk zum Beispiel an die Akupunktur. Es gibt sogar ein Märchen, in dem ein Schneider den Himmel über einer Stadt zusammennäht. Er rettet so die Stadt, in der es immerzu regnet.«

Maren hatte sich warm geredet. Sie lief im Zimmer auf und ab und untermalte ihren Vortrag mit Gesten. Anne bekam eine Ahnung davon, wie es sein musste, in ihrer Klasse zu sitzen.

»Der Titel gibt mir zu denken«, fuhr Maren fort. »*Die erste Prinzessin.* Im Märchen gibt es keine normalen Leute. Entweder sind es Bettler oder Prinzen, Könige oder Bauern, Zwerge oder Riesen. Und natürlich Prinzessinnen. Dann die erste, die Zahl eins. Keine gute Zahl. Drei, sieben oder zwölf, das sind magische Zahlen. Die eins ist schlecht, denn beim ersten Versuch geht es nie gut. Die Erstgeborenen sind in Märchen meist schlecht und erfolglos. Die Jüngsten sind diejenigen, die am Ende die Rettung herbeiführen.«

Anne schwirrte der Kopf. Es waren zu viele Informationen. Sie hätte ein Aufnahmegerät mitnehmen sollen. Mit so einer Masse an Deutungsmöglichkeiten hatte sie nicht gerechnet. In ihrem Job gab es zwar auch oft viele Hypothesen, aber nur eine Lösung. Etwas, das Maren gesagt hatte, war in ihrem Kopf hängengeblieben. *Die Unterwerfung der Frau durch den Mann.* Dachte sie vielleicht unnötig kompliziert? War es in Wirklichkeit ganz einfach? Verschmähte Liebe? Eifersucht? Die ältesten Mordmotive der Welt?

♦

Pia überquerte die Hauptstraße. Es war erst 18 Uhr, doch der Himmel hatte sich bereits vollständig verdunkelt. An den Straßenlaternen funkelten die adventlichen Lichterketten wie Vorhänge aus Sternen.

Sie blieb vor dem Schaufenster des kleinen Nähladens stehen. Frau Gerlach hatte vergessen, eine der Schreibtischlampen auszuschalten. Die Birne leuchtete nur ganz schwach. Ein matter Lichtkegel fiel auf den Tisch und brachte die Oberfläche der Registrierkasse zum Glänzen. Pia bemerkte, dass die Geldschublade offenstand.

Ute Gerlach war wohl mit ihren Gedanken noch nicht ganz bei sich. Pia konnte nicht erkennen, ob sich Geld in der Kasse befand, aber allein die geöffnete Schublade war eine Einladung, die Scheibe einzuschlagen.

Sie zog ihren Haustürschlüssel heraus, den sie für den Fall behalten hatte, dass sie noch eine Nacht im Keller verbringen musste. Sie trat in den Flur und drückte die Türklinke zum Nähladen herunter. Es war nicht abgeschlossen. Dumpfes Licht empfing sie.

Pia ging an einer golddurchwirkten Stoffrolle vorbei, von der Frau Gerlach Kissenbezüge nähte. Sie schloss die Geldschublade, die mit einem Klicken einrastete. Die Fächer waren leer.

Eigentlich kann ich die Zeit bis zum Schlafengehen auch hier verbringen, dachte sie. *Es ist gemütlicher als im Keller.* Es war nicht das erste Mal, dass sie sich im Laden aufhielt. In den Ferien oder samstags hatte sie Frau Gerlach hin und wieder ausgeholfen.

Sie würde ins Büro gehen. Dort standen Bücher im Schrank, und sie war von der Straße aus nicht zu sehen. In diesem Moment klingelte ihr Smartphone. Sie warf einen Blick auf das Display und fühlte sich elend. Es war ihre Mutter.

Mit einem Mal hatte sie keine Kraft mehr. Sie fragte sich, warum sie Ernas Drängen nicht einfach nachgab. Warum sie nicht in ihr Kinderzimmer zurückzog und sich in das kleine Mädchen verwandelte, das sie einmal gewesen war. Würde es alles ungeschehen machen?

»Ja«, meldete sie sich.

Zuerst erkannte sie die Stimme ihrer Mutter kaum wieder, die ihr zwischen Schnäuzen und Schniefen erzählte, dass sich Corinna Raabe umgebracht hatte. Ihre alte Jugendfreundin, die in der zwölften Klasse mit ihren Eltern nach Dortmund gezogen war. Sie hatte sich vom Balkon gestürzt und nicht mal einen Abschiedsbrief hinterlassen. Erna hatte es eben von Corinnas Mutter erfahren.

Pia war es, als ob sich ihr Herzschlag plötzlich verlangsamte. Sie hörte ein Rauschen, als stünde sie auf einer Klippe, gegen die die Meeresbrandung schäumte.

Corinna ist tot, dachte sie verwundert. *Sie ist nicht einmal dreißig Jahre alt geworden.*

Die Schreibtischlampe sonderte ihr dumpfes Licht ab und ließ alles unwirklich erscheinen. Eine der genähten Gardinen bewegte sich über der Heizung in der aufsteigenden warmen Luft.

Pia musste sich setzen. Plötzlich spürte sie eine beinahe unerträgliche Anspannung im ganzen Körper, einen Druck auf der Brust, der sie am Atmen hinderte, ein unterdrücktes Schluchzen in ihrer Kehle, Kopfschmerzen.

Ihr Blick fiel auf das Kissen mit den Stecknadeln, das auf dem Tisch stand. Ohne nachzudenken griff sie danach und zog eine der Nadeln heraus. Ihre Finger zitterten. Sie berührte mit der Spitze sanft ihren Mittelfinger. Dann stach sie zu.

Ein Tropfen dunklen Blutes quoll hervor und Pias Anspannung ließ nach. Sie steckte den Finger in den Mund und schmeckte das eisenhaltige Hämoglobin, die kaum wahrnehmbare Süße und das Salz.

Langsam atmete sie aus und ein. Es hatte nicht sehr wehgetan. Auch damals nicht, als Rainer, sie und Cori noch zusammen gewesen waren. Sie dachte an den Abend auf der Berglichtung. Die Erinnerung erschien ihr unwirklich, weil sie so weit weg war. Wie aus einer anderen Welt.

Ein Freitag im Juni in der elften Klasse. Corinna hatte eine schlechte Note in einer Matheklausur bekommen und traute sich nicht nach Hause. Also riefen sie Rainer an und verabredeten sich zum Zelten.

Rainer lud ihr Gepäck in seinen klapprigen Jetta. Daneben stellte er eine Kiste Bier und einige Flaschen alkoholfreies Pils für Pia. Sie fuhren einen Schotterweg zum Grottenberg hinauf und hielten auf einer grasbewachsenen Lichtung.

Es war ein milder Sommerabend. Corinna trug eine auffällige buntgemusterte Tunika, die ihre Mutter geschneidert hatte.

»Eine neue Kollektion«, betonte sie stolz und drehte sich um die eigene Achse. Pia kannte das schon. Ihre Freundin trug entweder ausgebesserte Secondhandmode oder Designerstücke ihrer Mutter. Sie hatte Corinna in der neuen Klasse kennengelernt, und seitdem waren sie beste Freundinnen.

Eines Tages würde sie Model werden, sagte Corinna immer. Wenn ihre Mutter nur erst Erfolg als Designerin hatte. Ihre Muse. Pia dachte insgeheim, dass Cori viel zu klein war, um Model zu sein. Und dünn genug war sie auch nicht, aber vielleicht galten diese Regeln nicht, wenn die Designerin die eigene Mutter war.

Rainer öffnete eine Flasche Bier, indem er den Kronkorken mit einer geübten Bewegung am Rand des Kastens herunterdrückte. Das Gras stand hoch auf der Wiese, und es duftete nach Fichtennadeln und wildem Oregano.

Plötzlich verzog Corinna das Gesicht und meinte, etwas würde ihr in den Rücken stechen. Pia griff mit der Hand unter ihre Tunika und ertastete die Nadel. Es war eine Stecknadel, die Coris Mutter vergessen hatte.

Ein wenig später, nach einigen Flaschen Bier, kam Corinna auf die Idee, Blutsbrüderschaft zu schließen.

»Ihr seid meine besten Freunde«, verkündete sie. »Ich will, dass wir immer füreinander da sind, egal, was kommt. Wir drei.«

Rainer erwärmte sich für die Idee. Pia war nicht sofort begeistert, konnte die beiden aber verstehen. Sie waren beide Einzelkinder aus problembehafteten Elternhäusern und hatten nie zu jemandem so eine enge Beziehung gehabt wie sie zu ihrem Bruder.

Pia wollte sich nicht selbst stechen, also nahm Rainer ihren Finger mit sanftem Griff. Er stach behutsam zu und der Schmerz war nur kurz da, kaum wahrnehmbar. Dann brachten sie ihre Finger zueinander.

»Wir füreinander, für immer.«

♦

Es war 18 Uhr. Michaela blickte aus dem Fenster. Diese Jahreszeit war schrecklich, und das Schlimmste war die Dunkelheit. Vor allem heute. Den ganzen Tag hatte kein einziger Sonnenstrahl das trübe Grau durchdrungen. Sie hasste es, wenn die Tage kürzer und kürzer wurden und man wusste, dass der Winter erst begonnen hatte. Auch für die Weihnachtszeit konnte sie sich nicht erwärmen. Ohne Familie verloren die Feiertage ihren Reiz, und nicht einmal das

Fernsehprogramm taugte etwas. Michaela hielt nichts von dem Fest-der-Liebe-Gerede. In ihrem Beruf als Journalistin hatte sie genug gesehen, um zu wissen, dass alles Selbstbetrug war. Es gab keine Zeit, in der nicht Elend, Korruption und Gier das Weltgeschehen beherrschten.

Sie hängte die Blusen ihrer Mutter in den Kleiderschrank, stellte das Bügeleisen zum Abkühlen auf einer Kommode ab und klappte das Bügelbrett zusammen. Im Fernsehen lief eine Dokumentation über die Entdeckung Amerikas, die mit abenteuerlichen Theorien aufwartete. Wen interessierte es, wer angeblich alles schon vor Kolumbus dort gewesen war? Genervt schaltete sie den Fernseher ab und betrat leise das Schlafzimmer ihrer Mutter.

Ihre Augen konnten die Gestalt, die auf dem Bett lag, nur schemenhaft ausmachen. Es roch ein wenig nach Hund, da Ute darauf bestanden hatte, Bens Korb heute Nacht neben ihr Bett zu stellen. Michaela lauschte auf die gleichmäßigen Atemzüge der beiden und wandte sich beruhigt ab.

Kurz nachdem sie zu Hause angekommen waren und Ben sich erschöpft in seinem Korb zusammengerollt hatte, war Ute zusammengeklappt. Michaela hatte sofort an einen Herz- oder Schlaganfall gedacht und die Hand ihrer Mutter gepackt. »Mutter! Hörst du mich?«

»Schrei doch nicht so«, flüsterte Ute und ihre Mundwinkel zuckten schwach.

»Hast du Schmerzen?«

»Nein, nein, ich muss mich nur ausruhen.«

Michaela flößte ihr ein Glas Mineralwasser ein, und der Puls ihrer Mutter beruhigte sich langsam. Sie wärmte ein wenig Käselauchsuppe von gestern auf und konnte Ute überreden, einen halben Teller davon zu essen.

»Wann musst du wieder fahren?«

Michaela dachte, dass sie eigentlich heute Abend noch fahren musste, um morgen rechtzeitig in der Redaktion zu sein. Aber der Gedanke, ihre Mutter jetzt allein zu lassen, bereitete ihr Bauchschmerzen.

»Ich habe mir ein paar Tage Urlaub genommen«, flunkerte sie.

Ute lächelte mit geschlossenen Augen. »Wie schön. Das hast du schon lange nicht mehr getan.«

Das stimmt, dachte Michaela mit schlechtem Gewissen. Aber jetzt gab es einen familiären Notfall. Ihr Chefredakteur würde damit klarkommen müssen.

Während sie Wäsche wusch und bügelte, dachte sie an Pia. Die Aufführung der Schulklasse war mit Sicherheit schon lange vorbei und sie würde sich im Kreis ihrer Kollegen amüsieren.

Michaela fühlte ein leises Bedauern bei dem Gedanken daran. Sie fragte sich, wie Pia aussah, wenn ihre Wangen vom Alkohol gerötet waren und sie ausgelassen lachte. Heute Morgen hatte sie sich ihr sehr nah gefühlt, so als würden sie sich schon lange kennen. Dann war Pia im Badezimmer verschwunden und irgendetwas hatte sich verändert.

Michaela schloss die Schlafzimmertür ihrer Mutter und fragte sich, warum es plötzlich so dunkel in der Wohnung war.

Aus der halbgeöffneten Tür des Wohnzimmers, in dem sie sich aufgehalten hatte, drang schwacher Lichtschein. Die restlichen Zimmer waren in Finsternis getaucht.

Die Straßenlaternen brannten nicht mehr, realisierte sie plötzlich. Hinter den Fensterscheiben war es schwarz wie Erdöl. Michaela betrat eins der dunklen Zimmer und tastete sich zum Fenster vor. Sie versuchte hinauszusehen, doch es schien, als endete die Welt hinter der kalten Scheibe.

Sie erinnerte sich daran, in der Zeitung gelesen zu haben, dass die Straßen- und Weihnachtsbeleuchtung seit diesem Jahr nicht mehr über Sensoren, sondern über eine Software gesteuert wurde. Offensichtlich funktionierte das System nicht richtig, denn der Strom war nicht ausgefallen.

Es klopfte an der Tür.

Michaela schaltete das Licht im Wohnungsflur an und kniff die Augen zusammen, als grelle Strahlen sich in ihre

Netzhaut brannten. Sie streckte die Hand nach der Tür-klinke aus und zögerte, als sie ein seltsames Gefühl überkam. Mit leisen Bewegungen trat sie vor das Guckloch und blickte hindurch. Der Flur war finster.

Jemand stand im Dunkeln vor der Tür. Warum schaltete er das Licht nicht ein? Wollte er von draußen nicht gesehen werden? Oder nicht von ihr?

Sah er vielleicht in diesem Moment von der anderen Seite durchs Guckloch? Michaela wich zurück. Dann nahm sie sich zusammen und öffnete die Tür. Im Flur stand Pia.

Ihr Gesicht sah in der Dunkelheit unnatürlich hell, fast weiß aus. Ihre Augen glänzten fiebrig. In der Hand hielt sie eine Sektflasche. »Meine Schulfreundin hat sich umgebracht.«

Kapitel 10

Die Sektflasche in ihrer Hand zitterte, als Pia plötzlich die Tränen kamen. *Was mache ich eigentlich hier? Ich kenne diese Frau doch kaum.*

Ihre Bedenken verschwanden, als Michaela sie kommentarlos in die Arme schloss. Für eine Weile standen sie schweigend da. Dann zog Michaela sie in die Wohnung und nahm ihr die verstaubte Flasche aus der Hand.

»Wie alt ist der denn? Ist er überhaupt noch trinkbar?«

Pia zuckte mit den Schultern. Hinter ihrem Schleier von Tränen konnte sie nichts mehr erkennen. »Ich weiß es nicht. Hab' die Flasche im Laden gefunden.«

»Dann probieren wir es aus. Ich könnte selbst ein Schlückchen vertragen.«

Michaela öffnete die Sektflasche mit geübten Bewegungen. »Während des Studiums habe ich nebenbei gekellnert.«

»Ich habe Angst vor Sektflaschen«, gestand Pia.

Michaela lachte. Sie stießen an. Pia trank und spürte, wie der Sekt in ihrem Mund prickelte. Er war angenehm süß, nicht zu trocken.

»Willst du darüber reden?«, fragte Michaela behutsam.

Sie setzten sich zusammen aufs Sofa, und Pia nahm noch einen Schluck Sekt.

»Nachdem Corinna nach Dortmund gezogen ist, hatten wir kaum noch Kontakt. Ich weiß gar nicht, wann wir das letzte Mal miteinander telefoniert haben. Es ist bestimmt schon Jahre her.«

»Und jetzt ist sie tot? Was ist passiert? Wie hast du davon erfahren?«

»Meine Mutter hat mich angerufen. Sie sagt, Cori hätte sich nachts vom Balkon gestürzt.«

Pia senkte den Kopf und die Haare fielen ihr ins Gesicht. Ihr Hals fühlte sich dick an, wie zugeschwollen. Sie hatte Mühe, den Sekt hinunterzuschlucken.

Michaela ließ ihr Zeit. Sie saßen schweigend da.

Pia betrachtete ihren Finger. Der Einstich war noch als winziger Punkt zu sehen.

»Ich denke, es ist normal, wenn Freundschaften sich verändern«, sagte Michaela. »Ich habe zu keinem meiner Schulfreunde mehr Kontakt. Machst du dir Vorwürfe?«

Pia zuckte mit den Achseln, weil sie das Gefühl hatte, kein einziges Wort mehr herauszubringen. Mit zitternden Fingern stellte sie das Sektglas zur Seite.

»Wir müssen nicht reden, wenn du nicht willst«, sagte Michaela.

Pia nickte und massierte ihren Hals, in dem ein dicker Knoten saß. Sie atmete tief ein. »Wir könnten über etwas anderes reden. Erzähl mir von dir.«

Michaela lächelte, schlug die Beine übereinander und nahm einen Schluck Sekt. »Da gibt es nicht viel zu erzählen. Ich arbeite viel. Und wenn nicht, dann klettere ich. Am liebsten draußen, an Felsen oder Bouldern. Einmal im Jahr fahre ich nach Südfrankreich. Dort gibt es tolle Ecken. Du solltest das mal erleben, allein an einer Felswand, der Boden zweihundert Meter unter dir. Oben nur der blaue Himmel, und wohin du blickst malerische Berglandschaften.«

Pia hörte die Leidenschaft in ihrer Stimme und wünschte sich schmerzlich, auch etwas Ähnliches empfinden zu können. »Ich durfte nie klettern.«

Michaela sah sie ungläubig an.

»Du durftest nicht klettern?«

»Nein, nie. Meine Mutter hatte immer Angst um mich. Hat sie heute noch.«

»Das ist unverantwortlich!« Michaela sah beinahe wütend aus. Dann stand sie mit einem Ruck auf, holte ihren Laptop und klappte ihn auf.

»Eigentlich müsste ich dich mal mitnehmen.«

Ihr Desktophintergrund zeigte einen abgesägten Baumstumpf, der teilweise mit Moos bewachsen war. Im zerklüfteten Holz konnte man die hellen und dunklen Jahresringe sehen. Michaela klickte einen Fotoordner an.

»Mein letzter Kletterurlaub in Balazuc.«

Pia betrachtete das von Weitem aufgenommene Bild des französischen Dorfes, das über steil abfallenden Klippen thronte und an eine mittelalterliche Burganlage erinnerte.

»Das ist der Fluss Ardèche. Ich liebe den Blick von den Felsen. Zu Ferienzeiten ist die Gegend allerdings ziemlich überlaufen und auch sonst kommen viele Kletterer dorthin. Ich gehe am liebsten in den frühen Morgenstunden. Dann nehme ich mir ein kleines Frühstück mit und trinke meinen Kaffee in einer Felsspalte.«

Pia klickte das nächste Bild an und sah Michaela mit sonnengebräuntem Gesicht. Nur mit T-Shirt und Shorts bekleidet stemmte sie ihre Füße gegen einen Felsen. Ein dünnes Tau hielt ihr Gewicht. Sie sah entschlossen aus.

»Das ist vor dem Anstieg im Klettergebiet Audon. Ich hatte ein paar Probleme mit meiner Ausrüstung, aber wir haben die passenden Ersatzteile bekommen.«

»Wer hat das Foto gemacht?«, fragte Pia und spürte einen winzigen Stich bei dem Wörtchen *wir*. Irgendwie war sie davon ausgegangen, dass Michaela alleine in den Urlaub gefahren war.

»Eine Freundin«, entgegnete Michaela achselzuckend.

Pia trank einen Schluck von ihrem Sekt und nahm all ihren Mut zusammen.

»Deine feste Freundin?«

Michaela grinste. »Du bist süß, Pia.«

Die Enttäuschung über Pias Lüge brannte in seiner Kehle wie saurer Wein. Hellmann hielt an einer Bäckerei und kaufte sich einen Donut mit extra viel Zuckerguss und eine Cola. Zurück im Auto aß er ihn und fragte sich, ob er Pia anrufen sollte. Warum hatte sie ihn angelogen?

Im Gegensatz zu Frigger hatte er ihr von Anfang an geglaubt. Sie hatte ihm leid getan, deshalb war er so dämlich gewesen, seine Freizeit zu opfern und Dienstvorschriften zu umgehen. Selbst als Dr. Kortmann angedeutet hatte, sie sei psychisch krank, hatte Hellmann sich auf ihre Seite geschlagen. Als er ohne Erlaubnis in die Gemeinschaftsräume der Maßregelvollzugsklink gelaufen war, hatte er sogar ein Disziplinarverfahren riskiert.

Was war noch alles gelogen? Die Schrift im Badezimmer? Wahrscheinlich. Warum hätte Pia sonst alles abgewischt? Wie hatte er nur so leichtgläubig sein können? Warum hatte er nicht eher Verdacht geschöpft?

Hellmann knüllte das Papier seines Donuts fest zusammen. Er dachte an Pias zusammengesunkene Gestalt vor der Tierarztpraxis und ein ungeheuerlicher Verdacht regte sich in ihm. War es möglich, dass sie selbst den Köder für Ben ausgelegt hatte?

Nein. Das konnte er nicht glauben. Hellmann startete den Motor. Der Fall ließ ihn nicht mehr los. Er musste Antworten finden.

Annes Worte hallten in seinem Kopf wider: *Wie gut kennst du diese Pia eigentlich?*

Er klaubte den Zettel aus der Tasche, auf dem Pia die Adresse ihres Bruders notiert hatte. *Am Meisenberg* war eine Wohnsiedlung außerhalb von Marsberg. Sie lag auf seinem Heimweg, also beschloss er, dorthin zu fahren.

Das Einfamilienhaus glich einem Anwesen und war von einer hohen immergrünen Hecke umgeben, die das Grundstück vor neugierigen Blicken schützte. Hellmann öffnete das Gartentor und betrat den gepflasterten Innenhof, der sich bis zu einem doppelten Carport hinzog. Dort stand ein schwarz glänzender Mercedes Oldtimer. Der andere Stellplatz war leer.

Er klingelte an der Haustür, aber es öffnete niemand.

Was sollte er jetzt tun?

Spontan rief er Jens an. Er hatte das Gefühl, jetzt einen guten Freund brauchen zu können. »Was machst du gerade?«

»Nix.«

»Wie, du machst nichts?«

Jens brummte ins Telefon. »Naja, es ist Sonntagnachmittag, da werde ich doch mal nix machen dürfen. Was machst du denn?«

»Dann komme ich vorbei. Ich muss mit dir reden.«

»Zu mir?« Jens' Stimme klang beinahe panisch. »Sollen wir uns nicht woanders treffen? Bist du zu Hause?«

»Nein, in Marsberg.«

Sie verabredeten sich im Burghofcenter in einer Eisdiele. Hellmann kam als Erster an, blätterte durch die Eiskarte und war versucht, einen Eisbecher mit Eierlikör zu bestellen. Und dazu einen klaren Korn. Irgendetwas, das so richtig knallte. Aber er begnügte sich mit einem Kaffee.

Jens tauchte eine Viertelstunde später auf und schälte sich aus seiner Jacke. Sein Gesicht war grau und er hatte dunkle Ringe unter den Augen.

Jens grummelte etwas und verschwand auf der Toilette. Als er wiederkam, hatte er sich Wasser ins Gesicht gespritzt und sah ein wenig besser aus.

»Was ist heute los mir dir?«

»Nix. War gestern Abend noch Fußball gucken. Ist später geworden. Bin zu Hause auf dem Klo eingeschlafen. Dementsprechend sieht auch meine Wohnung aus.«

Er ließ sich stöhnend auf einen Stuhl fallen und blinzelte in die Karte. »Haben die hier irgendwas Medizinisches?«

Hellmann lachte. Seine schlechte Laune hatte sich verflüchtigt.

Jens bestellte einen Milchshake. »Ist kalt und rutscht«, war seine Bemerkung dazu. »Also, was ist los?«

Hellmann erzählte ihm die ganze Geschichte. Im Nachhinein erschien sie ihm ziemlich wirr. Pias Behauptung, sie hätte Rainer vor ihrem Haus gesehen. Die Fotos. Die Sache mit dem Hund. »Das ist es, was mir am meisten Bauchschmerzen macht«, gestand Hellmann. »Wer hat den Köder mit den Rasierklingen ausgelegt? Ich kann mir nicht vorstellen, dass Pia zu so etwas fähig ist. Selbst, wenn sie tatsächlich psychisch krank sein sollte, wie Dr. Kortmann behauptet.«

Die Bedienung brachte den Milchshake, und Jens nahm einen Zug aus seinem Strohhalm. »Kannst du nicht oder willst du nicht?«

»Beides.«

»Weißt du überhaupt, ob die Geschichte mit dem Köder und dem Hund stimmt? Hast du das Tier gesehen? Vielleicht war das alles erfunden.«

Hellmann dachte nach. »Nein, ich habe den Hund nicht gesehen. Aber Pia hatte Blut an der Jacke.«

Jens hob die Augenbrauen. »Das ist schon 'ne krasse Sache, Mann.«

»Ist es nicht unglaublich, dass am gleichen Wochenende jemand aus Dortmund kommt und ebenfalls mit Rainer Dorn reden will? Dass Anne Kirsch ihn sogar verdächtigt, einen Mord begangen zu haben? Das kann doch kein Zufall sein.«

»Lirum larum«, machte Jens.

»Was?«

»Na, auf dem Bodensatz deiner Kaffeetasse wirst du keine Antworten finden, Mann. Warum redest du nicht nochmal mit diesem Psychiater? Frag ihn, was er davon hält.«

Hellmann schüttelte düster den Kopf. »Der hat total abgeblockt. Er beharrt darauf, dass Rainer Dorn nicht draußen gewesen ist. Punkt.«

»Ich meine in Bezug auf Pia. Wenn sie seine Patientin war, dann kann er ihr am besten helfen. Zumindest kann er entscheiden, ob sie an Wahnvorstellungen leidet oder ob sie einfach nur lügt. Du willst ihr doch helfen. Dann sorge dafür, dass sie Hilfe annimmt.«

Hellmann war sich nicht sicher, ob Dr. Kortmann ihn nach allem, was passiert war, noch empfangen würde. Aber Jens hatte recht. Er musste noch einmal mit ihm sprechen.

Als er sein Auto zum zweiten Mal an diesem Tag auf dem Parkplatz der forensischen Maßregelvollzugsklinik abstellte, hatte das Tageslicht sich längst verflüchtigt.

Jens und er hatten in dem italienischen Restaurant, das sich praktischerweise genau neben der Eisdiele befand, noch eine Pizza gegessen. Zielsicher war Jens auf den Tisch zugesteuert, an dessen Nachbartisch zwei attraktive junge Frauen saßen. Dann hatte er laut einen Witz nach dem anderen gerissen, sodass Hellmann vor Scham gerne unsichtbar geworden wäre. Er war geflüchtet und hatte Jens seinem Schicksal überlassen.

Hellmann stieg aus und steuerte auf den Metallvorbau der Psychiatrie zu. Er ging nicht davon aus, dass Dr. Kortmann am Sonntagabend noch arbeitete, aber er hoffte, jemand würde ihm seine Adresse geben.

Frau Kedziora hatte immer noch Dienst im Pförtnerhäuschen. Sie blickte nicht auf, als er näherkam, obwohl sie ihn sicher auf den Monitoren gesehen hatte. Ihr Kopf war gesenkt und sie schien etwas zu suchen.

Hellmann wartete. Dann klopfte er an die Scheibe.

Erst ignorierte sie ihn, doch er klopfte weiter, bis sie widerwillig den Kopf hob. Sie bot einen furchtbaren Anblick. Ihr Makeup war verschmiert und die Haut unter ihren Augen gerötet.

Hatte sie versucht, sich hier drinnen abzuschminken?

»Ist alles in Ordnung mit Ihnen?«

»Ja, natürlich«, nickte sie und blinzelte mehrmals. »Es ist nichts, was Sie etwas anginge, Herr Kommissar. Was kann ich für Sie tun?«

Sie sprach das *schon wieder* nicht aus, aber Hellmann hörte es in ihrem Tonfall.

»Ich muss noch einmal mit Dr. Kortmann sprechen.«

»Der ist nicht im Haus«, erwiderte sie knapp.

»Dann geben Sie mir bitte seine Anschrift und Telefonnummer.«

Frau Kedziora verzog ärgerlich den Mund. »Das kann ich nicht machen. Er ist morgen wieder für Sie zu sprechen.«

Während ihrer Unterhaltung flackerte ihr Blick mehrmals zu den Überwachungsmonitoren.

Sie wartet auf etwas, realisierte Hellmann. *Oder auf jemanden.* Er betrachtete die grobkörnigen Bilder der Monitore, die den schwach erleuchteten Parkplatz zeigten. Er sah den umzäunten Innenhof, der beinahe vollständig im Dunkeln lag, und einen gepflasterten Fußweg, der um das Gebäude herumführte. Die Kamerabilder aus dem Gebäudeinneren, die Flure und Turnräume zeigten, waren heller.

Hellmann sah einen Mann über den Flur schlendern. Er hatte beide Hände in den Hosentaschen. Nur vor den Innenkameras bewegten sich Leute. Draußen war niemand mehr. Frau Kedziora warf wieder einen Blick auf die Monitore. Etwas stimmte hier nicht.

»Fehlt jemand?«, fragte Hellmann unvermittelt und erkannte am plötzlichen Weiten ihrer Augen, dass er ins Schwarze getroffen hatte. »Rainer Dorn? Wo ist Rainer Dorn?«

Ihre Unterlippe zitterte und sie biss sich fest darauf. »Natürlich fehlt niemand«, zischte sie, doch Hellmann sah ihr an, dass sie log.

»Ich sehe doch, dass Sie sich Sorgen machen. Dorn ist tatsächlich fort, nicht wahr? Wer begleitet ihn? Huber?«

Frau Kedziora starrte ihn an.

»Oder Dr. Kortmann selbst?«, drängte Hellmann. »Was ist los? Glauben Sie, Dorn ist geflohen? Dann lassen Sie sich von mir helfen.«

»Oh Gott!«, sie atmete zitternd ein. »Er ist sonst immer

vor 19 Uhr zurück. Gleich ist Anwesenheitskontrolle und dann werden die Schlafräume zugesperrt.«

Hellmann war wie elektrisiert. »Was ist passiert?«, rief er. »Dorn war doch völlig fertig. Er hat meine Kollegin angegriffen. Warum ist er jetzt draußen?«

Sie schüttelte den Kopf und verzog den Mund, als würde sie krampfhaft um Fassung ringen.

»Er wollte unbedingt spazieren gehen. Er sagte, er kriege Platzangst hier. Sebastian wollte mit ihm raus, aber der Doktor hat es nicht erlaubt. Wegen Rainers Zustand. Es ging ihm richtig schlecht. Seine Freundin ist gestorben. Dr. Kortmann wollte ihn selbst begleiten. Er sagte, er sei in zwei Stunden zurück.«

»Wann war das?«

»Gegen 15 Uhr.«

»Ist Ihnen nicht der Gedanke gekommen, dass Rainer Dorn dem Arzt etwas angetan haben könnte?«, herrschte Hellmann sie an.

Frau Kedziora senkte wieder den Kopf, als wollte sie sich verstecken. Von ihrer selbstbewussten Art war nichts mehr geblieben.

»Rainer doch nicht«, flüsterte sie.

»Haben Sie versucht, Dr. Kortmann anzurufen?«

»Natürlich, aber er hat sein Telefon nicht bei sich. Es liegt in seinem Büro.«

»Warum haben Sie nicht die Polizei informiert?«

Sie antwortete nicht, sondern begann leise zu schluchzen.

Hellmann war mit seiner Geduld am Ende.

»Ich informiere jetzt die Dienststelle. Sie suchen mir sofort Dorns Kontaktadressen heraus. Wen kennt er hier in der Umgebung? Wo könnte er untergetaucht sein? Was haben Dorn und der Psychiater für Kleidung getragen? Und ich brauche aktuelle Fotos für die Personenfahndung.«

Sie wischte sich mit dem Ärmel übers Gesicht und warf einen letzten Blick auf die Monitore, als hoffte sie, dass der Psychiater und sein Patient wie durch ein Wunder darauf erscheinen würden. Dann erhob sie sich mit zusammengepressten Lippen.

»In Ordnung.«

»Und ich möchte Huber sprechen. Jetzt sofort.«

Hellmann folgte Frau Kedziora in ein Büro in der ersten Etage und beobachtete, wie sie mit zitternden Fingern einen Metallschrank aufschloss.

Darin befanden sich Patientenakten.

Die Tür wurde geöffnet und Huber kam herein. »Was ist los?« Er stockte und sein Blick verfinsterte sich, als er Hellmann erkannte. »Was hat das zu bedeuten?«

»Rainer kommt nicht zurück, du Idiot!«, fauchte Kedziora. Sie knallte seine Akte auf den Tisch. »Der Polizist sagt, er hätte Dr. Kortmann vielleicht etwas angetan.«

Huber verschränkte die Arme vor der Brust. Das weiße Hemd des Pflegepersonals bildete seine Armmuskeln deutlich ab. »Quatsch.«

Dann bemerkte er, welche Akte sie herausgeholt hatte, und schlug mit seiner flachen Hand darauf. »Was tust du?«, herrschte er Kedziora an. »Du kannst ihm doch nicht die Akten zeigen.«

Sie stürzte auf ihn zu und krallte ihre grünen Fingernägel in seinen Arm. »Es ist vorbei!«, schrie sie. »Verstehst du das nicht? Dr. Kortmann ist selbst schuld. Er hat uns gesagt, es sei in Ordnung. Er könne es besser beurteilen als die Klinikleitung. Er würde Rainer besser kennen.«

Huber hielt sie fest. »Bist du wahnsinnig?«

Sie lachte humorlos und neue Tränen verwischten die Reste ihres Make-ups. »Kapierst du nicht, dass es vorbei ist? Ihr Männer seid alle gleich.« Sie riss sich los.

»Ich hole jetzt ein Foto vom Doktor. Es ist alles vorbei, Sebastian. Einfach alles.« Mit diesen Worten knallte sie die Tür zu.

Huber sah ihr mit wildem Blick hinterher. Dann trat er auf Hellmann zu, die Hand zur Faust erhoben.

»Pass auf, du Scheißbulle«, zischte er. »Ich versteh' nicht, was für eine Nummer du hier abziehst. Was soll der ganze Aufriss wegen Pia Berger? Er wollte sie nur sehen. Nur wiedersehen, kapierst du das?«

Hellmann wich nicht zurück, sondern fixierte Huber mit den Augen, als sei er ein zorniger Hund. So ruhig er konnte antwortete er: »Es geht nicht nur um Pia, sondern um Mord. Ein Mädchen ist gestorben. Sie sollten aufpassen, Herr Huber. Ich kann Sie jetzt schon wegen Verdacht auf Gefangenenbefreiung inhaftieren. Je nachdem, was mit Dr. Kortmann passiert ist, kommt vielleicht noch Beihilfe zur Geiselnahme oder zum Mord hinzu.«

»Mord?« Huber hielt die Faust noch erhoben, doch Hellmann sah ihm an, dass er nicht zuschlagen würde.

»Bisher ist es immer gutgegangen, nicht wahr? Dorn ist immer zurückgekommen. Wie lange geht das schon so? Wie lange decken Sie ihn? Und was springt für Sie dabei heraus? Ein paar unbeobachtete Stunden mit Frau Kedziora im Hygienezimmer?«

Huber ließ die Fäuste sinken.

»Wir haben nichts Unrechtes getan«, verteidigte er sich. »Rainer ist schon lange hier Patient und hat sich gut geführt. Bis vor einem halben Jahr hatte er die höchste Lockerungsstufe.«

»Was heißt das? Er hatte unbeobachteten Ausgang?«

»Er durfte sogar über Nacht wegbleiben. Das ist einige Jahre gutgegangen. Bis zu seinem Selbstmordversuch.«

»Was ist passiert?«

Huber zuckte lakonisch mit einer Schulter. »Ich weiß es nicht. Ein Jogger hat gesehen, wie er frühmorgens in die Diemel gestiegen ist. Das war letzten Januar.« Er schüttelte sich. »Das Wasser war eisig. Keine Ahnung, was passiert wäre, wenn der Jogger ihn nicht gesehen hätte. Die Klinikleitung hat es jedenfalls als Selbstmordversuch gewertet und die Lockerung kassiert. Aber Rainer konnte nicht mehr ohne.«

»Warum hat er das getan?«

»Ich weiß es nicht. Fragen Sie Kortmann, vielleicht kann er Ihnen eine Antwort geben. Ich bin nur der Pfleger.«

Die Tür öffnete sich und Frau Kedziora kehrte ins Zimmer zurück. Sie ging an Huber vorbei, ohne ihn eines Blickes zu würdigen, und legte ein Foto von Dr. Kortmann auf den Tisch. Er trug seine runde Brille und sah mit einem vertrauenerweckenden Lächeln in die Kamera.

Hellmann dachte, dass der Psychiater vermutlich geglaubt hatte, Rainer Dorn gut genug zu kennen, sodass er sich über die Entscheidung der Klinikleitung hinwegsetzen konnte. Er sah die beiden Pfleger an.

»Sie beide und Dr. Kortmann haben dafür gesorgt, dass Rainer Dorn seine Lockerung beibehalten durfte.«

Huber nickte. Er ging zu Kedziora und nahm sie in den Arm. »Wir führen eine heimliche Beziehung«, sagte er. »Sicher haben wir Fehler gemacht, aber wir haben uns auf das Urteil von Dr. Kortmann verlassen. Wir haben ihm vertraut.«

Er warf Hellmann einen bittenden Blick zu, drückte Kedziora an sich und küsste sie auf die roten Haare. »Wenn Sie uns verraten, wird uns das den Job kosten.«

Verdammt, dachte Hellmann. Er stellte fest, dass es ihm schwerfiel, die beiden zu verurteilen. »Hoffen wir, dass nichts Schlimmes passiert ist. Wo könnte Dorn sein? Was glauben Sie?«

»Er ist zu Hause«, antwortete Huber.

♦

Auf dem Weg zu Heikos Wohnung trommelte Anne Kirsch mit den Fingern auf die Türverkleidung des Autos und starrte in die Dunkelheit hinaus. Sie dachte über die vielen Informationen nach, die sie von Maren Kleinschnittger erhalten hatte. *Nadeln. Dornen. Rainer Dorn. Ist es viel simpler, als wir dachten, und das Bild hat einfach nur mit seinem Namen zu tun?* Anne schnaubte unwirsch. So schätzte sie den E-Mail-Schreiber nicht ein. Der war gebildet und legte Wert auf Symbole und Zeichen. Er würde sie nicht verwenden, ohne dass sie eine Bedeutung hatten.

Als sie Maren Kleinschnittger gefragt hatte, ob sie den Namen Harry Haller kenne, hatten sie und Heiko Anne ungläubig angesehen und sie war sich ziemlich blöd vorgekommen.

Heiko hatte den Kopf geschüttelt. »Kennst du den *Steppenwolf* nicht? Hermann Hesse, klingelt es bei dir?«

»Nein.« Sie war stolz darauf gewesen, dass ihre Stimme ruhig geklungen hatte und ihr der Ärger nicht anzumerken gewesen war. »Ich kenne den *Steppenwolf* nicht. Aber Hermann Hesse sagt mir irgendwas.«

Typisch Lehrer. Sie trommelte weiter mit den Fingerspitzen auf die Türverkleidung. *Idiot. Manchmal benimmt er sich wie ein kompletter Idiot.*

»Bist du jetzt sauer?« fragte Heiko.

»Nein«, zischte Anne.

»Du wirkst aber so.«

»Es tut mir leid, dass ich nicht studiert habe und nur auf der Polizeifachhochschule war. Leider bin ich dir intellektuell unterlegen. Schade eigentlich.«

»Ich habe doch gar nichts gesagt.« Heikos Hände lagen ruhig am Steuer. Er hielt den Blick auf den Verkehr gerichtet.

»Und deiner Mutter bin ich auch nicht gut genug«, fauchte Anne. »Ja, ich habe keinen Doktortitel. Annette!« Sie schnaubte.

»Ich habe Heiko gesagt, er soll mir aufschreiben, mit wem er gerade zusammen ist, sonst verliere ich noch den Überblick.« Ihr gelang eine nahezu perfekte Imitation von Frau Neuers Stimme.

Ich sollte im Karneval auftreten, dachte sie zynisch. *Ich habe ein Talent, mich lächerlich zu machen.*

»Jetzt übertreibst du. Das war bestimmt ein Scherz. Es war ihr peinlich, dass sie deinen Namen verwechselt hat, und sie wollte einen Scherz machen.«

Wie ein Scherz hatte sich das nicht angehört, dachte Anne.

»Wenn einer Grund hat, eifersüchtig zu sein, dann bin ich das«, stellte Heiko fest.

»Du?«

»Na sicher«, schnaubte er. »Ich habe immer Zeit für dich. Du bist diejenige, die ständig unterwegs ist und die von der Arbeit am liebsten gar nicht mehr nach Hause kommt! Was meinst du, wie oft ich mich schon gefragt habe, mit welchem deiner Kollegen du was am Laufen hast.«

Anne schwieg verblüfft. »Das ist doch Blödsinn.«

»Genau wie dein Aufstand gerade.«

»Du hast recht.« Sie atmete tief durch und zwang ihre Gedanken weg von dem Streit und zurück zu dem, was Maren Kleinschnittger über den *Steppenwolf* gesagt hatte.

Die Hauptfigur Harry Haller leidet an seiner inneren Zerrissenheit. Er sieht sich selbst als halber Mensch und halber Wolf. Er sehnt sich nach Harmonie und Liebe, verachtet aber gleichzeitig die anderen Menschen. Das passt zu den E-Mails, dachte sie. *Zerrissenheit. Liebe und Verachtung.*

»Halb Mensch, halb Igel!«, rief sie plötzlich aus.

Heiko erschrak derart, dass er heftig auf die Bremse trat. Anne wurde in ihrem Gurt nach vorn geschleudert. Hinter ihnen hupte jemand wütend. »Großer Gott!«, fluchte Heiko. »Was ist denn jetzt los?«

»Dreh sofort um! Ich muss Maren noch etwas fragen.«

»Du bist total irre.« Heiko atmete langsam aus und setzte den rechten Blinker. »Beinahe hätte wir hier einen Unfall gebaut.« Er machte eine beschwichtigende Geste in Richtung des Autofahrers, der aufgebracht hupend an ihnen vorbeifuhr. Dann wendete er in einer geteerten Ausbuchtung. »Was ist denn los, um Himmels willen?«

»Alles hat eine Bedeutung«, versuchte Anne ihm zu erklären. »Rainer Dorn ist ein gebildeter Mensch. Das zeigt uns die Anspielung auf diesen Steppenwolf. Er macht nichts einfach so. Und dieses Bild hat eine Bedeutung. Wir haben sie nur noch nicht erkannt.«

Dr. Maren Kleinschnittger hob erstaunt ihre buschigen Augenbrauen und wollte eine Frage stellen, aber Anne hielt sich nicht lang mit Erklärungen auf. Sie trug das Bild in die Wohnung und zerrte das Tuch herunter.

»Halb Mensch, halb Igel. Sagt dir das etwas?«

Maren tauschte einen verwunderten Blick mit Heiko, der nur kopfschüttelnd die Hände hob.

»Wir hätten beinahe einen Auffahrunfall verursacht.«

»Im Märchen«, beharrte Anne eindringlich. »Gibt es so etwas? Eine Person? Halb Mensch, halb Igel? Fällt dir etwas dazu ein?«

Maren überlegte einen Moment. Dann erhellte sich ihr Gesicht. »Aber natürlich. Kommt mit.«

Anne und Heiko folgten ihr ins Wohnzimmer, wo eine gigantische Bücherwand zwei Wände von der Decke bis zum Boden bedeckte. Maren holte ein altes, in Kunstleder gebundenes Buch heraus. *Die Kinder- und Hausmärchen* der Gebrüder Grimm.

»Das Märchen heißt *Hans mein Igel*.« Sie schlug die entsprechende Textstelle auf und reichte Anne das Buch. Die Schrift war sehr klein und schwer zu lesen. Anne überflog die erste Seite. Dann begriff sie, dass sie hier endlich auf eine vielversprechende Spur gestoßen war, und vertiefte sich erneut von Anfang an in das Märchen.

Ein Bauer wünschte sich ein Kind, aber er und seine Frau konnten keine bekommen. Da sagte der Mann zornig: »Ich will ein Kind haben. Selbst, wenn es ein Igel sein sollte.«

Sie bekamen einen Sohn, der den Unterleib eines Jungen und den Oberkörper eines Igels hatte. Er wurde Hans mein Igel genannt. Der Vater lehnte das Baby von Geburt an ab und die Mutter konnte es nicht stillen, weil sie sich sonst an den Stacheln verletzt hätte. Hans bekam kein Bett, sondern musste hinter dem Ofen auf dem Boden schlafen. Der Vater wünschte sich, sein Sohn würde sterben.

Eines Tages, Hans war bereits ein junger Mann, wollte sein Vater zum Markt gehen. Er fragte erst seine Frau und dann die Magd, ob er ihnen etwas mitbringen solle. Zuletzt fragte er seinen ungeliebten Sohn. Der bat um einen Dudelsack. Der Vater erfüllte ihm den Wunsch und Hans nahm das Instrument und ritt auf einem Gockelhahn in den Wald, wo er fortan lebte und Musik machte.

Eines Tages verirrte sich ein König in diesem Wald. Er hörte die schöne Musik und bat den jungen Mann auf dem Gockelhahn, ihm den Weg zurück in sein Königreich zu zeigen. Hans war bereit dazu, forderte als Belohnung aber die Tochter des Königs zur Frau. Der König stimmte zum Schein zu, dachte aber nicht daran, seine Verpflichtung einzuhalten.

Auch ein zweiter König verirrte sich im Wald und traf mit Hans die gleiche Vereinbarung. Dieser König meinte es ehrlich. Zurück in seinem Königreich erzählte er seiner Tochter von seinem Versprechen, und sie willigte ein, Hans zu heiraten, wenn er käme, um sie zu holen.

Doch Hans mein Igel kehrte als Erstes ins Dorf seines Vaters zurück. Er hatte sich eine große Herde herangezogen und verschenkte großzügig seine Tiere im Dorf, denn er wollte seinen Vater damit beeindrucken. Dieser konnte jedoch seine Enttäuschung, dass der ungeliebte Sohn noch lebte, nicht verbergen. Hans versprach ihm, zu gehen und niemals wiederzukommen.

Er ritt in das erste Königreich, um die Prinzessin einzufordern, wurde aber auf Befehl des Königs angegriffen. Hans drang zum Palast vor und brachte die Königstochter in seine Gewalt. Er floh mit ihr aus der Stadt und als sie außer Sichtweite waren, zog er ihr die schönen Kleider aus und stach sie mit seinen Stacheln, bis sie blutig war. Dann jagte er sie davon.

»Das ist es!«, rief Anne erregt. »Das ist das richtige Märchen! Es passt alles.«

Sie wollte Heiko und Maren gerade die Textstelle zeigen, als ihr Telefon klingelte. Genervt warf sie einen Blick aufs Display. Es war Hellmann.

»Ja? Was ist? Hast du mit Pia gesprochen?«

»Nein.« Er klang atemlos und sie hörte seine schnellen Schritte. Eine Autotür schlug zu. »Rainer Dorn ist geflohen. Dr. Kortmann begleitet ihn. Wir wissen noch nicht, ob er Geisel oder Fluchthelfer ist. Ich habe den Polizisten vom Dienst informiert. Die Fahndung läuft. Ein Streifenwagen ist zum Bahnhof gefahren. Dorns Mutter wohnt in Warburg. Die Kollegen von dort suchen sie auf.«

Ein Adrenalinschub fuhr durch Annes Körper. »Überprüft ihr auch Dr. Kortmanns Wohnung?«

»Ich habe meinen Kollegen Jens dorthin geschickt. Der Pfleger Huber hat mir eine Adresse von einem alten Bauernhof genannt, wo Dorn angeblich wohnt. Der Hof gehört dem Doktor, aber niemand ist dort gemeldet. Ich fahre jetzt hin. Sollen wir uns treffen?«

»Ich komme«, erwiderte Anne.

Sie nahm Heiko das Märchenbuch aus der Hand und drückte ihm einen schnellen Kuss auf die Wange.

»Sorry, bitte bring mich so schnell wie möglich zu meinem Auto. Danke für deine Hilfe, Maren. Ich erkläre später alles.«

♦

Hellmann hielt am Straßenrand. Es hatte zu schneien begonnen. Kleine, feste Flocken schwebten vom Himmel und setzten sich auf die dürren Äste der Bäume, die die Landstraße säumten. Obwohl es nur vereinzelte Flocken waren, die auf der nassen Straße sofort schmolzen, fühlte Hellmann eine gewisse Zuversicht. Der erste Schnee erinnerte ihn an seine Kindheit. Er war etwas Besonderes.

Hellmann stieg aus dem Auto und genoss die sanfte Berührung der kalten Pulverflocken auf seinem Gesicht. Der PvD von der Leitstelle in Meschede hatte ihm erlaubt, beim Einsatz zu helfen, obwohl er weder Waffen noch Schutzweste trug.

»Aber nur in zweiter Reihe! Warten Sie auf den Streifenwagen.« Der Bauernhof lag am Waldrand und war dort als großer Schatten zu erahnen. Hellmann holte eine Taschenlampe aus dem Handschuhfach seines Fiats. Sie war ein Werbegeschenk der Polizeigewerkschaft gewesen.

Er wusste nicht, wie viel Zeit der Streifenwagen brauchte, und Anne würde erst in einer halben Stunde hier sein. In dieser Zeit konnte viel passieren. Der Lichtkegel seiner Taschenlampe wanderte über den mit Schotter befestigten Weg, der zu dem Bauernhof führte. Nur das knirschende Geräusch seiner Schritte durchbrach die abendliche Stille. Der PvD hatte nicht gesagt, wo er auf den Streifenwagen warten solle.

Langsam löste sich der Bauernhof mit angrenzendem Stall vom Schatten des Waldes ab. Hellmann sah das Flussbett der Diemel nicht weit hinter dem Haus und fragte sich, ob Dorn hier ins Wasser gegangen war. An einem Tag im Januar, bei Temperaturen um den Gefrierpunkt, während Morgennebel über der Wiese hing. Vielleicht hatte er Drogen genommen und sich einfach verlaufen. Vielleicht hatte er Halluzinationen gehabt oder Stimmen gehört, die ihm befohlen hatten, ins Wasser zu gehen.

Hellmann näherte sich der Eingangstür und leuchtete über das schwere Holz. Er sah, dass die Tür einen Spaltbreit offenstand, und wurde von einer unangenehmen Vorahnung erfüllt. Er war am richtigen Ort. Hier war etwas passiert und Hellmann war sich sicher, dass es nichts Gutes sein konnte.

In dem Gefühl, nicht mehr warten zu können, hob er die Hand und drückte gegen die Tür, die scharrend aufschwang. Es roch nach altem Putz. Hellmann leuchtete über grobe Bodenfliesen und erstarrte, als er etwas Dunkles wahrnahm, das sich direkt vor ihm befand und sich nicht bewegte.

Die Augenblicke, die seine Hand brauchte, um zu reagieren und die Taschenlampe hochzureißen, erschienen ihm verlangsamt. Doch es war nur ein Balken alten Fachwerks, der freigelegt worden war und wie eine Säule emporragte.

Hellmann atmete aus. Er merkte, dass seine Handflächen glitschig waren. Er leuchtete zu allen Seiten und stellte fest, dass der Hausflur geräumiger war, als er gedacht hatte.

Jemand schien neben ihm an der Wand zu stehen. Er wich zurück und sah im Licht der Taschenlampe, dass es eine Garderobe war, an der ein Malerkittel hing. Er sah zwei geschlossene Türen und einen Gang, der in Richtung Stall führte. Außerdem eine Holztreppe aus alten Balken.

Hellmann wusste, dass er sich laut Dienstvorschrift zu erkennen geben musste, damit niemand ihn für einen Einbrecher hielt. Doch er brachte keinen Ton über die Lippen. Vorsichtig öffnete er eine der Türen und leuchtete in den Raum. Ein Gäste-WC. Im anderen Raum befand sich eine Wohnküche. Hellmann roch geröstete Zwiebeln und Tomatensoße. Auf dem dunklen Esstisch standen ein halbvolles Rotweinglas und auf der Spüle zwei benutzte Teller.

Hellmann durchschritt den Raum und leuchtete in alle Ecken. Er folgte dem Gang zum Stall. Die Tür öffnete sich mit einem durchdringenden Quietschen.

Da waren unzählige bemalte Leinwände. Der Raum schien groß zu sein, aber Hellmann konnte ihn nicht überblicken. Er trat ein. »Ist hier jemand?«

Der Strahl seiner Taschenlampe blieb auf einer Leinwand hängen, die eine weiße, offensichtlich unterernährte Frau ohne Gesicht zeigte. Sie stillte ein Kind und ihre Brüste wirkten grotesk groß, während aus ihrem Brustkorb die einzelnen Rippen hervorstanden.

Hellmann wandte den Blick angewidert ab. Er betrachtete Staffeleien und verkrustete Farbtöpfe. Jetzt wunderte es ihn nicht mehr, dass Rainer Dorns Zimmer in der Psychiatrie so leer und unbewohnt ausgesehen hatte. Ein Knarren ertönte hinter ihm.

Hellmann fuhr herum und sah, dass die Tür langsam zuschwang. Er schnellte vor und packte seine Taschenlampe fester. Sie war nur billigstes Plastik, aber wenn es sein musste, würde er damit zuschlagen können.

Es war niemand da, doch er sah, dass die Haustür sperrangelweit offenstand. Mit schnellen Schritten durchquerte Hellmann den Flur und leuchtete nach draußen. Auf dem Schotterweg lag eine zarte Schicht aus unberührtem Schnee.

Er atmete tief ein. Kälte brannte auf seinen feuchten Handflächen. Es war nur der Luftzug, der die Tür zugezogen hatte.

Die Treppe knarrte bei jedem seiner Schritte. Hier im Obergeschoss bedeckten Holzvertäfelungen die Wände, von denen jeder Zentimeter mit Schnitzereien verziert und bemalt worden war. Wild durcheinander gewürfelte Farben und Formen leuchteten vor Hellmanns Taschenlampe auf. Er konnte keinen Sinn in den Mustern erkennen. An manchen Stellen gingen die Farben ineinander über, an anderen schienen sie sich abzustoßen. Das Auge glitt über immer neue Formen und fand kein System, keinen Ruhepunkt. *Großer Gott. Dieser Mann ist entweder wahnsinnig oder ein großer Künstler.*

Im ersten Obergeschoss gab es drei Türen. Wieder ein Bad, größer dieses Mal. Einen Raum, aus dem Hellmann ein bekannter Duft entgegenströmte. *Eine Bibliothek. So riecht es in einer Bibliothek.*

Der Lichtkegel seiner Taschenlampe glitt über Bücher, die Rücken an Rücken den ganzen Raum ausfüllten. An einer Wand stand ein Bett und auf dem Nachtisch lag ein Buch, von dem ihm in großen roten Buchstaben das Wort *Irre!* entgegensprang. Hellmann trat näher und las den vollständigen Titel des Buches: *Wir behandeln die Falschen.* Der Autor war Manfred Lütz. Vermutlich schlief hier Dr. Kortmann.

Hellmann öffnete die dritte Tür und blieb wie angewurzelt stehen. Dies war Dorns Zimmer, das war ihm sofort klar. Er schwenkte die Taschenlampe durch den Raum, über das schmale Bett und das Kinoplakat von *Matrix*, das darüber an der Wand hing. Wie alt war der Film jetzt? Hellmann selbst hatte ihn als Junge im Kino gesehen.

Unter einem Fenster stand ein Schreibtisch mit einem Globus darauf, einem Haufen Bücher, Stifte und Papier. Daneben gab es einen Kinderkleiderschrank, wie Hellmann ihn früher gehabt hatte. Es war ein Jugendzimmer. Ihm wurde eng um die Brust. *Kortmann hatte seinem Patienten ein neues Zuhause geschaffen*, begriff er plötzlich. Doch wo waren sie jetzt? Was war passiert? Hellmann dachte daran, wie Dorn Anne gewürgt hatte, und die Beklemmung in seiner Brust wuchs.

Er stieg die Treppe zum Dachgeschoss empor. Hier befand sich nur eine Tür. Hellmann drückte die Klinke herunter und hielt unwillkürlich den Atem an. Wenn sie noch im Haus waren, dann hier.

Im Lichtkegel der Taschenlampe sah er die Schlinge, die von einem Balken hing. Daneben eine nackte Glühbirne. Auf dem Boden lagen ein umgestürzter Stuhl und daneben der regungslose Körper von Dr. Kortmann.

Kapitel 11

Anne kam beinahe gleichzeitig mit dem Streifenwagen beim Bauernhof an. Hellmanns Fiat stand am Straßenrand und im Bauernhof brannte Licht. Natürlich hatte der Idiot nicht auf sie gewartet. Sie rannte hinter den beiden uniformierten Beamten her. Die eisige Luft brannte auf ihrem Gesicht. Die Polizistin wollte sie aufhalten, aber Anne streckte ihr ihren Ausweis entgegen. »Kirsch, Kripo Dortmund. Hellmann hat mich verständigt, beeilen wir uns.«

Die Frau warf einen kurzen Blick darauf und nickte knapp. Ihr Kollege eilte bereits weiter zum Haus. Sie zog ihre Pistole. »Kommen Sie. Herr Hellmann scheint schon im Haus zu sein.«

Der Mann stieß die Tür mit dem Stiefel auf, und sein lauter Ruf hallte durchs Treppenhaus. »Polizei!«

»Dorn ist nicht hier«, kam Hellmanns Ruf von oben. »Kommen Sie hoch, aber fassen Sie nichts an.«

Anne stieg die Treppe empor und betrat nach den beiden Polizisten den Raum im Dachgeschoss. Hellmann kniete neben dem regungslosen Körper von Dr. Kortmann, der in stabiler Seitenlage auf dem Fußboden lag. Seine dünnen Haare waren verklebt. Neben dem Kopf befand sich eine Lache aus geronnenem Blut.

»Lebt er?«, fragte Anne. Die Schlinge und der umgestürzte Stuhl sprachen eine eindeutige Sprache. Sie beugte sich vor, um den Hals besser sehen zu können. Doch da waren keine Hämatome, wie sie erwartet hatte. Es sah aus, als sei der Psychiater niedergeschlagen worden.

Hellmann antwortete: »Ja. Ich habe den Notarzt bereits verständigt.«

Anne sah zur Schlinge auf.

»Die Kriminalpolizei ist ebenfalls unterwegs«, ergänzte Hellmann und machte eine Pause. Verspätet bemerkte sie seinen erwartungsvollen Blick.

»Was ist?«

»Oder übernimmst du die Einsatzleitung? Gehen wir von versuchtem Mord aus?«

Anne hörte sehr deutlich die andere Frage, die er nicht aussprach. *Willst du jetzt deinen Chef anrufen und ihm alles erklären?* Sie schüttelte schnell den Kopf. Es gab nichts zu erklären, denn sie wusste noch nichts. Außerdem fühlte sie sich einem Telefonat mit Janitzki noch nicht gewachsen. Wenn sie ihm schon gestehen musste, dass sie hier allein ermittelt hatte, dann wollte sie wenigstens Ergebnisse liefern.

»Nein. Brilon soll erstmal übernehmen. Ich bin nur als Unterstützung dabei.«

Die beiden Beamten der Schutzpolizei begannen, das Haus zu durchsuchen, für den Fall, dass Rainer Dorn sich doch in einem der Zimmer versteckt hielt.

»Seien Sie vorsichtig«, mahnte Anne »Er ist gewaltbereit und möglicherweise bewaffnet.«

Ein Krankenwagen näherte sich mit Sirenengeheul, das plötzlich verstummte, und sie lief die Treppe hinunter, um den Notfallhelfern den Weg zu zeigen. Zwei Sanitäter polterten durch den Flur, und der Arzt folgte ihnen fast auf dem Fuße.

»Der Verletzte befindet sich im Dachgeschoss.« Anne blieb im hell erleuchteten Treppenhaus stehen und betrachtete die Holzvertäfelung mit den unzähligen geschnitzten und gemalten Mustern. Wie lange musste das gedauert haben? Wie viele tausend Stunden?

Sie holte ein Taschentuch heraus und legte es über die Türgriffe, bevor sie die Türen im Erdgeschoss öffnete. Zwar rechnete sie damit, dass Hellmann auf seiner Suche nach Rainer Dorn schon einen Großteil der Spuren vernichtet hatte, trotzdem wollte sie keine neuen Abdrücke hinterlassen. Im Jugendzimmer blieb sie stehen und versuchte ein Gefühl für den Menschen zu bekommen, der hier gelebt hatte.

Sie warf einen Blick auf die Zettel auf dem Schreibtisch. Es waren Skizzen und Zeichnungen. Mit Hilfe des Taschentuches öffnete sie die Schreibtischschublade und stellte fest, dass sich nichts darin befand.

Keine persönlichen Sachen? Auch die Schublade des Nachttischchens war leer. Annes Blick fiel auf ein Stück Tapete neben dem Bett, das sich gelöst hatte. Die Wand darunter sah merkwürdig aus.

Sie ging in die Hocke und hob die Tapete behutsam an. Wörter waren mit krakeliger Schrift auf die nackte Wand geschrieben worden. *Pain* konnte Anne entziffern. Dann sah sie den Koffer, der unter dem Bett lag. Sie widerstand dem Impuls, ihn sofort zu öffnen. *Nicht ohne Handschuhe.*

Hellmann kam die Treppe herunter. Er hatte beim Verletzten ausgeharrt und Atmung und Herzschlag überwacht, bis der Notarzt eingetroffen war.

»Kommt ein Spurensicherungsteam?«, fragte Anne.

Er nickte und warf einen Blick auf sein Smartphone. »Sie müssten gleich hier sein.«

»Im Jugendzimmer liegt ein Koffer unter dem Bett, den ich mir gern ansehen würde.« Sie wippte ungeduldig auf den Zehenspitzen. »Du hast nicht zufällig Handschuhe dabei?«

»Der Koffer läuft dir nicht weg.« Hellmann ging zum Fenster und beobachtete die Landstraße. Der Schneefall war dichter geworden und begann, die geparkten Autos mit einer weißen Schicht zu überziehen.

Anne trat neben Hellmann und sah, dass die Finger seiner Hand sich unruhig bewegten.

»Hätte es mal letzte Nacht geschneit«, brummte sie. »Dann hätten wir jetzt bessere Spuren.«

Hellmann nickte und warf wieder einen Blick auf sein Telefon.

»Meinst du, er ist zu Fuß unterwegs?«, fragte sie.

»Ich denke, dass sie mit dem Auto hergekommen sind. Kortmann fährt einen silbernen Opel Astra und der Wagen steht nicht vor seinem Haus. Die Fahndung läuft.«

Anne nickte zufrieden.

Hellmanns Smartphone klingelte und er nahm sofort das Gespräch an. »Danke, Jens.« Er lachte. »Ja, du mich auch.«

»In Dr. Kortmanns Wohnung ist niemand«, sagte er zu Anne. »Die Nachbarn haben ihn seit zwei Tagen nicht gesehen.«

Anne schnaubte. »Ich möchte nicht wissen, was für eine kranke Beziehung die beiden hier am Laufen hatten.«

»Für mich sieht es wie eine Vater-Sohn-Beziehung aus.«

»Komm schon, Hellmann, wie naiv bist du eigentlich?«

Die Sanitäter kamen die Treppe herunter. Sie trugen den Psychiater auf einer Liege. Er hatte eine Sauerstoffmaske vor dem Gesicht. Der Notarzt folgte ihnen.

»Wie geht es ihm?«, fragte Anne. »Wird er wieder?«

Der Arzt machte eine vage Handbewegung. »Schwer zu sagen. Es könnte eine Schädel-Hirn-Verletzung vorliegen, deshalb lasse ich ihn für bildgebende Verfahren und eine eventuelle OP nach Paderborn bringen.«

Anne lag die Frage auf der Zunge, wann Kortmann voraussichtlich vernehmungsfähig sei, dann hielt sie es für klüger, den Mund zu halten. Der Krankenwagen fuhr mit Sirenengeheul davon.

»Ich mache mir Sorgen um Pia«, sagte Hellmann. »Telefonisch erreiche ich sie nicht, und sie antwortet auch nicht auf Nachrichten. Am besten, ich fahre einmal zu ihrer Wohnung und zum Haus des Bruders.«

»Glaubst du ihr immer noch?«, fragte Anne überrascht.

»Huber hat quasi bestätigt, dass Dorn ihr aufgelauert hat.

Angeblich wollte er sie nur wiedersehen. Zumindest in dem Punkt hat Pia die Wahrheit gesagt, und ich glaube ihr auch, dass sie Angst vor ihm hat. Ich fahre hin, sonst lässt mir das keine Ruhe.«

Die Einsatzleiterin der Kriminalpolizei Brilon reichte Anne die Hand und stellte sich als Frau Nolte-Bergmann vor. Sie schien zwischen fünfzig und sechzig zu sein und trug grauenerregende pinkfarbene Ohrenwärmer. Vielleicht hatte sie die von ihrer Tochter ausgeliehen. Anne konnte sich nicht vorstellen, dass eine Frau über fünfzig sich so etwas tatsächlich kaufte geschweige denn regelmäßig trug.

»Sie sind also die berüchtigte Frau Kirsch«, stellte die Einsatzleiterin fest. »Im letzten Jahr haben Sie uns ganz schön Kopfzerbrechen bereitet.«

Anne unterdrückte eine Grimasse. Natürlich hatte sie damit rechnen müssen, dass jemand sie wiedererkannte. Bei ihrem letzten Einsatz hatte sie sich nicht an die Regeln gehalten, sich in Gefahr gebracht und für einen kleinen medialen Aufruhr gesorgt. Vermutlich hatte sie nicht unbedingt den besten Eindruck hinterlassen.

»Ich will Ihnen nicht im Weg stehen«, beeilte sie sich zu versichern. »Wir haben einen Todesfall in Dortmund, der mich hierher geführt hat. Der Flüchtige Rainer Dorn ist dringend tatverdächtig.«

Das konnte sie jetzt offen aussprechen. Nach dem, was Hellmann ihr von Hubers Geständnis erzählt hatte, war Rainer Dorns Alibi hinfällig.

Frau Nolte-Bergmann hob eine dichte graue Augenbraue. »Sie sprechen alles mit mir ab.«

»Das werde ich tun«, versprach Anne.

Sie beobachtete die beiden Kriminaltechniker aus Brilon und musste zugeben, dass sie nicht weniger professionell arbeiteten als das Dortmunder Team. Anne bekam einen Satz Handschuhe und der ältere von beiden, der sich Gebhard nannte, bestand darauf, dass sie einen Schutzoverall anzog, wenn sie im Haus bleiben wollte.

Am liebsten wäre sie sofort zum Koffer in Dorns Zimmer gegangen, dann überlegte sie es sich anders und folgte Gebhard in den Dachgeschossraum, wo die Schlinge hing.

Er bot Anne einen Pfefferminzdrop an und nahm ebenfalls einen. Dann klappte er eine Trittleiter auseinander und stieg schwerfällig die Stufen hinauf. Oben untersuchte er den Strick.

Anne lutschte an ihrem Drop und fragte sich, warum Dorn und Kortmann hier heraufgekommen waren. Hatte Dorn den Psychiater hochgeschafft, um ihn zu erhängen? Aber warum hatte er es dann nicht getan? Oder war er in der Absicht hochgekommen, sich das Leben zu nehmen? Dann hatte Kortmann möglicherweise versucht, ihn aufzuhalten.

Sie hörte, wie Gebhard das Bonbon im Mund hin- und herschob.

»Die Schlinge hängt schon einige Jahre da«, stellte er fest. »Da ist zentimeterdicker Staub drauf. Können Sie mal mit anpacken?« Er wies Anne an, eine durchsichtige Plastiktüte aufzuhalten, während er oben den Knoten durchtrennte und die Schlinge langsam in die Tüte gleiten ließ.

»Ich begreife nicht, wieso man sich so 'ne Schlinge auf den Dachboden hängt. Ist doch krank, oder? Jeden Tag überlegt man sich: Tu ich's heute? Tu ich's morgen?«

Anne stieg die Treppe ins erste Obergeschoss hinunter und kehrte in das Jugendzimmer zurück. Sie kniete neben Dorns Bett nieder und holte den Koffer hervor. Behutsam schob sie die Scharniere zur Seite und öffnete den Deckel.

Sie starrte auf den Inhalt und lachte leise und humorlos. »Vater-Sohn-Beziehung. Na klar.« Im Koffer lagen eine rote Ledermaske, die runde Löcher für Mund und Nase freiließ, ein Würgehalsband, Klemmen und andere Dinge, deren Zweck sich Anne nicht ausmalen wollte.

♦

Hellmann fuhr zuerst bei Pias Wohnung vorbei und hielt nach einem silbernen Opel Astra Ausschau. Die Straße lag im Dunkeln, offenbar funktionierte die Straßenbeleuchtung nicht richtig. Oder war der Strom ausgefallen? Auch im Gebäude brannte kein Licht. Hellmann parkte am Straßenrand und stieg aus. Er rüttelte probehalber an der Haustür, die jedoch verschlossen war. Pia hatte ihm nur ihren Wohnungsschlüssel gegeben. Er trat einen Schritt zurück und lauschte, doch kein verdächtiges Geräusch war zu hören. Hinter den glänzend schwarzen Fensterscheiben regte sich nichts.

Hellmann stieg zurück in seinen Wagen und warf einen Blick auf die Uhr. Es war schon nach zehn. Mittlerweile musste Dorn damit rechnen, dass nach ihm gesucht wurde. Wenn er klug war, hatte er Marsberg so schnell wie möglich verlassen.

Trotzdem fuhr Hellmann zum Meisenberg und sah, dass in dem Haus von Pias Bruder noch Licht brannte. Er lief über den schneebedeckten Weg zur Eingangstür. Sein Zorn auf Pia war verraucht. Die ganze Nacht erschien ihm wie ein einziger wirrer Traum, und irgendwie war sie daran beteiligt. Nur wusste er noch nicht, inwiefern.

Die Tür öffnete sich und schwülwarme Luft schlug ihm entgegen. Im Flur stand eine Frau in einem Hausanzug aus rotem Samt, die träge lächelte. Dunkelblonde Haare fielen in Wellen auf ihre Schultern und ihr großzügiges Dekolleté. Hellmann sah, dass sie weder Schuhe noch Strümpfe trug.

»Ja bitte?«

»Sind Sie Frau Berger?«

»Die Lebensgefährtin«, erwiderte die Frau. Ihr Blick wanderte an ihm herunter und veränderte sich. Sie verzog den Mund. Erst jetzt wurde Hellmann bewusst, dass Kortmanns Blut braune Schlieren an seinen Knien hinterlassen hatten. Er zeigte ihr seinen Ausweis.

»Ich muss mit Johannes Berger sprechen. Ist seine Schwester auch bei Ihnen?«

Sie warf nur einen kurzen Blick darauf. »Er ist gerade nicht zu sprechen.«

Plötzlich hörte Hellmann ein unterdrücktes Stöhnen. Es kam aus dem Haus, aus einem Zimmer, dessen Tür halbgeöffnet war. Ihm kam es vor, als würde jemand um Hilfe rufen, jemand, der nicht schreien konnte, weil ein Knebel in seinem Mund steckte.

Ohne zu zögern drängte er sich an der Frau vorbei. Sie rief etwas und wollte ihn aufhalten. Ihre Finger bohrten sich wie Krallen in seine Schulter. Er schlug ihre Hand beiseite und durchquerte mit drei Sätzen den Hausflur.

»Bleiben Sie stehen!«, rief sie mit schneidender Stimme.

Aber Hellmann hatte die Zimmertür erreicht und starrte auf das Bild, das sich ihm bot. Johannes Berger lag auf dem Bett und sein rechtes Handgelenk war an das Metallgestell gefesselt. Bis auf einen schwarzen Stringtanga war er nackt.

Im Fernsehen lief ein BDSM-Porno und die Hauptdarstellerin gab die Geräusche von sich, die Hellmann alarmiert hatten. Er hörte die Schritte nackter Füße hinter sich und stammelte eine Entschuldigung. Dann flüchtete er aus dem Haus.

♦

»Der silberne Opel Astra von Dr. Kortmann wurde auf dem Parkplatz eines Supermarktes in Warburg gefunden«, informierte Frau Nolte-Bergmann Anne. »Von dem Flüchtigen bisher keine Spur. Drei Streifenwagen sind vor Ort und überprüfen das.«

Anne griff sofort nach ihrer Jacke. »Haben Sie eine Adresse?« In diesem Moment klingelte ihr Handy. Es war Hellmann.

»Wir müssen nach Warburg«, rief er erregt. »Soll ich dich abholen?«

Minuten später saß Anne in dem kleinen Fiat, und Hellmann brauste über die B7 in Richtung Scherfede. Er hatte den Polizeifunk eingeschaltet und sie verfolgten die knappen Berichte der Kollegen. Auch Rainers Mutter wohnte in Warburg, doch dort hatte man den Flüchtigen nicht angetroffen. Angeblich wusste Frau Dorn nicht, wo ihr Sohn sich aufhielt.

»Wenn er in dieser Stadt aufgewachsen ist, muss er dort Leute kennen«, murmelte Anne und starrte in die Dunkelheit und die weißen Schneeflocken, die vor dem Auto aufwirbelten.

»Sieh doch mal in seinen Akten nach«, Hellmann schaltete die Deckenbeleuchtung ein und deutete auf die Rückbank. »Die habe ich aus der Psychiatrie mitgenommen, hatte aber noch keine Zeit, sie mir anzusehen.«

Anne griff nach dem Stapel Krankenblätter und Akten. »Nicht schlecht, Hellmann, mir dir könnte ich öfter zusammenarbeiten.«

Sie öffnete die Patientenakte von Rainer Dorn, die bis zu seinem sechzehnten Lebensjahr zurückreichte. Er war wiederholt in psychiatrischer Behandlung gewesen. Anne überflog die Berichte und las Fachbegriffe wie emotionale Dysregulation und vorherrschende Dysphorie, selbstschädigendes Verhalten und Störung der Impulskontrolle. Wiederholt wurde die Diagnose einer emotional instabilen Persönlichkeitsstörung, Borderline-Typus, gestellt.

»Findest du etwas zu Kontakten?«, fragte Hellmann.

»Leider nein. Offenbar ist es ihm schwergefallen, Freundschaften zu schließen, oder was verstehst du unter Über-Sensibilität, instabilen Beziehungen und brüchiger Ich-Struktur? Scheinbar ist auch die Beziehung zu seiner Mutter gestört. Hier steht, dass er keinen Kontakt zu ihr wünscht und Vermittlungsversuche ablehnt.«

»Aber es muss doch irgendeinen Ansprechpartner geben. Jemanden, den man im Notfall informieren kann.«

Anne sah alle Akten durch. »Hier ist nichts.« Sie öffnete einen Hefter mit Kontoauszügen. »Rainer scheint mit seinen Bildern nicht schlecht verdient zu haben. Hier sind immer wieder Verkäufe für mehrere Hundert Euro, und ich glaube nicht, dass er in der Psychiatrie hohe Lebenshaltungskosten gehabt hat.«

Sie blätterte weiter und stieß einen leisen Pfiff aus.

»Was ist?«, fragte Hellmann.

»Hier, das ist interessant. Von wegen, er hatte keinen Kontakt zu seiner Mutter!«

Das Stadtbild von Warburg wurde durch viele gut gepflegte Fachwerk- und Steinhäuser bestimmt. *Ein hübsches Städtchen*, dachte Anne, als sie durch die Altstadt fuhren. Sie sah Kirchtürme und mittelalterliche Bauten und die Reste der alten Stadtmauer. Die Straßen waren weihnachtlich beleuchtet.

»Bei Tageslicht könntest du dort in der Ferne den Desenberg sehen«, erklärte Hellmann. »Eigentlich ein erloschener Vulkan. Dort gibt es eine schöne Burgruine.«

Der silberne Opel Astra des Psychiaters war am Ende eines Supermarktparkplatzes abgestellt worden. Die Türen standen offen und zu beiden Seiten hatte man Scheinwerfer aufgestellt. Ein Kriminaltechniker untersuchte das Innere des Wagens. Die anderen Kollegen waren nicht zu sehen. Anne und Hellmann näherten sich dem Wagen und wiesen sich aus.

»Der Flüchtige ist gefahren«, erklärte der Mann und nutzte die Unterbrechung, um eine Zigarette zu rauchen. »Das können wir anhand der Fingerabdrücke schon zweifelsfrei sagen. Die Kollegen sind mit einem Diensthund im Einsatz und verfolgen seine Spur. Wenn Sie mich fragen, ist es nur noch eine Frage der Zeit, bis wir ihn haben.« Er blies genussvoll den Rauch aus und hauchte ein paar Kringel in die Luft.

»Und?«, fragte Hellmann. »Haben Sie sonst noch etwas gefunden?«

»Wir arbeiten dran.«

Als sie zu Hellmanns Wagen zurückkehrten, hatte Anne Mühe, ihre Aufregung zu zügeln. Es war bald Mitternacht, doch sie war überhaupt nicht müde. Sie spürte, dass sie ganz nah an Dorn dran waren. Er hatte seinen Fluchtwagen zurücklassen müssen, und dass der Hund Witterung aufgenommen hatte, bedeutete, dass er zu Fuß weitergelaufen war. Er konnte sich nicht mehr verstecken. Der Hund würde ihm überallhin folgen.

Hellmann setzte sich auf den Fahrersitz. »Was machen wir jetzt? Möchtest du schlafen?«

Anne schüttelte bestimmt den Kopf. Schlaf war das Letzte, was sie im Moment im Sinn hatte. »Ich bleibe hier. Du kannst aber ruhig nach Hause fahren, dann nehme ich den Zug oder komme mit einem Kollegen zurück.«

Hellmann sah sie von der Seite an. »Du glaubst doch nicht im Ernst, dass ich mir die Festnahme entgehen lasse.«

Sie grinste. »Wo wir schon einmal hier sind, schlage ich vor, dass wir der Mutter einen Besuch abstatten. Vielleicht haben ihr die Kollegen nicht die richtigen Fragen gestellt.«

Hellmann fuhr los, durch die menschenleere, malerische Stadt zu der Adresse, wo Rainers Mutter gemeldet war.

»Verlässt du dich eigentlich nie auf andere?«, fragte er plötzlich. »Oder arbeitest du immer als Ein-Mann-Team?«

Anne überhörte nicht die Kritik in seinen Worten. »Es gibt Kollegen, auf die ich mich verlasse. Aber es sind nicht viele«, antwortete sie ehrlich. »Thorsten, Holger, Ulrike. Von denen weiß ich sicher, dass sie ihre Arbeit gut machen und mit Leib und Seele dabei sind.«

Sie dachte an Janitzki und fügte hinzu: »Wenn ich den Eindruck habe, dass Kollegen zu ehrgeizig sind und nicht für die Sache kämpfen, fällt es mir schwer, mich auf sie zu verlassen. Oder wenn jemand nur Dienst nach Vorschrift macht. Ich habe auch Probleme damit, wenn ich sie nicht kenne und nicht weiß, wie sie arbeiten. Geht es dir anders?«

Er schien über die Frage nachzudenken. »Ja«, sagte er. »Ich bin es gewohnt, mich auf andere zu verlassen. Aber ich habe auch wenig Erfahrung mit Todesermittlungen. Fälle wie Wohnungseinbrüche, Telefonbetrügereien und Vergewaltigungen löst man nicht alleine.«

Todesermittlungen auch nicht, dachte Anne. Seine Worte gingen in dieselbe Richtung wie das, was Thorsten ihr manchmal sagte. Aber sie war nicht gut darin, Fehler zuzugeben.

»Du gehörst übrigens dazu«, sagte sie. »Zu den Kollegen, auf die ich mich verlassen würde. Außerdem«, fügte sie hinzu und wedelte mit den Kontoauszügen, »glaube ich, dass die Polizisten, die bei Frau Dorn waren, nicht das wussten, was wir jetzt wissen.«

Die Adresse, die in Rainers Akte stand, führte sie zu einem Mietshaus, das in einem schneebedeckten Hinterhof lag. Bisher hatte sich niemand die Mühe gemacht, einen Weg bis zur Haustür freizuschaufeln. Anne und Hellmann kamen an einem überquellenden Müllcontainer vorbei, der einen unangenehmen Geruch verströmte. Vor dem Haus war ein einsames Vorderrad an einen Fahrradständer gekettet. Anne hielt sich die Nase zu und drückte eine der vielen Klingeln. Sie warteten.

»Bestimmt schläft sie schon«, meinte Hellmann.

Anne schnaubte. »Würdest du schlafen, während dein Sohn von der Polizei gesucht wird?«

»Angeblich haben sie keinen Kontakt mehr.«

»Ja?«, erklang eine Stimme in der Gegensprechanlage.

»Polizei«, sagte Anne. »Entschuldigen Sie die späte Störung, aber wir haben noch ein paar Fragen.«

»Sie waren doch schon da.« Die Stimme klang spröde und kraftlos.

»Ich bin Frau Kirsch von der Kripo Dortmund. Es geht um einen anderen Fall, bei dem Sie uns vielleicht helfen können. Ich verspreche Ihnen, es dauert nicht lange.«

»Dortmund? Damit hab ich nix zu tun. Was für ein Fall?«

»Können wir das vielleicht oben besprechen, Frau Dorn?«

Der Türöffner surrte. Anne und Hellmann stiegen in den

vierten Stock. Rainers Mutter hatte die Wohnungstür einen Spalt breit geöffnet und eine Kette vorgelegt. Mit dünner Stimme verlangte sie ihre Ausweise.

Anne erschrak beim Anblick der knochigen Hand, die Frau Dorn ihnen entgegenstreckte. Sehnen und Adern zeichneten sich überdeutlich unter der Haut ab. Sie legte ihren Ausweis in die Hand und tauschte einen vielsagenden Blick mit Hellmann.

Endlich öffnete die Frau die Tür. Der skelettartige Arm hatte Anne vorbereitet, trotzdem erschrak sie beim Anblick der storchenartigen Beine, die wie Streichhölzer unter dem Bademantel hervorragten. Frau Dorns Kopf hatte die Form eines Totenschädels mit unnatürlich vollen Lippen, die wie aufgeklebt aussahen. Die dunkle Ponyfrisur war offensichtlich eine Perücke.

»Haben wir Sie geweckt?«, fragte Anne, als sie ihre Sprache wiedergefunden hatte.

»Ich wollte gerade ins Bett gehen«, erklärte Frau Dorn und führte sie ins Wohnzimmer. Der Raum war einfach eingerichtet und schien sauber zu sein, roch aber unangenehm nach Nikotin. »Mein Freund hat Nachtschicht. Er kommt erst um fünf zurück. Er hat heute Abend für uns gekocht. Es gab Lasagne.«

Anne verkniff sich die Frage, ob Frau Dorn auch etwas davon gegessen hatte. »Wann haben Sie Ihren Sohn das letzte Mal gesehen?«

Rainers Mutter verschränkte die dürren Arme vor der Brust und ließ sich langsam in einen Stuhl sinken. »Ach, das haben doch Ihre Kollegen schon gefragt. Ich weiß es nicht mehr. Kurz nach seiner Verurteilung. Vor fünf oder sechs Jahren wollte ich ihn mal in der Psychiatrie besuchen, aber er wollte mich nicht sehen.« Sie zuckte mit den Schultern. »Ich kann Ihnen also nicht weiterhelfen.«

»Warum wollte er Sie nicht sehen?«

Sie schürzte die unechten Lippen. »Er hat mir immer vorgeworfen, ich hätte mich zu wenig um ihn gekümmert.

Dabei war ich die Einzige, die sich um ihn geschert hat. Nach der Geburt wollte ich ihn zur Adoption freigeben, aber mein Mann war dagegen. Ein Jahr später hat er uns beide sitzenlassen. Da hat der Balg ihn nicht mehr interessiert.«

»Kennen Sie jemand anderen, mit dem er Kontakt hatte? Einen alten Schulfreund vielleicht? Oder andere Verwandte?«

»Nein«, erwiderte die Mutter. »Er hatte mal einen Schulfreund. Liam Bunse hieß der. Aber die Familie ist weggezogen.«

Hellmann zückte einen Notizblock. »Wissen Sie, wohin?«

»Kassel, glaube ich. Mehr weiß ich nicht, und das hab' ich Ihren Kollegen schon gesagt.«

Anne legte den Hefter mit den Kontoauszügen auf den Tisch. »Wie kommt es, dass Ihr Sohn Ihnen seit Jahren regelmäßig größere Geldbeträge überweist? Wo Sie angeblich keinen Kontakt mehr haben?«

Frau Dorn starrte sie an. Ihre Augen wirkten unnatürlich groß und lagen in tiefen, dunklen Höhlen. Anne fühlte sich unangenehm an einen Zombiefilm erinnert.

»Was soll das?«, zischte sie böse. »Was geht Sie das an? Warum schnüffeln Sie in meinen Angelegenheiten herum?«

»Wir suchen Ihren Sohn, Frau Dorn«, erwiderte Anne mit sachlicher Stimme. »Er steht unter Mordverdacht.«

Rainers Mutter war aufgestanden und zurückgewichen, ihre Finger rieben nervös über die knochigen Handgelenke. »Ich weiß nichts von Mord. Ich hab' damit nichts zu tun!«

»Warum schickt er Ihnen Geld, Frau Dorn?«, fragte Hellmann scharf.

Ihr Kopf wippte hin und her und in ihre Augen trat ein gehetzter Ausdruck. Ihre Unterlippe zitterte. Sie tat Anne beinahe leid.

»Sehen Sie mich doch an!«, schrie sie plötzlich. »Er war das! Er hat meinen Körper ruiniert. Wissen Sie, wie das ist, wenn so ein schweres Kind zur Welt kommt? Wie die Narbe vom Kaiserschnitt aussieht? Er ist schuld, dass mein Mann mich nicht mehr wollte.«

Als die Wohnungstür hinter ihnen zuschlug, hatte Anne das Gefühl, aus den Tiefen eines Albtraumes emporzusteigen.

◆

Pia erwachte und war einen Moment lang orientierungslos. Es war finster im Zimmer. Dann spürte sie die Wärme von Michaelas Beinen, ein elektrisierendes Gefühl von nackter Haut, das ein wohliges Kribbeln durch ihren Körper jagte. Sie lagen zusammen auf einem breiten Schlafsofa. Pia hatte ihre Jeans ausgezogen und trug noch Slip und ein dünnes Langarmshirt. Behutsam drehte sie den Kopf und genoss den gleichmäßigen Atem auf ihrer Wange und Michaelas Geruch.

Erst als sie das Geräusch noch einmal hörte, wurde ihr klar, dass sie geweckt worden war. Das Klirren einer Besteckschublade. Metall gegen Metall. Gegen ihren Willen sah sie plötzlich das Bild von Rainer vor sich, der ein Messer in der Hand hielt, von dem heller Tomatensaft tropfte.

Sie spürte, wie ihr Herz kurz aus dem Takt geriet und dann zu hämmern begann. *Es ist bestimmt Frau Gerlach,* versuchte sie sich zu beruhigen. *Sie ist aufgestanden, um sich in der Küche etwas zu trinken zu holen.*

Die Erinnerung an Rainer wollte sich jedoch nicht vertreiben lassen.

Er hatte sich so auf das Kind gefreut. Es sei eine neue Chance für ihn. Die Chance, noch einmal von vorn anzufangen und alles richtig zu machen. Als würde er selbst neugeboren. Und gleichzeitig hatte er Angst. Er sprach es nicht aus, aber Pia spürte es. Er begann sie zu überwachen, wollte immer wissen, wo sie war, was sie tat, was sie aß und trank. Er folgte ihr, wenn sie sich mit Corinna traf und wenn sie einkaufen ging. In der Pause auf dem Schulhof bemerkte sie, dass er sie aus der Ferne beobachtete. Er stellte Pläne für sie auf, wann sie

zum Arzt gehen musste, wie lang sie schlafen sollte. Er rief sie
wieder und wieder an und wurde unglaublich wütend, wenn
sie nicht ans Telefon ging oder sich nicht an vereinbarte Zeiten
hielt. Pia begann, sich vor ihm zu fürchten.

An dem Tag, als er mit dem Messer vor ihr stand, hatte sie
zum ersten Mal Angst, dass er ihr etwas antun würde. Sie floh
zu ihrer Mutter und vertraute sich ihr an.

Während sie mit Pia sprach, putzte Erna ihre Sammlung
aus Steingutengeln. Behutsam hob sie eine der Figuren hoch
und rieb mit dem Tuch über die roten Pausbacken und die
blonden Engelslöckchen.

»Du musst einen Schlussstrich ziehen«, sagte sie bestimmt,
stellte den Engel vorsichtig ab und drehte ihn so, dass er Pia
ansah. Er blies mit dicken Backen in eine Flöte.

»Du musst das Kind wegmachen. Diese Beziehung macht
euch beide kaputt. Beende die Schwangerschaft, dann wird er
dich in Ruhe lassen.«

Sie nahm einen neuen Engel, der die Hände gefaltet hatte
und kniete. Erna arbeitete ehrenamtlich in einer Beratungs-
stelle für Frauen, die ungewollt schwanger geworden waren.
Sie hatte alles schon mal gehört, sagte sie oft. Sie kannte solche
Fälle wie Rainer.

»Du gehst nicht mehr zu ihm. Bleib in deinem Zimmer.
Morgen fahren wir zusammen ins Krankenhaus.«

Pia hatte das Gefühl, keine Luft mehr zu bekommen, und
richtete sich auf. Sie spürte Michaela neben sich und hörte
sie atmen, konnte aber nichts sehen. Das Einzige, was die
Finsternis durchdrang, war ein winziger blauer Lichtpunkt,
einige Meter entfernt. Pia begriff, dass es der zusammenge-
klappte Laptop war, der noch auf dem Esstisch stand.

Dann sah sie einen weiteren Lichtpunkt, der schwächer
als das Sleep-Signal des Laptops war: *das Schlüsselloch. Das*
Licht aus der Küche. Trotz der Wärme von Michaelas Körper
begann sie zu frieren. Sie starrte auf den Lichtpunkt, als
könne sie die Tür mit ihren Augen durchdringen.

Es ist nur Frau Gerlach, wiederholte sie in Gedanken. *Es kann nicht Rainer sein. Woher sollte er wissen, dass ich hier bin?*

Er ist dir gefolgt, dachte sie dann. *Vom Weihnachtsmarkt bis hierher.*

Pia umklammerte die Decke mit den Händen und hielt die Arme eng an den Körper. *Beim letzten Mal hat er dich nur verletzt. Dieses Mal bringt er es zu Ende.*

Der Lichtschein verschwand plötzlich, und Pia dachte, dass jemand das Licht in der Küche ausgeschaltet haben musste. Dann wurde ihr klar, dass das nicht stimmte, denn die Türklinke bewegte sich mit metallischem Schaben. Das Licht wurde durch jemanden verdeckt, der direkt vor dem Schlüsselloch stand.

Pia wagte nicht, sich zu bewegen. Sie wagte nicht einmal zu blinzeln. In der Tür stand eine hünenhafte Gestalt, die keine menschlichen Umrisse zu haben schien. Ein dunkler Berg aus Fleisch, der mit schlurfenden Schritten in den Raum trat.

»Michaela«, flüsterte eine kratzige Stimme.

Zwischen donnernden Herzschlägen wurde Pia plötzlich klar, dass es Frau Gerlachs Stimme war.

»Michaela, ich finde die Medikamente für Ben nicht. Er hat mich geweckt, weil er in den Garten musste, und ich glaube, er hat Schmerzen.«

Pia wurde schwindelig. Sie spürte, wie sich Michaela neben ihr aufsetzte. Eine Stehlampe ging an und sie fühlte eine warme Hand auf ihrer Schulter.

»Schlaf weiter.«

Mit geschmeidigen Bewegungen stieg Michaela vom Sofa und ging in die Küche. Pia hörte das sanfte Geräusch ihrer nackten Füße auf dem Boden. Sie begegnete Ute Gerlachs erstauntem Blick, die in eine Bettdecke gewickelt in der Tür stand.

Kapitel 12

Der Wecker klingelte mit fremdem Ton und Pia schlug verwirrt im Halbschlaf um sich.

»Au!«

Sie spürte, dass ihre Hand auf etwas traf, fühlte Michaelas kurze Haare und erschrak. »Entschuldigung«, flüsterte sie.

Die Wohnzimmerlampe ging an. Michaela blinzelte. Sie hatte den Abdruck einer Kissennaht im Gesicht. Ihre Mundwinkel zuckten.

»Alles in Ordnung. Du musst mich nicht totschlagen. Ich stehe freiwillig auf.« Sie lächelte breit und küsste Pia auf die Wange.

Vor Schreck hielt Pia den Atem an und wünschte sich gleichzeitig, die Zeit würde stehenbleiben. *Was ist mit uns passiert? Und wie ist es passiert?* Wann hatte es aufgehört, einfach nur freundschaftlich zu sein, und war zu etwas anderem geworden?

»Wann musst du zur Schule?«, fragte Michaela.

Schlagartig wurde Pia bewusst, dass heute Montag war. Sie hatte überhaupt nicht daran gedacht, dass sie wieder arbeiten musste. So etwas war ihr noch nie passiert. Adrenalin und das unbestimmte Gefühl, nicht Herr der Lage zu sein, überschwemmten sie.

»Oh Gott, was ... wie spät ist es?«

Dann fiel ihr ein, dass sie heute erst zur zweiten Stunde Unterricht hatte, und sie wurde ruhiger. »Ich muss um halb neun in der Schule sein.«

Michaela lächelte zufrieden. »Dann haben wir noch Zeit für ein kleines Frühstück.«

Im Gästebadezimmer versuchte Pia, ihre zerzausten Haare mit den Fingern in Form zu bringen. Dabei starrte sie in ihr schmales, blasses Gesicht, das einen Ausdruck von Ungläubigkeit zeigte. *Warum ich? Was findet sie bloß an mir?*

Sie versuchte zu lächeln und ärgerte sich darüber, wie unsicher es aussah.

Mit einem flauen Gefühl im Bauch dachte sie daran, dass sie gleich Frau Gerlach gegenübertreten musste. *Was denkt sie von mir? Hält sie mich jetzt für eine Schlampe?*

Pia klammerte sich an die Hoffnung, Ute Gerlach würde noch schlafen, aber diese wurde zunichtegemacht, als sie die Stimmen der beiden Frauen aus der Küche hörte. Sie stand vor der geschlossenen Tür und rang mit sich. *Wenn du jetzt ein Feigling bist und verschwindest, wird die Sache mit Michaela für immer vorbei sein und ebenso deine Freundschaft mit Frau Gerlach. Es wird danach nur noch komisch sein. Ist dir das alles so wenig wert?*

Zornig auf sich selbst drückte sie die Klinke hinunter. Ben lag auf dem Boden neben Ute Gerlach und wedelte mit dem Schwanz, als Pia hereinkam. Sie ging als Erstes zu ihm und strich ihm vorsichtig über das Fell.

»Na, du Kleiner, wie geht es dir?«

Frau Gerlach antwortete ihr. »Ich glaube, es geht ihm schon besser. Michaela hat sich heute noch Urlaub genommen, und wir fahren gleich zum Tierarzt.«

Ihre Tochter hatte den Arm um die Lehne eines freien Stuhls gelegt. »Komm, setz dich zu uns.«

Pia gehorchte und Michaela goss ihr ungefragt Kaffee ein. Ute Gerlach erkundigte sich nach Pias Schulaufführung auf dem Weihnachtsmarkt, und nach ein wenig zwangloser

Plauderei erwähnte sie beiläufig, dass sie hoffte, ihre Tochter jetzt ein wenig häufiger zu sehen. Dabei funkelten ihre Augen schelmisch. Michaela hielt das für eine gute Idee.

Von ihrem Platz aus konnte Pia aus dem Fenster auf die Straße blicken. Sie sah schwere weiße Flocken vom Himmel schweben und wusste plötzlich, dass alles gut werden würde.

Gemeinsam mit Michaela räumte sie den Tisch ab. Danach packte sie ihre Sachen zusammen und warf einen Blick auf ihr Samsung Galaxy. Anton Hellmann hatte mehrmals versucht, sie anzurufen, stellte sie erschrocken fest. Sie hatte das Smartphone bei der Aufführung auf lautlos gestellt und es danach einfach vergessen. Mit einem schlechten Gewissen wählte sie seine Nummer. Er ging nach dem zweiten Klingeln ran.

»Wo bist du?«, war das Erste, was er sagte.

Pia war auf die Frage nicht vorbereitet.

»Bei einer Freundin«, antwortete sie nach kurzer Pause.

»Ich habe heute Morgen schon mit deinem Bruder telefoniert. Er wusste auch nicht, wo du bist.« In seiner Stimme lang ein deutlicher Vorwurf.

»Entschuldige, ich …«

»Wo genau wohnt deine Freundin?«

»Bei uns im Haus. Michaela ist die Tochter meiner Nachbarin.«

»Da kannst du nicht bleiben.« Er klang angespannt. »Rainer Dorn ist gestern aus der Forensik geflohen. Ich glaube zwar nicht, dass er sich in Marsberg aufhält, aber ich möchte kein Risiko eingehen.«

Rainer Dorn ist geflohen. Der Satz hallte in ihrem Bewusstsein wider, doch er löste nicht den Schrecken aus, mit dem sie gerechnet hatte. *Endlich*, dachte sie. *Endlich passiert etwas.*

»Ich habe mit deinem Bruder gesprochen. Er weiß Bescheid.« Seine Stimme hatte einen seltsamen Unterton bekommen, und Pia beschlich das Gefühl, dass etwas zwischen ihm und Johannes vorgefallen war.

»Ja?« Plötzlich bekam sie Angst, Johannes würde sie fallenlassen. »Was sagt er?«

»Du kannst bei ihm bleiben, bis wir Dorn gefunden haben. Er ist bei der Arbeit und wir haben besprochen, dass er dich abholt und zu seinem Haus bringt. Ruf ihn an und lass dich von ihm holen. Du sollst nicht allein zu deinem Auto gehen. Hast du mich verstanden?«

Pia fühlte sich auf einmal von den Ereignissen überrollt. »Aber ich muss zur Schule«, wandte sie ein.

»In die Grundschule?« Anton Hellmann schnaubte kurz und trocken. »Auf keinen Fall. Wir können die Kinder nicht gefährden. Ruf da an und melde dich krank. Die Öffentlichkeitsfahndung läuft. Ich denke nicht, dass wir lange brauchen, um ihn zu finden.«

»In Ordnung.« Ihr wurde schwindelig. Sie hatte sich noch nie fälschlicherweise krank gemeldet. Andererseits wollte sie ihren Kollegen auch nicht sagen, dass sie von einem psychisch kranken Straftäter bedroht wurde.

Sie atmete tief durch und rief in der Schule an, bevor ihr noch weitere Bedenken kommen konnten. Sie erklärte Frau Gockel, sie habe Kopf- und Halsschmerzen. Die Direktorin wünschte gute Besserung, und Pia legte mit dem Gefühl auf, eine Grenze überschritten zu haben.

Sie ließ das Smartphone sinken und machte ein paar Schritte in den Raum. Ihr war, als wate sie unter Wasser. Ihre Beine fühlten sich gummiartig an, und Pia hatte Angst, dass sie jeden Moment nachgeben würden.

Michaela stand in der Tür. »Was ist mit dir? Geht es dir nicht gut?« Wie viel hatte sie gehört?

Pia schwankte und hatte Mühe, genug Luft zu bekommen. »Ich muss meinen Bruder anrufen«, brachte sie heraus.

Michaela war mit schnellen Schritten an ihrer Seite und griff nach ihrem Arm. »Du siehst nicht gut aus. Setz dich hin.«

Pia ließ sich auf das Sofa sinken, auf dem sie geschlafen hatten.

»Möchtest du etwas trinken?«, fragte Michaela besorgt.

Pia nickte und nahm dankbar das Glas Wasser an, das Michaela ihr reichte. Sie trank ein paar Schlucke.

»Können wir reden?« *Allein?* Das letzte Wort sprach sie nicht aus, aber Michaela verstand es trotzdem. Sie ging in die Küche und wechselte ein paar halblaute Sätze mit ihrer Mutter. Dann schloss sie die Wohnzimmertür hinter sich und setzte sich zu Pia aufs Sofa.

»Wir können ungestört sprechen.«

Pia nickte dankbar. Dann begann sie zu erzählen. Sie fing mit dem an, was sie auch Anton gesagt hatte, und stockte einige Male, aber Michaela unterbrach sie nicht, sondern hörte bloß zu. Nach und nach fiel Pia das Sprechen leichter und zum ersten Mal erzählte sie alles. Von ihrer Zeit in der Kinder- und Jugendpsychiatrie, der Beziehung zu Rainer und auch das andere: das mit dem Kind.

Wie Rainer sie mit dem Küchenmesser bedroht hatte und sie zu ihrer Mutter geflüchtet war. Am nächsten Tag war Erna mit ihr nach Paderborn gefahren. Damals hatte Pia geglaubt, dass in Marsberg keine Abtreibungen durchgeführt werden konnten. Heute dachte sie, dass der Grund wohl ein anderer gewesen sein musste: *In Paderborn kannte sie niemand.*

Die Bescheinigung über die Beratung vor Schwangerschaftsabbruch füllte Erna selbst aus, datierte sie vier Tage vor und stempelte sie ab. Die Beratung selbst fand nie statt. Pia schrieb Corinna eine Nachricht, bevor Erna ihr das Handy wegnahm, weil es im Krankenhaus nicht erlaubt war. »Sie töten jetzt mein Kind.«

Sie wusste nicht, wie Rainer sie gefunden hatte. Vielleicht war er in jede Arztpraxis und jedes Krankenhaus in der Umgebung geeilt, oder vielleicht hatte er geahnt, dass sie in Paderborn waren.

Plötzlich stand er in der Tür zum Aufwachraum. Pia war wach, aber noch benebelt von der Betäubung. Auch jetzt, Jahre danach, hatte sie in ihrer Erinnerung kein scharfes Bild von diesem Tag. Sie erinnerte sich, dass jemand schrie. Es war ein dunkles, heiseres Schreien. Und eine andere Stimme, ein hitziges Streitgespräch. Dann Schmerzensschreie.

Ein Krachen von Metall gegen Metall. Der Geruch von Blut und Urin. Sie versuchte verzweifelt, sich aufzurichten, doch ihr Körper wollte ihr nicht richtig gehorchen. Sie hatte das Gefühl, als wären ihre Beine und Arme mit Watte ausgestopft. Ihr war übel.

Eine weiße Gestalt lag am Boden und Rainer schlug wie von Sinnen auf sie ein. Dann wankte er zu Pias Bett und packte sie bei den Armen. Er schüttelte sie so heftig, dass ihr Hinterkopf gegen die Wand knallte. Dabei weinte er.

Erst einige Tage später, als Pias gebrochener Arm mit einem Gipsverband versorgt und ihre Kopf- und Gesichtsverletzungen verbunden worden waren, erfuhr sie, dass Rainer Dorn ein Metallbein von einem Stuhl abgebrochen und damit einen Pfleger zu Tode geprügelt hatte.

In dieser Zeit blieb Erna bei ihr. Sie ließ niemanden herein, noch nicht einmal Pias Vater oder ihren Bruder. Danach nahm sie Pia für den Rest des Jahres von der Schule und veranlasste eine Psychotherapie bei Dr. Kortmann. Pia bekam Medikamente, um schlafen zu können, und wohnte während dieser Zeit in ihrem alten Kinderzimmer.

Michaela hielt sie fest, während sie erzählte. Sie sagte nichts, doch Pia hörte, wie ihre Kiefer gegeneinander mahlten. Es war das erste Mal, dass sie mit jemand anderem als Dr. Kortmann über diesen Tag sprach. Nicht einmal ihr Bruder wusste davon. Sie hatte es tief in ihrem Inneren vergraben und jetzt, als sie es hervorgeholt hatte, kam es ihr dunkel und monströs vor. Würde Michaela sie verurteilen?

Aber die andere Frau strich nur sanft über ihr Haar. »Was ist mit Rainer passiert?«

Pia schluckte trocken und kämpfte gegen die plötzliche Enge in ihrem Hals. »Nach seiner Verurteilung hat er einige Jahre in der Maßregelvollzugsklinik in Lippstadt verbracht und ist irgendwann auf eigenen Wunsch nach Marsberg verlegt worden. Ich habe es erst erfahren, als ich selbst schon wieder hier gewohnt habe. Sonst hätte ich vielleicht nicht den Mut aufgebracht, wieder hier hinzuziehen.«

Pia überlegte, ob sie in Münster geblieben wäre, fand den Gedanken aber wenig anziehend.

»Ich fühle mich wohl hier. Die Arbeit an der Grundschule in Westheim macht mir Freude, und mein Bruder wohnt in der Nähe.«

Sie genoss die Wärme der Umarmung und bedauerte, dass Michaela bald wieder fortgehen würde. Sie hatte ihr Leben in Köln. Dann würde Pia wieder allein sein. Diese Aussicht schnürte ihr die Kehle zu.

Es klopfte und Pia zuckte zusammen.

»Wir müssen gleich fahren«, rief Frau Gerlach durch die geschlossene Tür.

Michaela räusperte sich. »Ist gut.« Sie sah Pia an. »Wir fahren mit Ben noch einmal zu Dr. Falk. Möchtest du mit uns kommen?«

Pia hätte gerne noch mehr Zeit mit Michaela verbracht, aber der Gedanke, dass Ute Gerlach die ganze Zeit dabei sein würde, bereitete ihr Unbehagen. Außerdem hatte sie Hellmann versprochen, zu ihrem Bruder zu gehen.

»Es wäre schön, wenn wir uns später noch sehen würden«, sagte sie darum.

Sie rief Johannes an und vereinbarte mit ihm, dass er sie um halb zehn bei Bresingers Laden abholen sollte. Sie wusste nicht, wie lange sie bei ihm wohnen musste, und wollte noch ein paar Kleinigkeiten einkaufen.

Bei dem Gedanken an Astrid, die endlich erkennen würde, dass Pia wirklich in Gefahr war, überkam sie eine Art diebischer Freude.

◆

Um kurz nach halb neun parkte Anne ihren Wagen auf dem Parkplatz des Polizeipräsidiums Dortmund. Es war ein nasser, grauer Morgen, und im Gegensatz zum Sauerland war hier weit und breit keine Schneeflocke in Sicht.

Die B 1 war wieder einmal schrecklich voll gewesen, und sie hatte für die Fahrt vom Autobahnkreuz Dortmund Unna bis hierher mehr als eine Stunde gebraucht. Natürlich war ihr von vornherein klargewesen, dass sie heute Morgen im Berufsverkehr steckenbleiben würde, aber sie hatte es nicht über sich bringen können, nach der erfolglosen Suche heute Nacht nach Dortmund zurückzufahren. Also hatte sie ein paar Stunden bei Heiko geschlafen und heute mit ihm in trauter Stille einen Kaffee getrunken. Sie war erschöpft und enttäuscht gewesen und hatte auf seine neugierigen Fragen nur ein paar knappe Antworten gehabt.

Anne hängte sich ihre Reisetasche über die Schulter, griff nach Rainers Bild und schlug den Weg zu ihrem Büro ein. Gleich würde sie mit Janitzki sprechen müssen. Der Gedanke bereitete ihr Unbehagen. Wie würde er reagieren, wenn er von ihren Ermittlungen erfuhr?

Sie straffte die Schultern. Zumindest würde er den Fall nicht mehr unter den Teppich kehren können. Dorn war dringend tatverdächtig, das musste JJ zugeben. Ihn zu ergreifen hatte jetzt oberste Priorität.

Anne eilte die Treppen hinauf und steuerte das Büro ihres Chefs an. Durch die Milchglastür sah sie, dass kein Licht brannte, trotzdem drückte sie probehalber die Klinke. Die Tür war verschlossen. Sie hörte Schritte hinter sich.

»Die sind im Besprechungsraum«, sagte Grote im Vorbeigehen. Er hatte ein paar zusammengetackerte Papiere und ein Päckchen Tabak in der Hand.

Anne hielt ihn am Arm zurück. »Gibt es neue Spuren?«

Erstaunt über den plötzlichen Körperkontakt hielt der Kriminaltechniker inne. »Im Fall Corinna Raabe? Nein.«

»Habt ihr die Fingerabdrücke in der Wohnung zugeordnet? Was ist mit DNA-Spuren?«

»Die DNA-Ergebnisse sind noch nicht da. Fingerabdrücke haben wir von dem Mädchen selbst. Den Eltern, der Tante, der Freundin und einige wenige, die wir noch nicht zugeordnet haben.«

»Und habt ihr alle Abdrücke mit Rainer Dorns verglichen?«

»Ja, natürlich«, erwiderte Grote betont geduldig. »Es gab keine Übereinstimmungen.«

»Was?«, Anne konnte nicht glauben, dass er überhaupt nicht in der Wohnung gewesen war. »Sind Sie sicher? Überprüfen Sie es nochmal.«

Grotes kahle Stirn legte sich in Falten. »Janitzki sagt, dass es vermutlich Selbstmord war.«

»Überprüfen Sie es einfach«, zischte Anne.

Sie war sich im Klaren darüber, dass sie dem Kriminaltechniker unrecht tat. Er war noch nie durch einen Fehler oder mangelnde Sorgfalt aufgefallen, aber sie konnte nicht anders. Mit schnellen Schritten ging sie zum Besprechungsraum, klopfte einmal kurz an die Tür und trat ein.

»Die Abdrücke auf dem Messer ...«, sagte Holger gerade. Er blickte überrascht auf und grinste. »Je später der Morgen, desto schöner die Gäste.«

Er trug ein seltsames T-Shirt, dessen Nähte zu sehen waren. Erst auf den zweiten Blick erkannte Anne, was daran nicht stimmte. »Du hast dein T-Shirt auf links an.«

Holger sah an sich herunter und zog eine Grimasse. »Seltsam, dass es noch keinem der Kollegen aufgefallen ist.«

Janitzki räusperte sich und machte eine demonstrative Kopfbewegung in Richtung Wanduhr. »Schön, dass du auch noch kommst.«

»Entschuldige, der Verkehr.« Anne stellte ihre Tasche und das Bild ab und erntete ein paar verwunderte Blicke.

»Wie gesagt«, nahm Holger den Faden wieder auf. »Für die neu Hinzugekommenen: Im Fall der Messerstecherei wurde gestern der letzte Flüchtige aufgegriffen. Wir haben die Tatwaffe identifiziert und anhand der Abdrücke lässt sich nachweisen, dass er die tödlichen Stiche ausgeführt hat.«

»Vielen Dank, Holger«, sagte Janitzki. Er trug ein enganliegendes Hemd mit hochgekrempelten Ärmeln, sodass man seine braungebrannten Arme sehen konnte, die von einem Flaum blonder Haare bedeckt wurden.

»Bisher verweigert er die Aussage, aber ich frage mich, ob Anne nicht in der Lage wäre, ihn zu einem Geständnis zu bewegen?« Er warf ihr einen auffordernden Blick zu, doch statt ihm zu antworten, nahm sie Rainers Bild und trug es nach vorne.

Sie zog das Tuch ab und hielt die Leinwand in die Höhe, sodass alle sie sehen konnten. Dann berichtete sie von ihren Ermittlungen und dem gestrigen Einsatz im Sauerland. Je länger sie redete, desto größer schien das Schweigen im Raum zu werden.

»Rainer Dorn hat kein Alibi mehr«, betonte sie. »Meiner Meinung nach ist er dringend tatverdächtig. Ich schlage vor, dass wir die Ermittlungen im Fall Corinna mit neuem Eifer fortsetzen.«

Die Stille im Raum war beinahe greifbar. Alle beobachteten Janitzki und Frau Liebich, die ebenfalls mit am Tisch saß. Die Staatsanwältin hatte Anne mit großem Interesse zugehört und machte sich jetzt Notizen. JJ sah aus, als hätte sie ihn ins sonnengebräunte Gesicht geschlagen. Ulrike starrte Anne vorwurfsvoll an. *Warum tust du das?*, sagte ihr Blick.

Anne wurde klar, dass es ein Fehler gewesen war, Janitzki nicht eher einzuweihen. Sie hatte gestern jeden Gedanken an ihn verdrängt und jetzt ärgerte sie sich über sich selbst. Mit ein wenig mehr diplomatischem Geschick hätte sie ihn nicht so vorgeführt. Aber er hatte es sich selbst zuzuschreiben, beharrte ein Teil von ihr. Wenn er ihr freie Hand gelassen hätte, wäre es anders gekommen.

Holger hob die Augenbrauen und grinste. Frau Liebich sah Janitzki an und wartete darauf, dass er das Wort ergriff.

Dieser räusperte sich mehrmals, doch seine Stimme klang

belegt, als er sagte: »Gute Arbeit, Anne. Ich werde mich mit der Einsatzleitung besprechen, damit wir Dorn vernehmen können, sobald er gefasst wird. Auch wenn die Indizien auf Selbsttötung hinweisen, können wir einen anderen Tatablauf natürlich nicht ausschließen.«

»Danke«, erwiderte sie. Janitzkis selbstbeherrschte Reaktion verwunderte und beschämte sie ein wenig.

»Dorn hat das Auto in Warburg auf einem Supermarktparkplatz zurückgelassen und ist zu Fuß weitergeflohen. Der Spürhund hat ihn bis zum Bahnhof verfolgt, doch leider hat er an mehreren Gleisen markiert, deshalb wissen wir nicht, in welchen Zug Dorn gestiegen ist. Aber vieles spricht dafür, dass er seine Flucht in östlicher Richtung fortsetzt. Laut Aussage der Mutter hat er in Kassel einen alten Schulfreund.«

Frau Liebich ergriff das Wort. »Sie sagten, der Bauernhof sei durchsucht worden. Was ist mit seinem Zimmer in der Psychiatrie?«

Anne hatte bereits denselben Gedanken gehabt. »Ich würde gleich gerne mit einem Team hinfahren und Dorns Zimmer durchsuchen.«

Beim Hinausgehen knuffte Holger Anne in die Seite.

»Gute Arbeit«, imitierte er Janitzkis Tonfall. »Dem hast du es aber gezeigt, hm?«

Anne nickte unglücklich. »Es war vielleicht nicht klug von mir, ihn zu übergehen.«

»Du bist einfach ein Killer, Anne. So kennen wir dich. Du tust eh, was du willst.« Er lachte.

Anne wartete, bis Frau Liebich Janitzki die Hand gegeben und das Zimmer verlassen hatte. Dann kehrte sie in den Besprechungsraum zurück.

JJ sortierte seine Unterlagen. Er sah nicht auf, als Anne sich näherte, obwohl er sie gehört haben musste.

»Hör zu, ich wollte dich nicht übergehen«, begann sie.

»Hast du aber.«

»Irgendwie gab es keinen passenden Zeitpunkt, um dich anzurufen. Zuerst wollte ich mehr Informationen sammeln und dann wurde es sehr spät.«

»Du hättest mir von vornherein sagen können, was du vorhast.«

»Damit hast du recht.«

Janitzki erhob sich und betrachtete Rainer Dorns Bild, das Anne an die Wand gelehnt hatte. »Deine Idee mit dem Märchen hat etwas für sich. Ich würde das Bild gerne einem unserer Psychologen zeigen. Vielleicht findet sich noch eine weitere Deutungsmöglichkeit.«

»Gute Idee.« Warum hatte sie nicht selbst daran gedacht? Anne nahm ihre Tasche. Sie würde kurz in ihrer Wohnung vorbeifahren und frische Wäsche einpacken, bevor sie wieder ins Sauerland fuhr. Sie ließ Janitzki das Bild da und verabschiedete sich.

»Arbeitest du gegen mich?«, fragte er.

Anne hielt mitten in der Bewegung inne.

»Das tue ich nicht«, protestierte sie, war sich aber nicht sicher, ob das wirklich der Wahrheit entsprach. »Es geht mir nur um den Fall.« *So sollte es zumindest sein.*

Janitzkis Stimme klang rau.

»Thorsten hättest du angerufen.«

◆

Pia sagte, sie würde ihre Sporttasche auf den Schoß nehmen. Schließlich würden sie nur ein paar Meter fahren.

Michaela ließ den Motor an und warf ihr einen warmen Blick zu. Sie hatte darauf bestanden, Pia zu Bresingers Laden zu bringen. Ihre Aufmerksamkeit rührte Pia beinahe zu Tränen. Es tat gut, so umsorgt zu werden.

Michaela fuhr die kurze Strecke und hielt am Straßenrand. Bevor Pia ausstieg, drehte sie sich um und streichelte Ben ausgiebig. Der Border Collie hatte wieder zusammen mit Frau Gerlach auf der Rückbank Platz genommen und bedankte sich für die Streicheleinheiten, indem er Pias Hand leckte.

»Halt die Ohren steif, Ben.«

»Pass auf dich auf, Mädchen«, meinte Frau Gerlach. Scheinbar hatte sie doch mehr mitbekommen, als Pia lieb war.

Michaela stieg aus, um sie zur Ladentür zu begleiten. Pia kam das übertrieben vor. Sie war schließlich kein kleines Kind mehr. Doch ihr Protest wurde erstickt, als Michaela ihr plötzlich einen Kuss auf den Mund drückte.

»Bis später.«

Pia war so überrascht, dass sie in der Eingangstür stehenblieb. Wie paralysiert stand sie da, und als sie es endlich schaffte, sich umzudrehen, sah sie nur noch die roten Scheinwerfer des SUV, der in einer Kurve verschwand. Gedanken und Gefühle tobten in ihrem Kopf.

Was war passiert? Pia hatte gewusst, dass Michaela sich zu Frauen hingezogen fühlte, aber sie selbst? Bisher hatte sie noch nie dergleichen gespürt, aber jetzt war ihr Körper wie elektrisiert. Bedeutete das, dass sie lesbisch war? Was würde ihre Mutter dazu sagen?

Plötzlich wurde ihr bewusst, dass sie immer noch in der geöffneten Tür stand. Eisige Novemberluft zog ungehindert herein und die Zeitschriften in der Auslage flatterten. Hastig trat Pia in den Laden und ließ die Tür hinter sich zufallen. Die plötzliche Wärme umschloss sie wie ein Kokon.

Hatte jemand ihr seltsames Verhalten bemerkt? Pia sah sich verlegen um, doch zum Glück schien sie heute Morgen die einzige Kundin zu sein.

Beschwingt ging sie an den Regalen vorbei und fühlte sich, als hätte sie eine Weste aus Ziegelsteinen abgeworfen. Ihr fiel auf, dass sie lächelte.

Was wollte ich überhaupt kaufen? Sie ging noch einmal zurück zum Eingang, um einen Einkaufskorb zu holen, und stellte eine Flasche Wasser hinein. Sie nahm eine Packung Müsliriegel, einige Äpfel und Zahnpasta. Damit würde sie sich bei Johannes ein wenig Eigenständigkeit bewahren. Seltsamerweise saß niemand an der Kasse. Frau Bresinger war nirgends zu sehen oder zu hören. Dabei gehörte ihre nörgelnde Stimme ebenso zum Laden wie die Einrichtung selbst. *Wie unvorsichtig, sich überhaupt nicht blicken zu lassen.* Hatten Bresingers keine Angst vor Ladendieben? Befremdet setzte Pia ihren Einkauf fort und fragte sich, ob sie gleich würde rufen müssen.

Vor der Kühltheke blieb sie stehen. Die Tür zum Kühlraum stand sperrangelweit offen. In diesem Moment wurde Pia klar, dass etwas nicht stimmte. Diese Nachlässigkeit hätte Frau Bresinger in Raserei versetzt.

Pias Hals wurde trocken. Was war hier los?

»Schlampe«, sagte plötzlich jemand hinter ihr. Er machte eine Pause nach dem »Sch«, als koste es ihn Mühe, das Wort herauszubringen.

Pia drehte sich um und sah, dass Herr Bresinger mit leicht geöffnetem Mund hinter ihr stand. Sie sah seine gelblich verfärbten Schneidezähne. Ein Arm hing an seiner Seite herab und die Finger zuckten. Die andere Hand hielt er hinter seinem Rücken verborgen. Mit geweiteten Augen starrte er sie an. Der Blick machte ihr Angst.

»Ich beobachte dich schon eine ganze Weile.« Seine Stimme klang verändert, höher als sonst. Pia hatte ihn noch nie in diesem Tonfall reden hören.

»Ich dachte, du wärst anders, aber du bist auch nur eine dreckige kleine Hure.«

Das letzte Wort ging ihr durch Mark und Bein und in Gedanken sah sie die verschmierten Buchstaben auf dem Badezimmerspiegel. Jetzt wurde ihr klar, dass nicht Rainer Samstagnacht in ihrer Wohnung gewesen war.

Bei dem Gedanken an Bresingers teigige Finger, die ihre persönlichen Sachen durchwühlten, spürte Pia Übelkeit in sich aufsteigen. Dann dachte sie an Ben.

»Haben Sie den Köder ausgelegt?«, fragte sie fassungslos. »Weil Ben Sie verjagt hat?«

Er schien ihre Frage überhaupt nicht wahrzunehmen. »Ich wollte es nicht glauben!«, zischte er. »Obwohl ich den Beweis doch gesehen hatte.«

Erst jetzt fielen Pia die bräunlich roten Flecken an seinen Ärmeln und die Sprenkel auf der Vorderseite seines Hemdes auf. *War das etwa Blut?*

»Ein Ultraschallbild!«, spuckte Bresinger. »Ein Balg und Hurenkind. Trotzdem wollte ich es nicht glauben. Nicht sie. Sie ist anders.«

Seine Unterlippe zitterte vor Wut und Erregung und er machte eine Geste in Richtung Tür. »Und dann das! Sie knutscht vor meinen Augen. Mit einer Frau!«

Pia fühlte sich wie in einem wirren Traum gefangen. Sie konnte nicht fassen, dass dies gerade wirklich geschah. War die Welt plötzlich verrückt geworden? Rainer war doch derjenige gewesen, vor dem sie Angst haben musste.

Sie schluckte und ihr fiel ein, dass Johannes gleich kommen würde. Er musste jeden Augenblick hier sein.

Bisher war sie wie erstarrt gewesen. Sie hatte sich nicht bewegt, aus Angst, Bresinger zu einer Reaktion zu provozieren. Was verbarg er hinter seinem Rücken? Eine Waffe?

Sie versuchte ruhig zu atmen und dachte, dass sie Zeit schinden musste. *Bring ihn zum Reden. Wenn Johannes erst hier ist … Hoffentlich zögert er nicht. Hoffentlich begreift er die Situation sofort.*

»Warum ich?«, fragte sie mit enger Kehle.

Er machte einen Schritt auf sie zu, und sie huschte instinktiv zurück. »Ich dachte, du bist anders«, flüsterte er.

Nun, da sie einmal in Bewegung war, konnte sie nicht mehr anders. Sie stolperte rückwärts und spürte das Glas der Kühltheke im Rücken.

»Du willst weg?«, murmelte er kopfschüttelnd und kam hinter ihr her. »Du willst mich verlassen?«

Er zog die Hand hinter dem Rücken hervor, und Pia sah, dass er ein Fleischermesser hielt. Die lange Klinge war mit dunkelrotem Blut verschmiert.

Sie geriet in Panik und taumelte zur Seite. In diesem Moment stürzte Bresinger sich auf sie und packte sie vorn an der Jacke. Sie roch seinen sauren Atem. Er hatte Branntwein getrunken. Unbeholfen schlug sie nach ihm und versuchte, sich aus seinem Griff zu winden. Sie packte den Arm, der das Messer hielt, mit beiden Händen.

Sein Ellenbogen traf ihre Wange. Der Schmerz zuckte durch ihren Schädel. Von der Wucht des Schlages wurde sie zur Seite geworfen und fiel zu Boden. Verzweifelt hob sie die Arme vors Gesicht, um sich vor dem Messer zu schützen. Er packte ihre Haare. Sie öffnete den Mund, um zu schreien, doch nach dem ersten erstickten Ton schloss sich eine Hand um ihre Kiefer und presste sie zusammen. Sie versuchte zu beißen, bekam aber nichts zwischen die Zähne.

Beinahe sanft legte sich der kalte Stahl des Messers an ihre Kehle, und sie erstarrte. Ihr Atem ging keuchend, und bei jedem Ausatmen spürte sie den Druck der Klinge. Sie hörte Bresinger schnaufen und roch Blut und Schweiß.

»Steh auf.«

Pia konnte ihre Beine kaum spüren, gehorchte aber. *Johannes, wo bist du?* Sie schielte nach der Eingangstür. Mit jeder Faser ihres Seins sehnte sie ihren Bruder herbei und fürchtete seine Ankunft gleichzeitig. Wenn er jetzt käme, würde Bresinger sie töten? Und wo war seine Frau?

Er zwang sie auf die Füße und stieß sie an der offenstehenden Tür des Kühlraums vorbei. Pia roch rohes Fleisch und fühlte Übelkeit in sich aufsteigen. Bresinger hatte einen Arm um ihre Brust geschlungen, mit der anderen presste er das Messer an ihre Kehle.

Sie näherten sich einer Tür. Pia sah ein Bein in einer schwarzen Strumpfhose und einem Damenschuh am Boden liegen.

Sie stolperte und fiel hin. Sie schrie. Erst vor Schmerz und Schreck, dann brüllte sie laut um Hilfe. Sofort war Bresinger bei ihr und stopfte ihr etwas in den Mund, das sich anfühlte wie ein alter Lappen. Es schmeckte widerlich.

Er kniete mit einem Bein auf ihrem Brustkorb und presste den Knebel in ihren Mund. Pia bekam kaum Luft und wurde panisch. Sie schlug um sich und krallte ihre Fingernägel in seinen Arm.

»Hör auf, du Miststück!«, schimpfte er und schüttelte sie, sodass ihr Hinterkopf auf den Boden knallte.

Geschockt stellte sie die Gegenwehr ein und atmete heftig durch die Nase. Ihr Kopf fühlte sich an, als würde er gleich platzen.

Bresinger schnaufte. Plötzlich spürte sie seine Hand zwischen ihren Beinen. Instinktiv zog sie die Knie an und versuchte sich wegzurollen, erreichte jedoch nur, dass sein Gewicht schwerer auf ihren Oberkörper drückte. Die Hand zwischen ihren Beinen bewegte sich hin und her und sein Atem wurde schneller.

Pia drehte angewidert den Kopf weg und sah Frau Bresinger, die an ein Regal gelehnt auf der Erde saß. Ihre Augen zwinkerten nicht, und sie blickte Pia mit einem Ausdruck von Verwunderung an. Ihre Kehle war ein einziger, blutiger Schnitt.

Bresingers Hand verschwand und der Druck auf ihrer Brust lockerte sich ein wenig. Jetzt starrte auch er seine Frau an. Pia spürte, wie er nach einem Karton tastete. Er sah hinein und trat dann aufgebracht dagegen, sodass der Karton umstürzte und sich Tüten mit Weingummi auf dem Boden verteilten. Bresinger fluchte halblaut. Er richtete sich auf und zischte Pia zu, sie solle ja liegenbleiben und den Mund halten. Sie spuckte das Tuch aus und holte gierig Luft.

Bresinger durchwühlte noch mehr Kartons und fluchte wieder. *Er sucht etwas, um mich zu fesseln.*

Sie sah sich vorsichtig um und sah, dass sie sich in einem Lagerraum befanden.

Überall lagen Kartons. Regale mit Waren reihten sich aneinander. Bresinger hielt inne, griff nach einem losen Regalbrett und kam auf sie zu. Pia riss im letzten Moment die Arme hoch, um den Schlag auf ihren Kopf abzufangen.

Das Brett traf ihre Unterarme, und sie schrie vor Schmerz auf. Gleichzeitig hatte sie eine verzweifelte Idee.

Der zweite Schlag kam von der Seite. Pia reagierte dieses Mal nicht ganz so schnell. Ihr rechter Arm und ihr Kopf wurden getroffen. Es tat weh, aber sie erlaubte sich nicht mehr als ein Aufstöhnen. Dann ließ sie sich zu Boden fallen und machte keine Bewegung, den Sturz abzufangen. Ihre Schulter schlug hart auf. Schmerz jagte durch ihren Körper, doch sie biss die Zähne zusammen und zwang sich, regungslos liegenzubleiben.

Mit geschlossenen Augen wartete sie auf den nächsten Schlag und versuchte, ihr Gesicht zu entspannen.

Seine Schritte näherten sich. Pia spürte, dass ihre Mundwinkel nach unten zuckten, ohne dass sie es verhindern konnte. Sie betete, dass er es nicht bemerkte.

Mit einem Poltern fiel das Brett neben ihr auf den Boden.

Bresinger bewegte sich nach links, wo die Leiche seine Frau saß. Pia hörte seine Schritte. Dann ein schleifendes Geräusch. Bresinger ächzte vor Anstrengung. Mit einem dumpfen Knall fiel die Tür ins Schloss.

Kapitel 13

Pia lauschte mit angehaltenem Atem, konnte aber nicht hören, ob Bresinger sich entfernte. Ihre Arme brannten und ihr Puls ging rasend schnell. Sie hatte Mühe zu begreifen, was passiert war. Ihr Kopf dröhnte.

Der unauffällige, zurückhaltende Ladenbesitzer hatte sie angegriffen. Er war es gewesen, der sie die ganze Zeit gestalkt hatte. Was hatte er mit ihr vor? Würde er sie vergewaltigen? Töten?

Sie öffnete die Augen und sah nichts als Dunkelheit. Der Raum schien kein Fenster zu haben. Nur dort, wo die Tür zugefallen war, markierte ein schmaler Streifen Helligkeit auf dem Boden den Ausgang.

Ihre Panik war wie ein Strudel, der sie in die Tiefe zu ziehen drohte. Wie ein Schwimmer, der instinktiv die richtigen Bewegungen machte, erinnerte sich Pia an ihre Skills. Sie hatte die Strategien gegen die Angst so oft angewendet, dass sie ein Teil von ihr geworden waren.

Sie wusste, dass sie sich nicht auf das Gefühl von Panik, auf ihre Atemnot und das Herzrasen konzentrieren durfte. Um ihre Gedanken in den Griff zu kriegen, fing sie an, Primzahlen von fünfzig an rückwärts aufzusagen. »47, 43, 41, 37 …«

Smartphone, dachte sie. *Ich habe das Smartphone bei mir und kann Hilfe rufen.*

Sie griff in ihre Jackentasche, und ihr wurde fast schlecht vor Erleichterung, als sie die Form ihres Samsung Galaxy ertastete. Sie zog es heraus. Der Akku war so gut wie leer, doch sie hatte Empfang. Mit zitternden Fingern wählte sie die 110, vertippte sich, korrigierte, atmete zweimal stoßweise ein und aus und drückte dann die Anruftaste.

Beinahe im selben Moment hörte sie Schritte. An ihrem Ohr ertönte ein Freizeichen. Dann sah sie, dass der helle Strich unter der Tür durch einen Schatten unterbrochen wurde. Ihr blieb ein Sekundenbruchteil für eine Entscheidung. In dem Moment, in dem die Klinke heruntergedrückt wurde, stopfte sie sich das Telefon in den Hosenbund und betete, dass der Akku noch einige Minuten halten würde. Dann schloss sie die Augen und lag regungslos. Durch ihre geschlossenen Lider sah sie das Licht aufflammen. Was tat die Notrufzentrale, wenn sich niemand meldete? Würden sie einfach auflegen?

Bresinger kam herein und brummte etwas von »Handy« und »liegt noch da« vor sich hin.

Pia fühlte die Angst wie eine Hand aus Eis an ihrer Kehle. Sie zwang sich, still liegenzubleiben und ihr Gesicht zu entspannen, während sie in ihrem Mund die Zähne aufeinanderpresste. Jeden Augenblick rechnete sie damit, dass er ihr Theater durchschauen würde, doch er schien gar nicht so sehr auf sie zu achten.

Als er ihr unsanft die Jacke auszog, schlug Pias Arm hart auf dem Boden auf. Sie presste die Kiefer fester zusammen, um nicht aufzustöhnen. Ihr Haustürschlüssel fiel klirrend zu Boden. Bresinger durchsuchte ihre Taschen.

Pia lauschte angespannt. Als er die Jacke auf sie warf, konnte sie ein Zucken im Gesicht nicht verhindern. Ihre Selbstbeherrschung bröckelte. Wie lange konnte sie es noch aushalten, so dazuliegen? Sie versuchte sich das Bild ihres Bruders ins Gedächtnis zu rufen, doch es wollte ihr nicht gelingen. Warum war er nicht gekommen? Ihre Unterlippe begann zu zittern.

Bresinger bewegte sich ein Stück von ihr entfernt, und Pia hörte ein schleifendes Geräusch. Er schob etwas Sperriges zur Seite. Dann erklang ein Schaben von Metall gegen Metall.

Vorsichtig öffnete sie die Augen und versuchte, durch einen winzigen Spalt zwischen den Lidern etwas zu erkennen. Bresinger stand mit dem Rücken zu ihr. Er schien mit irgendwas beschäftigt zu sein, und Pia wagte es, die Augen noch weiter zu öffnen.

Er machte sich an einem Gitter aus dickem Draht zu schaffen, das vom Boden bis zur Decke reichte und hinter dem Kartons lagerten. Er versuchte etwas zu öffnen. *Eine Tür.* In das Gitter war eine Tür integriert. *Wie eine Art Käfig,* wurde Pia klar.

Dort wurden offenbar hochpreisige Waren gelagert. Das Gitter diente als Einbruchschutz. Vielleicht hatte Bresinger schon früher geplant, sie dort drinnen einzusperren. Hatte er es sich in Gedanken ausgemalt, während er die Sticheleien und Schimpftiraden seiner Frau über sich ergehen ließ? Möglicherweise hatte er das Gitter zu diesem Zweck installiert: Um jemanden darin einzusperren. Eine Frau, die gefügig war, die er besitzen und beherrschen konnte.

Pia schmeckte Galle im Mund. Ihr Magen rebellierte. Mühevoll kämpfte sie gegen den Brechreiz an, schluckte mehrmals und blinzelte gegen die Tränen in ihren Augen an. Ihr wurde klar, dass der Ausgang möglicherweise nicht verschlossen war. Bresinger hielt sie für ohnmächtig und drehte ihr den Rücken zu. Jetzt hatte sie eine Gelegenheit zur Flucht, wie sie vermutlich nie wieder kommen würde. Sie musste handeln, doch ihre Beine und Arme zitterten.

Für ihre Skills blieb nicht genug Zeit. Pia biss sich auf die Unterlippe dachte, dass Bresinger sie vermutlich ausgewählt hatte, weil er sie für ein leichtes Opfer hielt.

Ich bin kein Opfer, sagte sie sich und ballte die Fäuste. *Ich. Bin. Kein. Opfer!* Mit einer einzigen schnellen Bewegung richtete sie sich auf allen Vieren auf und stieß sich mit den

Beinen ab. Sie begann zu rennen. Es waren nur drei Schritte bis zur Tür. Sie umfasste die Klinke.

Im selben Moment krachte Bresinger ihr in den Rücken, sodass sie mit Wucht gegen die Tür prallte. Ihr Kopf schlug seitlich auf, und das Smartphone drückte gegen ihren Unterleib. Pia keuchte vor Schreck und Schmerz.

»So nicht«, zischte er und drehte ihr den Arm auf den Rücken. Unwillkürlich ging sie in die Knie, um das plötzliche Reißen in ihrer Schulter zu lindern.

Bresinger stieß sie zum Drahtkäfig und drückte ihr Gesicht gegen das Gitter. Die Tür öffnete sich mit einem metallischen Kreischen. Er stieß sie unsanft hinein.

»Beweg dich ja nicht«, drohte er. »Sonst setzt es was!«

Dann schob er einige Kartons aus dem Käfig, auf deren Seite Bilder von Herrenrasierern klebten.

Pia dachte nicht mehr nach. Als Bresinger wieder in Reichweite war, packte sie den ersten Karton, der ihr in die Finger kam. Er war für seine Größe erstaunlich schwer. Sie holte aus und erwischte ihren Peiniger an der Schulter.

»Sag mal, spinnst du?«, schrie er, trat den Karton weg, in dem etwas mit einem dumpfen Klirren zerbrach, und versetzte ihr eine Ohrfeige, die ihren ganzen Kopf zum Schwingen brachte.

Dann sperrte er die Tür zu. Pia hörte, wie das Schloss einrastete. Bresinger schnaubte noch einmal, brummte halblaut ein paar Beschimpfungen und verließ das Lager.

Das Bild des Drahtkäfigs brannte sich in Pias Netzhaut ein, bevor das Licht ausging und sie in völliger Dunkelheit zurückblieb.

Der Schmerz in ihrem Gesicht war nur noch ein dumpfes Pochen. Sie atmete heftig und wischte die Tränen weg, die ihr übers Gesicht liefen. Innerlich zählte sie bis zehn, dann holte sie das Telefon aus ihrem Hosenbund. Sie betete, während sie den seitlichen Knopf drückte, doch das Display blieb schwarz.

◆

Johannes Berger fluchte, als wenige Meter vor ihm die zweite rote Ampel zu leuchten begann und die Autofahrer darauf hinwies, dass sich gleich die Bahnschranken schließen würden. Es war immer das Gleiche in Marsberg. Er machte schon keine Termine mehr zur vollen Stunde, weil er jedes Mal vor den geschlossenen Bahnschranken stand, die den Verkehr in die Innenstadt abriegelten. Zuerst musste er warten, bis der Zug Richtung Warburg in den Bahnhof einfuhr. Wenn er Glück hatte, hoben sich die Schranken einmal kurz, um den Verkehr in beide Richtungen durchzulassen, bevor der nächste Zug Richtung Hagen startete.

Heute hatte er Pech.

Johannes stellte fluchend den Motor ab und beobachtete mit zusammengekniffenen Augenbrauen zwei Schülerinnen, die zwischen den stehenden Autos hindurch über die Straße in Richtung Gymnasium liefen.

Halb zehn hatte Pia gesagt. Sie wollte bei dem kleinen Laden in der Hauptstraße auf ihn warten. Nun war es zehn. Weder die Schranke noch der Zug nach Hagen setzten sich in Bewegung. Er unterdrückte den Impuls zu hupen. Warten zu müssen war ihm immer schon verhasst gewesen, und deshalb ließ er auch andere ungern warten.

Heute Morgen hatte er um sechs Uhr angefangen zu arbeiten und geplant, Pia von der Firma aus abzuholen. Um neun hatte ihn Astrid angerufen: Sie sei im Bad ausgerutscht und habe Schmerzen.

Johannes kannte ihren Hang zur Dramatik, aber dieses Mal hatte er wirklich Angst bekommen. Das Wort mit F kam ihm in den Sinn, über das Frauen nur untereinander sprachen. Er dachte an die Szene aus Downton Abbey mit der Badewanne und der Seife. Ein Sturz, und alles war vorüber. In dem Moment dachte er nicht an Pia, sondern fuhr sofort nach Hause. Er fand Astrid mit einem dicken blauen Fleck an der Hüfte auf dem Sofa liegend.

»Wie lieb, dass du extra kommst«, sagte sie zärtlich und legte ihr Buch zur Seite. *Eine Tussi wird Mama* von Daniela Katzenberger.

»Wie geht es dir?«, fragte er ängstlich. »Ist dem Kind etwas passiert?«

Sie schob ihre Bluse hoch, legte eine Hand auf ihren flachen Bauch und lächelte traurig.

»Ich spüre nichts. Das ist so seltsam. Ich weiß, dass es da ist, aber ich weiß nicht, ob es ihm gut geht.«

»Vielleicht solltest du zum Frauenarzt fahren.« Er streckte die Hand aus. Sie griff danach und führte sie zu ihrem Bauch, der sich heiß anfühlte.

»Der kann eh nichts machen«, flüsterte sie.

»Bist du sicher?«

Sie legte den Kopf zurück und sah ihm mit halb geöffnetem Mund in die Augen. »Wir können jederzeit ein neues machen.«

Johannes schüttelte die Erinnerung ab, die eine diffuse Mischung aus Ärger und Erregung in ihm auslöste. Er dachte an den jungen Polizisten, der gestern Abend in ihr Haus gestürmt war und ihn halb nackt und gefesselt überrascht hatte.

Hellmann. Heute Morgen am Telefon hatte er sich wortreich entschuldigt, dabei gab es keinen Grund dafür. Johannes war dem jungen Mann dankbar, dass er sich so für Pia einsetzte, und Astrid hatte die Störung eher noch angeheizt.

»Wahrscheinlich denkt er an uns, wenn er sich heute Abend einen runterholt«, hatte sie geflüstert.

Johannes fixierte die geschlossene Schranke vor ihm und packte das Lenkrad fester. Manchmal glaubte er, dass diese Frau ihn verhext hatte. Er war regelrecht süchtig nach ihr. Sie hatte ihm Seiten an ihm gezeigt, von denen er nicht gewusst hatte, dass sie existierten. Es schmerzte ihn, wenn er mitbekam, wie sie seine Schwester behandelte, fühlte sich jedoch außerstande, etwas daran zu ändern.

Endlich öffnete sich die Schranke und Johannes gab Gas.

Er parkte in einer Seitenstraße und stellte seine Parkscheibe ein, obwohl er nicht lange bleiben würde. Mit schnellen Schritten ging er zu dem kleinen Supermarkt, bei dem er Pia treffen sollte. Er sah eine Frau mit einer grünen Mütze, die vor einem Zeitschriftenladen stand und Glückwunschkarten las, aber er erkannte sofort, dass es nicht Pia war. Die Frau hatte breitere Schultern, außerdem hüpfte ein kleiner Junge neben ihr hin und her und zog an ihrer Handtasche. »Mama, komm endlich!«

Johannes ging zur Tür des Supermarktes, dann fiel ihm auf, dass im Laden kein Licht brannte. Ein Zettel klebte von innen an der Eingangstür: *Wir haben Betriebsferien vom 28.11. bis zum 10.12.* Hellmanns Warnung kam ihm in den Sinn. Pias Exfreund war aus der Psychiatrie geflohen. Sie befand sich in Gefahr.

Unruhe erfasste ihn. Er klopfte gegen die Scheibe. »Hallo?«

Neben der Ladentür befand sich eine Klingel, auf die er drückte. Als niemand reagierte, ging er zur Hausseite und fand eine weitere Tür mit der Aufschrift *Privat.* Johannes schellte auch dort.

Nach dem dritten Klingeln öffnete ihm ein untersetzter Mann mit hängenden Wangen. »Ja?«

Johannes registrierte verwundert, dass der Mann eine Jacke trug. Offensichtlich wollte er gerade das Haus verlassen. Seine Hose war verwaschen und ausgebeult, aber die Schuhe stachen Johannes ins Auge. Er trug dieselbe Marke, deshalb wusste er, dass sie handgemacht und aus Wildleder waren. Sie wiesen dunkle Flecken auf.

»Entschuldigen Sie die Störung. Ich suche meine Schwester. Eine zierliche, blonde Frau. Haben Sie sie gesehen? Eigentlich wollten wir uns bei Ihnen treffen. Im Laden, genauer gesagt.«

»Wir haben geschlossen«, entgegnete der Mann. Er begegnete Johannes' Blick nicht, sondern starrte auf dessen Krawatte. »Zwei Straßen weiter gibt es noch ein anderes

Lebensmittelgeschäft. Vielleicht ist Ihre Schwester dorthin gegangen.«

Johannes begriff sofort, welchen Laden der Mann meinte, und ärgerte sich, dass er nicht selbst auf den Gedanken gekommen war. »Natürlich. Wahrscheinlich wird sie dort sein. Vielen Dank.«

»Ich hab' die Frau gesehen«, erklang eine helle Stimme hinter ihm. Johannes drehte sich um und sah den kleinen Jungen, der den Handtaschenriemen seiner Mutter festhielt. Er hatte große, kugelrunde Augen und schien nicht älter als fünf oder sechs zu sein.

»Was hast du gesehen?«, fragte Johannes.

»Die hat eine andere Frau geküsst. Schmatzi, Schmatzi. Auf den Mund. Küssen ist eklig.« Der Junge verzog das Gesicht, und Johannes sah, dass ihm unten ein Milchzahn fehlte.

Seine Mutter hob in einer theatralischen Geste die Hand. »Noah! Entschuldigen Sie bitte«, sagte sie, an Johannes gewandt.

»Komm jetzt.«

Johannes lächelte. »Das macht doch nichts. Als ich so alt war wie du, fand ich Küssen auch eklig«, sagte er zu dem Jungen. »Nur meine Mama durfte das. Und auch nur heimlich, vor dem Schlafengehen.«

Noah nickte ernst. »Ich krieg' jetzt eine Impfung«, vertraute er Johannes an. »Aber das tut nicht schlimm weh. Nur ein bisschen. Und danach krieg' ich einen Spiderman. Von Lego. Mit Spidermanauto!«

Er hüpfte weiter. Johannes sah ihm nach und fragte sich, wie sein Kind aussehen würde, wenn es fünf Jahre alt war.

»Jungs«, meinte der Mann mit den hängenden Wangen kopfschüttelnd.

Johannes nickte und wandte sich zum Gehen.

Der Mann öffnete den Mund. »Wir haben immer davon geträumt, im Winter in Urlaub zu fahren. Dorthin, wo es warm ist. Ägypten oder Thailand.«

»Mexiko soll auch schön sein«, erwiderte Johannes höflich. »Ich wünsche Ihnen und Ihrer Frau einen schönen Urlaub. Und entschuldigen Sie nochmals die Störung.«

Zum zweiten Mal lief er an dem Regal mit eingelegtem Obst und Gemüse vorbei, sah sich um und öffnete dann die Tür zur Kundentoilette. Ein intensiver Geruch von Reinigungsmitteln schlug ihm entgegen. Johannes bemerkte, dass die grauen Fliesen noch vor Feuchtigkeit glänzten. Er stieß die Kabinentür auf. Heftiger als geplant schlug die Klinke gegen die Wand. Die Kabine war leer.

Als er aus der Kundentoilette kam, stand die Verkäuferin am Kühlregal und sortierte Frischkäse ein. Sie warf ihm einen misstrauischen Blick zu.

Er beschrieb ihr Pia und sagte, dass sie seine Schwester sei und er sie suche.

»Nix Frau«, versicherte sie ihm und schüttelte den Kopf, um ihren Worten Nachdruck zu verleihen. »Heute nix Frau.«

Als Johannes sich frustriert zur Tür wandte, sah sie erleichtert aus.

»Schönen Tag«, rief sie ihm hinterher.

Johannes antwortete nicht. Er trat in die kalte Novemberluft hinaus und schlug seinen Mantelkragen hoch. Der Schneefall wurde immer heftiger und ein schneidend kalter Wind blies ihm die Flocken ins Gesicht.

Er sah sich in beiden Richtungen um. Auf dem Bürgersteig war der Schnee zu grauem Matsch zertreten worden. Da gab es keine Fußspuren, nichts, was ihm Aufschluss darüber geben konnte, wohin Pia gegangen war. Vielleicht war sie nie hier gewesen.

Am Telefon hatte Pia ihm gesagt, die Tochter ihrer Nachbarin würde sie herfahren. Ob er sie falsch verstanden hatte? Vielleicht gab es noch ein anderes Geschäft, das sie gemeint haben könnte.

Er versuchte zum vierten Mal, sie anzurufen, hörte jedoch wieder nur die mechanische Stimme, die ihm erklärte, dass seine Schwester nicht erreichbar war. Weil er keine bessere Idee hatte, schlug Johannes die Richtung zu Pias Wohnung ein. Möglicherweise hatte sie es sich doch anders überlegt und war zu Fuß gegangen.

Er hielt nach jemandem Ausschau, der Pia gesehen haben könnte, doch bei dem nasskalten Wetter war kaum jemand unterwegs. Als er an einer Apotheke vorbeikam und die großen, erleuchteten Fenster sah, schöpfte er kurz Hoffnung. Er trat ein. Zwei Frauen standen an der Kundentheke. Die eine beugte sich gerade zu einem Mann im Rollstuhl herab, die andere notierte etwas auf einem kleinen Block. Keine von ihnen hatte Pia gesehen.

Johannes ging weiter. Jeder seiner Schritte verursachte ein klatschendes Geräusch im Schneematsch. Kälte und Nässe krochen in seine teuren Schuhe, die für solche Wetterverhältnisse nicht gemacht waren.

Bei Pias Wohnung angekommen, drückte er alle Klingeln. Nichts geschah, und auch der Nähladen blieb dunkel. Johannes begann sich ernsthafte Sorgen zu machen. Er holte sein iPhone heraus und wählte Hellmanns Nummer.

♦

Anne fuhr seit einer Dreiviertelstunde auf der A 44 und ärgerte sich darüber, dass sie keine Freisprecheinrichtung hatte. Ihr Handy klingelte beharrlich, und es war kein Parkplatz in Sicht. Sie warf einen Blick in den Rückspiegel auf den weißen Van, der ihr folgte, und fragte sich, was Holger und Grote sagen würden, wenn sie einfach die Warnblinkanlage einschaltete und auf dem Standstreifen hielt.

Das Handy verstummte kurz, um wenig später erneut zu klingeln. Anne atmete genervt. Es kostete ihre ganze Selbstbeherrschung, nicht einfach blind ihr Handy aus der Tasche zu kramen und das Gespräch anzunehmen. Was, wenn es Hellmann war? Wenn sie Dorn geschnappt hatten? Sie gab Gas. Das Klingeln verstummte wieder.

Nach einer gefühlten Ewigkeit erschien das Schild, das auf die Ausfahrt Erwitte/Anröchte hinwies. Anne setzte den Blinker rechts und sah, dass der weiße Van es ihr gleichtat.

Sie bremste ab, verließ die Autobahn und stellte sich bei der nächstbesten Gelegenheit an den Straßenrand. Der Van rollte an ihr vorbei und Holger, der auf dem Beifahrersitz saß, zog eine verwirrte Grimasse.

Anne hielt ihren Daumen ans Ohr und den abgespreizten kleinen Finger ans Kinn. Holger hob demonstrativ die Hände und schüttelte den Kopf.

»Ja doch«, knurrte sie. »Thorsten hat natürlich eine Freisprecheinrichtung und ein Smartphone und alles.«

Dann sah sie auf dem Display, dass Hellmann tatsächlich angerufen hatte, und jeder andere Gedanke war wie weggeblasen. Sie drückte auf Rückruf.

»Was gibt es? Habt ihr ihn?«

»Nein. Kassel war ein Fehlschlag. Liam Bunse ist verheiratet und hat zwei Kinder. Angeblich hat er seit Jahrzehnten keinen Kontakt mehr zu Rainer Dorn gehabt. Die Aussagen seiner Frau decken sich mit seiner. Wir überprüfen die anderen Zugverbindungen und haben ein Fahndungsfoto an das Zugpersonal übermittelt. Es ist auch schon im Netz.«

»Okay. Was ist los? Du klingst so komisch.«

»Pia ist verschwunden. Ihr Bruder hat mich gerade angerufen. Sie ist nicht am vereinbarten Treffpunkt aufgetaucht und er kann sie nicht erreichen.«

»Verdammt«, flüsterte Anne. »Dorn ist noch in Marsberg.«

»*Wenn* er es war.« Hellmanns Stimme klang zweifelnd. »Aber warum ist er dann mit seinem Auto nach Warburg gefahren?«

»Ein Täuschungsmanöver! Ist doch genial. Er wollte uns glauben machen, er sei geflohen, dabei hat er etwas ganz anderes vor. Hast du schon mit dem PvD gesprochen? Wir müssen die Fahndung erweitern und auf Marsberg konzentrieren. Hunde, Hubschrauber, Hundertschaft, alles, was wir kriegen können.«

Er schwieg einen Moment. »Nein«, antwortete er dann. »Ich bezweifle, dass wir ihn von einem Notfall überzeugen können. Pia hat schon einmal gelogen. Zweimal, um genau zu sein. Erst die Sache mit den Fotos, und dann hatte sie mir wiederholt versprochen, bei ihrem Bruder zu übernachten, ist aber dort nicht aufgetaucht. Kortmann hat angedeutet, dass sie nicht ganz in der Realität lebt. Was, wenn es falscher Alarm ist? Wir machen uns komplett lächerlich.«

Anne fluchte leise. Sie konnte ihm nicht widersprechen.

»Ich komme zu dir«, sagte sie dann. »Wir suchen zuerst allein nach ihr.«

Sie rannte zu dem weißen Van und klopfte ans Fenster. Grote saß auf dem Fahrersitz und ließ die Scheibe runter.

»Ich habe noch einen Notfall«, erklärte sie knapp. »Könnt ihr beide allein mit der Durchsuchung beginnen?«

»Natürlich«, erwiderte er.

Holger salutierte vom Beifahrersitz aus.

»Aye, aye, Captain.«

♦

Hellmann sah die einsame Gestalt von Pias Bruder unter dem Vordach des Ladens stehen. Der große Mann hatte die Hände in den Taschen seiner Winterjacke vergraben und starrte ihm entgegen.

Hellmann parkte auf dem nächsten freien Platz am Straßenrand, stieg aus und ging durch den matschigen Schnee zu Johannes Berger. Pias Bruder drückte ihm erleichtert die Hand. Die Schultern seiner Jacke waren dunkel vor Nässe. Tropfen und Schneekristalle glänzten auf seinem Haar.

»Danke, dass Sie so schnell gekommen sind.«

»Ich habe auch meine Kollegin Anne Kirsch alarmiert. Sie wird gleich zu uns stoßen.«

Johannes Berger nickte. »Ich ärgere mich so, dass ich mir die Nummer von Pias Freundin nicht habe geben lassen. Ich weiß noch nicht einmal, wie sie heißt.«

»Die Tochter der Nachbarin? War das nicht die Frau mit dem Nähladen? Den Namen herauszufinden, wird doch nicht schwer sein.«

»Sie haben recht!«, rief Johannes, zog ein schwarzes iPhone aus der Tasche und tippte eine Suchanfrage ins Display.

Hellmann hatte noch eine andere Idee. »Ich frage mal nach, ob Notrufe eingegangen sind.« Er holte sein eigenes Smartphone heraus.

»Die Besitzerin des Ladens heißt Ute Gerlach.« Johannes wischte mit dem Daumen über sein Display. »Hier ist leider nur die Festnetznummer angegeben.«

Hellmann entfernte sich ein paar Schritte, um sich auf sein Gespräch mit der Notrufzentrale konzentrieren zu können. Was er dort erfuhr, versetzte ihn in Alarmbereitschaft.

»Eine Frau hat um Hilfe gerufen? Wo? Wer war der Anrufer?«

Johannes horchte auf und beobachtete ihn mit angespannten Gesichtszügen. »Was ist los? Hat Pia den Notruf gewählt?«, fragte er, als Hellmann aufgelegt hatte.

»Nein, es war ein Mann. Er hat bei der Zentrale angerufen und gesagt, er habe eine Frau auf dem Kirchplatz um Hilfe rufen hören. Dann hat er wieder aufgelegt, ohne seine Personalien zu nennen.«

Johannes' Augen weiteten sich. »Das könnte Pia gewesen sein. Der Kirchplatz ist nicht weit von hier.«

Sie setzten sich zeitgleich in Bewegung. Hellmann ließ das Auto stehen, da er aufgrund der Verkehrsführung einen Bogen hätte fahren müssen. Zu Fuß waren sie schneller. Sie liefen durch den wirbelnden Schnee und ihre Schritte klatschten auf den nassen Gehweg.

Der Weihnachtsmarkt war beendet und auf dem Kirchplatz bauten die Betreiber und Helfer ihre Hütten ab. Parkende Autos verstopften die Seitenstraßen und auf dem Platz herrschte ein Getümmel von Menschen. Hellmann sah sich prüfend um. Einige Frauen eilten an Hellmann und Johannes vorbei. Sie trugen abgedeckte Körbe zu einem Pickup. Zwei Schausteller schraubten ein Karussell auseinander. Die Bühne samt Lichtanlage und Verkabelung wurde abgebaut.

Nirgendwo herrschte ein Streit oder Aufruhr. Jeder schien mit sich selbst und seiner Aufgabe beschäftigt zu sein. Das einzig Ungewöhnliche war der Streifenwagen, der am Straßenrand parkte. Hellmann erkannte von hinten Frigger an seiner Größe und Steffi Schröder an ihrem hellbraunen Pferdeschwanz und dem knackigen Po, der sich unter ihrer Uniform abzeichnete. Bei ihrem Anblick war ihm unbehaglich zumute.

Die beiden Polizisten befragten gerade einen Mann mit einem auffälligen Kinnbart, der eine Kabeltrommel trug. Anscheinend hatte er nicht viel zu sagen.

»Ich hab' nix mitgekriegt«, brummte er und sah auf, als Hellmann und Johannes sich näherten. »Vielleicht wissen die da was.«

Steffi drehte sich um und schürzte überrascht die Lippen. Der Mann mit der Kabeltrommel ging weiter.

»Verfolgt ihr den Notruf?«, fragte Hellmann.

»Ja«, erwiderte Frigger, »aber bisher sieht alles nach einem schlechten Scherz aus. Wir haben mehrere Leute befragt, aber niemand hat etwas mitbekommen.«

Er vergewisserte sich mit einem Seitenblick, dass kein Unbefugter mithörte. »Was ist das für eine Sache mit dem Flüchtigen aus der Psychiatrie? Ich habe gehört, du warst involviert?«

Hellmann nickte, hatte aber weder Zeit noch Lust, ihm alles zu erklären. »Wir suchen Pia Berger. Das ist die Frau, die das Stalking angezeigt hat. Sie wird vermisst. Deshalb brauchen wir eure Unterstützung. Bitte verfolgt den Notruf weiter und fragt auch nach Rainer Dorn.«

Friggers Augen weiteten sich. »Angeblich hat eine Frau um Hilfe gerufen. Du glaubst, dass es Pia Berger war?«

»Es ist eine Möglichkeit.«

Steffi zog ihr Smartphone und suchte nach dem Fahndungsfoto. Sekunden später leuchtete Dorns Gesicht auf. Sie betrachtete es eingehend.

»Denkst du, er hat etwas damit zu tun? Dass er noch hier in Marsberg ist?« Ihre Augen glänzten vor Aufregung.

»Ich fürchte, ja.«

Plötzlich jaulte der Motor eines schwarzen Vans nicht weit von ihnen auf und fuhr mit hohem Tempo los.

»Verfolgen!«, schrie Hellmann und begann zu rennen. Er lief über eine schmale Fußgängerbrücke und durch eine Einbahnstraße, um dem Van den Weg abzuschneiden. Im Laufen zog er seine Waffe und erreichte die Hauptstraße im selben Moment, in dem der Van mit quietschenden Reifen um eine Kurve schoss. Das Heck brach aus und der Wagen schlingerte. Hellmann hob warnend die Hand und taumelte zurück, als der Wagen mit hoher Geschwindigkeit auf ihn zurutschte.

Im letzten Moment brachte der Fahrer den Van unter Kontrolle und rauschte an Hellmann vorbei, wich einem Laternenpfahl aus und gelangte zurück auf die Straße.

Hellmann steckte seine Waffe ein und atmete schwer. Sein Puls raste. Jetzt bog der Streifenwagen um die Kurve und nahm die Verfolgung auf. Er hörte Johannes' Schritte hinter sich. Sein Telefon klingelte.

»Weit wird er nicht kommen.«, keuchte er und nahm das Gespräch an.

»Was ist los? Wo zum Geier seid ihr?«, fragte Anne alarmiert.

Hellmann erklärte es ihr in knappen Sätzen. Sie beschlossen, Frigger und Steffi die Verfolgung des verdächtigen Fahrzeugs zu überlassen. Johannes und er würden zum Kirchplatz zurückkehren, und Anne versuchte, die Tochter von Ute Gerlach zu finden.

Der Schneefall wurde dichter.

»Es muss passiert sein, als sie allein durch die Stadt gelaufen ist«, sagte Johannes mit Bitterkeit in der Stimme. »Weil

Bresingers Geschäft geschlossen hatte und ich nicht pünktlich war.«

»Machen Sie sich keine Vorwürfe«, sagte Hellmann, obwohl er wusste, dass seine Worte nicht viel nützen würden. »Jetzt sind Sie da und suchen nach ihr.«

»Zu spät«, murmelte Johannes finster und blickte auf seine Füße.

Hellmann fiel auf, dass sich das helle Leder der Schuhe dunkel verfärbt hatte. Sie mussten völlig durchnässt sein. Er wählte mit klammen Fingern die Nummer von Frau Nolte-Bergmann. Ihre Nachforschungen auf dem Kirchplatz hatten nichts ergeben. Sie waren an dem Punkt angelangt, wo sie nicht mehr allein weitermachen konnten.

Seine Chefin hörte ihn bis zum Ende an, dann fragte sie: »Haben Sie einen konkreten Hinweis darauf, dass ein Verbrechen verübt wurde? Hat jemand etwas gesehen?«

»Nein«, gab Hellmann zu. »Wir haben nur den anonymen Notruf. Frigger und Schröder verfolgen ein verdächtiges Fahrzeug.«

»Zu wenig für eine Fahndung«, sagte Frau Nolte-Bergmann bedauernd. »Pia Berger ist keine hilflose Person und befindet sich nicht in konkreter Gefahr. Wir können nicht einfach nach jeder Person fahnden, die ihre Familie versetzt. Und falls sie wirklich in ein Auto gezerrt worden ist, wie Sie vermuten, werden Ihnen Spürhunde nicht viel nützen. Besorgen Sie mir eine Zeugenaussage, irgendetwas, das auf ein Verbrechen hindeutet.«

Hellmann hatte bereits geahnt, dass sie so reagieren würde. Johannes las die Antwort in seinem Gesicht, und sein verzweifelter Blick traf ihn bis ins Mark.

»Und jetzt? Was können wir noch tun?«

Hellmann steckte sein Smartphone ein. Ihre einzige Möglichkeit bestand darin, die Spuren zu verfolgen, die sie hatten. »Wir machen weiter. Vielleicht hat doch jemand etwas gesehen oder gehört.«

Anne Kirsch meldete sich wieder. »Sie hat Pias Freundin

erreicht«, rief Hellmann Johannes zu. Der kam mit großen Schritten herbeigeeilt. Er hatte einige Bekannte getroffen, die bei der Suche nach seiner Schwester helfen wollten. Johannes teilte sie ein, damit jeder, der sich die letzten Stunden auf dem Kirchplatz befunden hatte, befragt werden konnte.

»Und was sagt sie?«, fragte Johannes atemlos.

Hellmann hob beruhigend die Hand und hörte Anne zu, dann gab er die Informationen weiter. »Michaela Gerlach hat Anne erzählt, sie habe sich vor Bresingers Geschäft von Pia verabschiedet und sei sofort weitergefahren. Wohin Pia danach gegangen ist, habe sie nicht gesehen.«

Johannes sah enttäuscht drein. »Ist ihr nicht aufgefallen, dass im Laden kein Licht brannte? Und das Schild an der Tür?«

Hellmann gab die Frage an Anne weiter und beendete das Gespräch. »Sie fragt Michaela.«

Zwei Minuten später rief Anne wieder an. »Michaela hat nicht darauf geachtet«, erklärte sie Hellmann, und ihre Stimme klang genervt. »Sie sagt, sie sei abgelenkt gewesen, was auch immer das bedeutet.«

»Abgelenkt«, wiederholte Johannes, als Hellmann ihm die Sätze wiedergab. Plötzlich sah er auf und sein Gesicht nahm einen wilden Ausdruck an.

»Anne soll sie fragen, ob sie Pia auf den Mund geküsst hat«, verlangte er.

»Was?« Hellmann dachte, er hörte nicht richtig.

»Tun Sie es einfach. Bitte.«

Anne reagierte ähnlich entgeistert. »Das nächste Mal ruft ihr selbst an«, knurrte sie und beendete das Gespräch.

Als sie sich kurze Zeit später meldete, klang ihre Stimme angespannt. »Sie sagt ja. Und jetzt verratet mir gefälligst, was es damit auf sich hat.«

Johannes' Augen wurden groß. »Oh mein Gott!«, rief er. »Jemand hat sie gesehen. Der Junge. Noah hat sie gesehen.«

Kapitel 14

Hellmann folgte Johannes, der die Tür zur Kinderarztpraxis aufriss und hineinstürmte. Hinter einem Empfangstresen saß eine Arzthelferin und telefonierte. Eine Mutter mit einem Kleinkind auf dem Arm starrte sie misstrauisch an. Das rechte Auge des Kindes war mit gelbem Eiter verklebt. Tatsächlich boten sie einen seltsamen Anblick. Ihre Jacken und Haare strotzten vor Nässe. Johannes' Ohren waren knallrot angelaufen. Hellmann vermutete, dass er ähnlich aussah. Für einen Moment lang erlaubte er es sich, einfach dazustehen, zu warten und die Wärme zu genießen.

Die Arzthelferin legte auf, scannte die Krankenkarte der Mutter ein und bat sie, im Wartezimmer Platz zu nehmen. Dann sah sie neugierig zu Johannes und Hellmann auf. »Ja, bitte?«

»Wir brauchen Ihre Hilfe«, bat Johannes und stellte sich vor. »Meine Schwester ist verschwunden und ich weiß, dass ein kleiner Junge sie gesehen hat. Er hat mir gesagt, er hätte einen Impftermin. Ich nehme an, dass er vor etwa einer Stunde in Ihrer Praxis war. Wir müssen dringend mit ihm reden. Er heißt Noah.«

Der Gesichtsausdruck der Arzthelferin wurde abweisend.

»Es tut mir leid«, begann sie in einem Tonfall, der nahelegte, dass es ihr nicht im Geringsten leidtat. »Ich darf über Patientendaten keine Auskünfte erteilen.«

»Bitte«, flehte Johannes. »Ich befürchte, dass meiner Schwester etwas passiert ist.«

»Dann sollten Sie zur Polizei gehen«, erwiderte sie kühl und es war ihr anzusehen, dass sie ihm kein Wort glaubte.

Hellmann zog seinen Ausweis heraus. »Ich bin Kriminalkommissar. Wir wissen, dass es eine ungewöhnliche Bitte ist, aber Herr Berger sagt die Wahrheit.«

»Ich habe Noah nicht geglaubt«, versuchte Johannes zu erklären. »Dabei hat er nur gesagt, was er gesehen hat.«

Die Frau betrachtete Hellmanns Ausweis sehr genau.

»Ich ruf' die Familie an«, sagte sie schließlich.

»Vielen Dank.«

Die Arzthelferin wählte die Nummer. Johannes hatte die Hände in die Hosentaschen gesteckt, aber seine Körperhaltung war angespannt.

»Entschuldigen Sie die Störung, aber ich habe hier einen Mann von der Polizei und einen Herrn Berger mit einem ungewöhnlichen Anliegen. Herr Berger sagt, seine Schwester sei verschwunden und er ist der Meinung, Ihr Sohn habe sie gesehen.«

Johannes wiederholte noch einmal, was Noah zu ihm gesagt hatte. Die Arzthelferin runzelte die Stirn, aber sie gab es am Telefon weiter. Dann warteten sie, während die Mutter das Kind holte.

»Hallo, Noah«, flötete die Arzthelferin und ihre Stimme klang wie in Zuckerguss getränkt. Sie begann zu reden, brach jedoch nach dem ersten Satz ab und lauschte verdutzt. Dann reichte sie Johannes Berger den Hörer. »Er möchte Sie sprechen.«

◆

Dunkelheit. Pia erhob sich vom Boden, um die Beine zu bewegen. Ihr Hintern schmerzte vom Sitzen. Sie konnte zwei Schritte nach vorn und einen Schritt zur Seite gehen, bevor sie gegen die Gitterstäbe stieß.

Was hatte Bresinger mit ihr vor? Wie lange wollte er sie hier gefangen halten? Der Käfig war so klein, dass nicht einmal eine Matratze hineinpasste. Wenn sie sich diagonal auf den Boden legte, konnte sie ausgestreckt liegen, doch ihr Kopf drückte gegen das Gitter. Würde sie auf dem harten, schmutzigen Boden schlafen müssen?

Pias Kehle war rau und trocken geworden. Nachdem Bresinger gegangen war, hatte sie eine Zeit lang geschrien und gegen die Gitterstäbe getreten, in der Hoffnung, dass sie jemand von draußen oder im Laden hören konnte. Doch es war nichts passiert und auch sie hörte nichts. Von der Straße drangen keine Geräusche zu ihr. Es war, als befände sie sich in einem Bunker unter der Erde, vergraben und abgeschnitten von der Außenwelt.

Sie bekam Atemnot und wusste, dass die Panik wiederkommen würde, wenn sie solche Gedanken zuließ. Sie fragte sich, ob er sie töten würde, so wie seine Frau, doch seltsamerweise machte ihr der Gedanke keine Angst.

Im Himmel würde ein kleiner Engel auf sie warten. Nicht wie die Steingutengel mit roten Backen und Mündern, die ihre Mutter sammelte, sondern ein richtiges Kind. Junge oder Mädchen, sie wusste es nicht. Aber wenn sie ihm begegnen würde, würde sie es erkennen, dessen war sie sich sicher. Das Kind hatte nicht leben dürfen, und sie trug die Schuld daran. Vielleicht war es besser, wenn auch Pia nicht mehr lebte.

Sie umfasste das Gitter mit den Fingern und lehnte die Stirn dagegen. *Die Finsternis hier*, dachte sie, *ist nichts gegen die Finsternis in mir.*

Mit dem Kind war auch ein Teil von ihr gestorben. Sie erinnerte sich nur noch schemenhaft an die Monate, in denen sie wieder in ihrem alten Kinderzimmer gewohnt hatte. Tag und Nacht hatte sie Rainers Schreie gehört. Sie war überzeugt gewesen, dass sie all das verdient hatte – die Verletzungen und den gebrochenen Arm –, und manchmal hatte sie ihn absichtlich verdreht, damit es schmerzte. Erst

Dr. Kortmann hatte sie Stück für Stück ins Leben zurückgeholt. Pia war aus ihrem Kinderzimmer ausgezogen und hatte sich geschworen, nie wieder zurückzukehren.

»Du musst lernen, dir selbst und deiner Mutter zu vergeben«, hatte Dr. Kortmann zu ihr gesagt. »Es wird deine Lebensaufgabe sein. Wenn du das schaffst, wirst du alles fertigbringen.«

Pia umfasste die Gitterstäbe mit den Händen. Sie begriff, dass sie sich vor Rainer gefürchtet hatte, weil sein Hass auf sie auch ihr eigener Hass auf sich selbst war. Vor Bresinger brauchte sie keine Angst zu haben, denn er konnte sie nicht verletzen. Nicht in ihrem Innersten.

♦

Anne hasste es, nicht informiert zu sein.

Hellmann mit seinem lakonischen »Ich melde mich, wenn wir mehr wissen« konnte ihr den Buckel herunterrutschen! Ärgerlich schlug sie mit der Hand auf das Lenkrad und erwischte versehentlich die Hupe. Eine Spaziergängerin fuhr erschrocken zusammen und warf ihr einen wütenden Blick zu.

»Entschuldigung«, brummte Anne und hob beschwichtigend die Hände. Die Frau tippte sich an die Stirn und wechselte die Straßenseite.

»Erst darf man die Telefonistin spielen und sich mit dummen Fragen zum Affen machen, und dann wird man vertröstet.« Sie schnaubte, musste Hellmann aber zugestehen, dass er nicht mehr der junge, unerfahrene Ermittler war, den sie letztes Jahr kennengelernt hatte. Er hatte sich verändert, war reifer und selbstständiger geworden und traf seine eigenen Entscheidungen. Bestimmt würde er sie informieren, wenn er Zeit dazu hatte.

Gut, Anne konnte damit leben. Schließlich war Pia Berger nicht der Grund dafür, dass sie nach Marsberg gekommen war.

Sie startete den Motor und fuhr zur Maßregelvollzugsklinik, um zu sehen, wie ihr Team mit der Durchsuchung von Rainers Zimmer vorankam.

Die Tür war offen und mitten im Raum stand ein beleibter Herr, der theatralisch die Arme ausgebreitet hatte. »Zum Wohle der Patienten und der Allgemeinheit«, erklärte er, als sie eintrat.

Holger hielt einen dicken Pinsel in der Hand. Sein Gesichtsausdruck war gequält, und als er Anne erblickte, stieß er einen erleichterten Seufzer aus.

»Dort kommt Frau Kirsch, unsere Chefin. Alles Weitere besprechen Sie am besten mit ihr, Herr Dr. Desenburg.«

Der Mann drehte sich um und betrachtete Anne verblüfft. Unverhohlen maß er sie von oben bis unten, als konnte er nicht glauben, dass eine so junge Person – und noch dazu eine Frau – polizeiliche Ermittlungen leitete.

Er trug ein Hemd, Schlips und dazu einen braunen Pullunder, der über seinem beachtlichen Bauch spannte. Als er Anne die Hand reichte, fielen ihr seine langen Fingernägel auf.

»Oberkommissarin Kirsch«, stellte sie sich vor. »Mit wem habe ich das Vergnügen?«

»Verzeihung, mein Name ist Konrad Desenburg, der ärztliche Direktor. Ich erläuterte Herrn Berend gerade die Notwendigkeit –«

»Angenehm«, schnitt Anne ihm das Wort ab. »Würden Sie mich kurz mit meinem Team allein lassen? Ich bin gleich für Sie da.«

Demonstrativ hielt sie ihm die Tür auf. Desenburgs Stirn umwölkte sich.

»Wir haben wichtige Ermittlungen und wenig Zeit«, betonte Anne.

Der Direktor fingerte an seinem Hemdkragen herum, sah von Anne zu Holger und warf dann einen forschenden Blick in die angrenzende Nasszelle, wo Grote beschäftigt war. Ihm war anzusehen, dass er ungern den Raum verließ. Trotzdem fügte er sich.

»Na endlich«, brummte Holger, als Desenburg draußen war. »Er ist ständig hereingekommen und musste uns jedes Mal etwas Wichtiges mitteilen. Obwohl ich ihm deutlich zu verstehen gegeben habe, dass er draußen bleiben soll.«

Grote trat durch die Tür des Waschraums. »Wir waren schon kurz davor, einen Polizisten anzufordern, um ihn vor der Tür zu postieren.«

»Ich rede mit ihm«, versprach Anne. »Habt ihr was gefunden?«

»Ein wenig.« Holger deutete auf die gelbe Kiste an der Wand, in die ein paar Tüten einsortiert waren.

»Ich habe mir den Elektroschrott zeigen lassen und eine Festplatte gefunden. Unglaublich, dass sie so etwas einfach wegwerfen.«

»Damit könnte ein Nerd noch viel anfangen«, scherzte Anne.

Holger erwiderte ihren Blick indigniert. »Ich meine natürlich wegen der Daten, die da drauf sind.«

Er warf Anne ein Paar Plastikhandschuhe zu und wartete, bis sie diese übergestreift hatte, bevor er ihr einen Skizzenblock reichte. »Das hier lag auf dem Tisch.«

Sie blätterte durch die Bleistiftzeichnungen. Dorn hatte detailreich Pflanzen skizziert, außerdem Bilder und Szenen aus dem Klinikalltag.

Bei der fünften Zeichnung hielt Anne inne.

Ein Mann saß mit gesenktem Kopf am Tisch. Das Kinn war ihm auf die Brust gefallen, und seine Arme hingen zu beiden Seiten hinunter. Strähnige Haare fielen bis auf seine Schultern. Auf dem Boden neben den schlaff herabhängenden Fingern der rechten Hand lag eine Tablette.

»Wer ist das?«, fragte sie Desenburg und hielt ihm den Skizzenblock hin, den sie zum Schutz in einer durchsichtigen Tüte verpackt hatte.

»Ein bedauerlicher Zwischenfall«, erwiderte der Direktor. Er hatte sich in seinem Stuhl zurückgelehnt und stützte seine gespreizten Finger auf die Kante eines riesigen Schreibtisches. »Volker Henning. Er und Rainer standen sich nahe. Über Monate bekam er verschiedene Antidepressiva in niedrigen Dosierungen. Wir hatten Probleme, ihn richtig einzustellen, was letzten Endes daran lag, dass er die Tabletten nicht genommen, sondern heimlich gesammelt hat. Schließlich hat er sich selbst einen tödlichen Cocktail zubereitet.«

»Hat es polizeiliche Untersuchungen gegeben?«

»Natürlich.« Desenburg hob die Hände. »Die Polizei war sich sicher, dass es Selbstmord war. Volker hatte sogar ein Magenberuhigungsmittel eingenommen, um ein Erbrechen zu verhindern. Er wusste, was er tat. Eine schlimme Sache. Seitdem achtet das Personal verstärkt darauf, dass die Insassen ihre Medikamente auch tatsächlich nehmen. Außerdem haben wir auf suizidgefährdete Personen ein noch wachsameres Auge als sonst. Deshalb habe ich auch Rainers Lockerung aussetzen lassen. Ich konnte das nicht mehr verantworten.«

Er faltete die Hände und Anne musste wieder auf die langen Fingernägel starren. Obwohl sie sauber waren, empfand sie den Anblick als unangenehm.

»War Dr. Kortmann anderer Meinung?«

Desenburg macht ein salbungsvolles Gesicht. »Ich schätze Dr. Kortmann als Psychiater und Kollegen. Wir haben ein gutes Verhältnis, das von Respekt und gegenseitiger Achtung geprägt ist. Diese Werte versuche ich meinem Team zu vermitteln. Im Gesundheitssektor ...«

»Bitte antworten Sie nur auf meine Fragen«, unterbrach Anne ihn genervt. »Sie wissen, dass Rainer Dorn flüchtig ist und wir Zeitdruck haben.«

Der Direktor sah beleidigt aus, antwortete aber höflich. »Ich verstehe Ihre Ungeduld, Frau Kirsch. Sie sind jung und für junge Leute vergeht die Zeit anders. Natürlich wünsche ich mir, dass Rainer möglichst bald gefunden wird. Aber die Erfahrung in diesem Beruf, und ich arbeite schon einige Jahre hier, hat mich eines gelehrt: Wer seinem Leben wirklich ein Ende setzen will, der findet einen Weg.«

Was? Hatte er nicht mitbekommen, dass sie gegen Dorn in einem Todesfall ermittelten?

»Ich mache mir keine Sorgen um ihn«, erklärte sie betont langsam und deutlich. »Es geht mir um die Gefahr, die er für andere darstellt.«

Desenburg runzelte die Stirn und legte die Fingerspitzen vor seinem Gesicht zusammen. »Für solch einen Verdacht gibt es keinen Anhaltspunkt.«

»Es ist bereits jemand gestorben«, fauchte Anne.

»Dieses Mädchen in Dortmund«, nickte Desenburg. »Tragisch. Dr. Kortmann hat mich darüber informiert. Aber abgesehen von der Tatsache, dass Rainer und die junge Frau sich E-Mails geschrieben hatten, haben Sie nichts, was Rainer belasten würde. Oder haben Sie in seinem Zimmer etwas gefunden?« Er sah Anne lauernd an, und sie dachte, dass er sich der Einschätzung seines Patienten vermutlich selbst nicht sicher war.

»Was sagt Ihnen das Märchen *Hans mein Igel*?«, fragte sie unvermittelt.

Desenburg antwortete nicht sofort, aber sie sah an dem Weiten seiner Augen, dass ihm der Begriff vertraut war.

»Wie kommen Sie darauf?«, fragte er vorsichtig.

»Beantworten Sie einfach meine Frage.«

Desenburg zögerte. »Ich begreife nicht, worauf Sie hinauswollen. Natürlich kenne ich die Märchen der Gebrüder Grimm. In meiner Generation eine beliebte Lektüre. Diesen Märchenadaptionen, die es heutzutage gibt, kann ich allerdings wenig abgewinnen. Ich frage mich, wieso …«

»Herr Dr. Desenburg«, unterbrach ihn Anne schneidend. »Ich habe das Gefühl, Sie verheimlichen mir etwas.«

Der Direktor hatte sich wieder gefangen. Er erhob sich und rückte seinen Schlips zurecht.

»Es gibt keinen Grund, mit haltlosen Vorwürfen um sich

zu werfen, Frau Kirsch. Sie sollten wissen, dass ich Herrn Huber und Frau Kedziora sofort beurlaubt habe, als ich über die Unregelmäßigkeiten informiert worden bin. Es wird eine Untersuchung geben. Und in Bezug auf Rainer Dorn bleibe ich bei meiner Einschätzung, dass er nur für sich selbst eine Gefahr darstellt. Wenn Sie mit Dr. Kortmann sprechen, wird er Ihnen das sicher bestätigen.«

Anne stand ebenfalls auf. »Wie praktisch, dass Dr. Kortmann momentan nicht in der Lage dazu ist.«

»Ich denke, er ist sehr wohl in der Lage dazu«, erwiderte Desenburg mit einem unverbindlichen Lächeln. »Ich habe eben mit ihm gesprochen. Wie es scheint, befindet er sich auf dem Wege der Besserung.«

◆

Er war auf dem Weg zu ihr.

Pia hörte Geräusche an der Tür. Ein Schlüssel wurde herumgedreht. Dann öffnete sie sich mit einem Scharren. Sekunden später blitzte gleißend helles Licht auf.

Pia wich an die Rückwand des Käfigs zurück und hob eine Hand vor die Augen, um sie vor der Helligkeit zu schützen.

Bresinger kam herein. Er hatte das Hemd gewechselt.

»Ich habe eine Überraschung.« Seine Stimme klang euphorisch. Pia blinzelte und versuchte zu erkennen, was Bresinger ihr hinhielt. Es war ein Schwarzweißausdruck.

»Ein kleines Häuschen im Grünen. Mit Strom und fließend Wasser im schönen Polen. Dort machen wir Ferien. Nur wir zwei. Niemand wird uns stören. Man kann sogar bar bezahlen.« Er lächelte und die gelben Scheidezähne blitzten auf. Seine Augen glänzten fiebrig.

Pia versuchte den Abscheu, den sie fühlte, zurückzudrängen. Sie musste ein Stück weit mitspielen. »Ich bin schon lange nicht mehr in Urlaub gefahren«, sagte sie vorsichtig.

Sein Lächeln verschwand. »Wir fahren heute Nacht. Keiner wird dich sehen und hören.«

Pia ließ die Vorstellung nicht an sich heran. So weit durfte es nicht kommen. »Was ist das für ein Häuschen? Ich würde gerne mehr davon sehen. Gibt es einen Garten?«

Sein Gesicht verdunkelte sich plötzlich.

»Pah!«, spie er aus. »Ihr Frauen wollt immer alles sehen, alles wissen. Immer die Kontrolle haben. Aber es ist nie gut genug, nicht wahr? Was ich mache, ist nie gut genug!«

Er lief wutschnaubend im Lager auf und ab und trat gegen einen Karton, der daraufhin umkippte.

Pia entschuldigte sich hastig. Bresinger versetzte dem Karton noch einen Tritt, der ihn durch den Raum gegen ein Regal katapultierte. Dann wandte er sich erbost zum Gehen.

»Herr Bresinger.« Pia war erstaunt, wie fest ihre Stimme klang. »Ich muss einmal zur Toilette.«

Er erstarrte mitten in der Bewegung und betrachtete erst sie und dann den engen Käfig, als sei er noch nicht auf die Idee gekommen, dass sie menschliche Bedürfnisse hatte. Dann verzog er misstrauisch das Gesicht.

»Wenn das ein Trick ist, warne ich dich. Es wird dir überhaupt nichts nützen.«

»Es ist kein Trick«, beteuerte Pia. Sie spürte tatsächlich einen leichten Druck, wenn sie auch noch eine Weile würde aushalten können.

Er schnaubte abfällig und murmelte etwas davon, dass man Huren nicht trauen könne, kramte aber doch in der Tasche seiner ausgebeulten Hose.

»Dann komm«, zischte er und öffnete die Tür mit seinem Schlüssel. Pia bewegte sich betont langsam. Sie wollte nicht riskieren, dass er es sich anders überlegte. Als er ihr den Arm wieder auf den Rücken drehte, um sie besser unter Kontrolle zu haben, wehrte sie sich nicht.

»Vorwärts«, befahl er.

Sie durchquerten den Lagerraum.

»Aufmachen.«

Mit der freien Hand griff sie nach der Türklinke. *Ich lasse mich nicht wieder einsperren*, versprach sie sich. *Und wenn er mich totprügelt.* Sie gingen langsam über den Flur. Bresinger hatte ihren Arm so weit nach hinten gedreht, dass es schmerzte. »Rechts«, knurrte er.

Dort befand sich ein Raum mit der Aufschrift WC. Bresinger ließ sie die Tür öffnen, dann streckte er den Arm aus, um den Schlüssel, der innen steckte, abzuziehen.

In diesem Moment ertönte das Schellen einer Klingel.

Bresinger zuckte zusammen und Pia reagierte instinktiv. Mit ihrem ganzen Gewicht warf sie sich gegen die WC-Tür und klemmte Bresingers Arm ein. Der Mann schrie vor Überraschung und Schmerz auf. Sein Griff um ihren Arm lockerte sich.

Pia wand sich heraus und begann zu rennen.

Sie hechtete den Gang entlang und sah die Tür zum Laden vor sich. Bresinger brüllte, dass sie stehenbleiben sollte oder er würde sie abschlachten wie ein Schwein. Sie rannte weiter und betete, dass die Tür nicht abgeschlossen war.

♦

»Ich gehe jetzt da rein«, beharrte Hellmann erregt und presste sein Smartphone ans Ohr, während er rannte. »Bresinger hat gelogen. Er *muss* Pia gesehen haben. Der kleine Junge ist sich sicher, dass sie das Geschäft betreten hat.« Johannes lief schneller als er, da er nicht versuchen musste, nebenbei ein Telefongespräch zu führen. Der Schneefall hatte nachgelassen und nur noch einzelne Flocken schwebten vom Himmel. Autos, Häuser und Straßenlaternen waren mit einer pulverigen Schicht überzogen. Hellmanns Lungen brannten von der kalten Luft, und er versuchte einen Hustenreiz zu unterdrücken.

Frau Nolte-Bergmann ließ sich mit ihrer Antwort Zeit. Schließlich sagte sie: »Ich rufe Frigger und Schröder an. Sie werden zu Ihnen stoßen. Warten Sie bitte auf die Kollegen. Und, Hellmann …« Sie machte eine Pause, um ihren Worten Nachdruck zu verleihen.

»Ich möchte, dass wir uns in einem Punkt verstehen. Sie verschaffen sich nicht mit Gewalt Zutritt. Sie haben keinen Durchsuchungsbeschluss und keine Veranlassung, von einer Straftat auszugehen. Habe ich mich klar ausgedrückt? Wir haben nicht den geringsten Hinweis, dass dieser Bresinger etwas mit Rainer Dorn zu tun hat.«

»Aber wir haben eine Anzeige wegen Stalking«, keuchte Hellmann, während er versuchte, Johannes nicht aus den Augen zu verlieren. »Der Hund wurde verletzt! Was, wenn es Bresinger war? Dann ist er gewaltbereit. Wer weiß, was er Pia antut!«

»Der Hund?«, wiederholte Frau Nolte-Bergmann. Hellmann spielte diese Karte bewusst aus. Er wusste, dass seine Chefin eine große Tierfreundin war und ebenfalls einen Bernhardiner zu Hause hatte.

»Ja. Vor Pias Haus wurde ein Köder mit Rasierklingen ausgelegt. Wir müssen davon ausgehen, dass es der Stalker war.«

Johannes hatte Bresingers Laden erreicht.

»Dann stoppen wir das Schwein«, sagte Frau Nolte-Bergmann eisig.

Hellmann betrachtete die geschlossene Ladentür und das Schild *Wir haben Betriebsferien*. Sein Puls raste, ob vom Rennen oder vor Aufregung, wusste er nicht. Dabei musste er versuchen, einen kühlen Kopf zu bewahren. Es war seine erste Einsatzleitung.

Er hörte ein Fahrzeug kommen und drehte sich um. Der Wagen der Feuerwehr hielt am Straßenrand. Zwei schwarz uniformierte Männer stiegen aus. Der eine hielt ein Brecheisen aus Metall in der Hand, das an der einen Seite zu einer keilförmigen Schneide und einem spitzen Dorn und an der anderen zu einer Art Zange geformt war. Hellmann hatte das Halligan-Tool bereits im Einsatz gesehen und wusste, dass man mit diesem Werkzeug so gut wie jede Tür öffnen konnte. Sie besprachen kurz ihr Vorgehen, dann atmete Hellmann einmal tief in den Bauch und drückte den

Klingelknopf. Steffi Schröder stand mit gezogener Waffe neben ihm und Frigger und Johannes befanden sich an der Wohnungstür.

Nichts rührte sich.

»Öffnen Sie die Tür«, wies Hellmann die Feuerwehrleute an. Er beobachtete, wie der eine mit Hilfe der Klaue des Halligan-Tools das Schutzblech um den Schließzylinder der Eingangstür wegbrach. Dann keilte er den Zylinder in der Klaue ein und hebelte ihn mit einer einzigen Bewegung heraus.

Der Feuerwehrmann öffnete die Tür und trat zur Seite, um ihnen Platz zu machen. Hellmann und Steffi gingen hinein. Sie hatte die Pistole im Anschlag und rief laut in den Laden herein. Die gefüllten Regale lagen im Halbdunkel.

Dann erkannte Hellmann etwas auf dem Boden. Es war ein Apfel. Mit schnellen Schritten durchquerte er den Raum und sah in einer Ecke den umgekippten Einkaufskorb und eine Flasche Wasser, die herausgerollt war. Im selben Moment hörte er Schreie. Jemand hämmerte gegen eine Tür und rief um Hilfe. Die Klinke bewegte sich hektisch, und er begriff, dass die Tür verschlossen war und Pia sich dahinter befand. Er brüllte nach den Feuerwehrmännern, und dass sie sich beeilen sollten.

Es dauerte nur wenige Sekunden, mit dem Halligan-Tool die Türscharniere herauszubrechen. Das Schreien war verstummt. Die Tür fiel heraus und Hellmann sah Pia, die sich an einer Wand abstützte. Ihr Atem ging schnell und in ihren Augen blitzte Triumph.

»Ich hab' ihm gesagt, er wird für den Rest seines Lebens eingesperrt«, flüsterte sie und deutete mit dem Arm in Richtung Korridor. »Er ist dort entlanggelaufen.«

»Bleib du bei ihr«, befahl Steffi und rannte vorwärts, ohne Hellmann eine Gelegenheit zur Erwiderung zu lassen.

Er nahm Pias Arm, die jetzt ein wenig schwankte. »Komm, ich bringe dich nach draußen.«

Auf dem Weg durch den Laden hörte sie die Sirenen der

ankommenden Einsatzfahrzeuge und sah die pulsierenden Lichter. Pias Beine begannen zu zittern.

♦

Sie saß in eine Decke gehüllt im Krankenwagen und genoss die Wärme der Teetasse in ihrer Hand. Johannes hatte seine durchnässten Schuhe und Socken ausgezogen und die Füße unter ihre Decke gesteckt. Dabei hielt er sie im Arm, und gemeinsam beobachteten sie, wie immer mehr Polizisten das Haus und den Lebensmittelladen betraten.

Schließlich wurde Bresinger hinausgeführt. Seine Hände waren mit Handschellen auf den Rücken gefesselt. Er ließ sich widerstandslos zu einem Streifenwagen bugsieren. Dabei hielt er den Kopf gesenkt.

Es ist vorbei, dachte Pia. Dann sah sie einen Kleinwagen am Straßenrand halten. Eine Frau mit kurzen dunklen Haaren, einer sportlichen Jacke und Turnschuhen stieg aus und bückte sich unter der Polizeiabsperrung hindurch, als sei es das Selbstverständlichste auf der Welt. Ein Polizeibeamter wollte sie aufhalten, doch sie rief ihm etwas zu und durfte passieren.

Neugierig beobachtete Pia, wie die Frau auf Hellmann und seine Chefin zuging. Sie unterhielten sich eine Weile und blickten dabei in Pias Richtung. Sie konnte nicht viel älter sein als Pia selbst.

»Weißt du, wer das ist?«, fragte sie ihren Bruder. Die Frau betrat das Gebäude.

»Nein.« Johannes drückte sie plötzlich an sich. »Es tut mir leid, dass ich zu spät gekommen bin. Wenn ich eher da gewesen wäre, hätte dieser Typ dich nicht überfallen können.« Er schluckte schwer und senkte den Kopf.

Auf einmal begriff Pia, dass sie das alles nicht mehr wollte.

»Schluss mit den Schuldgefühlen«, sagte sie bestimmt, griff nach seiner Hand und drückte sie fest. »Wir sind erwachsen. Es ist vorbei.«

Er schüttelte den Kopf. »Du hast ein traumatisches Erlebnis gehabt. Vielleicht wird dir das erst später klar werden. Wenn du mich brauchst, bin ich immer für dich da. Das weißt du.«

Pia erkannte, dass er überhaupt nichts begriff. Aber das war nicht so wichtig. »Ich freue mich auf euer Baby.«

Ein Arzt begutachtete Pias Verletzungen. Es waren nicht mehr als ein paar Prellungen und Abschürfungen, die die Sanitäter bereits versorgt hatten.

Er nickte zufrieden. »Wenn Sie sich gut genug fühlen, können Sie nach Hause gehen.«

»Es geht mir gut«, bestätigte Pia. Sie erhob sich und sah, dass die Frau mit den kurzen dunklen Haaren vor dem Krankenwagen auf sie wartete. Als Pia herauskam, streckte sie ihr die Hand entgegen.

»Ich bin Anne Kirsch, Kripo Dortmund. Kommen Sie, ich fahre Sie nach Hause.«

»Es ist aber nicht weit«, protestierte Pia. Ihr fehlte nichts. Das hatte sie auch zu Johannes gesagt, der wieder zur Arbeit musste. Wenn es ihr schlechter ging, würde sie anrufen. Außerdem musste Michaela bald zurückkommen.

»Trotzdem sollten Sie nicht allein gehen«, sagte die Frau freundlich. »Und ich würde Ihnen gerne noch ein paar Fragen stellen.«

Pia fügte sich und begleitete sie zu ihrem Auto. Die Polizistin räumte einen Rucksack vom Beifahrersitz auf die Rückbank, klaubte mehrere Zettel, eine leere Brötchentüte und eine Packung Taschentücher zusammen und stopfte alles achtlos ins Seitenfach der Fahrertür. Dann erst konnte Pia Platz nehmen.

Bevor Anne Kirsch losfuhr, zog sie einen kleinen Schlüsselbund aus der Tasche und reichte ihn Pia. »Den haben wir in Bresingers Wohnung gefunden. Das ist doch Ihr Schlüssel, oder?«

Pia betrachtete das solide Gewicht in ihrer Hand und bejahte die Frage. »Es war nie Rainer, der mich verfolgt hat.«

Anne nickte und startete den Motor.

»Sieht ganz danach aus.«

Obwohl sie keine Angst mehr zu haben brauchte, war Pia froh über die Gegenwart der Kommissarin, als sie ihre Wohnungstür aufschloss und eintrat. Es sah nicht so aus, als sei jemand hier gewesen. Alles befand sich an seinem Platz, und die Zimmertüren waren geschlossen. Trotzdem blickte Anne Kirsch in jeden Raum.

»Es ist niemand hier.«

Pia sah sich um und fragte sich, wie lange es dauern würde, bevor sie sich hier wieder sicher fühlen konnte.

Die Kommissarin stand in der Tür zur Küche und lehnte sich an die Zarge.

»Sie haben meinem Kollegen Hellmann gesagt, dass Sie Rainer Dorn am Mittwoch in der Nähe Ihres Hauses gesehen haben. War das die Wahrheit?«

»Natürlich«, erwiderte Pia.

»Sie haben schon einmal gelogen. Was die Fotos betrifft.« Die Stimme von Anne Kirsch klang nicht mehr so freundlich wie eben.

Pia senkte den Kopf. »Ich hatte Angst, dass mir keiner glaubt. Ich wollte nicht ohne einen Beweis zu Anton gehen. Weil der Verdacht so ungeheuerlich war.«

»In Ordnung.« Die Polizistin verschränkte die Arme. »Was ich nicht verstehe ist, wie Sie überhaupt auf den Gedanken gekommen sind, Rainer Dorn würde Sie verfolgen. Hatten Sie in letzter Zeit Kontakt zu ihm?«

Pia zuckte hilflos mit den Schultern. »Nein. Aber ich … Ich habe unser Kind wegmachen lassen. Deshalb dachte ich, er wollte mich bestrafen.«

»Aber das ist doch schon zehn Jahre her!«

»Ich habe ihn verraten«, flüsterte Pia. »Wir hatten uns ewige Freundschaft geschworen. Rainer, Corinna und ich.«

Anne Kirsch sah ruckartig auf.

»Corinna? Welche Corinna?«

»Meine alte Schulfreundin«, erklärte Pia, verunsichert über die plötzliche Intensität in Annes Blick.

»Wie hieß sie weiter?«, fragte die Polizistin ungeduldig.

»Raabe.« Als Pia den Namen aussprach, begriff sie, warum die Dortmunder Kommissarin wirklich hier war. Das letzte Gespräch mit ihrer Mutter kam ihr in den Sinn. Dortmund. Corinna war tot.

»Sie sind gar nicht wegen Frau Bresinger hier. Sie ermitteln in einem anderen Todesfall.«

Anne Kirsch kam mit langsamen Schritten auf Pia zu. Ihr Gesicht war angespannt. »Was wissen Sie?«

»Meine Mutter hat mir erzählt, es sei Selbstmord gewesen. Dass Cori vom Balkon gestürzt ist. Mehr weiß ich nicht. Wir haben schon lange nicht mehr miteinander gesprochen. Sie sind weggezogen, nachdem«, Pia stockte, »nachdem ich mein Kind verloren habe und Rainer einen Pfleger totgeprügelt hat.«

♦

»Wussten Sie, dass Rainer und Corinna ein Paar waren?« Anne beobachtete Pia genau.

Die junge Lehrerin blinzelte verwirrt. »Ein Paar? Wie denn? Rainer war doch die ganze Zeit in der Psychiatrie.«

Anne fragte sich, ob ihr Erstaunen echt war. Pia sah aus, als könne sie kein Wässerchen trüben. Ihr Gesicht war blass und ihr Mund hatte wieder diesen angespannten Zug angenommen, den Anne von den Fotos kannte. »Er war zwischendurch Freigänger«, erklärte sie. »Hat er sich nie bei Ihnen gemeldet? Ich finde es merkwürdig, dass er ausgerechnet in dieser Woche vor Ihrer Wohnung auftaucht.«

Pia schwieg verblüfft. »Freigänger? Dann hätte er mir viel früher auflauern können, wenn er gewollt hätte.«

Anne nickte. Wäre die Sache mit den Fotos nicht gewesen, hätte sie Pias Vorstellung überzeugend gefunden. Im Gesicht von Hellmanns ehemaliger Klassenkameradin spiegelte sich

Verwirrung und Betroffenheit. Die blassblauen Augen waren ängstlich geweitet. Durch ihre Arbeit bei der Kriminalpolizei wusste Anne, dass Menschen oft zwei Gesichter hatten. War Pia wirklich das ahnungslose Opfer, als das sie sich gab? Oder hatte sie doch von der Beziehung zwischen Corinna und Rainer gewusst? War sie eifersüchtig gewesen? Hatte sie einen Streit mit Corinna gehabt? »Wo waren Sie in der Nacht von Donnerstag auf Freitag?«

Pia wurde noch blasser, als sie ohnehin schon war. »Was?«

Anne wiederholte ihre Frage mit ruhiger Stimme.

»Ich war zu Hause. Warum wollen Sie das wissen? Sie glauben doch nicht, dass ich meine Freundin getötet habe?«

»War jemand bei Ihnen, der das bezeugen kann?«

Pia schüttelte den Kopf.

Sie ist klug genug, nicht zu lügen, dachte Anne. »Geben Sie mir bitte Ihr Telefon. Sie bekommen es zurück, sobald unsere Kriminaltechniker es untersucht haben.«

Pia gehorchte und reichte Anne mit mechanischen Bewegungen ein Samsung Galaxy und das passende Ladekabel. »Der Akku ist leer.« Sie wirkte fassungslos und Anne war beinahe geneigt zu glauben, dass ihr Verdacht haltlos war.

»Wir müssen alle überprüfen, die eine Beziehung zu Corinna hatten«, sagte sie beschwichtigend. »Ich bitte die Kollegen, dass sie sich mit Ihrem Telefon beeilen sollen.«

Pia nickte schwach. »Schon gut. Ich kann auch bei meiner Nachbarin telefonieren.«

Anne kam noch ein Gedanke. »Mein Kollege Hellmann hat mir gesagt, dass sie Grundschullehrerin sind. Als solche kennen Sie sich doch bestimmt mit Märchen aus, oder?«

»Das war Teil des Studiums. Und hin und wieder verwende ich Märchen im Unterricht«, bestätigte Pia. »Warum fragen Sie?«

Anne zuckte mit den Schultern. »Aus keinem besonderen Grund.«

Kapitel 15

Janitzki musste zufrieden mit ihr sein, dachte Anne, während sie über die A 33 in Richtung Paderborn düste. Sie hatte zweimal mit ihm telefoniert. Einmal direkt nach dem Leichenfund und noch einmal, nachdem sie Aussagen und Tatortspuren verglichen hatten.

Frau Bresinger hatte ihren Mann dominiert und wiederholt beschimpft. Heute Morgen war es zum Eklat gekommen und jahrelang aufgestaute Emotionen hatten sich in einer einzigen Explosion der Gewalt entladen. Die Spurensicherung hatte Blut der Frau auf Bresingers Kleidern und seine Fingerabdrücke an der Tatwaffe gefunden. Janitzki hatte entschieden, dass Grote und Holger, die bereits vor Ort waren, den Fall mit übernehmen konnten und keine weitere Unterstützung aus Dortmund nötig sei.

Anne fuhr an der Ausfahrt Paderborn-Mönkeloh ab und folgte den Hinweisschildern, die sie zum Brüderkrankenhaus führten. Am Empfang fragte sie nach Dr. Kortmann und erfuhr, dass er nicht länger auf der Intensivstation lag und Besuch empfangen durfte. Anne joggte durchs Treppenhaus und erntete einige neugierige Blicke vom Personal.

Der Psychiater saß halb aufrecht in seinem Bett und hatte ein aufgeschlagenes Buch auf dem Schoß liegen. Verbände umhüllten seinen Kopf, und das Gesicht war blass und mit weißen Bartstoppeln bedeckt.

Auf seinem Handrücken klebte ein Pflaster, unter dem Anne das grüne Plastik eines venösen Zugangs sehen konnte.

»Wie geht es Ihnen, Dr. Kortmann?«

Er klappte sein Buch zu und drückte auf einen Knopf, um das Kopfende seines Bettes noch etwas weiter in die Höhe zu fahren.

»Danke. Eine Gehirnerschütterung. Ich habe wohl Glück gehabt.« Er griff nach dem Dreieck, das über seinem Bett hing, und korrigierte seine Sitzposition. Zum Glück war er allein im Zimmer. Ein zweites Bett stand fertig bezogen und mit einer Plastikhülle zugedeckt an der Wand.

»Fühlen Sie sich gut genug, um mir ein paar Fragen zu beantworten?«

Der Psychiater nickte langsam. »Ich habe Sie erwartet. Sie und diesen Hellmann.«

»Mein Kollege ist noch mit einem anderen Fall beschäftigt«, antwortete Anne ausweichend. »Können Sie sich an das erinnern, was passiert ist?«

»Ja«, seufzte er.

Anne zog sich einen Stuhl heran. »Rainer Dorn ist verschwunden. Haben Sie eine Idee, wo er sich aufhalten könnte?«

Dr. Kortmann schüttelte stumm den Kopf und starrte ins Leere. Anne hatte den Eindruck, dass er nachdachte, aber er ließ sie an seinen Gedanken nicht teilhaben.

»Erzählen Sie mir, was passiert ist.«

»Sie haben mich gefunden. Also wissen Sie bereits alles.«

»Nein«, erwiderte Anne kühl. »So funktioniert das nicht. Abgesehen von dem, was Sie glauben, dass ich weiß, brauche ich Ihre Aussage. Am besten, Sie fangen von vorne an. Ich höre zu. Und wenn Sie eine Pause brauchen, sagen Sie Bescheid.«

»Gut«, nickte der Psychiater resigniert. »Wo beginne ich? Am Samstag vielleicht. Ich befand mich im Gespräch mit einem Patienten, als die Stationsschwester den Alarm auslöste. Rainer hatte im Gemeinschaftsraum eine schwere

Krise und ließ sich nicht beruhigen. Er hat einen Computerbildschirm und den Fernseher zerstört und versucht, sich mit den Scherben die Pulsadern aufschneiden. Gott sei Dank war die Schwester nebenan und konnte das Schlimmste verhindern. Ich habe ihm Notfallmedikamente gegeben und die Schnitte versorgt. Später erzählte er mir, dass Corinna ihre Beziehung brutal beendet hatte. Das hat Rainer in schreckliche Selbstzweifel gestürzt.«

Dr. Kortmann nahm ein Glas Wasser vom Beistelltisch und trank einen Schluck. Anne wartete darauf, dass er fortfuhr.

»Herr Hellmann kam und stellte Fragen. Dann kamen Sie.« Sein Blick verdunkelte sich. »Sie wissen, was dann passiert ist.«

»Ja, ja.« Sie hatte sich benommen wie ein Kamel in einer Glasbläserei. Die Erinnerung bereitete ihr Unbehagen.

»Ihre Vorwürfe und die Nachricht von Corinnas Tod haben ihn völlig zerstört. Ich wollte seine Medikamentendosis erhöhen, aber er fing sich selbst wieder.« Der Psychiater strich sich über den Mund. Sein Gesicht hatte einen gräulichen Ton angenommen. »Er sagte, ich könne den Schmerz nicht wegspritzen. Er wollte mit mir reden. Allein und nicht in der Klinik. Er wollte nach Hause.«

Anne dachte, dass ihm deutlich anzusehen war, wie sehr ihn diese Geschichte belastete. Spätestens jetzt war es offensichtlich, dass die beiden keine normale Arzt-Patient-Beziehung führten.

»Sein Zuhause, ist das der Bauernhof? Leben Sie beide dort zusammen?«

»Ich hoffte, dort würde er mit seinem Schmerz besser fertigwerden. Auf dem Hof hat er seine Kunst um sich. Und auch ich kann dort unbefangener mit ihm umgehen als hier. Wenn wir unter uns sind.«

Anne konnte ein abfälliges Schnauben nicht unterdrücken. »Ja, das habe ich gesehen. Wie Sie miteinander umgehen.«

Er runzelte Stirn. »Was haben Sie gesehen, Frau Kirsch?«

»Den Koffer unter Rainers Bett. Die Maske, das Würgehalsband.« Sie legte kaum Emotionen in ihre Stimme und beobachtete die Reaktion des Psychiaters.

»Gott!« In seiner Stimme schwangen Ekel und Wut mit. »Was haben Sie für Gedanken? Rainer könnte mein Sohn sein.«

»Eben. Das ist doch ein schönes Alter. Da sind sie noch jung und knackig. Das gefällt Ihnen doch bestimmt, Herr Doktor.«

Der Psychiater wurde weiß vor Wut. »Ich bin nicht schwul. Aber dass man einen Menschen wie einen Sohn liebt, das können Sie sich nicht vorstellen, wie? Und noch dazu einen Jungen, der selbst keine richtige Familie hat.«

Jetzt lag Verachtung in seinem Blick. »Ja, Frau Kirsch. Leute wie Sie sind das Problem. Die vermeintlich Gesunden, die an unserer krankmachenden Gesellschaft schuld sind. Sie können nicht ertragen, wenn jemand anders ist und nicht in ihre Denkschubladen passt. Wenn es nach ihnen ginge, würden psychisch Kranke ihr Leben lang weggesperrt.«

Er atmete tief ein und presste sich die Faust vor den Mund.

Anne schwieg und dachte über seine Vorwürfe nach. Urteilte sie zu schnell über andere? Immerhin war es ihr Job, Schlussfolgerungen aus Spuren zu ziehen, und möglicherweise versuchte der Psychiater mit seinen Vorwürfen nur von seinem eigenen Fehlverhalten abzulenken.

»Ich kenne Rainer schon sein halbes Leben lang«, fuhr er mit ruhigerer Stimme fort. »Seit sich die Krankheit im Jugendalter manifestiert hat, ist er immer wieder bei mir in Behandlung gewesen. Über die Jahre hat sich ein Vertrauensverhältnis entwickelt.«

»Ich bitte Sie«, erwiderte Anne. »Erwarten Sie wirklich, dass ich das glaube? Sie sind alleinstehend, haben keine Frau oder Freundin und leben auf einem einsamen Bauernhof mit einem Patienten zusammen. Einem hübschen jungen

Mann. Und dann wundern Sie sich, dass dieses Verhältnis Misstrauen erweckt? Wo leben Sie eigentlich?«

Dr. Kortmann nickte bitter. »Ja, Sie haben recht. Ich habe keine Familie. Meine Frau hat mich vor fünfundzwanzig Jahren verlassen und ist mit unserem gemeinsamen Sohn nach Kanada gezogen. Ihre Familie lebt dort. Ich habe nichts getan, um es zu verhindern. Und jetzt ist mein Sohn über dreißig, und ich kenne ihn nicht mehr.« Er brach ab und starrte aus dem Fenster.

»Rainer bereichert mein Leben«, sagte er schließlich. »Was in dem Koffer war, habe ich lange Zeit nicht gewusst. Irgendwann sind mir die Würgemale an seinem Hals aufgefallen.«

»Hat er sich prostituiert?«

»Nein!«, rief Dr. Kortmann entgeistert. »Wie kommen Sie denn auf so etwas? Und es hat auch mit Corinna nichts zu tun, falls das Ihre nächste Frage sein sollte. Nein. Es ist der Drang zur Selbstverletzung und Selbstzerstörung, der manchmal so stark in ihm ist, dass er einfach nachgeben muss. Früher hat er sich Verletzungen zugefügt, aber das macht er nicht mehr.«

»Er würgt sich selbst?« Anne konnte es kaum fassen. »Haben Sie keine Sorge, dass er irgendwann zu weit geht?«

»Doch.« Der Psychiater nickte traurig. »Die habe ich.«

»Was ist auf dem Bauernhof passiert? Wir haben Sie im Dachgeschoss gefunden. Was hat es mit der Schlinge auf sich, die dort hängt?«

»Er nannte es seinen *Notausgang*«, erklärte Dr. Kortmann dumpf. »Die Schlinge hängt seit Jahren dort und gibt ihm Sicherheit.«

Anne verzog skeptisch den Mund. Er starrte sie an. »Sie glauben mir nicht.«

Sie zuckte mit den Schultern. »Erzählen Sie weiter.«

»Als die Klinikleitung seine Lockerung gekippt hat, war er kurz davor, sie zu benutzen. Er wollte nicht eingesperrt sein. Zum Glück haben wir ein anderes Arrangement gefunden.«

Er machte eine kurze Pause und schien über etwas nachzudenken. Dann sah er Anne an. »Sie dürfen Huber und Kedziora nicht anzeigen. Was passiert ist, war allein meine Schuld.«

Anne erzählte ihm, dass Desenburg die beiden freigestellt hatte. Die Maschinerie war in Gang gesetzt und mit Sicherheit würde es eine Untersuchung geben. Das konnte sie nicht mehr verhindern. »Was ist weiter passiert?«

Er nahm noch einen Schluck Wasser.

»Wir haben zusammen gekocht. Ich hatte gehofft, es würde ihn ablenken. Rainer war sehr schweigsam. Nach dem Essen habe ich den Abwasch übernommen, und er wollte spazieren gehen. Doch dann hörte ich, wie er die Treppe hinaufstieg. Erst dachte ich, er geht in sein Zimmer. Ich ging ihm nach, weil ... ich ...« Er schluckte.

»Sie befürchteten, er würde an seinen Koffer gehen«, half Anne ihm weiter.

Kortmann nickte. »Aber er ging nicht in sein Zimmer. Er stieg höher.«

»Ins Dachgeschosszimmer?«

»Ja.«

»Und da wussten Sie, dass er den Notausgang benutzen wollte.«

Kortmanns Stimme wurde wieder fester. »Ich wusste, er würde nicht zögern. Die Schlinge ist so konzipiert, dass der Tod nicht durch Ersticken, sondern durch Genickbruch eintritt. Also rannte ich hinter ihm her, die Treppen hoch. Als ich ins Zimmer platzte, stand er bereits auf dem Stuhl. Ich sah, wie er die Schlinge in der Hand hielt und seinen Kopf nach vorn neigte. Wenn er gesprungen wäre, hätte ich seinen Tod nicht mehr verhindern können. Ich dachte nur noch daran, ihn aufzuhalten.«

Anne beschlich eine dunkle Vorahnung. »Was haben Sie getan?«

»Ich rief ihm zu, dass er niemals Antworten bekommen würde. Ob er nicht wissen wolle, wer ihm die letzte E-Mail geschrieben hat. Und warum Corinna sterben musste. Es

273

war das Beste, was mir in dem Moment einfiel. Ich wollte Zweifel in ihm wecken. Er tut das nicht, wissen Sie? Zweifeln. Dabei ist es das, was uns Menschen ausmacht. Rainer sieht alles schwarz oder weiß. Als er am Samstag diese verletzende E-Mail gelesen hat, war ihm sofort klar, dass Corinna sie geschrieben hatte. Er glaubte, dass sie sich von ihm trennen wollte, weil er immer schon Angst davor hatte. Er hat regelrecht darauf gewartet.«

Anne hatte ihm atemlos zugehört. Ihre Gedanken rasten. *Natürlich! Die letzte E-Mail!*

Dr. Kortmann blickte sie an. »Wenn man sich selbst nicht lieben kann, wie soll man akzeptieren, dass andere das tun?«

Die Lösung war die ganze Zeit vor ihrer Nase gewesen. Warum war sie nicht von selbst darauf gekommen?

»Die letzte Mail stammt gar nicht von Corinna«, sagte sie laut. »Die Ausdrucksweise passt nicht zu ihr. Auch die Beleidigungen nicht. Wenn sie mit ihm Schluss gemacht hätte, dann niemals auf diese Art und Weise.«

Dr. Kortmann wiegte den Kopf. »Glauben Sie wirklich? Es war ein Schuss ins Blaue. Ich wollte ihn aufhalten.«

»Ja«, bekräftigte Anne erregt. »Ich bin mir sicher. Ich habe sämtliche E-Mails gelesen. Das war nicht ihre Art.« Dabei rotierte es in ihrem Kopf, als sie versuchte, eine Liste der Leute zusammenzustellen, die so etwas getan haben könnten.

»Ich wünschte, der Gedanke wäre mir eher gekommen«, seufzte der Psychiater. »Vielleicht hätte ich ihm am Samstag schon helfen können.«

Die Eltern, dachte Anne. *Bestimmt waren es die Eltern gewesen. Und jetzt? Was wird Rainer jetzt tun?*

»Wissen Sie«, der Psychiater räusperte sich. »Ich fürchte, ich habe einen Fehler begangen. In dieser furchtbaren Situation, er war so kurz davor zu springen ... Ich musste irgendetwas tun.«

»Einen Fehler?«

»Ich habe Rainer gefragt, ob er nicht wissen will, wie

Corinna wirklich gestorben ist. Oder ob sie jemand getötet hat.«

»Großer Gott.«

Er nickte unglücklich.

Anne wurde etwas klar. »Sie sind wirklich fest davon überzeugt, dass Rainer es nicht getan hat, nicht wahr?«

Der Psychiater schüttelte bestimmt den Kopf. »Ich kenne ihn, Frau Kirsch. Ich habe ihn jahrelang psychiatrisch begleitet. Seine Aggressionen richten sich in erster Linie gegen sich selbst. Er ist auch gewalttätig gegen andere geworden, aber das waren immer Ausnahmesituationen.«

Anne atmete tief durch. Sie wusste nicht, ob Dr. Kortmann recht hatte und Rainer Dorn tatsächlich unschuldig war. Er selbst schien davon überzeugt zu sein. Wenn er allerdings richtig lag, steuerten sie auf eine Katastrophe zu.

»Würden Sie sagen, dass sich Rainer jetzt in einer Ausnahmesituation befindet?«, fragte sie leise, obwohl sie die Antwort darauf kannte.

Der Psychiater nickte und sie sah Angst in seinen Augen. »Ich weiß nicht, wozu er fähig ist.«

Anne saß hinter dem Steuer ihres Wagens und biss sich auf die Lippen. Ihr fiel ein, dass sie Dr. Kortmann nicht nach dem Märchen gefragt hatte. Aber nach der Eröffnung, dass Rainer Dorn vielleicht selbst den Mörder von Corinna suchte, wusste sie, dass sie keine Zeit verlieren durfte. Er hatte bereits einen Tag Vorsprung. Wen würde er verdächtigen? Oder wo würde er nach dem richtigen Täter suchen?

Während sie zu ihrem Auto gelaufen war, hatte sie mit Hellmann telefoniert und ihm eingeschärft, Pia nicht aus den Augen zu lassen. Anne selbst drängte es nach Dortmund zurück, zur Familie und den Bekannten des Mädchens.

Die Tatsache, dass Rainer Dorn den Fluchtwagen in Warburg abgestellt hatte, ergab plötzlich Sinn. Warburg war ein zentraler Bahnhof und man konnte Züge in die unterschiedlichsten Richtungen besteigen. Mit Kassel hatte Dorn eine falsche Fährte legen wollen. Dass er dann mit der Bahn nach Marsberg zurückgefahren war, blieb eine Möglichkeit, die Anne jedoch für unwahrscheinlich hielt. Schließlich musste er damit rechnen, dort leicht wiedererkannt zu werden. Nein, Anne vermutete, dass er sich jetzt in Dortmund aufhielt.

Wen aus Corinnas Umfeld kannte er? Und, falls er ihren Mörder suchte, wo würde er ansetzen? Mit wem würde er reden? Sie vergegenwärtigte sich, dass er gestern Nacht in Dortmund angekommen war. Wo hatte er die Stunden bis zum Morgen verbracht? Gab es eine Person, der er vertrauen würde?

Anne wusste plötzlich die Antwort. Beim Fahren wählte sie Janitzkis Nummer und hoffte inständig darauf, nicht erwischt zu werden. Es tutete endlos.

♦

Janus Janitzki blickte auf seine Herrenuhr von Emporio Armani. Normalerweise erfüllte ihn der Blick auf das schwarze Zifferblatt des Chronometers, den er sich letzten Monat selbst zum Geschenk gemacht hatte, mit tiefer Befriedigung. Jetzt jedoch fühlte er nur Nervosität.

Er zupfte mit den Fingern am obersten Knopf seines Hemdes und stellte mit Verärgerung fest, dass der Knopf sich gelöst hatte und nur noch an einem dünnen Faden hing. Er rückte ihn zurecht und hoffte, dass es nicht allzu sehr auffiel.

Im Restaurant war es warm und seine Hose klebte unangenehm im Schritt. Janitzki wechselte die Sitzposition. Er warf noch einen Blick auf seine Uhr, nahm die Speisekarte und betrachtete zum wiederholten Mal die Hauptgänge. Lammkarree, überbackenes Schweinefilet, Lachs und vieles mehr. Das alles klang köstlich, doch er hatte keinen rechten Appetit.

Ihm war klar geworden, dass dieses Restaurant für eine Verabredung in der Mittagspause keine gute Wahl gewesen war. Wahrscheinlich würden sie viel zu lange auf das Essen warten müssen. Er wusste nicht, wie viel Zeit Frau Liebich eingeplant hatte.

Warum hatte er nicht einfach ein Bistro oder eine kleine Bäckerei vorgeschlagen? Das wäre zwangloser gewesen. Sollte er sie anrufen und einen anderen Treffpunkt vorschlagen? Doch wie würde das aussehen? Sie würde ihn für kurzsichtig und sprunghaft halten. Außerdem war es jetzt zu spät. Mit Sicherheit war sie schon auf dem Weg hierher.

Janitzkis Kehle fühlte sich trocken an und er nahm einen Schluck Wasser. Dann öffnete sich die Tür des Restaurants. Aus den Augenwinkeln erfasste er eine schlanke Gestalt im cremefarbenen Kostüm. Um sie nicht anstarren zu müssen, tat er so, als hätte er sie noch nicht bemerkt. Dann blickte er auf und erhob sich, um ihr den Stuhl vorzurücken.

»Dankeschön«, sagte Frau Liebich überrascht.

Janitzki wehte ein Hauch von Patschuli und Orange entgegen. Er atmete tief ein, und sein Blick verharrte auf der sanften Rundung ihres Nackens.

Als er sich setzte und in ihre blauen Augen sah, wurde ihm schmerzlich bewusst, dass in seinem Inneren ein Tumult herrschte, den er zuletzt mit sechzehn gefühlt hatte, bei seiner ersten Freundin. Ihre Beziehung, seine längste bisher, hatte nur ein Jahr gedauert. Aber es war Liebe auf den ersten Blick gewesen, und danach hatte er nur noch Affären gehabt. Das Gefühl des Verliebtseins war niemals wiedergekommen, und Janitzki hatte sogar befürchtet, dass es eine Fähigkeit war, die er vollends verloren hatte. An seinem dreißigsten Geburtstag hatte er sich geschworen, sein Leben als Junggeselle ohne Verpflichtungen zu genießen.

Jetzt war das Gefühl plötzlich da, und seine Intensität machte ihm Angst. Wie hoch war die Wahrscheinlichkeit, dass sie genauso empfinden würde?

»Haben Sie Hunger?« Janitzki merkte, dass seine Stimme belegt klang, und räusperte sich.

»Nur ein wenig, ich mache gerade eine Diät.«

Normalerweise hätte er dazu einen flotten Spruch parat gehabt, jetzt war seine Schlagfertigkeit wie weggeblasen.

Frau Liebich blickte ihn über den Rand ihrer Karte hinweg amüsiert an.

In diesem Augenblick klingelte sein Smartphone. Janitzki fluchte innerlich und warf einen Blick auf das Display. Anne ließ wirklich keine Gelegenheit aus, ihn zu sabotieren. Er entschuldigte sich bei der Staatsanwältin, die lächelnd die Karte studierte.

Die Stimme seiner Kollegin klang hektisch. »JJ! Rainer Dorn ist in Dortmund. Dr. Kortmann glaubt, er will Corinnas Tod rächen. Ich denke, er ist bei Isabell. Ihr vertraut er. Sie hat seine Bilder und die Geschenke für Corinna aufbewahrt.«

So verwirrt wie jetzt war Janitzki das letzte Mal gewesen, als ihm sein Nachbar eröffnet hatte, er würde sich mit Männern treffen, und danach versucht hatte, ihn anzumachen. »Was redest du da? Ich dachte, Dorn ist dein Tatverdächtiger?«

Sie versuchte, es ihm zu erklären. Ihm schwirrte der Kopf.

»Du glaubst, er hat es doch nicht getan und versucht jetzt einen Sündenbock zu finden, an dem er die Wut über ihren Tod auslassen kann?«

»Ich weiß es nicht«, stöhnte Anne. »Aber möglich wär's. Bitte, du musst sofort zu Isabell fahren! Wir wissen nicht, wozu er imstande ist, und sie hat ein kleines Kind.«

Sie klingt direkt panisch, dachte Janitzki. Frau Liebich jetzt hier allein zurückzulassen war wirklich schlechter Stil. Ihm war klar, dass er alles vermasselte, bevor es überhaupt angefangen hatte, doch er hatte keine Wahl.

»Ich kümmere mich darum«, sagte er schweren Herzens zu Anne und legte auf.

Frau Liebich griff besorgt nach seiner Hand. »Was ist los? Sie sehen aus, als sei eine Bombe unterm Tisch versteckt.«

»Nicht unterm Tisch«, erwiderte er und genoss für einen winzigen Moment das Gefühl ihrer warmen Finger auf seiner

Haut. Dann gab er ihr in knappen Worten wieder, was Anne gesagt hatte.

»Isabell und ihr Kind sind in Gefahr. Deshalb muss ich jetzt gehen.« *Ein Held aus einer amerikanischen Serie hätte das gesagt*, dachte er.

Die Staatsanwältin erhob sich. Sie sah mindestens ebenso entschlossen aus wie er. »Das ist auch mein Fall. Ich begleite Sie.«

In der Serie würde ich jetzt mit gezückter Waffe aus dem Wagen stürzen, dachte er und warf einen Seitenblick auf Frau Liebich. *Vielleicht würde ihr das gefallen.*

Er parkte hinter dem Einsatzwagen des SEK, der im selben Moment anhielt. Die Schiebetür an der Seite wurde aufgestoßen und sechs Gestalten in schwarzen Westen und Titanhelmen sprangen heraus. Mit militärischer Präzision schwärmten zwei zu den Gebäudeseiten aus, während die anderen vor der Haustür warteten. Einer von ihnen trug ein Maschinengewehr bei sich.

Janitzki bat Frau Liebich, noch eine Weile im Wagen sitzenzubleiben. Dann stieg er aus. Hinter ihnen trafen zwei Streifenwagen ein. Janitzki wies die Polizisten an, den Bereich um das Mietshaus, in dem Isabell wohnte, abzusperren. Sie sollten auch bei den Nachbarn klingeln und dafür sorgen, dass sie in ihren Wohnungen blieben.

Als er sich umdrehte, sah er Frau Liebich mit vor der Brust verschränkten Armen auf dem Bürgersteig stehen. Sie starrte zu dem Mehrfamilienhaus hinüber, in dem die Einsatzkräfte verschwunden waren. Der Wind zerrte an ihrem dünnen Rock. Janitzki trat neben sie und hätte gerne den Arm um sie gelegt. Zusammen beobachteten sie das Mietshaus.

»Warum hört man nichts?«, flüsterte die Staatsanwältin. »Ist das ein gutes Zeichen?«

»Ich weiß es nicht«, erwiderte Janitzki. Auch er wartete darauf, dass etwas geschah. Dass eine Fensterscheibe zersplitterte und Rufe ertönten. Doch es blieb gespenstisch still.

◆

Anne fuhr im Schritttempo durch die Lindemannstraße, in der Isabells Wohnung lag. Der Wagen hinter ihr betätigte ungeduldig die Lichthupe. Hier war keine Polizeiabsperrung, nirgends ein Streifenwagen zu sehen. Wo waren die Kollegen? Sie parkte am Straßenrand und empfand eine wilde Mischung aus Angst und Wut. War es wirklich möglich, dass Janitzki ihre Warnung ignoriert hatte?

Als sie ihr Handy vom Beifahrersitz nahm und seine Nummer wählte, zitterten ihre Hände vor Erregung, dabei verfluchte sie den Kriminaldirektor dafür, dass er ihr diesen Nichtskönner vor die Nase gesetzt hatte. Und Thorsten, der nicht hinter ihr gestanden hatte, als es darauf angekommen war, und der nicht hier war, wenn es bei einem Fall wirklich um etwas ging.

»Was denkst du dir eigentlich?«, fauchte sie JJ an, als er sich meldete. »Warum ist niemand bei Isabell? Kannst du nicht einmal über deinen Schatten springen und mich ernst nehmen?«

»Wir waren dort, aber es war niemand zu Hause«, informierte Janitzki sie kühl. »Das SEK hat nur den Mitbewohner angetroffen. Die junge Frau und das Kind sind in der Uni. Und bevor du jetzt dahin rast, ich habe schon mit Isabell gesprochen. Rainer Dorn ist nicht bei ihr gewesen.«

Anne blieb die Luft weg. »Oh. Entschuldige.«

»Danach war ich in Corinnas Wohnung, aber das polizeiliche Siegel ist intakt. Nichts deutet darauf hin, dass Dorn dort war.«

Annes Gedanken rasten. Sie war sich mit Isabell so sicher gewesen. »Was, wenn er an der Uni auftaucht …?«

»Wir haben sein Foto an den Sicherheitsdienst vom Campus geschickt«, fuhr Janitzki mit selbstzufriedener Stimme fort. »Außerdem sind ein paar Kollegen vor Ort.«

»Gut.« Anne kam sich wie eine Idiotin vor. »Wo bist du jetzt? Was soll ich tun?«

»Frau Liebich und ich sind auf dem Weg zu Corinnas Eltern. Ich möchte sie nach möglichen Kontakten befragen und nach Orten, die Corinna aufgesucht hat. Wo sie sich mit Dorn getroffen haben könnte.«

»Dann komme ich auch dorthin.«

Anne startete den Motor und fragte sich, was mit ihr nicht stimmte. Wann hatte sie aufgehört, sich auf andere zu verlassen, und angefangen, immer ihren eigenen Kopf durchsetzen zu wollen?

Da sie seit dem Frühstück nichts mehr gegessen hatte, beschloss sie, unterwegs an einem Imbiss in der Gegend Halt zu machen. Sie rollte durch das Wohngebiet und sah sich zu beiden Seiten um. Als sie an einem Nähladen vorbeikam, fiel ihr zuerst die Tatsache auf, dass das Geschäft, im Gegensatz zu den anderen in der Straße, nicht beleuchtet war. Der Name Änderungsschneiderei Feldmann löste eine Erinnerung bei ihr aus. Sie brauchte einen Moment, um zu begreifen, was es war. Dann realisierte sie, dass Corinnas Mutter hier arbeitete.

Anne sah, dass in der Nähe ein Parkplatz frei war, und beschloss, kurz anzuhalten und nach dem Rechten zu sehen. Vermutlich hatte der Laden geschlossen. Corinnas Mutter war mit Sicherheit krankgeschrieben.

Sie näherte sich der Schneiderei und blickte durch die Schaufensterscheibe in den Verkaufsraum. Er war klein und in Grautönen gehalten. Anne sah mehrere Tische mit Nähmaschinen und fahrbare Garderobenständer, an denen Kleidungsstücke mit gelben Etiketten hingen. Das Schild an der Eingangstür wies darauf hin, dass die Schneiderei durchgehend geöffnet hatte. Probehalber drückte Anne die Klinke herunter und die Tür schwang nach innen auf.

Sie betrat den Verkaufsraum. »Hallo? Ist hier jemand? Frau Raabe?«

Niemand antwortete.

Anne sah sich um. Nichts in dem überschaubaren Raum deutete auf eine gewaltsame Auseinandersetzung hin. Allein die Tatsache, dass sie niemanden sah und die Tür unverschlossen war, erschien Anne verdächtig. Sie hatte sich in Bezug auf Isabell geirrt. War Dorn hier? Anne dachte an seine Mutter. An ihren ausgemergelten Körper und ihre schrille Stimme, als sie rief, Rainer habe ihren Körper ruiniert. Auch Corinna hatte Probleme mit ihren Eltern gehabt und Rainer hatte davon gewusst.

Sie überprüfte mit der Hand den Sitz ihrer Dienstpistole. Dann scannte sie den Raum systematisch nach möglichen Verstecken. Ein seltsamer Geruch drang ihr in die Nase. Es roch verbrannt.

Im hinteren Bereich bemerkte sie zwei Umkleidekabinen. Mit schnellen Schritten durchquerte sie den Raum und zog ihre Pistole. Adrenalin rauschte durch ihre Adern, als sie den Vorhang der ersten Kabine mit einer Handbewegung beiseiteschob.

Ein blasses Gesicht mit kurzen dunklen Haaren starrte sie an und richtete die Mündung einer Pistole auf ihre Brust. Anne zielte heftig atmend auf ihr eigenes Spiegelbild. *Du musst ruhiger werden.* Ungeachtet ihres eigenen Gedankens zerrte sie den zweiten Vorgang beiseite. Auch diese Kabine war leer.

Sie öffnete eine Tür und betrat einen Gang, von dem zwei weitere Türen abgingen. Die eine zeigte ein Schild mit einem rundlichen Jungen, der im Stehen in einen Nachttopf pinkelte. Annes erster Impuls war es, die WC-Tür zu öffnen, da sie den Raum schneller würde überblicken können. Doch der Geruch hatte sich verstärkt. *Feuer!*

Anne stieß die Tür am Ende des Ganges auf und beißender Qualm wogte ihr entgegen. Er brannte in ihren Augen. Instinktiv hatte sie die Luft angehalten und zielte mit ausgestreckter Pistole in den Raum. Im grauen Dunst sah sie einen menschlichen Umriss auf dem Boden liegen.

Anne wusste, dass sie nicht zögern durfte, denn bei einer Rauchvergiftung konnten Minuten über Leben und Tod entscheiden. Sie stopfte ihre Pistole in den Halfter zurück und tauchte mit angehaltenem Atem in die Rauchschwaden ein. Mit drei großen Schritten hatte sie den leblosen Körper erreicht.

Es war Christa Raabe, die mit dem Gesicht zur Erde auf dem Boden lag. Anne packte ihren Arm und versuchte, die Frau aus dem Raum zu ziehen, doch nach einem halben Meter kam sie nicht weiter. Frau Raabe hing irgendwo fest. Am Ende des Zimmers schoss eine Stichflamme empor, als eine lange Fenstergardine Feuer fing.

Anne kämpfte gegen den Drang, Atem zu holen. Ihre Augen tränten und sie konnte kaum etwas sehen. Sie tastete den Arm der Frau entlang und fühlte den kalten Stahl der Handschellen, mit dem ihr Handgelenk an eine andere Hand gefesselt war. Dort lag ein weiterer Körper. Ein Mann. Mehr konnte sie nicht erkennen, doch ihr war klar, dass es Rainer Dorn sein musste.

Verdammt! Anne presste Zähne und Lippen zusammen, während sie die Gewissheit einholte, dass sie einen fatalen Fehler begangen hatte. Warum hatte sie keine Hilfe gerufen? Sie hätte die Lage erkennen müssen, als sie zum ersten Mal den Geruch wahrgenommen hatte. Jetzt war es zu spät. Sie musste die beiden hier rausschaffen.

Mit aller Gewalt zog sie an beiden Armen, doch sie besaß nicht genug Kraft. Hitze brannte auf ihrer Haut und der Druck auf ihre Lungen wurde beinahe unerträglich. Sie taumelte in den Gang zurück, riss die Tür zum kleinen Badezimmer auf und rang hektisch nach Luft.

Sie musste den Notruf wählen, doch bis die Feuerwehr hier war, würde es für die beiden Menschen in dem verrauchten Raum bereits zu spät sein. Vielleicht waren sie jetzt schon tot. Der Gang füllte sich mehr und mehr mit Rauch, und auch Anne selbst schwebte bereits in großer Gefahr.

Sie beschloss, einen letzten Versuch zu wagen. Wenn auch nur die geringste Chance bestand, die beiden retten zu können, musste Anne es versuchen. Selbst wenn sie ihr eigenes Leben riskierte.

Sie holte noch einmal tief Luft und ignorierte alle Instinkte, die sich in ihr aufbäumten und sie drängten, aus dem brennenden Haus zu fliehen. Sie tauchte in den Rauch ein. Der Qualm war so beißend, dass sie die Augen schließen musste. Blind kämpfte sie sich weiter, bis ihr Fuß auf Widerstand stieß, dann tastete sie nach den Armen und fand die Handschellen. Sie packte fest zu und zog noch einmal mit aller Kraft. Die Körper rutschten vorwärts.

Annes Kopf pochte. In ihrer Brust baute sich Druck auf. Sie wusste, dass sie es nicht mehr wagen durfte, im Badezimmer Luft zu holen. Zu tückisch war das Kohlenmonoxid. Je nach Konzentration reichten wenige Atemzüge, um das Bewusstsein zu verlieren. Wenn sie hier ohnmächtig wurde, würden sie alle drei sterben.

Anne zog erneut. Sie schaffte einen halben Meter und begriff dann, dass ihre Kraft nicht reichen würde. Es würde ihr niemals gelingen, die beiden allein hier herauszuschaffen.

Sie zog mit trotziger Verzweiflung, und die Atemnot legte sich wie eine Klammer um ihren Brustkorb. Anne erreichte die Türschwelle, ließ die Arme der beiden los und taumelte nach hinten.

Sie konnte nicht mehr verhindern, dass ihr Mund sich öffnete und nach Luft schnappte. Schmutziger Rauch drang in ihre Lungen und löste einen heftigen Hustenreiz aus. Ihr schwindelte. Sie durfte nicht atmen, konnte sich aber nicht mehr stoppen.

Eine innere Stimme sagte ihr, dass Kohlenstoffmonoxid leichter als Luft war und emporstieg. Sie sank auf alle Viere und kroch in Richtung Ausgang. Ihre Arme und Beine schienen aus gummiartiger Masse zu bestehen.

Sie hörte ein Telefon klingeln. *Ich hätte dich anrufen sollen, JJ*, war ihr letzter Gedanke, bevor ihr das Bewusstsein schwand.

♦

Das Gesicht von Corinnas Vater war bleich wie das eines Toten. Seine Augen lagen in tiefen Höhlen, und auch die fehlende Mimik ließ Janitzki an einen Totenschädel denken. Er war froh über Frau Liebichs Gegenwart, die das Gespräch mit einfühlsamen Worten leitete. Empathie war eine Gabe, die ihm leider völlig fehlte, und die ihm viele Kollegen, insbesondere die weiblichen, voraushatten. Eine Ausnahme bildete vermutlich Anne. Mit ihrem Einfühlungsvermögen war es auch nicht weit her. Doch anders als sie versuchte Janitzki konstant an sich zu arbeiten. Er war davon überzeugt, dass man Charaktereigenschaften erlernen konnte, und hatte für das nächste Frühjahr ein Trainingsprogramm an der *Akademie für Empathie* gebucht.

»Ich suche nach einem neuen Job«, sagte Raabe mit hohler Stimme. »Es ist kaum zu glauben, wie schnell sich alles herumgesprochen hat. Als Freiberufler lebe ich von der Provision, aber ich bekomme keine Termine mehr. Die meisten lassen sich verleugnen. Es ist, als wäre man ein Aussätziger. Jemand mit einer ansteckenden Krankheit. Ist Selbstmord ansteckend?« Er starrte dumpf auf den Bildschirm seines Laptops.

»Und haben Sie etwas in Aussicht?«, fragte Janitzki. Im selben Moment ärgerte er sich über seine eigene Frage, die Raabes Gesichtsausdruck bereits erschöpfend beantwortet hatte.

Frau Liebich meldete sich mit sanfter Stimme zu Wort. »Haben Sie schon mit einer Hinterbliebenenberatungsstelle gesprochen?« Raabe schüttelte stumm seinen Kopf.

»Wenn Sie möchten, kann ich Ihnen ein paar Adressen dalassen. Mit einigen habe ich sehr gute Erfahrungen gemacht.«

»Sehr freundlich von Ihnen«, murmelte er, doch es klang nach einem Automatismus.

»Der Grund unseres Kommens«, nahm Janitzki seinen Faden wieder auf, »ist unsere Vermutung, dass Rainer Dorn sich in Dortmund aufhält.«

Raabes Kopf schnellte nach oben. »Das Schwein ist hier?«

»Wir glauben es.«

Die mächtige Hand des Mannes klappte den Laptop zu. »Worauf warten Sie dann noch?« Seine Augen glänzten fiebrig und sein Blick irrte zwischen Janitzki und der Staatsanwältin hin und her. »Warum suchen Sie ihn nicht?«

»Wir hatten gehofft, von Ihnen noch ein paar Hinweise bekommen zu können.« Janitzki beugte sich vor. »Wo hat Corinna sich gerne aufgehalten? Gab es Orte, an denen Rainer und sie sich möglicherweise getroffen haben? Fällt Ihnen dazu etwas ein?«

Der große Mann legte den Kopf in die Hände und rieb über seine kratzigen Wangen. Es war ein Geräusch wie von Schmirgelpapier. »Sie war entweder zu Hause oder in der Uni. Cori musste viel lernen. Anderen Studenten fliegt der Stoff zu. Unsere Tochter hatte nicht das Glück, aber sie arbeitete hart an sich.«

»Ihre Freundin Isabell hat ausgesagt, dass Corinna ihr Studium abbrechen wollte. Wusste Sie davon?«

Raabe sah auf und sein Gesicht verzerrte sich vor Zorn. »Das ist eine Lüge«, stieß er hervor. »Eine dreckige Lüge!«

Janitzki spürte ein Kribbeln in seinem Bauch. Hier kam ein Konflikt zum Vorschein, der bisher unter der Oberfläche verborgen geblieben war. Er spürte Frau Liebichs Blick auf sich ruhen, ließ Raabe aber keine Sekunde lang aus den Augen. »Am Donnerstag sind Sie in eine Drogerie gerufen worden. Können Sie uns sagen, aus welchem Grund?«

Raabe starrte ihn an. Janitzki konnte beinahe sehen, wie der Schmerz der Erinnerung den großen Mann durchzuckte.

»Was wird das hier?« flüsterte er. »Ein Verhör?«

»Nein. Helfen Sie uns zu verstehen. Sie wollen doch, dass wir Dorn finden. Dann erzählen Sie uns, was Sie wissen. Alles kann wichtig sein.«

Raabe nickte langsam. »Sie hatte gestohlen. Sie tat das. Immer wieder. Seit Jahren schon. In Kaufhäusern, bei Freunden, bei uns. Wir haben einige dadurch verloren –

Freundschaften, meine ich.« Er brach ab. Janitzki nickte ihm aufmunternd zu.

Raabe sprach tonlos weiter: »Am Donnerstag wurde sie in einer Drogerie erwischt. Die Filialleiterin rief mich an. Ich fuhr dorthin und log. Ich sagte, es sei zum ersten Mal passiert, und sie glaubte mir. Ich hatte solche Angst davor, dass Corinna irgendwann vorbestraft sein würde und ihre Zukunft ruinierte. Ich bin schrecklich wütend geworden. Dieses Mal hatte sie Kondome geklaut und mir wurde klar, dass *er* sie zu allem angestiftet hatte.«

»Damit meinen Sie Rainer Dorn?«

Raabe nickte mit hasserfüllter Miene. »Ich habe Corinna ihr Smartphone abgenommen und dann habe ich die E-Mails gelesen. Ekelhaftes Zeug.«

Seine Mundwinkel bogen sich zuckend nach unten. »Ich habe ihr verboten, weiter mit diesem Menschen Kontakt zu halten.«

»Und dann?«

»Ich habe sie nach Hause gebracht und sie ist in ihre Wohnung gegangen.«

»Allein?«

»Ja. Ich habe meine Schwester gebeten, ein Auge auf sie zu haben.«

Janitzkis Tonfall wurde frostig. »Also haben Sie das Smartphone von Corinna? Warum haben Sie es uns nicht gegeben? Das ist ein wichtiges Beweisstück in einer Mordermittlung.«

»Ich habe Ihnen doch die E-Mails gezeigt.«

»Das beantwortet meine Frage nicht.« Janitzki musste sich beherrschen, um den barschen Ton aus seiner Stimme zu drängen. Er erlebte immer wieder, dass Angehörige Dinge zurückhielten oder den Tatort veränderten. Es gab unterschiedliche Gründe dafür. Oft war es Scham oder Schuldbewusstsein. Und jedes Mal behinderte es die polizeilichen Ermittlungen massiv.

»Ich habe Dorn geschrieben.«

Es dauerte einige Augenblicke, bis Janitzki begriff. »Eine E-Mail? In Corinnas Namen?«

»Natürlich. Sonst wirkt es ja nicht.« Raabe starrte mit steinerner Miene geradeaus. In seinem Inneren schien ein Dämon zu wüten.

»Die letzte Mail, in der Corinna mit Rainer Dorn Schluss gemacht hat, stammt also von Ihnen?«

Raabe erwiderte nichts, aber sein Schweigen war Antwort genug.

Janitzki wechselte einen Blick mit Frau Liebich. Sie hatten Einiges erfahren, aber der Fall war immer noch nicht klarer.

»Zurück zu unserer ursprünglichen Frage«, sagte er schließlich. »Ist Ihnen ein Ort eingefallen, wo Corinna und Dorn sich getroffen haben könnten? Wo er sich jetzt aufhalten könnte?«

Raabe schüttelte stumm den Kopf.

»Weiß Ihre Frau vielleicht mehr?«

»Christa arbeitet. Rufen Sie in der Schneiderei an.«

Auf Janitzkis Bitte hin erhob sich der große Mann mühevoll und reichte ihm ein Festnetztelefon. Die Nummer der Änderungsschneiderei Feldmann war eingespeichert. Janitzki wählte. Das Freizeichen ertönte.

Niemand ging ans Telefon.

Kapitel 16

Etwas Kühles wurde auf ihr Gesicht gepresst. Anne geriet in Panik und schlug um sich. Jemand hielt ihre Hände fest. Instinktiv rang sie nach Atem. Die Luft schmeckte trocken und roch nach Plastik. Doch da war keine Spur mehr von dem Qualm, der ihre Lungen verstopft hatte. Anne atmete gierig ein und aus.

»Konzentrieren Sie sich aufs Atmen«, sagte eine Stimme.

Anne begriff, dass sie eine Sauerstoffmaske auf dem Gesicht hatte. Jemand musste sie gefunden und einen Krankenwagen gerufen haben. Sie bäumte sich auf und versuchte zu sprechen: »Da sind noch zwei …« Ihre Stimme klang dumpf und verzerrt in ihren Ohren.

Sie sah das bärtige Gesicht eines Rettungssanitäters über sich. Das Neonorange seiner Weste stach ihr in die Augen. Mit einer Hand presste er die Atemmaske auf ihr Gesicht. »Wir haben die beiden gefunden. Atmen Sie jetzt.«

Was für ein seltsamer Befehl, dachte Anne. Als würde sie damit aufhören.

»Werden Sie überleben?«, versuchte sie durch ihre Maske zu sagen.

Der Sanitäter schüttelte streng den Kopf. »Nicht reden.«

Anne begriff, dass sie von ihm nichts erfahren würde, und hielt den Mund. Sie versuchte sich so gut es ging umzusehen und stellte fest, dass sie draußen auf dem Bürgersteig lag.

Jemand hatte ihr etwas Schaumstoffartiges unter den Kopf geschoben und sie mit einer dieser Goldpapierwärmedecken zugedeckt, sodass sie sich vorkam wie ein überdimensioniertes Weihnachtsgeschenk.

Mehr konnte sie nicht erkennen, denn ihr Blickfeld beschränkte sich auf den grauen Himmel und das mehrstöckige Gebäude, das neben ihr aufragte. Dafür hörte sie die vielen Leute und Fahrzeuge, die im Einsatz waren. Eine Sirene heulte auf. Wenige Augenblicke später startete ein Motor und der Lärm entfernte sich. War es der Krankenwagen gewesen? Sie hätte sich gerne aufgesetzt, doch sie wusste, dass ihr das nur einen erneuten Rüffel des Sanitäters eingebracht hätte.

Der Mann kniete sich neben sie und hob ihren Kopf an, um die Sauerstoffmaske in ihrem Nacken zu befestigen. Anne sah ein Rüstfahrzeug der Feuerwehr, das in ihrem Blickfeld parkte, und ein Gewimmel von Polizisten und Feuerwehrmännern mit Atemschutzgeräten. War Janitzki hier? Sie versuchte sein braungebranntes Gesicht irgendwo auszumachen, doch dann legte der Sanitäter ihren Kopf wieder ab, und Anne musste mit dem grauen Himmel vorliebnehmen. Sie versuchte ihm mit Gesten begreiflich zu machen, dass sie sitzen wollte, doch er schüttelte streng den Kopf.

Nach einer Weile quälenden Nichtstuns hörte sie das Klackern von Absätzen und sah zwei schlanke Waden in Strumpfhosen und daneben eine modische Jeans und Chucks.

»Achten Sie darauf, dass sie die Maske aufbehält«, ermahnte der Sanitäter Janitzki. Dann entfernten sich seine Schritte. Anne hatte sich noch nie so gefreut, JJ zu sehen.

Er ging neben ihr in die Hocke. »Wie geht es dir?«

»Gut«, nickte sie unter ihrer Maske. »Warst du es, der mich gefunden hat?« Ihre Stimme klang, als spräche sie unter Wasser, doch JJ schien sie zu verstehen.

»Nein. Das war Herr Feldmann, der Besitzer der Schneiderei. Er kam von einem Kunden und hat dich im Qualm am Boden gesehen. Zuerst hat er dich ins Freie gezogen und dann den Notruf abgesetzt. Zum Glück waren die Feuerwehrleute schnell da. Sie haben Christa Raabe und Rainer Dorn in einem der hinteren Räume gefunden. Dort wurde auch das Feuer gelegt. Die beiden waren aneinandergekettet. Sie sind jetzt auf dem Weg ins Uniklinikum Düsseldorf. Dort gibt es eine Druckkammer, in der sie behandelt werden.«

Anne wurde schlecht bei dem Gedanken, dass es anscheinend reiner Zufall war, dass sie überlebt hatte. Wäre Feldmann eine halbe Stunde später gekommen ... Sie wischte den Gedanken energisch beiseite. »Werden sie es schaffen?«

»Der Notarzt war zuversichtlich.« Anne sah, wie er fassungslos den Kopf schüttelte. »Ich hoffe es für Christa Raabe. Die arme Frau. Erst verliert sie die Tochter, dann versucht so ein Irrer sie umzubringen.«

»Wissen wir sicher, dass es Brandstiftung war?«

»Die Feuerwehr hat einen Eimer mit Holzkohle gefunden. Vermutlich hat Dorn versucht, Christa Raabe und sich selbst zu vergiften. Dabei haben sich Stoffbahnen entzündet. Das Feuer konnte sich schnell ausbreiten.«

»Wenn Sie nicht gewesen wären, hätte Herr Feldmann das Feuer wahrscheinlich nicht schnell genug bemerkt«, meldete sich Frau Liebich zu Wort. Sie ging neben Anne in die Hocke und griff nach ihrer Hand.

»Werden Sie rasch wieder gesund, Frau Kirsch. Sie waren sehr mutig.«

◆

»Das war unglaublich leichtsinnig!« Thorsten Seidel ging in ihrem Wohnzimmer auf und ab. Er war gerade erst hereingekommen, hatte Annes Gruß kaum erwidert und, statt sich nach ihrem Befinden oder dem Fall zu erkundigen, hatte er sie gleich mit Vorwürfen überhäuft.

Jetzt rieb er sich den Nacken und atmete stoßweise, wie

ein Stier, der einen Torero auf die Hörner nehmen will. Sie hatte ihn noch nie so wütend erlebt. »Wie konntest du da reingehen? Allein und ohne Schutzausrüstung? Ohne jemanden zu informieren? Das ist mir unbegreiflich.«

Anne senkte den Kopf. Sie hatte sich gefreut, Thorsten zu sehen. Mit solch heftigen Vorhaltungen hatte sie nicht gerechnet.

»Ich wollte Christa Raabe in Sicherheit bringen. Ich wusste doch, dass bei einer Kohlenmonoxidvergiftung nicht viel Zeit bleibt.«

»Und bei dem Versuch hättest du dich fast selbst umgebracht. Was, wenn Feldmann dich nicht gefunden hätte? Dann wärt ihr alle drei gestorben!«

»Ja, du hast recht«, gab Anne niedergeschlagen zu. »Aber ich konnte doch nicht ahnen, dass die beiden aneinandergefesselt waren.«

»Deshalb geht man niemals allein! Bei Brandgeruch hättest du *sofort* die Feuerwehr informieren müssen!«

Als mir bewusst wurde, was der Geruch bedeutete, war es schon zu spät.

»Ja«, brummte Anne. Es hatte keinen Sinn, mit ihm darüber zu diskutieren. Das Schlimme war, dass er die Wahrheit sagte. Sie hatte wieder einmal einen Fehler gemacht. Sie war ein unnötiges Risiko eingegangen, und Janitzki war derjenige gewesen, der besonnen und vernünftig gehandelt hatte.

»Eigensicherung ist das Wichtigste im Polizeidienst. Wenn ich mich in dieser Hinsicht nicht auf dich verlassen kann, möchte ich dich nicht mehr in meinem Team haben.«

Anne war geschockt von seinen drastischen Worten. Sie taten weh. »Meinst du das ernst?«

»Sehe ich aus, als würde ich scherzen? Als ich gehört habe, was passiert ist, habe ich die Schulung abgebrochen«, Thorsten betonte das letzte Wort scharf. »Ich bin gekommen, um mich davon zu überzeugen, dass es dir gut geht. Das habe ich getan und jetzt fahre ich wieder nach Münster.«

Er machte auf dem Absatz kehrt. In der Tür blieb er stehen. »Ehrlich, Anne, ich war noch nie so enttäuscht von dir.«

Mit einem Knall schlug die Tür hinter ihm zu. Anne ließ sich aufs Sofa fallen und zog sich die Wolldecke über den Kopf. Sie konnte nicht fassen, wie er mit ihr sprach. Als wäre sie seine Tochter. Sie wollte wütend werden und ballte die Fäuste, doch sie fühlte nichts dergleichen. Höchstens Wut auf sich selbst. Sie hatte es gut gemeint, aber durch ihr unüberlegtes Handeln hatte sie sich selbst und die Rettung von anderen gefährdet.

Anne schlug die Decke zurück. Sie musste etwas tun, um sich abzulenken und die negativen Gedanken loszuwerden.

»Geh nach Hause und erhole dich«, hatte Janitzki ihr aufgetragen, doch im Nichtstun war sie nicht besonders gut.

Sie beschloss, Wäsche zu waschen, räumte ihre Reisetasche aus und stieß dabei auf das Märchenbuch, das sie von Maren Kleinschnittger geborgt hatte. Erst jetzt wurde ihr klar, dass sie das Märchen von *Hans mein Igel* nie zu Ende gelesen hatte.

Anne vergaß die Wäsche, setzte sich wieder aufs Sofa und blätterte in dem alten Buch, bis sie die Stelle fand, an der sie aufgehört hatte zu lesen.

Hans mein Igel war von der ersten Prinzessin enttäuscht worden und hatte sie bestraft. Danach ritt er in das zweite Königreich, um dort sein Glück zu versuchen. Der zweite König stand zu seinem Wort und gab Hans seine Tochter zur Frau. Die beiden Eheleute speisten gemeinsam an der königlichen Tafel.

Die Prinzessin aber fürchtete sich davor, am Abend mit ihrem Mann zu Bett zu gehen. Sie hatte Angst vor seinen Stacheln. Hans aber bat den König, ein Feuer zu entfachen und vier Männer als Wachen vor ihre Kammer zu stellen. Als er sich dann der Prinzessin näherte, streifte er seine Igelhaut ab und ließ sie vor dem Bett liegen. Die Männer kamen herein, nahmen die Igelhaut und warfen sie ins Feuer. Die Haut verbrannte und Hans behielt seine Menschengestalt, doch sein Körper wurde schwarz wie Kohle, als sei auch er verbrannt worden.

Ein Arzt kam und behandelte Hans. Er wusch seinen schwarzen Körper und rieb ihn mit Salben ein. Nach dieser Behandlung wurde Hans' Haut weiß wie die eines normalen Menschen, und die Prinzessin verliebte sich in ihn. Am Ende wurde Hans der neue König, aber erst nach etlichen Jahren suchte er seinen Vater wieder auf und versöhnte sich letztendlich mit ihm. Anne klappte das Buch zu.

Ein typisches Ende für ein Märchen, dachte sie. Anerkennung, Liebe, Versöhnung. Hans wurde von seiner Igelnatur erlöst. Durch eine Frau. Durch die Liebe. War es das, was Rainer Dorn sich von Corinna erhofft hatte? Glaubte er tatsächlich, er sei dieser Hans?

JJ hatte ihr erzählt, dass Corinnas Vater die letzte, verletzende E-Mail geschrieben hatte. Und Dorn hatte jedes Wort geglaubt. Er hatte sich verstoßen und verraten gefühlt. Immerhin ging es für ihn um mehr als eine einfache Beziehung. Es ging um sein Leben, um seine Hoffnung auf Erlösung. Hatte er Corinna bestrafen und verletzen wollen, so wie Hans die erste Prinzessin verletzt hatte?

Oder war alles ganz anders? Hatte Dr. Kortmann recht und sein Schützling war unschuldig? Doch warum hatte er Christa Raabe und sich selbst töten wollen? Glaubte er, sie hätte ihre Tochter auf dem Gewissen? Corinna hatte in ihren E-Mails die schwierige Beziehung zu ihren Eltern beschrieben, die sehr ehrgeizig waren. Sie hatte sich von ihnen unter Druck gesetzt gefühlt. Anne dachte daran, dass Corinna überlegt hatte, ihr Studium abzubrechen. Hatten die Eltern davon erfahren? Aber das war doch kein Grund, die eigene Tochter zu töten!

Sie vergrub ihr Gesicht in den Händen und schüttelte den Kopf. Nein, ihrer Meinung nach gab es nur zwei potenzielle Täter: Rainer Dorn und Pia Berger. Oder hatte Corinna sich mit den Nadeln doch selbst verletzt?

Anne erwachte vom Klingeln ihres Handys und war im ersten Augenblick orientierungslos. Sie lag auf dem Sofa. Ihr Nacken schmerzte. Es war taghell und als sie sich bewegte, stach ihr eine Ecke des Märchenbuches in die Rippen. Steif von der unbequemen Liegeposition tappte sie zum Telefon.

»Ja?«, krächzte sie.

»Oh Gott, Anne, was ist passiert? Geht es dir gut?« Es war Janitzki.

»Nichts. Ich bin eingeschlafen.« Anne rieb sich das Gesicht. Kein Wunder, schließlich hatte sie die letzte Nacht nicht mehr als ein paar Stunden im Bett verbracht.

»Ach so. Ich wollte dich nicht wecken. Aber das toxikologische Gutachten ist da und ich dachte, dass es dich vielleicht interessiert.«

Anne war schlagartig wach. »Ja, natürlich. Also? Nun sag schon, was steht drin?«

»In Corinnas Blut und Urin wurden Lorazepam und Alkohol nachgewiesen. Das Medikament in geringen Mengen. Die Kombination ist äußerst riskant. Normalerweise macht Lorazepam schläfrig, kann aber auch genau die entgegengesetzte Wirkung haben. Möglicherweise war Corinna bewusstlos, vielleicht war sie aber auch aufgedreht, erregt, hatte Halluzinationen.«

»Also sind wir nicht schlauer«, seufzte Anne.

»Doch«, widersprach Janitzki. »Wir haben weitere Informationen, aufgrund derer ich noch einmal mit Corinnas Vater sprechen muss. Möchtest du mich begleiten?«

Anne wartete vor ihrer Haustür, bis Janitzki mit seinem Mini vorfuhr. Die Abenddämmerung breitete sich über der Stadt aus und das schmutzige Grau des Himmels wurde dunkler.

Sie stieg ein. »Danke, dass du mich mitnimmst.«

Janitzki startete den Motor und drehte Helene Fischer leiser. »Ich habe mir schon gedacht, dass du dich nicht erholen willst.«

Er musste ihren Besuch angekündigt haben, denn Herr

Raabe stand vor seinem Haus. Er trug keine Jacke, schien die Novemberkälte aber nicht zu spüren. Sein Blick war in die Ferne gerichtet.

Als sie aus dem Wagen stiegen, öffnete er kommentarlos die Haustür. Seine Bewegungen wirkten ferngesteuert, als würden Hände und Füße von unsichtbaren Marionettenfäden gezogen. Raabe führte sie in die Küche. Er war jetzt rasiert, bemerkte Anne. Allerdings hatte sich sein Erscheinungsbild dadurch nicht verbessert, denn nun konnte man noch deutlicher sehen, wie schlaff seine Wangen herabhingen. Auf dem Küchentisch lag eine angebrochene Packung Medikamente.

»Haben Sie ein Beruhigungsmittel genommen?«

Er nickte.

Anne griff nach der Packung. *Tavor.* Sie kannte den Namen von Fällen aus dem Drogenmilieu. Starkes Zeug, ein Tranquilizer. »Sie sollten sich nach unserem Gespräch besser schlafen legen«, sagte sie deshalb. »Auf keinen Fall dürfen Sie noch Auto fahren.«

»Ich weiß«, sagte Raabe tonlos.

Anne entdeckte etwas auf der Tablettenpackung, das ihre Aufmerksamkeit fesselte. »Wirkstoff Lorazepam«, las sie laut. »Wann wurde Ihnen das verschrieben?«

Raabe ließ sich langsam in einen Stuhl sinken. Sein Blick war abgedriftet und er schien Mühe zu haben, sich auf Annes Worte zu konzentrieren.

»Es war für Christa. Nach Corinnas Tod. Sie konnte nicht schlafen.«

Anne tauschte einen Blick mit JJ. Er nickte.

»Sie sagen, dass Ihrer Frau das Medikament erst nach Corinnas Tod verschrieben wurde. Aber die toxikologische Untersuchung hat ergeben, dass Ihre Tochter ebenfalls Lorazepam genommen hat. Können Sie sich das erklären?«

Im Gesicht des großen Mannes regte sich etwas. Seine Augenbrauen hoben sich, und langsam nahm seine Miene einen Ausdruck von Verwunderung an.

Er schüttelte den Kopf. »Das verstehe ich nicht. Ein Beruhigungsmittel? Wieso? Von uns kann sie es nicht gehabt haben. Oder doch? Meine Frau hat es vor Jahren einmal bekommen. Gegen Flugangst. Als wir ...« Er brach ab und sein Blick wanderte zu dem Bild, das auf der Anrichte stand. Mutter, Vater und Tochter am Strand von Mallorca.

»Könnte Corinna davon ein paar Tabletten abgezweigt haben?«, überlegte Janitzki. »Hat sie zu dieser Zeit schon geklaut?«

Raabe antwortete nicht. Er starrte weiterhin auf das Bild, als könne er in die Zeit zurückblicken.

JJ holte sein in schwarzes Leder eingebundenes Notizbuch heraus.

»Im Anschluss an unsere Unterredung von heute Mittag habe ich Ihren Telefonanschluss überprüfen lassen. Sie haben Donnerstagnacht gegen 2 Uhr einen Anruf von Jeanette Raabes Handy erhalten. Das war kurz vor Corinnas Tod. Worum ging es in diesem Gespräch?«

Anne dachte, sie höre nicht richtig. Das war es also, was JJ herausgefunden hatte. Sie starrte gebannt auf Raabes Gesicht, doch eine Reaktion blieb aus. Mund, Stirn, Wangen, alles war schlaff von dem Beruhigungsmittel.

»Sie war so wild«, sagte Raabe. »Aufgedreht, völlig von Sinnen. Sie sagte mir, sie würde sich umbringen und ich wäre schuld daran.«

Janitzki lehnte sich vor. »Wer? Wer hat sie angerufen?«

»Cori.«

»Corinna hat Sie Donnerstagnacht vom Handy Ihrer Schwester aus angerufen? Und dann? Was haben Sie getan?«

»Ich bin zu ihr gefahren.« Raabes Mund verzerrte sich bei der Erinnerung. »Sie war fast nackt. In ihrem Körper steckten Nadeln. Ihre Augen waren riesig und schienen zu glühen. Ihr Mund stand offen. Sie wollte mich umarmen. Sie stank nach Sekt. Ich wollte ihr diese Nadeln herausziehen, aber sie schrie mich an und stieß mich weg. Ich wäre an allem schuld.«

Seine Mundwinkel bogen sich nach unten. »Sie hat sich gewehrt. Ich wollte doch nur die Nadeln herausziehen.«

Er begann zu weinen. Es war ein schrecklicher Anblick. Wangen und Mund hingen wie tot herunter, während sein Köper von Krämpfen geschüttelt wurde. Anne und Janitzki warteten.

Nach einer Weile wurde Raabe ruhiger. »Die Tür zum Balkon stand auf.«

»Und dann?«, fragte Anne behutsam.

Raabe schluckte trocken. Sein Blick war leer und Anne wusste, dass er die Szene jetzt vor sich sah. »Sie riss sich los. Ich konnte sie nicht richtig halten, wegen der Nadeln. Sie rannte auf den Balkon. Wenn sie nicht mit Rainer zusammen sein konnte, wollte sie lieber sterben.«

»Ist sie gesprungen?«

Raabe schüttelte den Kopf. »Bestimmt wollte sie mir drohen. Sie ist aufs Geländer geklettert. Ich habe gerufen. Ich bin zu ihr gerannt, aber sie ist abgerutscht. Ich konnte sie nicht mehr festhalten.«

Sie führte Corinnas Vater zum Auto und öffnete ihm die hintere Tür. Widerstandslos stieg der große Mann ein.

»Ich werde dafür sorgen, dass Ihre Schwester den Schlüssel zu Ihrer Wohnung bekommt«, sagte Anne. »Sie kann sich um alles kümmern, bis Christa wieder gesund ist.«

Er nickte teilnahmslos.

Janitzki setzte sich ans Steuer und schaltete das Radio aus. Sie fuhren an einem Kiosk vorbei, vor dem sich junge Menschen tummelten. Anne sah erleuchtete Fenster und bunte Lichterketten. In einem Vorgarten leuchtete ein kitschiger Nikolausschlitten samt Rentieren. Niemand sagte etwas. Anne warf einen Blick nach hinten auf Raabes kerzengerade Gestalt. Sein Gesicht war zum Fenster gewandt, doch er schien nichts zu sehen.

Janitzki hielt vor der Ambulanz des psychiatrischen Krankenhauses.

Anne stieg aus und öffnete für Herrn Raabe die Tür. »Ich bin froh, dass Sie eingewilligt haben, vorerst hierzubleiben.« Sie hätte ihn nicht ruhigen Gewissens allein in seiner Wohnung lassen können.

Anne sprach mit dem diensthabenden Arzt, und nachdem sie sich versichert hatte, dass Raabe gut betreut werden würde, kehrte sich zu JJ zurück.

»Soll ich dich nach Hause bringen?«, fragte er.

Sie nickte.

Der Feierabendverkehr verstopfte die B 1, doch Janitzki lenkte den Wagen mit ruhiger Hand hindurch.

»Dr. Lange hat recht behalten«, bemerkte er nach einer Weile.

Anne sah das triumphierende Gesicht des dürren Gerichtsmediziners vor sich. »O ja, und das wird ihn ohne Ende freuen.« Vermutlich würde er ihr diese Tatsache die nächsten Wochen und Monate wieder und wieder unter die Nase reiben. Er konnte nicht ausstehen, wenn seine Einschätzung in Zweifel gezogen wurde.

»Ich begreife nur nicht recht, wieso«, sagte JJ kopfschüttelnd. »Warum die Nadeln? Sollte das eine Art Kick sein? Oder wollte sie einfach nur ihren Vater schockieren?«

Anne dachte einen Moment darüber nach.

»Das Märchen ist schuld. Rainer hat daran geglaubt, und Corinna wohl auch. Hans mein Igel wird von der ersten Prinzessin und von ihrem Vater hintergangen. Dafür bestraft er die Königstochter und sticht sie mit seinen Stacheln blutig. Ich denke, sie war auf einem Drogentrip und hat sich da reingesteigert.«

Sie starrte aus dem Fenster. In dem gutsituierten Wohnviertel von Dortmund, durch das sie fuhren, herrschte weihnachtliche Idylle. Ihr wurde bewusst, dass sie in einer Parallelwelt lebte. Der Job, in dem sie tagtäglich mit Gewalt und Verbrechen konfrontiert wurde, brachte das mit sich.

»Ich denke, Jeanette Raabe hat mitbekommen, was passiert ist«, überlegte Janitzki. »Ihr Bruder wird ihr eingeredet haben, dass Rainer Dorn an allem schuld sei. Deshalb hat sie ihm geholfen, ihn zu belasten.«

Er hielt vor Annes Haustür.

»Danke fürs Fahren.« Sie öffnete die Tür und stieg aus. »Sag mal, was läuft eigentlich zwischen dir und dieser Staatsanwältin?«

Janitzki lehnte sich zurück und zuckte betont lässig mit der Schulter. »Leider nichts. Sie ist verheiratet.«

Kapitel 17

Dezember

Roswitha betrat Annes kleine Küche und rieb sich die Hände. »Bist du fertig? Soll ich noch etwas tun?«

»Ich wüsste nicht, was«, erwiderte Anne und hängte den taillierten Mantel ihrer Mutter an der Garderobe auf. »Hast du neue Strähnchen?«

Roswitha steckte den Kopf aus der Tür und berührte mit der Handfläche ihre selbstgedrehten Locken. »Ich war gestern beim Friseur. Gefällt es dir? Sonst lasse ich ja immer nur den Ansatz nachfärben. Aber ich hatte Lust auf etwas Neues.« Sie schürzte verschmitzt die Lippen. »Der Friseur sagt, von hinten sehe ich dreißig Jahre jünger aus.«

Anne begriff nicht, wieso es von Vorteil sein könnte, von hinten jünger auszusehen als von vorne, sagte aber nichts dazu. Als sie in die Küche kam, packte Roswitha gerade den Streuselkuchen aus, den Anne beim Bäcker gekauft hatte.

»Also wirklich«, seufzte sie. »Zu so einem Anlass hättest du auch mal selbst backen können.«

Anne öffnete den Mund, um ihre Mutter darauf hinzuweisen, dass sie den ganzen Tag gearbeitet hatte, als es an der Tür klingelte. Roswithas Gesicht hellte sich schlagartig auf, und sie huschte ins Bad, um einen Blick in den Spiegel zu werfen.

Vor der Tür stand Heiko und drückte Anne einen Kuss auf die Lippen. »Ist es unpassend, dass ich deiner Mutter ein paar Blumen mitgebracht habe?« Er zeigte Anne einen Strauß bunter Gerbera. »Du möchtest ja nicht, dass ich dir welche schenke.«

Anne schlang die Arme um seinen Oberkörper und spürte seine Wärme durch den Stoff. »Das ist in Ordnung. Sie wird sich freuen.«

Tatsächlich begann Roswithas Gesicht beim Anblick des Straußes zu strahlen. Einen Moment zierte sie sich und murmelte, sie sei keine junge Frau mehr und auch nicht die Hauptperson, und er würde ja schließlich ihre Tochter besuchen, aber dann nahm sie die Blumen entgegen und begann, in Annes Schränken nach einer Vase zu suchen.

Für einen Moment waren Heiko und Anne allein.

»Wie ist das Gespräch mit Thorsten und deinem Chef gelaufen?«, fragte er mit leiser Stimme.

Annes Stimmung sank, als sie daran dachte. »Ich muss nächstes Jahr Schulungen zum Thema Sicherheit im Polizeidienst und Vertrauen und Teamarbeit belegen«, sagte sie mit zusammengebissenen Zähnen.

Er streichelte ihr sanft den Nacken. »Das wird bestimmt interessant.«

»Die Kollegen machen sich bereits über mich lustig.«

»Das Thema Sicherheit ist mir auch wichtig«, sagte er ernst. »Du solltest diese Schulung machen. Egal, was die Kollegen sagen.«

»Hast du überhaupt keine Vasen in der Wohnung?«, rief Roswitha aus der Küche.

Anne nahm Heikos Hand und drückte sie. »Das mach' ich.« Sie versuchte ein Lächeln und zog ihn hinter sich her in die Küche.

»Nimm doch ein Glas«, forderte sie ihre Mutter auf.

Roswithas Gesicht zeigte deutlich, wie wenig sie von diesem Vorschlag hielt, doch da Anne tatsächlich keine Vase im Haus hatte, blieb ihr nichts anderes übrig, als ihn zu befolgen. Sie stellte das Glas mit den Blumen auf den Tisch und atmete demonstrativ den Duft ein.

»Wundervoll!« Dann ergriff sie die Kaffeekanne, um Heiko einzuschenken.

»Ich bin so froh, dich endlich kennenzulernen.«

Sie aßen den Streuselkuchen, der mit Vanillecreme und Aprikosen gefüllt war, und Anne fand, dass er hervorragend schmeckte. Heiko ließ sich geduldig von Roswitha ausfragen und gab ein paar lustige Anekdoten aus dem Schulbetrieb zum Besten. Wie Anne vorhergesehen hatte, war ihre Mutter begeistert von ihm. Solch einen bodenständigen und intelligenten Schwiegersohn hatte sie sich immer gewünscht.

An diesem Abend lag Anne schlaflos im Bett. Nach der Unterredung mit Oberan hatte Thorsten sie hinausbegleitet. Während sie nebeneinander über den Flur gegangen waren, war sie so dumm gewesen, laut nachzudenken, ob sie die Schulungen nicht würde umgehen können.

Thorsten hatte ärgerlich den Kopf geschüttelt, und in seinem Blick hatte sie eine Unnachgiebigkeit gesehen, die sie bei ihm nicht kannte.

»Du wirst diese Schulungen machen. Dafür werde ich höchstpersönlich sorgen. Sonst wird Oberan dich in den Innendienst versetzen. Im Ernst, Anne, so kann es nicht weitergehen.«

Sie wälzte sich unruhig von einer Seite auf die andere. Neben ihr lag Heiko und schnarchte leise. *Gut*, dachte sie trotzig. Dann würde sie diese Schulungen eben hinter sich bringen. Wie schlimm konnte es sein, zusammen mit 20-jährigen Studenten in einem Hörsaal zu sitzen, von denen vermutlich alle wussten, dass sie hier ihre Strafe absaß?

Sie knirschte mit den Zähnen. Um sich abzulenken, dachte sie über den Fall nach. Über die Geschichte von *Hans mein Igel*. Da war noch etwas, das sie nicht verstand. Was war der Grund für all das? Warum war Rainer Dorn das alte Märchen so wichtig gewesen? Warum hatte er daran geglaubt?

Anne dachte, dass es möglicherweise jemanden gab, der ihr Auskunft geben konnte.

Am nächsten Morgen rief sie bei den LSS Kliniken in Marsberg an. Sie sprach mit Desenburg, der erleichtert schien, dass die Affäre um Rainer Dorn glimpflich ausgegangen war. Sein heimliches Leben auf dem Bauernhof, die anschließende Flucht und der Selbstmordversuch war von der örtlichen Presse ausgeschlachtet worden, doch nach einigen Tagen hatte das Interesse der Medien nachgelassen.

Dr. Kortmann habe freiwillig gekündigt, erklärte ihr Desenburg. Er sei als Rainer Dorns behandelnder Arzt nicht mehr tragbar gewesen.

Als Anne sich erkundigte, ob Desenburg wisse, wie Dr. Kortmann zu erreichen sei, antwortete er, der Psychiater habe sich in Marsberg einer Praxisgemeinschaft angeschlossen, wo er momentan in Teilzeit arbeite.

Nach drei Anrufen hatte Anne die richtige Praxis gefunden und ließ sich zu ihm durchstellen. Sie erkannte die ruhige, tiefe Stimme wieder, mit der er sich meldete.

»Frau Kirsch«, fragte er verwundert, »was kann ich für Sie tun?«

»Ich weiß, dass Rainer Dorn nicht die Schuld an Corinnas Tod trägt«, begann sie ohne Umschweife. »Doch ich möchte verstehen, wie es dazu gekommen ist. Das Märchen *Hans mein Igel* hatte eine Bedeutung für die beiden. Warum?«

Einen Moment lang war es still am anderen Ende der Leitung, und sie glaubte, dass Dr. Kortmann sich einen Platz suchte, wo er ungestört sprechen konnte.

»Die Deutung des Märchens ist Teil der Psychoedukation«, erklärte er. »Bei dieser Methode beziehen wir den Patienten in die Analyse seines Problems mit ein. Wir helfen ihm, die Krankheit zu verstehen, lassen ihn sozusagen zu seinem eigenen Therapeuten werden. Das Märchen *Hans mein Igel* beschreibt die Aspekte der Borderline-Persönlichkeitsstörung. Wenn Sie das Thema interessiert, sollten

Sie das Buch »Borderline bewältigen« von Heinz Peter Röhr dazu lesen. Der Autor zeigt Ursachen und Folgen der Krankheit und ebenso den Heilungsweg anhand des Märchens auf. Wir nennen das Bibliotherapie. Rainer konnte sich damit identifizieren, fast ein wenig zu sehr.«

Endlich begriff Anne. »Deshalb hat er die Geschichte auf sich bezogen. War Corinna seine zweite Prinzessin?«

»Das ist eine Versuchung, der viele erliegen. Sie verbiegen das Märchen und seine Deutung für eigene Zwecke. Rainer hat wie so viele geglaubt, die Liebe könne ihn heilen, aber das stimmt nicht.«

Anne hatte schon geglaubt, alles zu verstehen, aber jetzt musste sie wieder nachfragen. »Nein?«

»Nein«, erwiderte Dr. Kortmann bestimmt. »Liebe kann ein großer Antrieb sein, die eigene Heilung anzustreben. Aber wenn Sie das Märchen genau lesen, sehen Sie, dass Hans selbst tätig werden muss. Er muss seine Igelhaut ablegen, und auch dann ist er noch nicht geheilt. Sein Körper wird schwarz, als sei er verbrannt. Erst die Behandlung durch den Arzt vollendet die Heilung. Das zweite Königreich im Märchen, in dem Hans angenommen wird, so wie er ist, steht für die therapeutische Gemeinschaft. Hier kann er lernen, seine Igelhaut abzulegen. In einer Partnerschaft würde er doch wieder in schädliche Verhaltensmuster zurückfallen.«

»Ich verstehe«, sagte Anne. »Dann ist also eine Heilung möglich.«

Dr. Kortmanns Stimme klang traurig, als er sagte: »Im Märchen ist das mit wenigen Sätzen gesagt, im wahren Leben ist es ein langer Prozess, der Jahre und Jahrzehnte dauern kann. Aber ja, sie ist möglich.«

Anne räusperte sich. »Es tut mir leid, dass Sie Rainer Dorn nicht mehr behandeln dürfen. Ich kann nicht alles gutheißen, was zwischen Ihnen passiert ist, aber ich glaube, Sie waren ein wichtiger Mensch für ihn.«

»Das muss Ihnen nicht leidtun.«

Seine Stimme hatte einen merkwürdigen Unterton. Sie klang beinahe leicht.

»Warum nicht?«

»Ich habe ihn adoptiert«, erwiderte Dr. Kortmann. »Als behandelnder Arzt war mir das nicht möglich.«

◆

Die Morgensonne hing über den Wipfeln der entfernten Berge und tauchte die Schneelandschaft in gleißendes Weiß, dessen Helligkeit mit bloßem Auge kaum zu ertragen war. Nur ein paar dünne Wolkenfetzen zierten den Himmel und die unberührten Dünen zu beiden Seiten der Piste erinnerten Hellmann an Zuckerguss. Noch herrschte Stille.

Er setzte seine Skibrille auf. Seine blankpolierten Ski schimmerten im Sonnenlicht. Bis auf eine Handvoll Leute war die Piste leer. Träge bewegten sich die Gondeln des Liftes den Ettelsberg hinauf.

Es war dieser Moment, den er am meisten liebte: die erste Abfahrt des Tages. Sich auf der fast menschenleeren Piste dem Rausch der Natur und der Geschwindigkeit überlassen. Noch einen Augenblick lang stand er da und genoss die sonnengewärmte Luft auf seinem Gesicht. Dann stieß er sich ab, beugte die Knie und schoss den spiegelglatten Abhang hinab.

◆

Der Pausengong ertönte und Pias Klasse verwandelte sich mit einem Schlag in ein Gewimmel aus Armen, Beinen und Geschrei. Die Ersten rannten aufgeregt zur Tür hinaus.

»Ferien!«, gellte der triumphierende Schrei von draußen, der wie ein Echo vielfach zurückgeworfen wurde. Pia klappte den ersten Harry-Potter-Band, aus dem sie vorgelesen hatte, zu und trat ans Fenster, um die Schülerhorden zu beobachten.

Einige liefen bereits zur Bushaltestelle, um einen guten Platz zu ergattern, denn in der Reihenfolge, in der sie ihre Tornister aufstellten, durften sie später in den Bus einsteigen. Die anderen Kinder kümmerten sich nicht darum, sondern tollten im Schnee.

Pia entging nicht, dass Kristin in der Klasse zurückgeblieben war. Das Mädchen kam auf sie zu und reichte ihr ein Serviettenpäckchen, das mit rotem Geschenkband zugebunden war. »Meine Mama und ich haben gestern Zimtsterne gebacken.«

»Danke.« Gerührt nahm Pia das Geschenk entgegen.

»Wir fahren über Weihnachten und Silvester zu meiner Tante nach München«, verkündete Kristin. »Leider werden wir uns also erst im nächsten Jahr wiedersehen.«

Ihr erwachsener Tonfall brachte Pia zum Lachen. Sie drückte das Mädchen an sich. »Das freut mich für dich. München soll eine schöne Stadt sein.«

Sie dachte an Michaela und in ihrer Brust kribbelte es vor Aufregung. »Weißt du, ich fahre auch weg. Meine Freundin und ich fliegen nach Teneriffa. Das ist eine Insel, auf der es immer warm ist.«

Kristins Augen wurden rund vor Staunen. »Du fliegst auf eine Insel?«

»Ja.« Pia war noch nie mit einem Flugzeug geflogen, aber als Michaela sie gefragt hatte, ob sie mitkommen würde, hatte sie nicht einen Augenblick gezögert. Früher hätte sie vielleicht Angst gehabt, aber irgendetwas war jetzt anders. Selbst die Elternsprechtage hatte sie erfolgreich hinter sich gebracht. Sie dachte an die unberührte Natur und die Felslandschaften, von denen ihr Michaela vorgeschwärmt hatte, und lächelte breit.

Viermal waren sie schon zusammen in die Kletterhalle Willingen gefahren und hatten Klettern geübt, und Pia fand, dass sie sich gar nicht ungeschickt angestellt hatte.

Als sie nach Hause kam, sah sie Frau Gerlach durch das große Schaufenster des Nähladens. Ihre Nachbarin hielt den

Blick gesenkt und strickte konzentriert an einer Socke. Zu ihren Füßen lag Ben und schlief.

Nichts hat sich geändert, dachte Pia erleichtert. Sie stieg die Treppe zu ihrer Wohnung hinauf, trat ein und warf einen kritischen Blick auf das Durcheinander von Michaelas Sachen, die überall in ihrer Wohnung verstreut lagen. Ihre Freundin war erst gestern Abend aus Köln gekommen, doch sie hatte es bereits geschafft, das Chaos in Pias penibel aufgeräumter Wohnung ausbrechen zu lassen.

Pia umrundete eine große Sporttasche, die mitten im Weg stand. Sie widerstand der Versuchung, aufzuräumen, und setzte stattdessen Teewasser auf. Ihr Reisekoffer stand fast fertig gepackt in einer Ecke. Sie hatte eine Liste mit allen Dingen gemacht, die sie einpacken musste, und hinter jedes Teil, das sie in ihren Koffer gesteckt hatte, einen Haken gemacht. Als Michaela die Liste zu Gesicht bekam, hatte sie laut gelacht.

Pia nahm den fertigen Tee und einen von Kristins Zimtsternen und setzte sich an ihren Computer. Schon vor einiger Zeit hatte sie sich vorgenommen, die E-Mail zu schreiben, es aber immer wieder vor sich hergeschoben. Jetzt war die letzte Gelegenheit vor ihrem Urlaub.

Sie pustete in die Tasse und dachte darüber nach, was sie schreiben sollte. Sie dachte an den weißgetünchten Flur im Krankenhaus und den Geruch von Desinfektionsmittel. An Rainer Dorns schmale Gestalt im Krankenhausbett. An sein blasses Gesicht. An einen Neuanfang.

Liebe Leserinnen, liebe Leser!

Ich freue mich, dass Sie mich eine Weile durchs Sauerland begleitet haben, und ich hoffe, das Buch hat Ihnen gefallen!

DORNENTOD ist erstmalig 2017 als Taschenbuch erschienen. Bei Midnight, einem Imprint der Ullstein Buchverlage. Das Imprint wurde eingestellt und die erschienenen Taschenbücher nicht neu aufgelegt.

Ich habe mich daraufhin entschieden, die Taschenbuchausgaben der Anne-Kirsch-Reihe selbst neu herauszubringen. So habe ich auch die Option, die Reihe in eigener Regie fortzusetzen. - Worauf ich große Lust habe!

Herzlich bedanken möchte ich mich bei allen, die mich beim Schreiben und bei der Neuauflage von DORNENTOD unterstützt haben.

Ein besonderer Dank gilt allen, die sich die Mühe machen, nach dem Lesen eine Rezension zu veröffentlichen und allen, die mein Buch weiterempfehlen, weiterreichen oder verschenken. Ich freue mich über die Unterstützung! Nur mit Ihrer Hilfe ist diese Neuauflage überhaupt denkbar gewesen.

Neuigkeiten zu mir und meinen Büchern finden Sie auf meiner Homepage: www.mareikealbracht.de, auf Facebook und Instagram.

Bis zum nächsten Mal!

Noch nicht genug von Anne Kirsch?

Leseprobe

Erzähl mir vom Tod

Die Vitrine steht offen, und es brennt kein Licht im Heimat-museum. Doch ich muss nichts sehen, um mich orientieren zu können. Oft genug war ich mit Vater hier, musste mir die Beine in den Bauch stehen und ruhig sein, während er mit anderen Erwachsenen sprach.

Heute Nacht ist er nicht da. Niemand ist da.

Ich trete näher, betrachte das Schwert einen Moment, um den Augenblick hinauszuzögern, bevor ich die Hand ausstrecke und mit den Fingerspitzen über die kalte Klinge fahre. Ich habe mir vorgestellt, wie es sein wird, doch reicht meine Vorstellung nie an die Wirklichkeit heran. Ich muss Dinge berühren. Fühlen. Das war schon immer so.

Das ist auch der Grund, warum ich die Geschichtsbücher meines Vaters verbrannt habe. Ich wusste, welche ihm die liebsten waren. Danach verteilte ich die verkohlten Reste auf seinem Schreibtisch. Ich wollte sehen, wie er weiß vor Zorn wurde, wollte ihn brüllen hören, aber noch mehr wollte ich seine Hand auf meinem Gesicht spüren. Ich wollte, dass er mich endlich sah. Und tatsächlich wurde er weiß, so weiß wie unsere gehäkelten Gardinen. Doch er schlug mich nicht, sondern packte mich nur und schleifte mich ins Gästebad. Dort schloss er mich ein.

Ich streiche noch einmal über die Klinge, dann greife ich nach dem goldenen Heft. Ich wusste, dass das Muster rautenförmig ist, doch erst jetzt wird es unter meinen Händen Wirklichkeit. Das Schwert Karls des Großen. Ich schließe meine Finger um den Griff und hebe es aus der Vitrine. Ich werde das Schwert. Werde er.

Ich denke an Hannah Wicke und ihre Geschichten. Ich weiß alles über Karl den Großen. Als Kinder haben wir immer in Hannahs Laden gesessen, die Bonbons gelutscht, die sie uns geschenkt hat. Dann erzählte sie uns Sagen und Legenden. Sie erzählte von der Burg auf dem Eresberg. Einer großartigen Festung, die das Heiligtum der Sachsen beheimatete, die Irminsul. Sie erzählte von einer großen Belagerung, von erbitterten Kämpfen und einer gnadenlosen Schlacht. Von Karl dem Großen, der mit seiner Streitmacht den Berg bezwang und die Festung belagerte.

Tagsüber waren wir viele Kinder. Abends schlich ich mich oft alleine aus dem Haus. Dann klopfte ich an die Fenster von Hannahs Zimmer, das über dem Laden lag. Dafür musste ich auf eine Mauer klettern. Kurz darauf öffnete sie mir und ließ mich zu ihren Füßen sitzen, wenn sie Socken strickte. Dabei erzählte sie, und manchmal legte sie ihr Strickzeug beiseite und strich mir mit der Hand über den Kopf. Um dieses Streicheln zu spüren, kam ich Abend für Abend wieder.

Ich umschließe die Klinge mit meiner Hand, fahre an ihr entlang. Ganz leicht nur, bis ich das Brennen spüre. Auch das Blut ist dunkel. Aber das macht nichts. Ich fühle es.

Bald werde ich aus dem Schatten hervortreten und dir zeigen, wer ich wirklich bin. Meine Vision offenbaren. Ich denke an das, was kommen wird. Ich denke an dich, und mein Körper bebt vor Erregung. Du liegst auf dem Bett, und dein rotes Haar fällt wie ein Vorhang auf deinen Rücken. Du bist nackt, drehst dich um und siehst mich an. Deine Augen sind meine Einladung. Du hast mich verhext. Bist in meinen Kopf gekrochen wie eine Schlange und hast meine Gedanken vergiftet, damit ich nur noch an dich denken kann.

Du denkst, du hättest mich um den Finger gewickelt, glaubst, ich sei dir hörig. Aber du täuschst dich in mir, Schätzchen, und wie du dich täuschst! Du siehst nur das, was ich die Welt sehen lasse. Eine Rolle, die ich spiele, die ich in einer kalten Kindheit erlernt habe, bis zum Erbrechen.

Du hebst die Hand und streichelst dich, dabei siehst du mich unverwandt an. Du hältst meinen Blick fest. Denkst, du würdest mich gefangen nehmen. Doch das Gegenteil ist der Fall. Aber das wirst du schon noch sehen.

Kapitel 1

Mittwoch, 30. August

Die letzten Zeilen des Stundenliedes verklangen, und Finn setzte sein Horn an die Lippen, um zusammen mit den anderen ein letztes Mal hineinzustoßen. Der Ton hallte weit durch die Nacht, durch die Straßen und Gassen von Obermarsberg. Ein Gruß an eine vergangene Zeit. An die Geschichte, die hier auf dem Eresberg so gegenwärtig war wie an keinem anderen Ort, den er kannte.

Die dreizehn Nachtwächter standen im Halbkreis um das Haus von Winfried Raschke, bekleidet mit schwarzen Mänteln, Leinenhemden, schwarzen Hosen und Hüten und leuchtend roten Strümpfen. Die Lichter ihrer Laternen erhellten die Straße. Als der Hörnerton verklungen war, trat Finns Vater Norbert vor. Es gab keinen Anführer unter den

Zunftbrüdern, doch hätte es ihn gegeben, dann wäre er es gewesen. Wenn er sprach, lauschten alle. Wo er stand, gruppierten sich die anderen im Kreis um ihn.

Norbert gratulierte Winfried zum sechzigsten Geburtstag. In einer kurzen Rede sagte er den Zunftbrüdern, wie viel es ihm bedeutete, wenn sie zusammen waren und die Traditionen aufrechterhielten. „Noch vor einigen Jahren kamen die Leute auf die Straße, um die Nachtwächter zu hören. Heute lassen sie die Rollläden herunter." Er deutete auf ein Haus, dessen Fenster verrammelt waren, als erwarteten die Bewohner eine Heuschreckenplage.

„Manche sehen nicht ein, wie wichtig es ist, die eigene Geschichte am Leben zu erhalten. Sie ist es, was die Oberstadt einzigartig macht. Unsere Identität, unser Lebenselixier."

Er erzählte noch einiges mehr, aber Finns Aufmerksamkeit ließ schlagartig nach, als sich die Haustür hinter Winfried öffnete und Kanea herauskam. Fast hätte er sie nicht wiedererkannt und starrte sprachlos auf den modernen Kurzhaarschnitt mit den einrasierten Mustern am Hinterkopf. Was zum Teufel hatte sie gemacht? Das letzte Mal, als er sie gesehen hatte, war sie noch blond gewesen. Ihre neue Frisur gefiel ihm nicht, nein, ganz und gar nicht.

Trotzdem klopfte sein Herz unvernünftig schnell, als sie mit einem Tablett vorbeikam. „Magst du eine Cola trinken? Oder Bier? Das gibt's da hinten bei meinem Vater."

„Eine Cola ist gut, danke." Für einen kurzen Moment berührten sich ihre Fingerspitzen. Eine peinliche Pause entstand. Dann hob Winfried Raschke seine Bierflasche. „Auf euch, Zunftbrüder!"

Finn sah seinen Vater in einer fröhlichen Runde stehen und gesellte sich dazu. Norbert gab eine Anekdote zum Besten: „Damals suchten die Nachtwächter die Wohnungen von Frischverheirateten heim. Jede Stunde versammelten sie sich vor den Häusern, wenn möglich unter dem Schlafzimmerfenster. Dann tuteten sie, damit die neuen Eheleute in ihrer Hochzeitsnacht nicht einschliefen. Schließlich sollten in Obermarsberg Kinder geboren werden. Ich finde, wir sollten diese Tradition wiederaufleben lassen."

Die anderen lachten, und Finn stimmte mit ein, obwohl er wusste, dass das Thema einen ernsten Hintergrund hatte. Norbert machte sich Sorgen, da viele junge Leute die Oberstadt verließen und wie überall in Deutschland zu wenig Kinder geboren wurden. Vor ein paar Jahren hatte die Grundschule deswegen schließen müssen.

Die Nachtwächter tranken aus und traten den Heimweg an. Nur Finn blieb zurück und half Kanea und ihrem Vater, die Gläser und Flaschen einzusammeln. Die ganze Zeit hoffte er, Winfried würde endlich ins Haus gehen. Aber als es so weit war, wusste er nicht, worüber er reden sollte.

„Du hast noch gar nichts zu meiner neuen Frisur gesagt." Sie lächelte und drehte den Kopf. „Gefällt es dir?"

„Ist mal was anderes."

Was sollte er sonst auch sagen? Es war passiert und nicht mehr zu ändern. Jetzt musste man zweimal hinsehen, um die Kanea zu erkennen, mit der er aufgewachsen war. Ein wildes Mädchen mit blonden Zöpfen wie kleine Rattenschwänze. Die Knie ständig aufgeschürft. Im Sommer hatte sie für sich und Finn Eis aus der gut gefüllten Kühltruhe ihrer Eltern geklaut. Eine gute Zeit, an die er sich gern erinnerte.

„Du kommst nicht mehr so oft ins Sauerland."

„Das Studium", seufzte Kanea.

„Ja, das verstehe ich", sagte Finn, obwohl er nicht verstand, warum sie ihr Studium in Kassel davon abhielt, an den Wochenenden nach Hause zu kommen.

Er nahm seine Hellebarde und die Laterne, die er an der Hauswand abgestellt hatte. „Sehen wir uns morgen?"

„Bestimmt. Jessica und ich haben einen Stand auf dem Markt, und bisher steht noch nicht mal die Hütte. Vielleicht kannst du uns beim Aufbauen helfen?"

„Das mache ich", versprach Finn und ging zurück zum Zunftraum, um sein Kostüm abzulegen. Die anderen Nachtwächter waren bereits nach Hause gegangen. Finn zog den Schlüssel ab, der im Schloss steckte, und machte sich auf den Heimweg.

Holzhütten und Zeltgerüste säumten die Eresburgstraße zu beiden Seiten und ließen bereits erahnen, wie die Oberstadt am Samstag, dem großen Markttag, aussehen würde, wenn alles fertig war. Noch fehlten Dekoration und Beleuchtung, und die Straße war menschenleer. Die Helfer, die jeden Tag bis spät in die Nacht arbeiteten, hatten sich vor einigen Stunden am Dorfbrunnen versammelt, um ein Feierabendbier zu trinken und die gemeinsame Vorfreude zu genießen. Der historische Markt, der alle drei Jahre in Obermarsberg stattfand, war der Höhepunkt aller Veranstaltungen in der Umgebung. Im Gegensatz zu anderen Mittelaltermärkten wurde dieser durch die Dorfgemeinschaft gestemmt, die sich selbst stolz die Oberstädter nannten. Hier in Obermarsberg, das auf der Spitze des Eresbergs thronte, verschmolz die Geschichte mit der Gegenwart. Und an keinem Tag im Jahr war das so spürbar wie zur Marktzeit.

Finn ging am Skelett eines großen Festzeltes vorüber, das nicht mehr zu Ende aufgebaut worden war. Daneben standen Bänke, Bierkästen und Bretter. Sie hatten heute schon viel geschafft, aber morgen würde ein weiterer arbeitsreicher Tag werden. Die Brandhütte musste noch errichtet werden, und für das große Ritterzelt brauchten sie ein Dutzend Helfer. Und dann Kaneas und Jessicas Hütte.

Finn war so in Gedanken versunken, dass er das Geräusch erst wahrnahm, als er es zum zweiten Mal hörte. Ein dumpfes Stöhnen und Knarren. Es kam von rechts aus einer Seitenstraße vom ehemaligen Rathaus. Wo der Schandpfahl stand.

Wie alle Obermarsberger war Finn an den Anblick des historischen Prangers gewöhnt, sodass er ihn kaum mehr als etwas Besonderes wahrnahm. Ein Eisenkäfig umschloss eine kreisförmige Plattform, die auf einer dicken Steinsäule ruhte. Im Mittelalter waren hier Verbrecher zur Schau gestellt worden. Der Pranger war eins der Wahrzeichen der Oberstadt, tausendmal fotografiert. Ein Highlight der Stadtführungen, zu dem es unzählige Geschichten gab.

Jetzt stand jemand oben auf der Plattform. Eine dunkle Gestalt. Sie bewegte sich nicht. Aber Finn hörte wieder dieses dumpfe Geräusch, das ihm sagte, dass dies keine Einbildung war.

Die Wicke und ihr irres Gebrabbel kamen ihm in den Sinn. Er hatte die alte Frau heute Morgen im Dorf getroffen, als er beim Aufbauen des Marktes geholfen hatte. Sie hatte sich auf ihre Gehhilfe gestützt und war bei ihm stehen geblieben. „Dieb, Dieb, Dieb", hatte sie vor sich hin gemurmelt wie ein Mantra und ihn mit trüben Augen angestarrt.

Finn, der wusste, wie verwirrt Hannah Wicke war, ignorierte sie für gewöhnlich. Aber jetzt kamen ihm ihre Worte wieder in den Sinn: „Der Deibel wird dich holen, Theile. Der Deibel steht beim Kaak."